MORGANE MONCOMBLE
Bet On You

MORGANE MONCOMBLE

BET
ON
YOU

ROMAN

*Ins Deutsche übertragen
von Ulrike Werner-Richter*

LYX in der Bastei Lübbe AG
Dieser Titel ist auch als E-Book und als Hörbuch erschienen.

Die Bastei Lübbe AG verfolgt eine nachhaltige Buchproduktion. Wir
verwenden Papiere aus nachhaltiger Forstwirtschaft und verzichten darauf,
Bücher einzeln in Folie zu verpacken. Wir stellen unsere Bücher in Deutschland
und Europa (EU) her und arbeiten mit den Druckereien kontinuierlich
an einer positiven Ökobilanz.

Die Originalausgabe erschien 2021 unter dem Titel
»L'As de coeur« bei Hugo New Romance.

Für die deutschsprachige Ausgabe:
Copyright © 2022 by Bastei Lübbe AG, Köln
Textredaktion: Hannah Brosch
Umschlaggestaltung: © ZERO Werbeagentur, München,
unter Verwendung von Motiven von Shutterstock.com
(© Aleksandr Stennikov; © karakotsya; © Anastasiia Guseva)
Satz: Greiner & Reichel, Köln
Gesetzt aus der Adobe Caslon
Druck und Einband: GGP Media GmbH, Pößneck
Printed in Germany
ISBN 978-3-7363-1683-6

3 5 7 6 4

Sie finden uns im Internet unter lyx-verlag.de
Bitte beachten Sie auch: luebbe.de und lesejury.de

Liebe Leser:innen,

dieses Buch enthält potenziell triggernde Inhalte.
Deshalb findet ihr auf der letzten Seite eine Triggerwarnung.

Achtung:
Diese enthält Spoiler für das gesamte Buch!

Wir wünschen uns für euch alle
das bestmögliche Leseerlebnis.

Euer LYX-Verlag

Playlist

Arctic Monkeys – *Do I Wanna Know?*
Billie Eilish – *Everything I wanted*
Taylor Swift – *Gorgeous*
Destiny Rogers – *Tomboy*
NEFFEX – *Rumors*
Christopher – *Bad*
Ava Max – *Sweet but Psycho*
Halsey – *Nightmare*
The Neighbourhood – *Daddy Issues*
Echos – *Saints*
SuperM – *No Manners*
Christina Perri – *Human*
Panic! At the Disco – *Emperor's New Clothes*
Nicki Minaj (*feat.* Ariana Grande) – *Get On Your Knees*
Lia Marie Johnson – *Cold Heart Killer*
Harry Styles – *Adore You*
Skylar Grey – *Wreak Havoc*
Two Feet – *I Feel Like I'm Drowning*
Avril Lavigne – *I Fell in Love with the Devil*
Maggie Lindemann – *Human*
Jackson Wang – *Bullet To The Heart*
Taylor Swift – *Look What You Made Me Do*
Demi Lovato – *Father*
5 Seconds of Summer – *Teeth*
Bishop Briggs – *River*

Hayley Kiyoko – *Demons*
TAEMIN – *Slave*
Des'ree – *I'm Kissing You*

Grundregeln des Pokerspiels

Ziel ist es, die beste Pokerhand zu haben, um viele Chips zu gewinnen. Dabei gilt es, den Einsatz geschickt vorzunehmen.

Anfangs bekommt jeder Spieler zwei Karten (= Hole Cards). Während des Spiels werden dann fünf Karten aufgedeckt – die sogenannten Gemeinschaftskarten.

Sie können von jedem Spieler für seine Pokerhand genutzt werden, indem er beliebig viele seiner Hole Cards mit beliebig vielen der Gemeinschaftskarten kombiniert. Eine Pokerhand muss dabei aber immer aus fünf Karten bestehen.

Die eingesetzten Chips werden im Spielverlauf in die Mitte des Tisches (= Pot) gelegt.

Ablauf

Ein Spieler ist der Dealer. Die Funktion des Dealers rotiert mit jeder neuen Runde im Uhrzeigersinn.

Die beiden Spieler links vom Dealer sind **Small Blind** und **Big Blind**. Das bedeutet, sie müssen einen vorgegebenen Einsatz in den Pot legen. Der Big Blind setzt dabei üblicherweise das Doppelte des Small Blinds.

Die beiden Hole Cards werden ausgeteilt.

Der Spieler links neben dem Big Blind setzt zuerst.

Beim Setzen gibt es verschiedene Möglichkeiten. Die Spieler können mit dem Einsatz des vorherigen Spielers mitgehen, diesen erhöhen, passen oder aufgeben.

Haben alle Spieler ihren Einsatz in den Pot gelegt, werden drei Gemeinschaftskarten aufgedeckt.

Die zweite Setzrunde beginnt der erste verbleibende Spieler (also ein Spieler, der in der ersten Runde nicht aufgegeben hat) links neben dem Dealer. Direkt danach wird die vierte Gemeinschaftskarte aufgedeckt.

Auch die dritte Setzrunde beginnt mit dem ersten verbleibenden Spieler links vom Dealer, im Anschluss wird die fünfte und letzte Gemeinschaftskarte aufgedeckt.

Sobald alle bis auf einen Spieler aufgegeben haben, hat dieser automatisch gewonnen und erhält alle eingesetzten Chips.

Sollten nach der letzten Setzrunde noch mehrere Spieler »in der Hand« (also noch im Spiel) sein, kommt es zum sogenannten Showdown. Die Spieler decken ihre Karten auf und die beste Pokerhand gewinnt.

Ranking zur Bestimmung des Gewinners

Das Poker-Ranking bestimmt die Rangfolge der Pokerhände, gilt für alle gängigen Pokervarianten und lautet wie folgt:
- High Card: die höchste einzelne Karte
- Paar: zwei Karten gleichen Rangs
- Zwei Paare
- Drilling: drei Karten gleichen Werts
- Straße: fünf aufeinanderfolgende Karten
- Flush: fünf Karten gleicher Farbe
- Full House: ein Paar und ein Drilling
- Vierling: vier Karten gleichen Werts
- Straight Flush: fünf aufeinanderfolgende Karten gleicher Farbe
- Royal Flush: höchstmögliche Straße (10-J-Q-K-A) in derselben Farbe – die höchstmögliche Pokerhand

Prolog

März. Sankt Petersburg, Russland.

Levi

»Nein!«, schreie ich und setze mich heftig zur Wehr. »Lasst sie laufen! Sie hat nichts getan!«

Starke Arme halten mich fest. Ich brülle. Tränen laufen über mein von Panik verzerrtes Gesicht. Das dürfen sie nicht machen. Sie haben nicht das Recht, sie mir wegzunehmen, nicht so, nicht jetzt. Ich brauche sie ebenso sehr, wie sie mich braucht.

Dort, wo sie sie hinbringen, wird sie keine Sekunde überleben. Ich bin der Einzige, der sie beschützen kann, das war schon immer so.

Auch wenn ich bei dieser Aufgabe bisher versagt habe.

»Ich war es!«, schreie ich noch einmal völlig verzweifelt. »Aufhören! Sie verhaften die Falsche!«

Ich brülle vor Wut, ramme dem Polizisten, der mich festhält, zum x-ten Mal den Ellenbogen in den Magen und renne auf sie zu. Alle ringsum schreien, man versucht, mich aufzuhalten, aber ich erreiche sie und umschlinge ihre zerbrechlichen Schultern. Ihre weichen, vertrauten Schultern, auf die ich als Kind so oft geklettert bin. Schultern, auf denen so viele Sorgen lasteten, die ich nie lindern konnte ...

Alles ist meine Schuld. Jämmerlich schluchze ich in ihr Haar wie ein fünfjähriges Kind und flehe sie an, mich nicht zu verlassen. Ich weiß, sie würde mich umarmen, wären ihre Hände nicht mit Handschellen hinter ihren Rücken gefesselt.

»Levi, hör auf zu weinen. Alles wird gut, mein Engel.«

»Du musst sie jetzt loslassen, Junge.«

Nein. Nein. Doch ich kann nichts tun. Drei Polizisten reißen mich so heftig zurück, dass ich in die Knie gehe. Meine Schultern zittern. Meine Mutter lächelt mir zu. Sie weint nicht. Im Gegenteil: Sie ist sehr ruhig.

»Mach keine Dummheiten«, sagt sie mit fester Stimme. »Hör auf zu weinen. Wir sehen uns bald. Ich hab dich lieb.«

Unfähig, meine Tränen zurückzuhalten, schüttele ich den Kopf. Fremde Männer greifen nach ihrem Arm und führen sie weg. Sie zwinkert mir ein letztes Mal zu und wendet sich ab. Ich habe das Gefühl, mich aufzulösen, während sie mit entschlossenen Schritten davongeht.

Was soll ich jetzt tun? Ich stehe immer noch unter Schock und zittere wie Espenlaub, so sehr, dass ich nicht aufstehen kann. Mein Onkel kommt zu mir. Er tätschelt mir die Schultern, fordert mich auf, mich wie ein Mann zu verhalten, und nimmt mich mit zu sich nach Hause, wo ich wahrscheinlich wohnen werde, bis ich volljährig bin.

Er tröstet mich nicht, sondern tut einfach so, als sei nichts geschehen – als müsste nicht meine Mutter ins Gefängnis, weil sie meinen Vater getötet hat.

Mama, warum hast du das getan?

Nach jenem Tag vor Gericht sehe ich sie nur noch selten. Ich darf sie besuchen und sie sogar ein Mal im Monat anrufen. Sie erzählt mir immer wieder, dass es ihr gut gehe, dass sie sich sogar mit anderen Frauen im Gefängnis angefreundet habe. Zwar glaube ich ihr nicht, aber ich gebe es zumindest vor. Und wenn ich an der Reihe bin, mache ich es genau wie sie: Ich lüge. Ich behaupte, gute Noten zu schreiben, nicht zu viel zu trinken und keine Partys bis spät in die Nacht zu feiern. Ich wünschte, es wäre wahr, aber wie soll ich ohne solche Ablenkungen mit den Gefühlen fertigwerden, die mich Tag und Nacht plagen?

Ich wünschte, ich wäre tot.

Man verlangt von mir, dass ich mein Leben weiterlebe, nicht die Schule schwänze und alles tue, damit meine Mutter stolz auf mich sein kann. Aber ich bin zu wütend. Wütend auf meinen Vater, auf meine Mutter, auf mich selbst. Aber vor allem auf einen ganz bestimmten Mann. Man braucht immer jemanden, dem man die Schuld für die eigenen Probleme in die Schuhe schieben kann, nicht wahr?

Einige Wochen nach dem Vorfall steht etwas über ihn in einer Zeitschrift. Er ist berühmter, als ich dachte; ein Geschäftsmann, der dank einer Musik-Streaming-App bereits unter vierzig zum Millionär wurde (schlappe 110 Millionen Euro). Außerdem besucht er regelmäßig Casinos und Pokerturniere.

Hasserfüllt starre ich auf das Hochglanzpapier und lese seine Meinung zum »tragischen Tod« meines Vaters, eines berühmten Pokerspielers. Tito Ferragni, Vaters Rivale und Erzfeind Nummer eins, hat auf die Frage eines Journalisten dazu offenbar geantwortet:

»Äußerst bedauerlich … Wer hätte das gedacht? Aber wissen Sie, man sagt, des einen Verlust ist des anderen Gewinn. Die Lebenden müssen weiterleben! Und ich kann mir vorstellen, dass nun nichts mehr zwischen mir und dem Sieg steht.«

Beim Lesen der russischen Übersetzung bleibt mir vor Entrüstung der Mund offen stehen. Wie kann er es wagen … Wie kann er es wagen, so etwas in einer Zeitung zu äußern? Offenbar ist ihm völlig egal, was geschehen ist. Mein Vater hatte diesem Wettstreit sein ganzes Leben gewidmet, er bedeutete ihm alles. Jedenfalls viel mehr als meine Mutter und ich. Aber Tito zeigt weder Ehrgefühl noch Loyalität. Er freut sich einfach nur, dass er nach dem Tod meines Vaters bessere Chancen hat.

Er war es, der angefangen hat. Er hat als Erster meinen Vater verraten und gedemütigt. Er ist die Ursache all unserer Probleme.

Alles ist seine Schuld. Seinetwegen hatte ich eine schlimme Kind-
heit, seinetwegen ist mein Vater gestorben, seinetwegen sitzt meine
Mutter für zehn lange Jahre im Gefängnis. Und er hat die Dreis-
tigkeit, in aller Öffentlichkeit so etwas zu äußern … frei und un-
gestraft, dazu auch noch reich und von seinesgleichen bewundert.

Ich gebe mir selbst ein stummes Versprechen: Ganz gleich, wie
lange es dauert, und egal, wie viel es mich kostet, Tito Ferragni
wird bezahlen.

Ich habe ohnehin nichts mehr zu verlieren.

»Möchten Sie, dass ich meine Frage wiederhole, Mr Iwanowitsch?«

Ich erwache aus meinem Tagtraum und werde mir der
Gruppe von Journalisten bewusst, die sich um mich drängt.
Ich ärgere mich, dass ich ausgerechnet zu einem solchen Zeitpunkt an die dunkle Zeit meines Lebens zurückdenke, und
dann auch noch vor Publikum. Mir war klar, dass sie auf mich
warteten, als ich aus meinem Hotelzimmer herunterkam. Tatsächlich hat Thomas sie sogar auf meine Bitte hin hergeholt.
Sie sollen für mich eine Botschaft überbringen.

Nachdenklich halte ich die hintere Tür meines Taxis auf. Ich
bin nicht mehr der siebzehnjährige Junge von damals, als mein
Vater starb. Meine Wut und mein Rachedurst sind zwar immer
noch vorhanden, aber sie haben sich abgeschwächt und sind
milder geworden. Ich bin nicht mehr so impulsiv und voreilig
wie damals, sondern geduldiger und berechnender.

»Entschuldigung, wie war die Frage?«, sage ich höflich.

»In zwei Monaten beginnt die WSOP und Sie haben bereits Ihre Teilnahme angekündigt. Im Vorjahr belegten Sie den
zweiten Platz beim *Main Event* und alle Welt erwartet Sie. Sie
sind schneller in die Weltelite aufgestiegen als Ihr eigener Vater. Möchten Sie uns etwas über Ihre Ziele verraten?«

Ich gebe vor, nachzudenken. Der Sankt Petersburger Winterwind pfeift unter meinen Mantel. Tatsächlich habe ich genau diese Frage mit Ungeduld erwartet. Ich denke an Titos Worte an jenem Abend zurück und an seine Freude darüber, keinen gleichwertigen Rivalen mehr zu haben. Aber vor allem denke ich an unser erstes Zusammentreffen.

Damals war ich einundzwanzig Jahre alt und hatte soeben meine gesamten Ersparnisse für die Startgebühr eines Turniers ausgegeben – zehntausend Euro. Nicht mehr und nicht weniger. Als wir schließlich am selben Tisch saßen, bestand ich darauf, ihm die Hand zu schütteln. Er schien sich über meine Dreistigkeit – oder meine Dummheit – zu amüsieren, und als er mich fragte, ob ich ein Fan von ihm sei, sagte ich in meinem rudimentären Englisch genau das, was ich mir einige Jahre zuvor geschworen hatte: »Ich bin derjenige, der Sie vom Thron stoßen wird. Levi Iwanowitsch. Merken Sie sich meinen Namen.«

Ich muss lächeln, als ich daran denke, wie schnell sein arroganter Ausdruck verschwand. Natürlich erkannte er meinen Namen sofort, den Namen seines verstorbenen Gegenspielers. Aber er sah mich noch nicht als Bedrohung.

Das war vor sechs Jahren.

»Um ehrlich zu sein …« Ich schaue in die Kamera und spreche in das vorgehaltene Mikrofon. »… ist dieses Jahr mein letztes bei der WSOP.«

Erstaunt reißen sie die Augen auf und kommen noch ein Stück näher, um nach weiteren Einzelheiten zu fragen. Ich hebe die Hand. Sie bleiben stehen und verstummen. Ich wende der Kamera meinen finsteren Blick zu und hoffe, dass irgendwo auf der Welt, in Venedig oder sonst wo, Tito Ferragni zuschaut und sich in die Hose macht.

»Ich habe beschlossen, meine Profikarriere zu beenden.«

Schockiert starren sie mich an. Ich genieße ihr Erstaunen, geradezu trunken vor Aufregung. *Mein Plan lässt sich gut an.*

»Jetzt schon?«

»Aber Sie sind noch so jung! Wie kommt es zu dieser Entscheidung?«

Ein Journalist fällt mir besonders auf. Er runzelt die Stirn und ruft leidenschaftlich: »Was ist aus dem ehrgeizigen jungen Mann geworden, den wir kennen? Ich erinnere mich an Ihr erstes Jahr beim *Main Event*; Sie sagten, und ich zitiere: ›Ich werde nicht aufhören, bis ich die Nummer eins bin.‹«

Ich nicke unbeirrt.

»Das ist richtig. Und da ich beschlossen habe, dass dies mein letztes Jahr sein wird, überlasse ich es Ihnen, die entsprechenden Schlussfolgerungen zu ziehen.«

»Sind Sie dabei, sich den Sieg zu sichern?«

Er weiß es bereits, aber er will es von mir hören. Ich zögere nicht eine Sekunde – das ist nicht mein Stil.

»Genau das.«

Meine innere Stimme verspottet mich und nennt mich ein arrogantes Arschloch. Das kann ich nicht leugnen.

»Sie wirken sehr zuversichtlich. Tito Ferragni, Ihr bisher größter Gegner und zuvor der Ihres Vaters, hat ebenfalls sein Kommen angekündigt …«

»Tito ist sehr stark, aber es fehlt ihm an Originalität. Seine Ehe steht vor dem Aus und sein Unternehmen vor dem Konkurs. Er wird langsam alt«, sage ich und füge in der Gewissheit, dass er und nur er die Worte wiedererkennen wird: »Äußerst bedauerlich … Aber wissen Sie, man sagt, des einen Verlust ist des anderen Gewinn.«

1

Mai. Macau, China.

Rose

Ich brauche dringend Geld.

Mein Gehirn allerdings glaubt, einen zweiten Sportwagen zu brauchen, und das ist mein Problem.

Ich bin erst seit zwei Wochen in China und habe bereits in vier Casinos Hausverbot. Offenbar sind die Chinesen den Italienern ziemlich ähnlich; beide lieben mich nicht besonders. Ich hingegen mag sie.

Ich genieße es, ein Casino zum ersten Mal zu betreten. Ich genieße die Geräusche der Automaten und die siegreichen Ausrufe. Es gibt mir ein Gefühl von Verlangen und Euphorie. Ich genieße es, mich an einem Pokertisch zu diesen eingebildeten Männern zu setzen, die mich völlig unterschätzen und lieber mein Dekolleté und meinen bordeauxroten Lippenstift bewundern.

Aber der beste Moment kommt, wenn sich ihre Verachtung in böse Blicke verwandelt, während ich sie ausnehme. Meistens hören sie trotzdem nicht auf – eine Frage des Stolzes.

»Anfängerglück«, kommentieren sie dann immer gern, um ihre Niederlage zu erklären.

Die Stolzesten machen weiter, bis sie keinen Chip mehr haben. Die sind meine Favoriten. Ich sehe zu gern dabei zu, wie sie sich zum Narren machen. Ihr Geld riecht noch besser als das der anderen, falls das überhaupt möglich ist; vor allem, wenn ich es für teure Schuhe ausgebe.

Genau das ist mein Problem. Entweder spiele ich so lange Roulette, bis ich alles verliere, oder ich verschwende das Geld bei ausgiebigen Shoppingtouren. Meine jüngste Verrücktheit war der Kauf eines blutroten Ferrari F8 Tributo, obwohl ich genau weiß, dass ich nicht lange in China bleiben werde. Am Steuer dieses kleinen Schmuckstücks parke ich vor dem *Venetian*, einem der wenigen Casinos des Landes, die mich noch nicht verbannt haben.

Die Nacht ist über Macau hereingebrochen. Das Gebäude erstrahlt mit tausend Lichtern. Ich steige aus meinem Auto und übergebe dem Parkwächter die Schlüssel. Meine Stilettos klingen auf dem Asphalt wie Peitschenhiebe.

»Willkommen im *Venetian*«, werde ich auf Englisch begrüßt.

Angeblich ist das *Venetian* in Macau das größte Spielcasino der Welt. Natürlich musste ich mir selbst ein Bild davon machen. In Anlehnung an die Stadt Venedig gibt es hier eigene Kanäle, wo Paare romantische Abende in Gondeln auf türkisfarbenem Wasser genießen können. Ich muss zugeben, dass es sich fast echt anfühlt.

Ich bekomme ein wenig Heimweh. Ich bin in Florenz geboren, hatte aber schon immer das Bedürfnis, die Welt zu erkunden. Nirgends bleibe ich länger als einige Monate. Zu Beginn hat das noch Spaß gemacht, aber allmählich ermüdet es mich … Ich habe das Gefühl, nirgendwo richtig zu Hause zu sein.

Mit entschlossenen Schritten durchquere ich die große Halle und schaue mich mit einer gewissen Erregung um. Es ist immer dasselbe: Adrenalin pulsiert durch meine Adern, mein Herz pocht schneller, der Ruf der Lichter und der Geräusche der Spielautomaten wird unwiderstehlich, und ich gebe dem betörenden Drang nach, ein kleines Vermögen zu setzen, ohne zu wissen, ob ich gewinne oder alles verliere – nur um überhaupt *etwas* zu fühlen.

Vermutlich bin ich schwach, denn ich schaffe es einfach nicht, diesem Drang zu widerstehen. Auch wenn ich Geld brauche, werde ich Carlotta auf keinen Fall verkaufen – ja, ich habe meinem Ferrari bereits einen Namen gegeben. Schon das ist einer der Gründe, warum ich das Auto nicht zurückgeben kann.

Ich stöckele über die Rosette im Eingangsbereich und nehme eine der Rolltreppen in die obere Etage. Schon bereite ich mich in Gedanken vor, als mein Smartphone zu vibrieren beginnt. Ein Videoanruf von meiner Mutter.

Scheiße. Ihr Timing ist wie immer miserabel.

Ich verdrücke mich in eine Ecke neben einer Säule und halte das Telefon vor mein Gesicht. Ich muss unwillkürlich lächeln, als ich meine Mutter zu Hause am Klavier sitzen sehe.

Sie ist die Einzige, die mein aufrichtiges Lächeln verdient.

Zur Begrüßung werfe ich ihr eine Kusshand zu. Sie strahlt mich an. Trotz unserer engen Beziehung telefonieren wir nur sehr selten. Sie mag es nicht. Weil sie gehörlos ist, müssen wir uns über Videochat unterhalten, was nicht immer bequem ist.

»*Wo bist du?*«, erkundigt sie sich. »*Sieht hübsch aus!*«

Ich antworte auf Italienisch und mache eine beschreibende Handbewegung: »Im größten Casino der Welt, im *Venetian*. Ich schicke dir Fotos!«

Ich bemühe mich um einen gleichgültigen Gesichtsausdruck, damit sie mich nicht durchschaut. Darin bin ich eigentlich echt gut, aber meine Mutter ist nicht so leicht zu täuschen. Sie weiß immer Bescheid. Sie ist die Einzige, die meine Lügen durchschaut – vielleicht weil sie die Einzige ist, der es nicht egal ist, was ich tue. Deshalb fällt es mir auch so schwer, weiterhin herumzureisen ... Manchmal träume ich, dass meine Mutter stirbt, während ich weit weg von zu Hause bin, und dann gerate ich in Panik. Das würde ich nicht überleben. Von ihr getrennt zu sein, macht mich unglücklich, denn ich weiß, dass ich Stabilität und einen Anker brauche. Trotzdem reizt mich das Umherirren viel mehr.

»Du fehlst uns. Wann kommst du heim?«

Innerlich seufze ich. Sie fehlt mir auch ... Dummerweise kann ich unmöglich mit leeren Händen und eingezogenem Schwanz zurückkehren. Ich bin nämlich hergekommen, um so viel Geld zu verdienen, dass ich meine Schulden abbezahlen kann.

Meine Mutter, eine großartige Verhaltenspsychologin, sagt mir immer wieder, dass es nichts bringt, vor meinen Problemen davonzulaufen, weil sie dadurch nicht verschwinden. Probleme suchen keine Orte heim, sondern den Geist.

Als ob sie meine Gedanken gelesen hätte, fügt sie mit besorgtem Gesichtsausdruck hinzu: *»Wir waren uns doch einig, dass es besser für dich ist, Casinos zu meiden, Rose. Das weißt du. Du solltest nach Hause kommen.«*

Da ist es. Ich schenke ihr ein Lächeln, das sie beruhigen soll, obwohl es leicht zittert.

»Mir geht es gut, Mama. Das alles ist lange vorbei. Ich bin geheilt.«

»Würdest du einem geheilten Alkoholiker ein Bier anbieten? Nein. Aber das ist genau das Gleiche. Es ist noch viel zu früh ... Du solltest nicht mit dem Feuer spielen.«

Aber das Spiel mit dem Feuer ist meine Leidenschaft, Mama. Schon vor langer Zeit habe ich meine Seele an den Teufel verkauft.

Zugegeben, sich in Casinos herumzutreiben, wenn man jahrelang unter Spielsucht gelitten hat, ist nicht gerade die beste

Idee. Aber ich bin wirklich geheilt! Bis vor zwei Monaten hatte ich fast ein Jahr lang keinen Fuß in ein Casino gesetzt. Ein paar Partien werfen mich nicht mehr aus der Bahn.

Inzwischen geht es mir viel besser. Ich war ganz tief unten und weiß, wie das ist. Aber ich habe mich geändert. Jetzt bin ich stark genug ... trotz vieler Rückfälle. Jetzt ist es gut.

Das muss es sein.

»Ich habe mich unter Kontrolle!«, antworte ich mit hastigen Gesten. »Ich werde eine Partie spielen, vielleicht auch zwei, und dann gehe ich. Versprochen.«

Nicht ganz überzeugt kneift sie die Augen zusammen, lächelt dann aber. Ich weiß, dass sie mir nicht glaubt, doch sie will mir trotzdem vertrauen. So ist sie nun einmal.

Schnell lege ich auf, stecke mein Smartphone in die Tasche und richte meine Kleidung, ehe ich einen der Spielräume betrete. Es ist ziemlich voll. Schon jetzt bin ich verwirrt. Ich kontrolliere meinen Gesichtsausdruck, gehe langsam zwischen den Tischen umher und beobachte jeden einzelnen Spieler. Am Spielen gefällt mir ganz besonders, dass ich jemand anderes werde.

Zumindest früher habe ich das am meisten geliebt. Mit der Zeit ist das Aufsetzen eines Pokerface zur Gewohnheit geworden. Ich mache es sogar, wenn ich nicht spiele. Niemand kann wirklich erkennen, wer ich bin oder was ich denke, außer vielleicht meine Mutter. Manchmal gelingt es mir sogar, mich selbst zu täuschen, aber die Realität holt mich immer wieder ein. *Diese Bitch.*

Schon juckt es mich in den Fingern. Fast kann ich das Gewicht der Chips in meiner Tasche spüren. Leider habe ich nicht so viele, wie ich gerne hätte. Zwar bin ich gut darin, Geld zu gewinnen, aber darin, es auch zu behalten, bin ich ganz miserabel. Das ist mein Fluch.

An einem Tisch sitzen Frauen mittleren Alters und haben ihren Spaß, an einem anderen sitzt eine Gruppe von Männern in Anzügen, die sich gegenseitig mit Blicken herausfordern. In Casinos trifft man sehr unterschiedliche Menschen. Jeder darf spielen. Profis, Anfänger, reich, arm ... Ein einziger Geldschein kann alles verändern.

Es ist richtig, dass im Casino jeder eine Chance hat. Aber das Spiel nimmt viel mehr, als es gibt. Mir hat es den Verstand geraubt.

Plötzlich fällt mein Blick auf einen Tisch in der Mitte des großen, hell erleuchteten Raums. Soeben hat sich ein Mann hingesetzt. Poker. Schnell begutachte ich ihn von Kopf bis Fuß. Er ist jung, vielleicht dreißig. Er hat sich Mühe mit seinem Outfit gegeben. Schwarze Jacke, ebensolche Hose. Zu seinen Füßen liegt ein Rucksack, auf dem Tisch eine Stoppuhr. Mir ist sofort klar, dass er ein Online-Spieler ist, wahrscheinlich spielt er mit Zeitlimit. Ich kann nicht erkennen, ob er begabt ist oder nicht. Aber das spielt keine Rolle. Schon jetzt weiß ich, dass ich gewinnen werde.

Ohne ihn eines Blickes zu würdigen, setze ich mich mit an den Tisch und überschlage meine langen Beine. Die Dealerin begrüße ich mit einem kurzen Nicken. Der Mann spricht mich zunächst auf Mandarin an, aber ich schüttele den Kopf. Ich verstehe kein Chinesisch und hoffe, dass er mich in Ruhe lässt.

»Roulette wird auf der anderen Seite gespielt«, sagt er spöttisch auf Englisch und wirft einen flüchtigen Blick auf meine Brüste.

Statt einer Antwort wende ich mich ihm zu und lächle kühl. Eine Frau in den Fünfzigern setzt sich zu uns und das Spiel beginnt. Mein Gesicht bleibt verschlossen und emotionslos. Ich werfe einen Blick auf meine Karten: ein Herz-König und ein Kreuz-König.

Ein Kinderspiel. Adrenalin pulsiert durch meine Adern und lässt mein Herz schneller schlagen, während meine Einsätze höher und höher werden. Den Blicken der anderen Spieler weiche ich aus. Ich hasse es, ihnen ins Gesicht zu sehen. Zutiefst erregt konzentriere ich mich auf die Karten in der Mitte des Tisches. *Gott, wie habe ich das vermisst!*

Schon bald gewinne ich alles, was ich gesetzt habe, und mehr. Als ich die Chips des Mannes einsammle, durch den ich auf das Spiel aufmerksam wurde, schaue ich ihm schließlich doch in die Augen, und in meiner Stimme liegt eine gewisse Befriedigung.

»*Con le mani in tasca.*« Kinderleicht.

Ich habe keine Zeit, seine Reaktion zu erkennen, aber ich weiß ohnehin, dass er mich nicht verstanden hat. Ich nehme meine Tasche und wechsele den Tisch. Freund Blackjack zwinkert mir gefährlich zu. Ich genehmige ihm zwei Partien, die ich ebenfalls gewinne. Ich verspüre eine Euphorie, die mich dazu treibt, weiterzumachen, obwohl ich meiner Mutter versprochen habe, es nicht zu übertreiben.

Nach zwei Stunden merke ich, dass man auf mich aufmerksam geworden ist. Ich spüre, dass die Croupiers mich im Auge behalten, wenn ich einen Tisch verlasse und durch den Raum schlendere. Das bedeutet, dass ich nur noch wenig Zeit habe, bis man mich hinauswirft.

Meine bisherige Ausbeute ist nicht zu verachten. Aber ich will mehr. Logisch. So funktioniert es nun einmal. Immer mehr, immer mehr, immer mehr. Das ist die Gefahr der Sucht. Und doch … langweile ich mich. Lässig flaniere ich zwischen den Tischen umher. Eigentlich spiele ich gern, aber es ist schon lange her, dass es mir wirklich Spaß machte. Alle Spieler, denen ich begegne, sind vorhersehbar, langweilig und nicht im Geringsten originell.

An der Bar bestelle ich mir ein Glas Wein und setze meine Jagd fort. Soll ich nach Hause gehen? Nein. Unmöglich. Ich muss …

Oh.

Ich bleibe schlagartig stehen und ziehe eine Augenbraue hoch. Zwei Tische von mir entfernt spielen drei Männer in angespanntem Schweigen. Das allein ist nicht weiter bemerkenswert. Jeder wäre an ihnen vorbeigegangen, ohne mit der Wimper zu zucken. Und genau das geschieht auch.

Selbst die Dealerin beachtet sie nicht wirklich.

Mir entfährt ein leises Lachen. Ich beobachte einen Mann mit einer Tätowierung, der eine Karte im Ärmel seiner Anzugjacke versteckt.

Bereits der erste Blick in sein Gesicht verrät mir, dass dieser Mann das Spiel im Blut hat.

Im wahrsten Sinn des Wortes.

Neugierig mustere ich ihn: tiefschwarzes Haar, Augen wie Gewitterwolken, ein markantes Kinn und blasse Wangen mit einem Tattoo direkt unter den Augen. Ein Karo links, ein Kreuz rechts. Spielkartenfarben.

Er sieht umwerfend aus. Schöner, als er sein dürfte. Meine Mutter hat mich immer gewarnt, dass Schönheit wie eine Waffe ist: Damit kann man die Welt von den schlimmsten Sünden ablenken oder sie sich sogar vergeben lassen. Dieser Falschspieler mit den schlanken Fingern ist der lebende Beweis dafür.

Ich lehne mich ein paar Meter entfernt an einen Stuhl, nippe an meinem Wein und verfolge das Spiel. Im Gegensatz zu mir weicht der Mann den Blicken seiner Kontrahenten nicht aus. Im Gegenteil, er fixiert sie einen nach dem anderen mit seinen eiskalten Augen so lange, bis sie spielen. Als wolle er sie herausfordern, ihn zu beschuldigen.

Plötzlich, als hätte er meinen forschenden Blick gespürt, hebt er seine Sturmwolkenaugen und schaut mich an. *Mamma mia.* Ich muss mich zusammennehmen, um nicht unter der Intensität seines Blicks zu erbeben. Aber ich senke den Blick nicht, sondern schenke ihm ein verschmitztes Lächeln als Beweis, dass er nicht so raffiniert ist, wie er glaubt. Sofort wird mir klar, dass er Bescheid weiß. Er weiß, dass *ich* es weiß.

Kaum zwei Sekunden später verwandelt sich sein bisher berechnender und teilnahmsloser Blick in ein komplizenhaftes Zwinkern.

Nicht zu fassen. Wie frech! Weiß er überhaupt, worauf er sich einlässt, wenn er an einem Ort wie diesem schummelt?

»Flush«, verkündet er und deckt seine Karten auf.

Offensichtlich gewinnt er ganz klar. Er sammelt die Chips auf eine sehr würdevolle Art ein, ganz und gar nicht eilig. Niemand spricht ihn an. Niemand wirft ihn wegen Betrugs hinaus. Ich hasse mich für mein Interesse, aber er macht mich neugierig. Betrug im Casino ist keine Kleinigkeit. Man muss schon verdammt Glück haben.

Ich beiße mir auf die Lippen und betrachte sein halblanges, an den Seiten gestuftes Haar, das ihm elegant in die Stirn fällt. Mein ganzer Körper befindet sich im Alarmzustand. Dieser Mann bedeutet GEFAHR.

Natürlich veranlasst mich dies nur umso mehr, kopfüber einzutauchen. Deshalb zögere ich auch nur kurz, als er sich auf seinem Stuhl zurücklehnt, mich erneut anblickt und mit verführerischer Miene fragt: »Wie wäre es mit einer Partie?«

2

Mai. Macau, China.

Levi

Es gibt Zeiten wie diese, in denen ich mir wünsche, ich könnte die Welt in Farbe sehen wie andere Menschen auch.

Eigentlich kann ich nicht sagen, dass mir etwas fehlt. Kann man etwas vermissen, das man nie hatte? Ich dachte immer, ich wäre normal. Dass ich die Dinge genauso sehe wie alle anderen. Erst im Alter von drei Jahren bemerkte meine Mutter, dass mit mir etwas nicht stimmte.

Sie machte mich immer wieder darauf aufmerksam, dass mein Lieblingspullover blau wäre und daher nicht zu meiner braunen Hose passte. Ich verstand sie nicht. Für mich hatte beides die gleiche Farbe. Fast alles war gleich. Manche Dinge waren sehr dunkel, manche sehr hell.

Natürlich ging mein Vater davon aus, dass ich log. Dass ich nur Aufmerksamkeit wollte, wie alle Kinder in meinem Alter. Erst ein Jahr später bestand meine Mutter dank der Schule darauf, mit mir einen Arzt aufzusuchen.

Es stellte sich heraus, dass es einen Namen für das Phänomen gibt: Achromatopsie. Ich kann keine Farben sehen, Punkt. Es heißt, meine Wahrnehmung der Welt um mich herum sei ein Spektrum von Grautönen. Ich nehme an, das ist richtig, aber ich kann es nicht mit Sicherheit bestätigen.

Eine Zeit lang war es etwas schwierig, aber nach und nach

habe ich mich daran gewöhnt. Mit dieser Einschränkung kann man ein ganz normales Leben führen, dafür bin ich der Beweis. Inzwischen bin ich an einem Punkt, an dem es mir nichts mehr ausmacht, anders zu sein. Ich habe mich damit abgefunden.

An diesem Abend jedoch, beim Anblick dieser katzenhaften Göttin, drückt es mir fast das Herz ab. Was würde ich dafür geben, sie in ihrer ganzen Pracht sehen zu können! Sie *wirklich* zu sehen.

Ihr kurzes Haar ist dunkel, wahrscheinlich schwarz oder braun, ebenso wie ihre durchdringenden Augen, die mit einem langen Lidstrich betont sind. Ihre Haut ist durchscheinend und glatt, bestimmt fühlt sie sich seidig an. Die Farbe ihres sinnlichen Mundes kann ich nicht erkennen. Rosa? Pfirsich?

Sie trägt eine Seidenhose mit hoher Taille zu einem weißen Spitzenkorsett, das zu sündigen Gedanken einlädt. Ihr von einem langen Pony fast verdeckter Blick prüft mich intensiv und sagt: »Ich weiß, was du gerade getan hast.« Wenn Thomas hier wäre, würde er mir wahrscheinlich einen mörderischen Blick zuwerfen. Er hasst es, wenn ich schummle. Eigentlich bin ich auch dagegen, aber der Abend war so verdammt langweilig.

Ich schummle nur, wenn mir langweilig ist.

Wird sie mich verraten? Niemand sonst hat gesehen, was ich gerade getan habe; dafür ging es viel zu schnell und war zu raffiniert. Sie schon. Aber wie?

Als die Dealerin eine weitere Runde ankündigt, wage ich es, die junge Frau mit den Katzenaugen anzuschauen. Sie hat sich keinen Zentimeter bewegt. Noch immer starrt sie mich fasziniert an. Je länger ich sie ansehe, desto schöner wird sie. Ich verspüre ein seltsam intuitives Bedürfnis zu erfahren, wie sie spielt – nennen wir es mal einen beruflichen Makel. Thomas meint, genau das sei mein Problem: meine manchmal extreme Faszination für Dinge oder Menschen, die meine Neugierde wecken.

Ich fummle mit meinen Chips herum und spreche die Lady in bestem Englisch an: »Wie wäre es mit einer Partie?«

Sie verzieht keine Miene. Ich warte geduldig, während sie noch zögert.

»Angesichts Ihrer Techniken bin ich mir nicht sicher, ob Sie mir Paroli bieten können«, antwortet sie mit einem bezaubernden Akzent. »Nichts für ungut, aber ich spiele gern gegen fähige Leute. Ich verliere sehr schnell das Interesse; das ist eine meiner schlimmsten Schwächen.«

Ich muss grinsen. Was für ein freches Mundwerk. Schüchtern ist sie nicht, das steht fest. Aber das macht sie nur noch attraktiver. Wir Russen mögen Frauen, die wissen, was sie wollen.

Ich hebe die Hände und verspreche feierlich: »Ich bin ganz brav und weiß mich auf meinen Gegenspieler einzustellen.«

Sie braucht nicht lange für ihren Entschluss. Statt einer Antwort setzt sie sich einfach mit erhobenem Kinn mir gegenüber. Jemand, der eine Herausforderung nicht ablehnen kann; genau die Art Mensch, die mir gefällt. Schweigend beobachte ich jede ihrer Bewegungen. Sie ist sich dessen bewusst, aber im Gegensatz zu den anderen scheint mein Blick sie nicht zu stören. Ich nehme mir ein paar Sekunden Zeit, um ihre Chips zu zählen.

Ein hübsches Sümmchen …

Sie muss eine gute Spielerin sein. Allein diese Feststellung genügt, um meinen Kreislauf zu beschleunigen. Niemand spricht, während die Karten ausgeteilt werden. Ich bekomme zwei Achten, Herz und Pik. Nicht großartig, aber es wird schon gehen.

Ich fixiere vor allem sie und versuche herauszufinden, was sie auf der Hand hat. Blufft sie? Spielt sie schweigend, oder spricht sie, um ihre Gegenspieler abzulenken? Setzt sie ihren Charme ein? Oder zieht sie es vor, die anderen mit eisigen Blicken einzuschüchtern, so wie ich?

Wie dem auch sei, sie weigert sich kategorisch, mir auch nur die geringste Aufmerksamkeit zu schenken. Aus irgendeinem Grund treibt mich das fast in den Wahnsinn. Fürchtet sie, ich könne sie aus der Ruhe bringen? Oder hat sie gemerkt, dass es mich verunsichert, wenn sie mich ignoriert?

Die Unbekannte setzt als Erste. Sie sieht selbstbewusst aus, aber das muss nicht bedeuten, dass sie ein gutes Blatt hat. Ich denke schnell nach und folge ihr, ohne lange zu zögern. Schließlich bin ich zum Spielen hier.

Die ersten drei Karten auf dem Tisch, der sogenannte *Flop*, sind eine Kreuz-Vier, eine Pik-Sechs und eine Karo-Acht. Ich versuche, mir meine Zufriedenheit nicht anmerken zu lassen, aber dieses Mal blickt sie mich an. Es ist, als könne sie mich denken hören.

Ich schaue nicht weg und stütze lässig mein Kinn auf meine Faust. Lange fordern wir uns gegenseitig heraus, dann erscheint ein feines Lächeln auf ihrem Gesicht. *Scheiße.*

»Du hältst dich sicher für einen guten Lügner«, sagt sie plötzlich.

Sie weiß Bescheid. Ich weiß nicht, wie sie es macht, und das frustriert mich maßlos, aber sie bringt es fertig, meine Maske zu durchschauen. Nur wie? Eigentlich unmöglich. Vielleicht Zufall. Allein indem sie mich ansah, konnte sie sicher nicht erkennen, dass ich mit diesen Karten zufrieden war. Niemand kann so etwas.

Ich gebe nicht auf und trinke einen Schluck Wodka Zitrone, ehe ich antworte: »In der Tat.«

Ihr Blick gleitet über meine Hand, die das Glas vielleicht ein wenig zu verkrampft hält, und sie lächelt erneut.

»Wäre es so, wüsstest du, dass es nicht genügt, dein Gesicht zu kontrollieren. Du kannst so teilnahmslos erscheinen, wie du willst: Wenn du nicht aufpasst, wird dein Körper dich immer verraten.«

Tief im Innern gestatte ich mir ein Lächeln. Sie hat recht. Ich war dumm. Aber immerhin ist mir das klar. Die Körpersprache sagt mindestens ebenso viel aus wie der Gesichtsausdruck. Ich versuche zwar, sie zu kontrollieren, aber das ist schwieriger, als man denkt.

Die nächsten beiden Karten sind eine Herz-Fünf und eine Kreuz-Neun. Im jetzigen Stadium habe ich eine gute Gewinnchance. Die anderen Spieler haben bereits aufgegeben. Nur sie und ich sind noch dabei.

Wenn sie mein Blatt tatsächlich kennt, sollte sie besser aussteigen. Ich versuchte, sie zu enträtseln, doch sie bleibt die ganze Zeit absolut unbeweglich. Ein wahrer Tresor. Wie alle anderen warte ich darauf, dass sie sich entscheidet, als sie sich plötzlich an mich wendet.

»Was glaubst du, was ich jetzt tun werde?«

Ich denke nach und antworte ehrlich: »An deiner Stelle würde ich aussteigen.«

Sie nickt nachdenklich und beugt sich leicht vor. Ich schaue nicht auf ihre verschränkten Arme hinunter, sondern fordere sie weiterhin mit Blicken heraus. Eine einzelne Wimper gleitet über ihre Wange. Ich muss mich zurückhalten, um sie nicht wegzupusten.

»Ich werde diese Partie gewinnen«, erklärt sie entspannt. »Angesichts der in der Mitte liegenden Karten ist es unwahrscheinlich, dass ich ein besseres Blatt habe als du, das gebe ich zu. Aber du hast etwas übersehen.«

Mit diesen Worten erhöht sie ihren Einsatz. Trotz meiner Verwirrung folge ich ihr. Sie deckt ihre Karten als Erste auf.

Eine Kreuz-Sechs und eine Karo-Sieben.

»Eine Straße.«

Heilige Scheiße. Sie schaut mich aufmerksam an, um meine Reaktion abzuschätzen. Ich müsste stinksauer sein. Immerhin hat sie mich, einen professionellen Pokerspieler, gerade locker in die Tasche gesteckt. Ich will in ein paar Wochen ein Weltturnier gewinnen, und dieses aus dem Nichts aufgetauchte Mädchen gibt mir zu verstehen, dass ich nicht gut genug bin.

Vor sechs Jahren hätte mich mein unangebrachter Stolz wahnsinnig gemacht.

Heute aber spüre ich etwas anderes. Das köstliche Gefühl von Adrenalin. Meine Neugier hat sich in süße Aufregung verwandelt. Nur beim Spiel gegen Tito habe ich bisher so etwas empfunden: einen gewissen Respekt, aber auch Verlangen.

»Noch einmal?«

Sie scheint von meiner Bitte nicht überrascht zu sein. Ich sehe, wie sie kurz zögert, dann aber nickt, während sie ihre Chips einsammelt.

»Einverstanden. Ich gebe dir eine letzte Chance, zu verstehen, warum ich gewonnen habe. Halt die Augen offen.«

Oh, das werde ich. Offen und ganz und gar auf sie konzentriert. Was mich frustriert, ist nicht so sehr die Tatsache, dass sie gegen mich gewonnen hat. So etwas kommt vor. Trotz meines hohen Niveaus ist Poker immer noch ein Glücksspiel, bei dem der Zufall eine große Rolle spielt.

Aber ich kann Menschen lesen. Eigentlich irre ich mich nie, weil mein sechster Sinn normalerweise unfehlbar ist. Nur stimmt das offenbar nicht, und sie hat es mir gerade bewiesen. Was könnte ich übersehen haben?

Dieses Mal bekomme ich ein Ass und einen Herz-König.

Ein gutes Blatt. Ich kontrolliere sowohl mein Gesicht als auch meine Körpersprache, als die Dealerin den *Flop* auf den Tisch legt: eine Karo-Neun, einen Karo-Buben und eine Kreuz-Dame.

Damit kann man etwas anfangen. Leider konzentriere ich mich mehr auf die Unbekannte als auf mein Spiel. Ich möchte verstehen, was sie damit meint: *Du hast etwas übersehen.* Sie macht es mir nicht leicht.

Als sie an der Reihe ist, lässt sie sich Zeit. Zu viel Zeit. Worüber denkt sie so intensiv nach? Ihr Blick wandert umher, fixiert schließlich einen Punkt in der Mitte ihrer Handfläche, und plötzlich setzt sie mit einer selbstbewussten Geste alles, was sie hat.

»All-in.«

Stack? Ernsthaft? Ihr Entschluss verwirrt mich. Was denkt sie sich? Wenn sie so viel Zeit braucht, ehe sie setzt, ist ihr Blatt vermutlich nicht besonders gut. Wenn man weiß, dass man gewinnt, zögert man nicht. Aber warum setzt sie jetzt den Stack?

Macht sie es etwa absichtlich, um mir ein gutes Blatt vorzugaukeln?

Das allerdings bezweifele ich.

Amüsiert schaut sie mich an. Sie hat ein verdammt schönes Lächeln. Ebenso beängstigend wie verführerisch.

»Nun? Hast du verstanden oder immer noch nicht?«

»Vor allem habe ich verstanden, dass ich dich unterschätzt habe.«

Ihre Wangen beben vor Vergnügen, während sie ihre langen Beine überschlägt. Der dritte Spieler steigt aus und starrt uns böse an. Ich schätze, für seinen Geschmack reden wir zu viel.

»Wenn es dich tröstet«, fügt sie mit kristallklarer Stimme hinzu, »ich glaube, du gewinnst.«

Und doch wirkt sie überhaupt nicht beunruhigt. Seltsam. Niemand setzt All-in, wenn er glaubt, er könne verlieren. Schummelt sie? Unmöglich. Wahrscheinlich manipuliert sie mich, und es funktioniert.

Ich zeige keinen Frust, auf keinen Fall, sondern setze einen entspannten Gesichtsausdruck auf.

»Woher willst du das wissen? Du kennst meine Hand nicht, ebenso wenig wie die Karten, die noch kommen.«

»Das lässt sich leicht ableiten, wenn man ein wenig darüber nachdenkt. Ich würde sagen, du hast eine etwa ... zweiundfünfzigprozentige Chance, die Partie zu gewinnen.«

»Mehr nicht?«

»Das ist nicht übel.«

Tatsächlich. Was für ein seltsames Mädchen.

»Und warum setzt du alles, wenn deine Gewinnchance nur bei achtundvierzig Prozent liegt?«

»Eher bei fünfundvierzig«, korrigiert sie, »wenn ich einen *Split Pot* einrechne. Und um deine Frage zu beantworten: Die Partie ist noch nicht vorbei. Ich vertraue dem Schicksal oder der Wissenschaft – wer auch immer mich zuerst erhört.«

Schicksal oder Wissenschaft. Ich runzle die Stirn und werfe einen letzten Blick auf meine Karten, ehe ich All-in mitgehe. Auf keinen Fall steige ich aus. Ich muss zugeben, dass ich extrem gespannt bin, was sie zu zeigen hat. Fast wünsche ich mir, dass sie gewinnt.

Die Dealerin deckt eine Herz-Acht auf. Gut für mich. Tatsächlich steigen die Chancen, dass ich mit diesen Karten gewinne. Ich riskiere einen Blick hinüber, aber sie reagiert nicht.

»Und? Bei wie viel Prozent liege ich jetzt?«, scherze ich, während die Dealerin sich darauf vorbereitet, die nächste Karte aufzudecken.

Die Lady verschränkt die Hände auf dem Tisch und nimmt sich Zeit für die Antwort.

»Bei etwa dreiundsiebzig, würde ich sagen.«

Erstaunt ziehe ich eine Augenbraue hoch.

»Das ist eine ganze Menge. Glaubst du immer noch, dass du gewinnst?«

»Warum nicht?«, fragt sie und lächelt geheimnisvoll.

Und plötzlich, ohne den Blick von meinen Augen abzuwenden, sehe ich, wie sie ganz unauffällig ihre Karten hebt. Unwillkürlich senke ich den Blick. Sie zeigt mir absichtlich und vor den Augen aller Anwesenden ihr Spiel!

Ein Ass und eine Karo-Zwei.

Ist sie verrückt geworden? Neugierig erforsche ich ihr Gesicht und überschlage alle möglichen Kombinationen und alle Szenarien, aus denen sie als Siegerin hervorgehen könnte.

»Jetzt hilft nur noch ein Wunder.«

Sie zuckt mit den Schultern. Schweigend richten wir unsere Aufmerksamkeit auf die Mitte des Tisches. Mein Herz beginnt schneller zu schlagen, als die Dealerin die letzte Karte aufnimmt und umdreht …

Eine Kreuz-Zwei.

Schweren Herzens stecke ich den Schlag ein. Ich kann es nicht glauben. Sie hat gewonnen. Sie hat wirklich gewonnen. Mit dieser einen letzten Karte sind ihre Chancen von siebenundzwanzig auf hundert Prozent gestiegen.

Sie hat mit einer läppischen Straße alles gewonnen – schon wieder. Wirklich ein Wunder.

Erstaunt und bewundernd schaue ich sie an. Sie begnügt sich damit, mir ein flirtendes, triumphierendes Lächeln zu schenken, und steckt sämtliche Chips in ihre Tasche.

Ich gratuliere ihr aufrichtig und frage ruhig: »Woher wusstest du das?«

Ich kann nichts dagegen tun, aber ich will, dass sie mir das erklärt, was mich vermutlich die ganze Nacht verfolgen wird. Zunächst zögert sie, gibt dann aber doch nach.

»Ich war mir durchaus nicht sicher. Es gibt keine Möglichkeit, hundertprozentig sicher zu sein. Sagen wir ... es war ein Bauchgefühl.«

Das nehme ich ihr nicht ab. Immerhin hat sie mir das schon zum zweiten Mal angetan. Ihretwegen bin ich jetzt blank. Sie ist unglaublich. Ich bin drauf und dran, sie zu bitten, auf mich zu warten, damit ich Geld abheben kann. Ich würde gern weiterspielen, immer weiter bis zum Ende der Nacht, aber sie schließt ihre Handtasche und sagt: »Danke für die Schuhe.«

»Wie bitte?«

»Die werde ich mir morgen von deinem Geld kaufen.«

Ich lache und stecke die Hände in die Hosentaschen. Schade, dass Thomas nicht hier ist! Er würde sie bestimmt hassen, aber seine Reaktion würde mich zum Lachen bringen.

Ich betrachte die klassisch schwarzen High Heels, die sie trägt. Oder sind sie vielleicht blau? Braun? Ich kann es beim besten Willen nicht sagen. Seltsamerweise gefällt mir der Gedanke, dass sie sich über mein Geld freut. Sie hat es verdient. Ich wurde an der Nase herumgeführt wie ein Anfänger, und so etwas passiert nicht alle Tage.

»Ich hoffe, du nimmst die allerteuersten«, sage ich.

»Das mache ich immer.«

Sie steht auf und streicht ihre Seidenhose glatt. Ich erhebe mich ebenfalls und will sie gerade bitten, zu bleiben, vielleicht sogar etwas mit mir zu trinken, aber wir werden von zwei Männern in Anzügen unterbrochen, leicht erkennbar als Sicherheitsleute. Sie gehen auf die Lady zu und sprechen sie höflich an.

Sie reagiert absolut sorglos und erklärt den Herren, sie spreche kein Mandarin. Einer der beiden tritt einen Schritt vor, schaut sie sehr ernst an und wiederholt in etwas unbeholfenem Englisch: »Ich muss Sie höflichst bitten, das Casino zu verlassen.«

Ich runzle die Stirn. Würdevoll erkundigt sie sich, warum. Es kommt mir vor, als passiere ihr so etwas nicht zum ersten Mal.

»Ihr Ruf eilt Ihnen voraus, Miss Alfieri. Wir akzeptieren solche Praktiken im *Venetian* nicht.«

Ich verberge meine Überraschung und schaue sie an. Behauptet der Mann gerade, sie sei eine Betrügerin? Eine, die sogar in mehreren Casinos bekannt ist? Innerlich muss ich lachen und respektiere sie umso mehr.

»Aha, ich verstehe … Wir sind also aus dem gleichen Holz geschnitzt, du und ich.«

Sie wirft mir einen wütenden Blick zu und antwortet den beiden Kerlen: »Das Zählen von Karten ist kein Betrug und soweit ich weiß auch nicht illegal. Es ist nicht meine Schuld, dass ich intelligent bin.«

Ihre Antwort trifft mich unvorbereitet. Sie … zählt die Karten? Diese Information wirft ein ganz neues Licht auf sie. Das Zählen von Karten ist in der Tat nicht verboten, sondern einfach verpönt. Es gibt nur wenige Menschen, die ein solches Kunststück fertigbringen, vor allem beim Poker.

Natürlich versucht jeder Spieler, der etwas auf sich hält, seine Gewinnchancen zu berechnen. Aber es gibt einige Ausnahmeerscheinungen wie dieses Mädchen. Man muss ein mathematisches Genie sein, um eine solche Waffe einsetzen zu können.

»Auf die Gefahr hin, mich zu wiederholen: Wir akzeptieren diese Spielweise hier nicht. Ich werde Sie nun hinausbegleiten.«

Sie verdreht die Augen, erklärt, sie könne selbst gehen und zwinkert mir so zu, wie ich ihr früher am Abend zugezwinkert habe. Ich möchte einschreiten, sie aufhalten und etwas sagen, irgendetwas – Hauptsache, sie spielt weiter.

Aber einer der Männer folgt ihr aus dem Raum, und schon ist es zu spät. Sie verschwindet zwischen den prächtigen Türflügeln. Ihre Absätze klackern auf dem Boden.

Ich sollte ebenfalls gehen. Ich habe sowieso kein Geld mehr und muss Thomas unbedingt erzählen, was mir gerade passiert ist … Gott weiß, dass ich längst alle Chancen auf einen Sieg gegen Tito in diesem Jahr einkalkuliert habe.

Ich habe mir selbst ein Versprechen abgegeben. Ich darf auf keinen Fall verlieren.

Aber vielleicht … vielleicht brauche ich zusätzliche Hilfe. Eine Geheimwaffe. Einen Plan B.

Einen Volltreffer.

»Entschuldigen Sie«, rufe ich dem zurückgebliebenen Sicherheitsmann zu, während in meinem Kopf langsam eine verrückte Idee aufblüht. »Wie war noch einmal der Name der jungen Dame?«

3

Mai. Macau, China.

Rose

Meine Mutter schreibt mir ständig. Sie bittet mich, nach Hause zu kommen. Wahrscheinlich denkt sie, dass ich mich tagelang in irgendwelchen Casinos verkrieche und Geld verprasse, das ich nicht habe – was nicht *ganz* aus der Luft gegriffen ist.

Das kommt von der Sucht. Selbst wenn man weiß, dass es genug ist, und auch, wenn das Bankkonto nichts mehr hergibt, findet man irgendwie noch einen Weg, trotzdem weiterzuspielen.

Weil man nämlich denkt: Beim nächsten Mal klappt es bestimmt. Manchmal stimmt das sogar. Ein Mal von dreihundert. Das ist so schon gefährlich genug, aber für mich ist es noch viel gefährlicher.

Denn ich bin nicht irgendeine Spielerin. Ich weiß, dass ich wieder gewinnen werde, irgendwann jedenfalls. Das gibt mir genügend Arroganz, völlig verrückte Summen zu investieren. Daher meine Schulden.

Meine Eltern könnten sie bezahlen, aber ich will nicht von ihnen abhängig sein. Ich will allein zurechtkommen, wie immer.

»Ich nehme die hier«, sage ich schließlich und deute auf ein Paar goldene Schuhe.

Die Verkäuferin versteht Englisch, nickt und gibt ihren Kollegen ein Zeichen, sich darum zu kümmern. Ich sollte nicht unnötig Geld ausgeben, schon gar nicht für derart oberflächliche Dinge – ich reise viel, und mein ganzes Leben muss in einen Koffer passen. Das Einzige, was ich unweigerlich behalte und wofür ich immer Platz finde, sind meine Pinsel und Farbtuben. Eine Leidenschaft, auf die ich auf keinen Fall verzichten kann.

Ansonsten überlege ich mir in der Regel gut, was ich kaufe. In letzter Zeit übertreibe ich es allerdings oft. Aber egal, diese Schuhe sind einfach göttlich. Und indem ich sie kaufe, leiste ich schließlich einen Beitrag zur Wirtschaft des Landes, nicht wahr?

Ich bezahle und verlasse den Laden mit einer großen Tasche in der Hand. Draußen zünde ich mir eine Zigarette mit meinem Palladiumfeuerzeug an – einem Geschenk meines Vaters zu meinem achtzehnten Geburtstag – und will mich gerade auf den Weg zum *Café de Paris Monte-Carlo* machen, als etwas meine Aufmerksamkeit fesselt.

Oh, wow.

Ich träume nicht. Am Straßenrand steht ein wundervoller Ford Mustang Lithium, Metalliclackierung, 900 PS. Ein Schmuckstück. Ich bleibe stehen und lasse den Blick über die Karosserie schweifen … An der hinteren Tür lehnt ein Mann mit den Händen in den Hosentaschen.

Teilnahmsloses Gesicht.

Stürmische, intensive Augen.

»Soll ich die Polizei rufen?«

Zu seiner Verteidigung ist zu sagen: Der Pokerspieler vom Vorabend blinzelt nicht einmal. Er neigt ganz leicht den Kopf, ohne den Blick von mir abzuwenden. Im Gegensatz zu allem, was ich gestern gesagt habe, bleibt er schwer zu durchschauen. Seine Mimik beherrscht er perfekt, und das ärgert mich.

Solche Menschen zu manipulieren ist alles andere als einfach.

»Sag du es mir. Musst du gerettet werden ... Rose?«

Ich kneife die Augen zusammen. Sofort gehen mir zwei Fragen durch den Kopf. Erstens: Woher kennt er meinen Namen? Zweitens: Wie hat er mich gefunden, und das auch noch so schnell? Will er sein Geld zurück? Zu spät, ich habe fast alles ausgegeben.

»Das sind die Schuhe, nehme ich an«, fügt er hinzu und wirft einen Blick auf meine Tasche.

Ich lächle und gebe mich unbekümmert.

»Ich halte meine Versprechen.«

»Eine gute Eigenschaft, auf die ich großen Wert lege.«

Misstrauisch ziehe ich eine Augenbraue hoch. Worauf will er hinaus? Ich frage ihn, was er von mir will und ob unser Treffen Zufall ist, obwohl ich das bezweifele. Er antwortet nicht sofort, sondern konzentriert sich auf meine Zigarette, an der ich ab und zu ziehe.

Schließlich wandert sein Blick wieder zu meinem zurück, als wäre er für eine Sekunde abgelenkt gewesen.

»Dein Aufbruch gestern Abend kam etwas überstürzt.«

»›Rausschmiss‹ wäre der passendere Begriff.«

Er lächelt leicht. Vielleicht für eine halbe Sekunde. Auf der Fahrerseite des Wagens klopft jemand von innen ans Fenster, und ich bemerke erst jetzt, dass er nicht allein ist. Durch das getönte Fenster sehe ich einen Mann. Der Fremde zuckt nicht mit der Wimper, aber ich weiß, dass er alles gehört hat.

»Ich kann mich leider nicht allzu lange hier aufhalten. Miss Alfieri, ich bin gekommen, um dir ein Angebot zu machen. Bist du zufällig auf der Suche nach einem Job?«

Und wie. Trotzdem antworte ich nicht. Ich beobachte ihn aufmerksam und skeptisch. Ich habe kein gutes Gefühl. In der

Vergangenheit haben mir viel zu viele reiche und mächtige Männer diese Frage gestellt, um dann gleich im Anschluss zu versuchen, mich auszuziehen. Diesen Fehler mache ich nicht noch einmal.

»Wieso? Stellst du ein?«

»Normalerweise nicht, aber du bist das, was ich eine Ausnahme nenne. Du gefällst mir.«

Die entschlossene Art, mit der er das sagt, lässt mich geradezu erschaudern. Ich muss sagen, dass ich das nach gestern nicht von ihm gedacht hätte. Meine Enttäuschung ist echt, aber schnell vorbei. Ich schenke ihm ein eisiges Lächeln und drehe mich um.

»Tut mir leid, aber ich bin keine Prostituierte.«

Mir ist klar, dass wir uns hier in Sin City befinden und dass die Wirtschaft der Stadt größtenteils auf Glücksspiel und Sexgewerbe basiert, aber trotzdem. Es ist so ermüdend.

Er scheint meinen Ärger zu verstehen, denn er nimmt eine Hand aus der Tasche und macht mir ein Zeichen, dass ich sein Angebot falsch verstanden habe.

»Ich glaube, hier liegt ein Missverständnis vor. Du gefällst mir nicht *auf diese Weise*«, sagt er. »Sagen wir mal, es ist dein ... Talent, das mich anzieht.«

Ich weiß nicht so recht, was ich darauf antworten soll. Misstrauisch stoße ich eine lange Rauchwolke aus.

»Aha? Bist du vielleicht Fußfetischist?«, frage ich und füge hastig hinzu: »Nicht, dass ich das verurteile.«

Er lächelt geradezu hinreißend. Wäre ich nicht so feige, säße ich längst auf seinem Schoß auf dem Rücksitz seines schönen Autos. Aber ich bleibe Carlotta treu.

»Ich bin sicher, du hast sehr schöne Füße, aber darum geht es mir nicht. Ich habe andere Laster.«

»Nämlich?«

Eine Pause. Meine Augen fordern eine ehrliche Antwort. Schließlich antwortet er mühelos, als ob er sich für nichts schämen würde: »Geld und Macht machen mich an.«

Über diese Antwort muss ich fast lachen. Vielleicht sind wir uns ja doch nicht so unähnlich.

»Geht uns das nicht allen so?«

Das Lächeln auf seinem blassen, gnadenlosen Gesicht wird breiter, als freue er sich über meine Antwort. Er löst sich von dem Auto, und ich nutze die Gelegenheit, ihn von Kopf bis Fuß zu mustern.

Er trägt einen dünnen Pullover, der in einer cremefarbenen Hose mit hohem Bund steckt. Der ganze Mann wirkt edel und elegant. Sein Lächeln macht ihn gefährlich wie einen Schlangenbeschwörer und ist wahrscheinlich der Grund vieler gebrochener Herzen, aber sein Blick … Himmel, sein Blick …

Es ist der Blick von Satan höchstpersönlich.

Das gefällt mir natürlich umso mehr.

»Hier«, sagt er und reicht mir eine Visitenkarte, auf der ich den Namen »Levi Iwanowitsch« lese. »Ich habe jetzt keine Zeit, dir alles zu erklären, aber würdest du heute Abend mit mir etwas trinken gehen? Du bist natürlich eingeladen.«

Ich drehe die Karte in meinen Händen und schweige. Er hat sich bereits die Zeit genommen, seine Adresse auf der Rückseite zu notieren. Er residiert im luxuriösen Hotel *Ritz-Carlton*. Wenn er sich dort eine Suite leisten kann, sollte ich ihm vielleicht lieber zuhören. Oder hängt er nur in der Bar herum?

Vermutlich ist er nicht viel älter als ich. Ich schätze ihn auf etwa Mitte zwanzig. Erneut werfe ich einen Blick auf seine Visitenkarte und hoffe auf Antworten. Alles ist kyrillisch geschrieben, und ich erkenne nur ein englisches Wort: *Rasputin*.

Vielleicht ein Unternehmen?

»Ich erwarte dich um sieben Uhr an der Bar«, fügt Levi hinzu.

»Es tut mir leid, dich enttäuschen zu müssen, aber ich werde wohl nicht kommen. Du tauchst aus dem Nichts auf, nachdem du mir vermutlich den ganzen Morgen gefolgt bist, um mir zu sagen, dass ich dir gefalle und dass du mir einen Job anbieten willst. Ich will nicht paranoid erscheinen, aber genau auf diese Weise kommt es gerne mal zu Morden an Frauen wie mir und man landet ungewollt in den Nachrichten.«

Er nickt, als ob er über meine Argumente nachdenken würde, geht um das Auto herum und öffnet die rechte hintere Tür. Sein Fahrer schaltet die Zündung ein. Das Geräusch des Motors klingt in meinen Ohren wie eine liebliche Symphonie.

»Und wenn ich dir sage, dass für dich eine Menge Geld drinsteckt?«

Unbeeindruckt verschränke ich die Arme, lasse die Zigarette fallen und zertrete sie. Wie konnte er ahnen, dass die Ankündigung von Geld mich den Köder schlucken lassen würde? Mit den Klamotten, die ich trage, sollte man doch annehmen, dass ich im Geld schwimme.

»*Quanto?*«

Die Sprache des Geldes kennt keine Grenzen, das weiß jeder. Ich wette, er spricht kein Wort Italienisch, aber er hat meine Frage genau verstanden.

Er zieht eine Augenbraue hoch und antwortet: »Genug, um dich in Versuchung zu führen.«

Mit diesen Worten steigt er in den Wagen und schlägt die Tür hinter sich zu. Eingebildeter Arsch. Ich kann mir gut vorstellen, dass er zu den Männern gehört, die ein Nein nicht akzeptieren. Das sind die schlimmsten; ich hasse sie.

Plötzlich senkt sich die Heckscheibe. Mit einem dünnen Grinsen lehnt er sich hinaus und schaut auf meine Füße.

»Ich kann es kaum erwarten, die neuen Schuhe zu sehen.«

Das *Ritz-Carlton* ist wirklich ein sehr schönes Hotel, das muss ich zugeben.

Kein Vergleich zu meinem, obwohl ich auch nicht gerade zu bedauern bin. Als ich die Lobby betrete, werde ich sowohl von den Männern als auch von den Frauen gründlich begutachtet.

Wahrscheinlich wegen meines Outfits.

Ich trage eine schwarze Hose zu einem dazu passenden trägerlosen Satinoberteil mit tief angesetzten Puffärmeln und einem V-Ausschnitt. Mein kurzes Haar kitzelt meine Ohren, die rings um die Ohrmuschel mit kleinen Goldringen geschmückt sind.

Ich trage die erst heute Morgen gekauften goldenen High Heels mit einem Vorhang aus Strasssteinen um die Knöchel. Ich fühle mich unglaublich stark und sexy und bin bereit, gegen den berühmten Levi Iwanowitsch anzutreten, den ich sofort erkenne – wie könnte es auch anders sein?

Er sitzt bequem in einem der weinroten Ledersessel an der Bar, die Beine übereinandergeschlagen und ein Glas Whisky in der Hand. Obwohl ich mich verspätet habe, ist er noch da und wartet geduldig auf mich.

Den ganzen Tag über war ich überzeugt, dass ich nicht gehen würde.

Doch im letzten Moment wurde die Neugier unerträglich. Wenn ich ihm nicht »auf diese Weise« gefalle, muss ich wissen, was er von mir will – und natürlich auch, über wie viel Geld wir reden.

Meine Tante behauptet, ich sei käuflich.

Ich persönlich nenne es meinen *Sinn fürs Praktische*. Betont langsam gehe ich auf ihn zu, setze mich in den Sessel ihm gegenüber und überschlage die Beine. Er scheint ein wenig überrascht zu sein, mich zu sehen, als ob er gedacht hätte, ich würde nicht kommen.

Schweigend sehen wir uns an. Nach ein paar Sekunden leert er sein Glas und stellt es auf den Tisch zwischen uns.

»Was ist dein Gift?«

Ich wünschte, es wäre nur eines. Ich versuche zu scherzen: »Du musst dich etwas genauer ausdrücken.«

Ein Kellner erscheint. Levi lässt mich nicht aus den Augen. Sein Blick ist ernst.

»Da, wo ich herkomme, lehnt man einen angebotenen Drink auf keinen Fall ab. Es gibt sogar ein Sprichwort: ›Nur Spione trinken nicht‹. Also … Brandy? Champagner?«

Hocherfreut gebe ich nach. Ich verrate es ihm nicht, aber ich lehne sowieso nie einen Drink ab. Nicht nur in Russland wird gern getrunken.

»Lieber einen Rotwein.«

»Wie wäre es mit einer Flasche *Ao Yun*, Sir?«, schlägt der Kellner in einem Englisch vor, das deutlich besser ist als meines.

Levi nickt und erklärt: »*Ao Yun* ist ein legendärer Rotwein. Der Name bedeutet ›Über den Wolken fliegen‹. Er ist köstlich, obwohl ich Wodka bevorzuge – reiner Patriotismus, nehme ich an.«

Während wir bedient werden, blicke ich mich neugierig im Raum um und frage mich, wie viel eine Nacht in einer Suite hier wohl kosten mag. Diesen Luxus möchte ich mir auch irgendwann einmal genehmigen. Eines Tages werde ich hierher zurückkommen, das steht fest.

»Ich hätte keine bessere Wahl treffen können«, dringt Levis Stimme zu mir durch.

Ich folge seinem Blick zu meinen Füßen, besser gesagt zu meinen Schuhen, und lächle.

»Es ist geradezu ein Fluch, einen guten Geschmack zu haben, ohne reich zu sein.«

»Du könntest es werden.«

Ich ziehe eine Augenbraue hoch, und er fährt fort: »Ich möchte nicht lang um den heißen Brei herumreden.« Er lehnt sich nach vorn und stützt seinen Ellbogen lässig auf sein Knie. »Ich arbeite seit vielen Jahren als professioneller Pokerspieler und bin sehr beeindruckt von deiner Spielweise.«

Klar, dass er ein Profi ist. Trotz seiner Niederlage wusste er, was er tat, und er tat es gut.

»Ich habe noch nie jemanden getroffen, der so gut Karten zählen kann wie du«, fügt er in einem Tonfall hinzu, der eine gewisse Bewunderung nicht verhehlen kann. »Ich wünschte, ich könnte es, aber ich bin nicht gerade das, was man ein Mathegenie nennt ...«

»Du willst also Privatunterricht?«

Ich sage das im Scherz, aber sein ernster Blick lässt mich innehalten. Ist es wirklich das, was er die ganze Zeit im Sinn hatte? Komischer Typ.

»Ich nehme an der jährlich stattfindenden Poker-Weltmeisterschaft in Las Vegas teil«, erklärt er. »Und zwar in einer Woche.«

Ich lache gezwungen auf.

»So schnell kann man nicht lernen, Karten zu zählen.«

Seine tiefe Stimme klingt fast verrucht, als er mir so ruhig, als ob er über etwas ganz anderes spräche, entgegnet: »Ich bin ein sehr fleißiger und engagierter Schüler.«

Heilige Scheiße, ich spüre fast, wie mir seine Stimme durch Mark und Bein geht.

»Das ändert nichts«, sage ich und trinke einen Schluck, um mein Erröten zu verbergen. »Ich habe Jahre gebraucht, um diese Kunst zu beherrschen. Auf keinen Fall schaffst du es in einer Woche.«

Er schenkt mir ein rätselhaftes Lächeln, als hätte ich etwas übersehen.

»Also, wenn Sie mir helfen, Miss Alfieri, nehme ich Sie mit nach Las Vegas.«

Seine Antwort macht mich sprachlos. Es ist ihm gelungen, mein uneingeschränktes Interesse zu wecken. Ich höre fast die Warnung meiner Mutter, dass das alles andere als eine gute Idee ist – dass jemand wie ich besser nicht nach Las Vegas gehen sollte.

Und doch sehe ich mich schon dort. Ich träume von Las Vegas, seit ich fünfzehn bin.

»Okay, ich höre. Was müsste ich tun?«

Wenn meine Reaktion ihn zufriedenstellt, zeigt er es jedenfalls nicht. Als hätte er gewusst, dass ich nachgeben würde. Der Gedanke ärgert mich.

»Du sollst mich während des Turniers begleiten und mich coachen. Es ist üblich, dass Spieler Mentoren haben, aber bisher habe ich das nie in Anspruch genommen. Es würde bedeuten, dass du fast die ganze Zeit an meiner Seite bleiben müsstest. Natürlich würdest du dafür gut bezahlt. Du bekämst auch einen Teil des Preisgeldes, falls ich am Ende gewinne. So viel Geld brauche ich ohnehin nicht.«

Was für eine Arroganz. Und doch sagt er es so aufrichtig und ohne die geringste Anmaßung, dass ich ihm nicht einmal böse sein kann.

Ich tue so, als würde ich darüber nachdenken, als er noch einmal nachhakt: »Du hast auch ein gutes Auge für Körpersprache, nicht wahr?«

Ich zögere lange, ehe ich ihm die Wahrheit sage. Mit dieser Art Informationen riskiere ich nichts.

»Meine Mutter ist Verhaltenspsychologin. Sie beschäftigt sich aktiv mit der Theorie der Mikromimik und mit Lügendetektion. Mit diesen Dingen bin ich aufgewachsen.«

Das scheint ihn zu überraschen, aber vor allem zu gefallen.

Er nickt langsam und fragt mich, ob ich in der gleichen Branche arbeite.

»Ja, ich habe ebenfalls Psychologie studiert.«

»Jetzt verstehe ich so einiges. Dann bist du also in der Lage, zu erkennen, wer blufft und wer nicht, richtig?«

»Zwar handelt es sich dabei nicht um eine exakte Wissenschaft, aber in neunzig Prozent der Fälle liege ich richtig. Das ist meine Superkraft«, seufze ich und trinke einen weiteren Schluck Wein.

Levi sagt lange Zeit nichts. Ich merke, dass er nachdenkt. Immer noch schaut er mir in die Augen, doch er sieht nicht mich an. Er ist ganz woanders.

Als er schließlich wieder ins Hier und Jetzt zurückkehrt, ist sein Lächeln ebenso charmant wie berechnend.

»Rose Alfieri, du bist ein vom Himmel gefallener Engel.«

Das glaubst du vielleicht.

»Ich bin alles andere als ein Engel.«

»Dann haben wir ja etwas gemeinsam«, sagt er und setzt sich aufrecht hin. »Vielleicht unterhalten wir uns in vielen Jahre in der Hölle einmal über dieses Gespräch und bedauern, dass wir nicht bescheidener waren. Bis dahin sollten wir gemeinsame Sache machen.«

Meine Entscheidung ist längst gefallen, zumindest beinah, aber ich lasse mir Zeit, damit er die Geduld verliert. Aber er wartet brav, und ich frage mich, ob er vielleicht meine Gedanken lesen kann.

Ich will nicht, dass er mich für vorhersehbar hält. Er soll auch keinesfalls denken, er hätte die Oberhand. Trotzdem stelle ich mir Las Vegas vor: den herrlichen Klang der Spielautomaten, die endlosen Pokertische, das viele Geld. Tag und Nacht.

Ich *muss* dorthin.

Genau aus diesem Grund führe ich den Teufel in Versuchung.

»Eine anständige Frau gibt dem Ruf des Geldes nicht nach, schon gar nicht, wenn er von zwielichtigen Männern kommt.«

Auch das scheint ihn nicht zu überraschen. Er nimmt ein Notizbuch und einen Stift aus seiner Innentasche und schreibt etwas auf, das ich nicht sehen kann. Er reißt das Blatt heraus, faltet es zusammen und schiebt es über den Tisch. Ich entdecke Tätowierungen auf seinen Fingerknöcheln. Es sind Zahlen, die ich nicht entziffern kann.

Ich greife nach dem Zettel und falte ihn auseinander. Beim Anblick der vielen Nullen überschlägt sich mein Herz fast. Während ich das gefaltete Papier in meinen BH stecke, lächle ich Levi zu.

»Zum Glück für dich und für mich bin ich keine anständige Frau. Wo muss ich unterschreiben?«

4

Mai. Macau, China.

Levi

Rose Alfieri ist seltsam.

Ich kenne sie erst seit wenigen Tagen, aber sie hat schon alle meine Erwartungen übertroffen. Trotzdem weiß ich nichts über sie. Das, was ich herauszufinden versuche, versteckt sie perfekt. Ihr Gesicht ist eine makellose weiße Leinwand ohne jeden Ausdruck; wie ein doppelt verschlossener Safe.

Unmöglich zu öffnen.

Selbst ihr Lächeln ist unecht. Wenig überraschend gefällt mir das. Nicht, weil ich Tresore mag, sondern weil das, was sie enthalten, normalerweise viel wert ist.

Thomas liegt mir in den Ohren, dass ich einen Fehler mache. Dass der Sieg mich blendet. Oder meine Rache. Zurück in unserem Hotelzimmer lächle ich nur, während ich meine Krawatte löse, und sage überheblich, wie ich nun mal bin: »Hatte ich jemals eine schlechte Idee?«

Meine Schauspielkunst scheint meinen Freund nicht sonderlich zu beeindrucken. Er liegt bequem auf seinem Bett.

»Wie zum Beispiel die lächerlichen Tattoos im Gesicht?«

Bei diesen Worten runzele ich die Stirn. Thomas spricht mit einem starken schwedischen Akzent, was es manchmal schwierig macht, ihn zu verstehen, aber ich habe die Stichelei sehr wohl mitbekommen.

»Du fandest sie cool!«

»Wir waren in dieser Nacht total dicht, Levi. Ich bin mal gespannt, wie du mit neunzig darüber denkst.«

Darauf gebe ich keine Antwort, denn so betrunken ich auch war, das Tattoo habe ich nie bereut. Es war keine Spinnerei, sondern ein Tribut an die Karten. Damit ich nie vergesse, was sie mir genommen haben und was sie aus mir gemacht haben.

Rose unterschrieb ihren Vertrag – sie hatte darauf bestanden, einen zu bekommen – und verschwand dann für zwei Tage, nicht ohne sich zu beklagen, dass sie Carlotta, wer auch immer das war, früher als erwartet wieder verkaufen müsse. Ich kann nur hoffen, dass es sich nicht um ein Kind handelt.

Gut zehn Minuten müssen wir am Flughafen von Macau auf sie warten. Thomas flucht wütend vor sich hin, Geduld ist nicht gerade seine Stärke. Außerdem ist er es nicht gewohnt, dass unsere Gruppe sich vergrößert – vermutlich will er mich ganz für sich allein.

»Noch eine Minute, dann gehen wir ohne sie.«

»Sie wird schon kommen«, versichere ich ihm und bleibe entspannt sitzen. »Sie will uns nur beweisen, dass sie niemandem außer sich selbst gehorcht.«

»Wie alt ist sie? Fünfzehn?«

Ich antworte nicht, denn in diesem Augenblick kommt Rose. Sie trägt eine hoch taillierte Jeans und ein dunkles Mieder zu einem XL-Anzugjackett, das wahrscheinlich aus der Herrenabteilung stammt. Ganz entspannt raucht sie ihre Zigarette vor den automatischen Türen fertig und zertritt die Kippe, ehe sie sich zu uns setzt. Ich schüttele den Kopf. Rauchen halte ich für eine schlechte Angewohnheit.

Beim Anblick ihres einzigen, allerdings riesigen Koffers frage ich mich, wie sie es nur geschafft hat, all ihre Schuhe darin unterzubringen – und ich kann mir gut vorstellen, dass sie eine ganze Menge davon hat.

Das Vergnügen, mich über ihre Verspätung zu ärgern, gönne ich ihr nicht, sondern stelle mit ebenso teilnahmslosem Gesicht wie dem ihren vor: »Rose Alfieri, Thomas Kalberg.«

Sie mustert ihn mit gleichgültigem Blick, der von seinem feinen Bart zu seinem langen blonden Haar gleitet, das zu einem Männerdutt gebunden ist, und blinzelt dann hinter ihrer Vintage-Sonnenbrille.

»Oh. Du bist der Chauffeur vom letzten Mal.«

Thomas verzieht auf komische Weise den Mund, was mir beinahe ein Lächeln entlockt. Er bemerkt es natürlich und wirft mir einen bösen Blick zu. Vielen Leuten unterläuft der gleiche Fehler, und das ärgert ihn.

»Ich bin nicht sein Chau...«

»Hat dir schon mal jemand gesagt, dass du aussiehst wie Chris Hemsworth? Na ja ... eher wie eine Beta-Version.«

Oh ja, mindestens einige hundert Mal. Und genau das ist Thomas' schlimmster Fluch. Ganz gleich, was er tut, er kann ihn nicht abschütteln. Hätte er nicht diese verruchte Narbe quer über seinem feinen Mund, würde man keinen Unterschied bemerken.

Ich lächle und lege scherzhaft eine Hand auf seine muskulöse Schulter.

»Du hast ein gutes Auge, Rose. In Schweden ist er sogar sein offizieller Doppelgänger. Er tritt bei Geburtstagsfeiern und manchmal auch bei Junggesellinnenabschieden auf und bekommt fünfzig Euro extra, wenn er das Oberteil auszieht. Nicht wahr, Tommy?«

Der liebevolle Spitzname genügt nicht, um ihn zu besänftigen. Er dreht sich zu mir um und presst zwischen zusammengebissenen Zähnen hervor: »Du hast versprochen, mit diesem Mist aufzuhören. Nach drei Jahren ist es nicht mehr lustig.«

»Ich finde es witzig«, bemerkt Rose.

Thomas würdigt sie keines Blickes, während er mürrisch sagt: »Ich kann sie wirklich nicht ausstehen. Lassen wir sie hier.«

Er mag niemanden – außer mir natürlich. Wie sollte es auch anders sein?

»Thomas ist nicht mein Chauffeur, sondern mein Bodyguard und Partner«, erkläre ich Rose und flüstere ihr anschließend zu: »Und er hasst es, mit Chris verglichen zu werden. Tabuthema.«

Das stimmt übrigens, obwohl mein bester Freund immer die Rolle des Chauffeurs übernimmt, wenn wir verreisen müssen. Wegen meiner Einschränkung darf ich keinen Führerschein machen – meine Sehkraft ist zu schlecht zum Fahren.

»Ebenfalls Pokerspieler?«, fragt sie.

Thomas nickt nur und sieht aus, als wolle er sagen: *Meine Bezahlung reicht nicht, um so zu tun, als würde es mir Spaß machen.*

Rose wendet sich mit ernstem Gesicht an mich und meint: »Ich dachte, du wärst Profi?«

»Das bin ich.«

»Nur ein Anfänger glaubt, dass er bei einer Meisterschaft ›Freunde‹ gewinnen kann«, erwidert Rose. »Schon gar nicht bei einem internationalen Turnier, das mehrere Millionen Dollar einbringt.«

Ich widerstehe dem Drang, zu lächeln. Sie hat recht, und das weiß ich natürlich. Aber sie kennt mich nicht. Sie weiß nichts über mein Leben. Deshalb gehe ich gefährlich nah an sie heran und flüstere berauscht vom Duft ihres Parfüms: »An dem Tag, an dem ich deinen Rat brauche, werde ich dich darum bitten.«

Damit schnappe ich mir meinen Koffer und mache mich auf den Weg zur Schlange vor dem Check-in. Ich brauche mich nicht umzudrehen, um ihre Empörung zu spüren. Thomas geht neben mir her und hat Mühe, ein siegessicheres Grinsen zu verbergen.

Im Flugzeug tut er so, als schliefe er, um sich vor Small Talk zu drücken. Rose würde es ihm vielleicht gern gleichtun, aber ich lasse ihr keine Zeit dazu.

Ich habe ihr noch nicht meinen ganzen Plan erklärt und ihr nicht verraten, warum mir so viel daran liegt, zu gewinnen. Thomas meint, ich solle es lassen, aber ich halte es für wichtig. Wir müssen einander zumindest ein bisschen vertrauen, damit das funktioniert.

»Erzähl mir von dir, Rose.«

»Wie hast du Pokern gelernt?«, fragt sie zurück. »Ich dachte, das ist in Russland illegal.«

Ich neige den Kopf, denn ich bin überrascht, dass sie sich für diese Ausweichtaktik entscheidet. Sie spricht also nicht gern über sich. Ich verstehe.

»Das stimmt«, sage ich schlicht. »Glücksspiel ist zwar gesetzlich verboten, aber in Moskau gibt es geheime Räume in schicken Clubs und Restaurants. Man muss bezahlen, um hineinzukommen.«

»Erinnert an James Bond. Das gefällt mir. Ich nehme an, du veranstaltest heimliche Partys in deinem eigenen Club? Das würde ich nämlich tun.«

»Kann schon sein … Meine Liebe zum Spiel habe ich von meinem Vater, der ein berühmter Spieler war.«

Rose kichert über einen Witz, den nur sie versteht.

»Dann war er entweder ein Versager oder ein Genie.«

»Das Erste trifft zu. Und du?«

Sie zögert einen Moment, ehe sie antwortet, ohne mich aus den Augen zu lassen: »Was meinst du? Meinen Vater oder wie ich das Pokern gelernt habe?«

»Was immer dir lieber ist.«

Sie lächelt verschmitzt und starrt dabei durch die Luke auf einen Punkt über meiner Schulter.

»Ich hatte einen Mentor«, seufzt sie nach einer langen Pause. »Zunächst ging es ihm nur darum, sein Wissen weiterzugeben. Als er dann merkte, wie gut ich war, hat er mich benutzt. Für ihn war ich ein Geschenk des Himmels. Eine Möglichkeit, sich zu bereichern. Ich liebte ihn zu sehr – genug, um es zuzulassen.«

Vermutlich bin ich nicht viel besser als dieser Mann, denn ich verstehe ihn. In gewisser Weise ist es das, was auch ich vorhabe. Schweigend lasse ich sie weitereden. Leider kommt sie schnell wieder zur Sache und bietet mir die Stirn.

»Was genau erwartest du eigentlich von mir? Dass ich dir beibringe, die Karten zu zählen? Oder soll ich ein zweiter Cal Lightman werden? Dir dabei helfen, den größten Bluff des Jahrhunderts durchzuziehen, wie bei *Ocean's Eleven?* Das wäre für mich in Ordnung, aber nur, wenn ich Matt Damons Rolle übernehmen darf – er sieht nicht nur am schärfsten aus, sondern ist auch der Intelligenteste.«

Mit gesenkter Stimme fasse ich ihr zusammen, was ich vorhabe. Ich erzähle ihr von Tito und meinem unbedingten Siegeswillen. Sie will wissen, was ich gegen ihn habe. Ich lüge sie an und sage, er hätte mich bisher immer besiegt, und zwar nicht immer ganz fair – das zumindest stimmt.

»Oh, dann schummelt er also.«

Ich nicke. Sie zieht ihr Jackett aus und enthüllt seidige, leicht gebräunte Schultern. Ihr Parfüm verteilt sich in unserer Sitzreihe, ein süßer Duft nach Pfirsich und Sandelholz, wie das Flüstern einer vagen Erinnerung an eine sonnige, verträumte Landschaft zwischen Olivenhainen.

»Du brauchst ihn bloß auffliegen lassen. Problem gelöst.«

Das lehne ich kategorisch ab.

»Das wäre zu einfach und würde viel weniger Spaß machen. Ich will, dass er gegen mich verliert.«

Mein entschlossener Ton scheint sie zu überraschen. Auch Thomas ist ihrer Ansicht. Es war das Erste, was er mir riet, als ich ihm vor drei Jahren davon erzählte. Aber ich stehe zu dem, was ich an jenem Tag gesagt habe.

»Ich bin ein Ehrenmann.«

»Sagt der Mann, der bei unserer ersten Begegnung geschummelt hat«, antwortet sie und zieht eine Augenbraue hoch.

Ich lächle sanft.

»Das ist nicht dasselbe. Ich habe nicht geschummelt, um zu gewinnen. Ich hätte das Spiel sowieso gewonnen.«

»Ich dachte, so etwas kann man nicht vorhersehen?«

»Mein Gegner hat geschwitzt wie ein Schwein«, erkläre ich geduldig. »Ich muss kein Lügendetektor-Ass sein, um zu wissen, dass er höchstens ein Paar hatte. Er hat miserabel geblufft.«

»Warum hast du dann geschummelt?«

Pause. Ich mustere sie neugierig. Ich weiß genau, dass sie es verstanden hat, wenn nicht sogar genauso fühlt. Warum fragt sie mich also?

Ich spiele mit und antworte achselzuckend: »Natürlich wegen des Adrenalins.«

Sie nickt stumm. Ich erzähle ihr, dass wir für die Dauer der verschiedenen Turniere, die zu dieser Zeit stattfinden, also einundfünfzig Tage, auf Kosten meiner Sponsoren im *Caesar's Palace* wohnen werden. Dass wir außerhalb der Spielzeiten zusammen trainieren und dass sie mich auch während der Turniere unterstützen soll. Sie blinzelt.

»Mit Turnieren kenne ich mich nicht wirklich aus ... aber ich glaube kaum, dass es dem Publikum gestattet ist, in den Spielräumen herumzulaufen, oder?«

»Das ist richtig, aber ich habe an alles gedacht. Du wirst die Möglichkeit haben, problemlos zwischen den Tischen hin- und herzuwandern und die Spieler, gegen die ich antrete, zu beobachten, um mir später über ihre Gewohnheiten Bericht zu erstatten.«

Sie schaut mich fragend an, aber ich verspreche ihr, ihr alles genau zu erklären, sobald wir im Hotel sind.

»Das klingt ziemlich nach Schummelei, aber okay.«

Darauf gebe ich keine Antwort. Den Rest des Fluges verbringen wir schlafend – oder besser gesagt, sie schläft, und ich nutze die Gelegenheit, um über alles nachzudenken, was in Las Vegas noch schiefgehen könnte.

Ich weiß, dass es verrückt war, Rose einzustellen. Nie und nimmer lerne ich in derart kurzer Zeit, Karten so schnell zu zählen wie sie. Vermutlich nicht einmal, wenn ich den Rest meines Lebens damit verbringen würde. Aber warum sollte ich es nicht zumindest versuchen?

Was mich am meisten interessiert, ist ihre Beobachtungs- und Analysegabe. Wenn sie mir helfen kann, die Mauer namens Tito zu entschlüsseln, habe ich eine zusätzliche Chance, ihn zu besiegen.

Und wenn das bedeutet, dass ich einem orientierungslosen, labilen und arroganten Mädchen ein kleines Vermögen zahlen muss … dann soll es eben so sein.

Ziemlich schnell kann ich feststellen, dass Rose noch nie in Las Vegas war. Kaum sind wir angekommen, hält sie die Klappe und schaut sich mit neugierigen, hungrigen, ja sogar leicht bewundernden Blicken um.

Auch wenn ich sie kaum eine Woche kenne, war mir klar, dass es ihr gefallen würde. Als Thomas den Kofferraum des Mietwagens öffnet – es ist ein schöner, glänzend schwarzer

Audi R8 –, streicht Rose mit einer fast ehrfürchtigen Geste über die Karosserie.

Mir ist längst aufgefallen, dass sie schöne Autos mag. Wenn ich so darüber nachdenke, dürfte das wohl auch »Carlotta« erklären – glücklicherweise war es kein Hund oder so.

»Darf ich fahren?«

»Nein«, antwortet Thomas an meiner Stelle, während er unsere Taschen in den Kofferraum legt.

Rose wirft ihm ziemlich unverfroren einen finsteren Blick zu. Wenn ich sie wäre, würde ich dieses Spiel mit Thomas nicht spielen, sie könnte dabei Federn lassen. Aber ich finde es lustig, die beiden zanken zu sehen, also lasse ich sie.

»Warum nicht?«

»Erstens, weil ich grundsätzlich immer fahre. Und zweitens, weil wir dich erst seit … wie lange? Seit vielleicht fünf Minuten kennen.«

Sie murmelt etwas auf Italienisch, das ich nicht verstehe, und grinst ihn schließlich spöttisch an.

»Entschuldige, Chris. Stimmt ja, das ist dein Job.«

Damit überlässt sie es ihm, ihren Koffer ins Auto zu wuchten, und setzt sich wie eine verwöhnte Prinzessin auf den Rücksitz. Mit den Händen tief in den Hosentaschen muss ich unwillkürlich lächeln. Was für ein herrliches Biest. Thomas beißt die Zähne zusammen, versucht, sich zu beherrschen, und starrt mich wütend an. Er ist kurz davor zu explodieren.

»Ich lasse ihren verdammten Koffer auf dem Bürgersteig stehen, Levi. Um nichts in der Welt rühre ich ihn an.«

Vielleicht sollte ich Rose warnen, dass Thomas anders ist und dass sie sich zweimal überlegen sollte, ob sie ihn provozieren will … Sein Götter-Komplex macht ihn stolzer, als gut für ihn ist, und seine Unfähigkeit, Empathie für seine Mitmenschen zu empfinden, führt manchmal zu gewalttätigem

Verhalten. Daran arbeiten wir noch. Aber abgesehen davon ist er ein echt netter Kerl.

Ich stelle mich neben ihn, tippe ihm auf die Schulter und sage leise: »Ich würde viel Geld bezahlen, um das zu sehen … Aber ich brauche sie.«

»Du brauchst überhaupt niemanden.«

Ich wünschte, das wäre wahr.

»Sei nett zu ihr, okay? Die Ärmste hat noch keine Ahnung, was auf sie zukommt.«

Er runzelt die Stirn und will wissen, was ich im Schilde führe. Ich packe Roses Koffer ins Auto und muss grinsen, wenn ich an die Idee denke, die mir im Flugzeug kam, und an ihren Gesichtsausdruck, wenn sie davon erfährt.

Ich bin ein Genie.

»Vertrau mir. Das Lächeln wird ihr schnell vergehen.«

Thomas hakt nicht weiter nach und fährt uns zum Hotel.

Ich bin so müde, dass ich während der Autofahrt kein einziges Wort sage. Rose schaut fasziniert aus dem offenen Fenster. Warmer Wind zerzaust ihr kurzes Haar. Es herrscht eine erstickende Hitze. Die in Las Vegas üblichen fünfundvierzig Grad habe ich keineswegs vermisst. Mit den Temperaturen, die ich gewohnt bin, hat das hier absolut nichts zu tun.

Als wir vor dem Hotel ankommen, hat sich bereits eine kleine Menschenmenge vor dem Eingang versammelt. Aus der Ferne erkenne ich die bekannten Gesichter einiger berühmter Spieler. Das *Caesar's Palace* ist das perfekte Hotel für einen Aufenthalt in Las Vegas und ganz nebenbei der Treffpunkt vieler wohlhabender Spieler.

»Sieht ganz danach aus, als wären wir nicht die Einzigen, die um diese Zeit ankommen«, brummelt Thomas leise vor sich hin.

Genau wie ich es geplant hatte.

Rose folgt meinem auf Titos Rücken gerichteten Blick. Diesen Mann würde ich überall wiedererkennen. Er ist sehr groß, hat breite Schultern, grau meliertes, immer nach hinten gekämmtes Haar und ein markantes Kinn, das Frauen zu gefallen scheint.

Während mein Freund das Auto parkt, dreht sich meine schlimmste Nemesis um, als hätte er meine Anwesenheit gespürt. Unsere Blicke treffen sich wie zwei Magnete, die einander unwiderstehlich anziehen, und er lächelt breit.

Ich habe auf dich gewartet, scheint er zu sagen.

Mir dreht sich der Magen um, und meine Kehle schnürt sich zusammen. Ich hasse diese Mischung aus Wut und Angst, die mich jedes Mal überkommt, wenn ich ihn sehe. Er macht mir Angst.

»Sollen wir später wiederkommen?«, fragt Thomas und betrachtet die Leute, die sich um Tito scharen wie Wespen um einen Honigtopf.

Jetzt erst begreife ich, dass es sich um Journalistinnen und Journalisten handelt.

Absolut perfekt. Sogar besser, als ich dachte.

»Nicht nötig. Gehen wir.«

Thomas steigt als Erster aus. Rose sieht mich schweigend an, als spüre sie, dass etwas nicht in Ordnung ist. Ich löse meinen Gurt und lehne mich ein wenig näher als nötig zu ihr. Sie weicht keinen Millimeter zurück.

Ich flüstere ihr ins Ohr: »Siehst du den Mann da rechts, der ein bisschen wie Mads Mikkelsen aussieht?«

Sie folgt meinem Blick mit ihren von einer Sonnenbrille verdeckten Katzenaugen und nickt flüchtig.

»Tito, nehme ich an.«

»Richtig. Merk dir dieses Gesicht.«

Ich öffne meine Autotür, während Thomas bereits dabei ist,

unser Gepäck auszuladen. Ich bitte ihn, vorauszugehen und uns einzuchecken. Einer der Journalisten um Tito nutzt die Abwesenheit meines Bodyguards, um sich mit seiner Kamera zu nähern. Die anderen tun es ihm nach.

Rose hält sich im Hintergrund und macht sich ganz klein – zum ersten Mal, seit ich sie kenne. Ich hätte gedacht, dass sie gern mit Kameraobjektiven flirtet, aber ihr Selbstwertgefühl scheint Grenzen zu haben.

»Levi! Wie fühlt es sich an, wieder dabei zu sein? Und das nach der soundsovielten Niederlage letztes Jahr?«

Er bohrt in der Wunde: ein Klassiker bei Haien wie ihm. Ich gebe mich absolut selbstsicher, denn ich bin mir der Kameras bewusst, vor allem aber des intensiven Blicks von Tito, der nur ein paar Meter entfernt steht. Er genießt die Situation.

»Geradezu euphorisch, wie immer. Ich kann es kaum erwarten, auf meine zukünftigen Gegner zu treffen.«

Mehrere Journalisten und Journalistinnen sprechen nun gleichzeitig, und ich weiß nicht, wem ich zuerst antworten soll. Eine Frau erhebt die Stimme und hält mir das Mikrofon unmittelbar vors Gesicht.

»Vor drei Monaten haben Sie eine echte Bombe platzen lassen. Können Sie bestätigen, dass dies Ihr letzter Auftritt bei der World Series of Poker ist?«

Plötzlich schweigen alle. Ich bleibe ganz ruhig.

»Das ist richtig.«

»Sie haben Ihre Meinung also nicht geändert?«, hakt sie nach.

»Meine Meinung zu ändern entspricht in aller Regel nicht meiner Art.«

»Dürfen wir wissen, warum Sie sich so entschieden haben?«, fragt jemand anderes. »Einigermaßen überraschend von Ihnen. Vor allem nach zwei Niederlagen in Folge.«

Ich verzichte auf die Feststellung, dass ein Platz unter den ersten drei ganz und gar keine Niederlage ist. Nicht zu gewinnen macht einen noch lange nicht zum Verlierer. Stattdessen lasse ich eine dramaturgische Pause entstehen. Mein geheimnisvolles Lächeln scheint sie noch neugieriger zu machen.

»Ich will es einmal so ausdrücken … Ich habe kürzlich erkannt, dass es wichtigere Dinge im Leben gibt.«

»Was meinen Sie damit? Haben Sie andere Pläne?«

»Ganz richtig. Ich liebe Poker, aber jetzt möchte ich gerne etwas völlig anderes aufbauen.«

Ich spüre eher, als dass ich sehe, wie Tito in einiger Entfernung die Augen zusammenkneift. Ich zittere vor Aufregung, als ich mit einem breiten Lächeln verkünde: »Vor Ihnen steht ein Mann, der bald heiraten wird!«

Ich ignoriere, dass Rose sich hinter mir fast verschluckt, wende mich ihr zu und nehme ihre Hand. Ihre Haut ist kalt, fühlt sich aber weich an. Ich wage nicht, ihr in die Augen zu sehen, weil ich sicher bin, blanken Hass darin zu finden, während ich hinzufüge: »Darf ich Ihnen meine wunderschöne Verlobte Rose Alfieri vorstellen?«

5

Mai. Las Vegas, USA.

Rose

Ich habe noch nie solche Lust gehabt, jemanden zu verprügeln.

Levi lächelt stolz in die Menge wie ein junger Ehemann, und einen Moment lang stelle ich mir vor, dieses Lächeln mit einem Schlag auf den Mund auszulöschen. Als könne er meine Gedanken lesen, drückt er meine Hand und fordert mich so auf, mich zu benehmen. Dieser Mistkerl.

Ich bleibe stumm. Mein Blick meidet die Kameras. Ich bin keine gute Schauspielerin. Ich kann lügen, das ja, und ich kann meine Gefühle verbergen. Aber zu schauspielern ist etwas ganz anderes.

»Tut mir leid, aber wir hatten einen langen Flug«, sagt Levi und greift gentlemanlike nach meinem Koffer. Wir müssen uns ein wenig ausruhen, nicht wahr, *Lyubimaya*?«

Ich weiß nicht, wie er mich gerade genannt hat, aber er wirft mir einen liebevollen Blick zu, und ich bekämpfe den Drang, ihm in die Eier zu treten.

Oh, ich werde den Kerl umbringen.

Was ist bloß los mit ihm? Das war nicht Teil der Abmachung! Er lässt meine Hand nicht los, während wir uns einen Weg zum Eingang bahnen, und ich begreife erst später, dass er versucht, den fehlenden Verlobungsring zu verbergen. War das von Anfang an sein Plan? Oder will er mich bestrafen? Er hat mich überrumpelt und mir eine Falle gestellt, weil er wusste, dass ich es vor Zeugen schlecht leugnen konnte.

Oh, aber er weiß nicht, mit wem er es zu tun hat.

Ich verhalte mich ganz ruhig, als wir in der Hotellobby auf Thomas treffen. Beim Anblick unserer verschränkten Hände zieht er überrascht und verärgert die Augenbrauen hoch, sagt aber nichts und überreicht uns unsere Zimmerschlüssel. Levi steckt sie in seine Hosentasche und bittet ihn, uns in einer Stunde treffen.

Mein Blut kocht. Allein die Blicke der Menschen ringsum hindern mich daran, zu explodieren. Ohne eine Miene zu verziehen, steigen wir in den Aufzug, aber kaum haben sich die Türen geschlossen, lässt Levi so plötzlich meine Hand los, als hätte er sich verbrannt.

Sofort packe ich ihn an der Gurgel und presse ihn heftig gegen die Fahrstuhlwand.

»*Cazzo!* Was stimmt nicht mit dir?«, schreie ich ihn wütend an. Mein Gesicht ist nur Zentimeter von seinem entfernt.

Er reagiert nicht, ganz, als hätte er eine solche Reaktion erwartet. Stattdessen mustert er mich. Seine Wimpern berühren seine Wangen. Trotz seiner scheinbaren Gelassenheit merke ich, dass ihm mein Tonfall nicht sonderlich gefällt.

»Ich kann es nicht leiden, angefasst zu werden. Lass mich los«, befiehlt er knapp. »Sofort!«

»Und ich kann es nicht leiden, verarscht zu werden. Daran müssen wir uns wohl gewöhnen.«

Sein Lächeln ist verschwunden, und sein Ausdruck eisig geworden. Er ist schön und Furcht einflößend zugleich. Ich sollte mich wohl lieber nicht mit einem solchen Mann anlegen, aber mein Stolz hindert mich daran, nachzugeben.

»Die Wände haben Ohren«, sagt er nur.

Die Fahrstuhltüren öffnen sich. Er löst meine Hände von seinem Hals. Lässig streicht er sein Hemd glatt und steigt aus, ohne sich zu vergewissern, ob ich ihm folge.

Die Schönheit des Flurs oder gar der Suite – eine Suite? – kann ich nicht wirklich genießen. In der Mitte des Raums bleibe ich neben dem Billardtisch stehen, verschränke die Arme und warte auf irgendeine Art von Erklärung. Levi nimmt sich Zeit. Er lässt sich mit einem kleinen Seufzer auf das violette Samtsofa fallen, fährt sich mit der Hand durch sein dunkles Haar, entblößt dabei kurz seine Stirn und lockert seine Krawatte.

»Diese kleine Lüge ist Teil meines Plans, Tito zu verunsichern«, erklärt er schließlich. »Er soll denken, dass er gewinnt, weil ich mit dem Pokerspiel aufhöre, und er soll nachlässig werden.«

Zumindest steckt ein vernünftiger Grund dahinter und nicht der Wunsch, mich zu ärgern ... Aber eine »kleine« Lüge? Echt jetzt? Immerhin geht es um eine Ehe! Da, wo ich herkomme, ist die Ehe heilig. Am liebsten würde ich ihn einfach sitzen lassen, weil er mich derart ausgetrickst hat, aber der Lockruf des Geldes ist stärker.

»Und wie willst du das anstellen?«

Levi blickt zu mir auf und lächelt geradezu diabolisch. Mir wird heiß und kalt.

»Tito kennt mich. Er weiß, dass ich niemals aufgeben werde – nicht, nachdem ich versprochen habe, ihn eines Tages zu entthronen. Das Einzige, was mich möglicherweise von meinem Ziel ablenken könnte, ist die Liebe«, fügt er hinzu und tippt mit zwei tätowierten Fingern auf sein Herz.

Seine Denkweise verblüfft mich. Wenn ich ihn richtig verstanden habe, will er Tito und den anderen weismachen, dass er seine große Liebe gefunden hat. Und dass diese Liebe ihn vom Pokern ablenkt. Dass er sich auf seinen Lorbeeren ausruht. Dass er seinen unbedingten Siegeswillen verloren hat.

Ein bisschen weit hergeholt, aber ziemlich clever.

Levi kreuzt seine langen Beine, lehnt sich zurück und schaut mich mit bedeutungsvollem Blick an.

»Männer sind schwach, Rose. Du wirst meine Schwäche sein.«

»Von einer solchen Maskerade war nie die Rede, und ich hätte dem auch nicht zugestimmt. Wir sind nicht verlobt. Wir kennen uns nicht einmal.«

Er lächelt schelmisch.

»Wir sind in Las Vegas, Rose. Hier ist alles möglich.«

Der Mann ist verrückt. Viel verrückter, als ich dachte. Worauf habe ich mich da bloß eingelassen?

»Ich werde dich ganz sicher nicht heiraten.«

Mit einer Handbewegung wischt er meinen Einwand beiseite und antwortet völlig selbstverständlich: »Nein, natürlich nicht. Ist alles nur Tarnung.«

Denke ich wirklich darüber nach? So zu tun, als wären wir verlobt, ist viel mehr Arbeit, als er angekündigt hat. Ich bin keine Schauspielerin, und was noch wichtiger ist: Dieses Spiel ist gefährlich. Besonders mit einem Mann wie ihm.

Andererseits ist es die perfekte Gelegenheit, um Forderungen zu stellen. Schließlich geht es nur um eineinhalb Monate.

»Ich kenne nicht einmal deinen Beruf. Wer weiß, du könntest ein Mitglied der russischen Mafia sein.«

Er verdreht die Augen und antwortet in entspanntem Ton: »Was für ein Klischee. Ich besitze einen Nachtclub in Russland, das *Rasputin*. Beruhigt?«

Seine Enthüllung überrascht mich. Besitzer eines Nachtclubs? Und Pokerspieler? Er könnte wirklich stinkreich sein. Ich darf nicht schon bei der ersten Hürde aufgeben.

»Okay, einverstanden. Aber ich will mehr Geld.«

»Das versteht sich von selbst.«

Dann erklärt er, dass er die Suite gebucht habe, damit wir genug Privatsphäre haben, es aber so aussieht, als teilten wir uns ein Bett. Ich kann immer noch nicht glauben, dass ich da wirklich mitmache …

»Wir haben drei Zimmer: eins für jeden von uns. Außerhalb der Übungszeiten brauchen wir uns nicht einmal zu sehen, und wir müssen uns auch nicht mögen.«

Kapiert, klar und deutlich. Das kann ich akzeptieren und erkundige mich, ob die langweilige Kopie von Thor die Suite nebenan bewohnt, was ihm erneut ein triumphierendes Grinsen entlockt.

»Nein. Thomas wohnt hier bei uns.«

Ich schaue ihn fragend an, worauf er antwortet: »Dreimal darfst du raten!«

Ich kann es kaum glauben.

»Tito?«

Sein Lächeln wird breiter, als lache er über einen stummen Witz. Ich verstehe sein Vorhaben nicht wirklich. Die Suite neben seinem Gegner zu nehmen, finde ich riskant. Es ist zu nah, so nah, dass es nur einen winzigen Fehler unsererseits braucht, damit Tito die Täuschung erkennt. Ich weiß nicht, was Levi vorhat, aber seine Gedanken erscheinen mir ziemlich verdreht. Für heute gebe ich auf.

»Levi.«

Er wendet sich mir aufmerksam zu. Sehr ernst sage ich: »Wenn du mich noch einmal so verrätst, ramme ich dir meinen Ellbogen ins Gesicht.«

Er schweigt. Schwer, kalt und gefährlich. Meine Augen zeigen ihm, dass mit mir nicht zu spaßen ist. Dass ich es hasse, ausgetrickst zu werden. Dass ich nicht seine Angestellte, sondern seine Verbündete sein will. Entweder er behandelt mich als ebenbürtig, oder wir lassen es.

Da ich keine Antwort erwarte, nehme ich meinen Koffer und steige auf der Suche nach einem Zimmer die Wendeltreppe hinauf. Kurz bevor ich im Korridor verschwinde, hallt seine ruhige Stimme von den Wänden wider: »Da wir gerade beim Thema Drohungen sind …«

Ich drehe mich um und sehe seine Sturm-Augen, die mich mit einer beängstigenden Ruhe anstarren.

Sein Ton ist eisig: »Fass mich nie wieder so an wie eben im Aufzug.«

Stille. Hält er mich für Thomas? Glaubt er, dass ich gehorche und alles akzeptiere, nur weil er mich bezahlt? Falls ja, könnte er eine Überraschung erleben. Also lächele ich nur und gehe weiter.

Über die Schulter hinweg sage ich: »Alles hängt davon ab, wie du dich verhältst, Levi Iwanowitsch.«

Die Suite ist unglaublich.

Mein Bett ist hoch und riesengroß, und die Matratze ist so weich, dass ich befürchte, morgens nicht aus den Federn zu kommen. Levis Zimmer liegt eine Etage tiefer, direkt neben dem großen Badezimmer. Dort gibt es einen Whirlpool und eine begehbare Dusche.

Das ultimative Glück, auch wenn ich bei der Vorstellung, schon wieder auf Reisen zu sein, eine gewisse Wehmut verspüre. Trotz der Abenteuer, die ich erlebe, und der luxuriösen Unterkünfte, in denen ich wohne, bedauere ich es, kein normales Leben zu führen. Ich habe keine eigenen Möbel, keine selbst ausgesuchte Bettwäsche, keine Zimmerpflanzen … Ich würde gern meine Lieblingsbilder an die Wände hängen, aber das ist unmöglich.

Es ist, als ob ich nichts besäße. Es ist anstrengend.

Ich erkunde die Suite, ohne Levi auch nur einmal zu begegnen. Nach dem Duschen setze ich mich aufs Sofa, lege die Füße auf den Tisch und gönne mir ein Glas Wein. Die Ruhe hält für meinen Geschmack nicht lange genug an.

»Hast du es dir gemütlich gemacht?«

Ich brauche nicht aufzublicken. Den harten Akzent von Thomas, der gerade aufgetaucht ist, erkenne ich sofort. Wie immer runzelt er die Stirn und gibt sich herablassend. Er glaubt, er sei dem Rest der Menschheit überlegen; um das zu erkennen, muss man kein Genie sein. Unter anderen Umständen wären wir vielleicht Freunde geworden.

»Das hier habe ich im Kühlschrank gefunden«, sage ich und hebe mein Glas.

»Es ist gerade mal Mittag.«

»Irgendwo auf der Welt ist es immer sechs Uhr abends.«

Er baut sich vor mir auf und starrt mich aus seinen blauen Augen an.

Sein Gesicht ist, vorsichtig ausgedrückt, eigenartig. Auf eine Art sieht er ganz gut aus, aber vor allem wirkt er furchterregend. Er teilt mir mit, dass Levi in der Hotellobby auf mich wartet. Ich frage warum.

»Zum Arbeiten – dafür wirst du doch bezahlt, oder? Morgen geht das Turnier los.«

Ich kippe den Rest meines Weißweins hinunter, stelle mein Glas auf den Couchtisch und stehe auf. Wegen der Wüstenhitze lasse ich mein Jackett zurück und folge Thomas aus der Suite. Ich frage ihn, warum er ebenfalls in der Suite wohnt.

»Um dich im Auge zu behalten.«

Das reicht. Mit verschränkten Armen stelle ich mich vor ihn.

»Was hast du für ein Problem mit mir?«

Er verschwendet keine Sekunde, sondern antwortet kühl und trocken, als hätte er schon den ganzen Morgen auf diese Frage gewartet: »Du bist käuflich, launisch, wütend, egoistisch, verlogen und manipulativ. Das kann ich beurteilen, weil ich genauso bin.«

Wow. Glaubt er wirklich, er kann mich treffen, indem er mir all diese schönen Adjektive ins Gesicht wirft? Zumal er mich gerade mal vierundzwanzig Stunden kennt! Er hat noch nichts von mir gesehen, der arme Kerl. Ich grinse anerkennend.

»Bravo. Du hast mich nach einem Tag besser analysiert als mein früherer Psychiater in sechs Jahren. Worauf willst du hinaus?«

»Levi ist der Bruder, den ich nie hatte«, erklärt er, als sich der Aufzug im Erdgeschoss öffnet. »Ich liebe ihn, aber bei Frauen hat er einen sehr fragwürdigen Geschmack. Einfach ausgedrückt: Er ist ein Idiot. Und jetzt ist nicht gerade der richtige Moment, wieder einmal nach einem Weg zu suchen, sich selbst zu zerstören.«

Ich zeige auf meine Brust, als wolle ich sagen: *Wer? Ich etwa?*, aber er ignoriert mich.

»Such dir also einen anderen Deppen, den du ausnehmen kannst, wenn es dir darum geht.«

Äußerst sympathisch. Ich lasse ihn stehen, denn es ist mir egal, was er von mir hält, und treffe Levi in der Nähe des Eingangs. Thomas ist plötzlich verschwunden, wahrscheinlich in einer dunklen Ecke, wo er seinen Lebensüberdruss in sein Tagebuch kritzelt.

Definitiv gehört er zu diesen Emo-Teenies, die 2010 depressive Gedichte auf Tumblr veröffentlicht haben. Meine Phobie.

»Wo ist er hin?«, frage ich Levi, dessen Blick auf meine linke Hand gerichtet ist.

Er nimmt sie nicht, sondern tut so, als würde er seine Hand auf meinen Rücken legen, um mich neben sich zu halten. Tatsächlich berührt er mich nicht wirklich.

»Thomas hat zu tun«, sagt er, dann wechselt er das Thema. Wie es aussieht, zeigt sich das Fehlen eines Rings als Problem.

Stimmt, es könnte Fragen aufwerfen. Aber Ringe zu kaufen würde den Witz ein wenig überstrapazieren. Ich setze meine Sonnenbrille auf und lasse ihn trotzdem wissen: »Wenn überhaupt, dann am liebsten Diamanten.«

»Gut zu wissen.«

Wir umrunden die römische Statue in der Mitte und durchqueren die Lobby. Ich ersticke fast, als uns die sengende Hitze draußen trifft. Ich liebe die Sonne. Ich bin daran gewöhnt. Aber das hier ist etwas anderes. Die Luft ist so heiß und trocken, dass ich kaum Luft bekomme.

Wir gehen zum Pool – einem von sechs, wie Levi sagt. Er ist so schön, dass ich einen bewundernden Pfiff ausstoße. Das Ambiente ist antik, mit Säulen, Statuen und Skulpturen, die griechisch-römisch inspiriert sind.

Sehnsüchtig betrachte ich die Kuppel und die Fontänen. Ich hätte jetzt große Lust, ins Wasser zu springen. Jede Wette, dass es schön kühl ist. Ich nehme mir vor, mir so schnell wie möglich einen Badeanzug zu kaufen.

»Ach übrigens, wie hast du mich eben genannt?«

Levi schaut mich verständnislos an. Wir lassen uns auf zwei Sonnenliegen nieder. Er zieht Schuhe und Socken aus und enthüllt schmale, zarte Knöchel. Keine Ahnung, wie ich es erklären soll, aber es kommt mir vor, als würde er sich ausgezeichnet pflegen. Aus irgendeinem Grund finde ich das sehr sexy.

»Vor den Kameras hast du mich irgendwas genannt, ich nehme an, es war Russisch.«

»Oh. *Lyubimaya?* Es bedeutet ›Liebste‹.«

Ich verbiete mir eine Reaktion, aber unwillkürlich erschaudere ich. Es klingt hübsch und auch ganz natürlich aus seinem Mund. Dummerweise muss ich an Thomas' Worte im Fahrstuhl denken. Allerdings erscheint mir Levi ziemlich desinteressiert. Er wirkt eher wie jemand, der völlig von seinen Rivalitäten besessen und daher emotional abwesend ist. Oberflächlich betrachtet hat er das Zeug zum Gentleman, aber ich kann mir nicht vorstellen, dass er eine Frau – oder gar einen Mann – umsorgen würde.

»Wie soll ich dich nennen? Genauso?«

Er zieht einen kleinen Holztisch zwischen unsere beiden Stühle und holt ein Kartenspiel aus seiner Brusttasche.

»Levi reicht.«

Wie schon gesagt: ziemlich desinteressiert.

»Wir sind hier, um zu arbeiten«, erinnert er mich.

»Und ich nehme meinen Job sehr ernst. Wenn ich wahnsinnig in dich verliebt wirken soll, werde ich dich sicher nicht Levi nennen wie alle anderen. Das wäre doof und wenig originell. Ein liebevoller Spitzname auf Russisch hingegen klingt schön intim. Er würde beweisen, dass ich mich für die Kultur meines Geliebten interessiere.«

Er sieht mich gleichgültig an, sagt aber nichts. Ich halte seinem Blick stand und versuche, ihm klarzumachen, dass ich es wirklich ernst meine. Ich weiß selbst nicht, was ich da spiele, und vermutlich werde ich mich dabei verbrennen, aber wie eigentlich immer mache ich es trotzdem. Offenbar flirte ich nur, wenn mir langweilig ist, und nur mit Leuten, die ich hasse oder beneide.

Er teilt die Karten aus und sagt schließlich leise: »*Lyubimyy.* Das gleiche Wort, aber für Männer.«

Ich schließe die Augen und wiederhole das Wort mehrmals, um mich daran zu gewöhnen. Nach dem sechsten Mal bemerke ich, wie Levis Blick auf mir ruht. Seine Miene bleibt teilnahmslos, aber seine Augen sind irgendwie anders. Ich ziehe eine Augenbraue hoch. Sofort schaut er weg, als ob ich mir alles nur eingebildet hätte.

»An die Arbeit.«

6

Mai. Las Vegas, USA.

Levi

Den Nachmittag verbringen wir damit, dass Rose mir das Kartenzählen und die Wahrscheinlichkeitsrechnung erklärt. Natürlich bin ich kein blutiger Anfänger. Das Zählen von Outs sollte jeder Pokerspieler beherrschen. Ich muss jedoch zugeben, dass ich mich nie allzu sehr darauf verlassen habe.

»Du musst auf jeden Fall daran denken, dass es sich nicht um eine unfehlbare Wissenschaft handelt«, doziert sie, während sie am Rand des Pools die Karten mischt. »Man kann die Karten seiner Gegner niemals kennen.«

»Ich bin nicht dumm, Rose. Erklär es mir.«

Und genau das tut sie, pädagogisch ausgezeichnet, das muss ich zugeben. Es ist, als würde sie vor meinen Augen zu einer völlig anderen Person. Sie scheint mit wahrer Leidenschaft bei der Sache zu sein. Das steht ihr gut.

»Wir fangen mit der ›Zweier- und Vierer-Regel‹ an«, erklärt sie mir, während sie jedem von uns eine Hand austeilt. »Sie wird nur beim *Flop** und beim *River*** verwendet. Beim *Flop*

---

* In Pokervarianten mit Gemeinschaftskarten (wie Texas Hold'em und Omaha) werden die ersten drei geteilten Gemeinschaftskarten als *Flop* bezeichnet.

** Der *River* ist die letzte Runde in einer Poker-Hand und somit die letzte Chance für Spieler, ihre Hand zu verbessern und Einsätze zu tätigen. Der Dealer deckt die fünfte und letzte Karte, den *River*, in der Mitte des Tisches auf.

multiplizierst du die Anzahl der Outs mit vier, um deine Gewinnwahrscheinlichkeit zu berechnen. Beim *River* multiplizierst du mit zwei.«

Ich war noch nie sehr gut in Mathe, aber ich verstehe recht schnell, was sie meint. Anders als viele glauben, kann man mit Kartenzählen nicht erraten, welche Karten fallen werden, sondern berechnet eher die prozentualen Chancen.

»Wenn ich also beim *Flop* zwölf mögliche Outs habe, multipliziere ich das mit vier …«, rekapituliere ich, um sicherzugehen. »Das gibt mir … eine sechsundvierzigprozentige Chance, die richtigen Karten zu erhalten und meine Hand zu bekommen.«

»Eher achtundvierzig. Und wenn dir beim Turn zwölf Outs bleiben, hast du eine vierundzwanzigprozentige Chance.«

Das Grundkonzept ist nicht *allzu* schwer zu verstehen. Doch je mehr Partien wir spielen, desto komplizierter wird die Umsetzung. Poker ist in erster Linie ein Glücksspiel, daher ist es sehr schwierig, die Chancen zu berechnen.

Selbst Rose, die ein Profi zu sein scheint, gewinnt nicht immer. Die Kunst besteht darin, zu wissen, wann man weitermachen und wann man aufgeben sollte.

Morgen ist der erste Tag des Turniers. Es ist kein entscheidender Tag, aber er ist dennoch wichtig, weil man dem Rest der Welt einen Eindruck vermittelt.

Außerdem bin ich nicht allein. Thomas nimmt ebenfalls teil, irgendwo an einem der Tische. Wer weiß, vielleicht spielen wir ja sogar einmal gegeneinander. Rose wird auch dabei sein, allerdings inkognito.

»Du hast mir noch immer nicht erklärt, wie ich in die Turnierräume komme«, sagt sie.

Mein schelmisches Lächeln entlockt ihr ein misstrauisches Blinzeln. Langsam lernt sie mich kennen. Das ist gut.

»Du wirst nicht als Rose dort sein. Die Leute kennen dich jetzt als meine Verlobte, deshalb musst du jemand anderes werden.«

»Will heißen?«

»An einem Tag bist du Journalistin, an einem anderen eine Masseurin. Dann wieder Kellnerin. Im Grunde alles, was es dir erlaubt, den Raum zu betreten und dort herumzulaufen. Nur Blickkontakt müssen wir um jeden Preis vermeiden.«

»Und wie willst du das bewerkstelligen?«

»Ich kenne da ein paar Leute.«

Schweigen. Rose ist nicht auf den Kopf gefallen.

»Die hast du bestochen?«

»Du sagst es. Deine Aufgabe wird sein, die Spieler zu beobachten. Vor allem die, gegen die ich antrete. In jeder Pause erstattest du mir Bericht. Das Wichtigste ist natürlich nach wie vor, dass du dich auf Tito konzentrierst.«

Sie nickt nur.

Gegen Abend kehren wir in unsere Suite zurück. Ich gebe vor, früh schlafen gehen zu müssen, um morgen fit zu sein, und sage ihr, dass sie Minibar und Zimmerservice nach Belieben nutzen darf.

Nach einer ausgiebigen Dusche verschanze ich mich in meinem Zimmer, um zu trainieren. Wieder und wieder. Ich schalte das Licht aus und begnüge mich mit der Nachttischlampe, weil ich eine furchtbare Migräne habe. Meine Augen schmerzen mehr als sonst, vielleicht wegen des Jetlags. Das passiert öfter, als ich mir eingestehen will.

Wegen meiner Einschränkung leide ich zudem unter Fotophobie, einer sehr starken Lichtempfindlichkeit. Deshalb trage ich beim Pokern fast immer eine Sonnenbrille. Die Leute denken, dass es mir darum geht, zu bluffen oder anzugeben, doch die Wahrheit ist viel weniger glamourös.

Ohne Sonnenbrille halte ich es keine zehn Stunden am Tisch aus.

Am nächsten Morgen finde ich Rose völlig verwandelt im Wohnzimmer vor. Sie trägt eine Perücke mit langen lockigen Haaren, ein figurbetontes Kostüm und eine Brille in Schmetterlingsform. Das Einzige, woran ich sie erkenne, ist ihr mörderischer Blick.

Kein Zweifel, das ist sie.

»*Uff.* Ich hasse Gelb«, murmelt sie.

Aha, ihr Kostüm ist also gelb. Verstehe. Ich widerstehe dem Drang, sie zu fragen, warum sie es nicht mag. Ist Gelb nicht die Farbe der Sonne? Und die Sonne ist doch schön, oder? Warum also sollte sie die Farbe der Sonne hassen? Seltsam.

»Es geht doch nur um ein paar Stunden«, wende ich ein. »Du wirst darüber hinwegkommen.«

In diesem Moment erscheint Thomas in seinem üblichen grauen Anzug. Sein blondes Haar reicht ihm bis zu den Schultern. Rose pfeift anerkennend.

»Wow … der Donnergott höchstpersönlich! Wo ist Mjölnir?«

Er geht nicht darauf ein, sondern überreicht ihr etwas.

»Dein Passierschein.«

Neugierig betrachte sie das Papier und verzieht das Gesicht.

»Margaret Fisher? Ernsthaft? Das ist dermaßen langweilig …«

Ich kann ein Grinsen nicht unterdrücken, das jedoch sofort verschwindet, als ich Thomas' Blick bemerke. Ich reiße mich zusammen.

»Seid ihr bereit? Dann los.«

Die Turnieratmosphäre hat mir wirklich gefallen. Diese Euphorie, dieses Gefühl von Adrenalin in jeder Faser meines

Körpers, das Gemurmel und die aufgeregten und ängstlichen Gesichter … Kaum habe ich das mir zugewiesene Zimmer betreten, versteinert mein Gesicht zu einer Maske.

Jetzt bin ich nicht mehr Levi, sondern Levi Iwanowitsch.

Der Sohn des berühmten Jacob.

Lässig setze ich mich an den ersten Tisch und erkenne einige vertraute Gesichter, bekannte WSOP-Spieler. Mit dabei sind auch zwei neue Spieler, die ich nicht kenne. Ich hole meine Chips hervor, setze mich und tue so, als würde ich niemanden beachten.

Wir beginnen behutsam. Nichts allzu Aufregendes. Die Spieler an meinem Tisch wirken nicht sehr kreativ, aber das überrascht mich nicht. Bei einem Turnier, zu dem die Zulassung zehntausend Dollar kostet, kann man nicht allzu viel erwarten. Aber das stört mich nicht. Im Gegenteil. So vermeide ich grobe Fehler.

Ich weiß nicht, wo Thomas ist, aber auch das bereitet mir keine Sorgen. Rose ist ebenfalls nirgends zu sehen. Ich versuche, mich nicht ablenken zu lassen und spiele weiter.

Der kreativste Gegner am Tisch weicht meinem Blick konstant aus und spielt mit dem Kragen seines T-Shirts, auf dem er wie ein Kind herumkaut. Zweimal passe ich, hauptsächlich um sein Spiel und seine Reaktionen zu analysieren. Er scheint nicht zu wissen, wie man blufft und schiebt sehr schnell. Auch scheint er sich nicht um den Topf streiten zu wollen. Das merke ich mir.

Nach einer Stunde, als ich kurz davor bin, noch einmal zu erhöhen, erstarre ich. Rose steht hinter mir, ich spüre es, ich weiß es. Ich kann sie nicht sehen, aber das Parfüm, das mich plötzlich in der Nase kitzelt, ist eindeutig. Es ist der süße Duft, den sie jeden Tag trägt und der sogar den BH durchtränkt, den sie heute Morgen auf dem Badezimmerboden hat liegen lassen.

Ich spiele weiter, als ob nichts passiert wäre. Aus dem Augenwinkel sehe ich, wie sie an mir vorbeigeht. Niemand schenkt ihr Aufmerksamkeit. Sie schlendert zwischen den Tischen hin und her, kehrt aber immer wieder zu meinem zurück und richtet den Blick auf unser Spiel.

Mit der Zeit wechseln die Akteure. Auch ich werde aufgerufen, den Tisch zu wechseln, was eine Steigerung des Niveaus bedeutet. Ich gewinne mehr, als ich verliere, was zwar keine Überraschung, aber eine gewisse Erleichterung ist.

»Sieh mal einer an«, ruft eine sanfte Stimme, als ich mich an einen neuen Tisch setze. »Lange nicht gesehen.«

Ich blicke ausdruckslos zu Li Mei hinüber, einer regelmäßigen Turnierspielerin. Den Medien zufolge ist die Vierundzwanzigjährige von Beruf Tochter und hat so viel Geld, dass sie nicht weiß, was sie damit anfangen soll.

Li Mei gibt es für Luxushotels, Designerkleidung und Pokerturniere aus – bei denen sie sich als erstaunlich gut erweist. Außerdem ist sie besessen von einer Sängerin, deren Namen ich immer vergesse, und redet die meiste Zeit in Songtexten. Die meisten Leute finden sie nervig, aber ich mag sie.

Natürlich zeige ich das nicht in der Öffentlichkeit.

»Ich habe auf Weibo gesehen, dass du gerade aus China zurück bist«, sagt sie, während ich mich setze. »Du hättest mich informieren sollen, wir haben uns knapp verpasst!«

Li Mei ist aus Shanghai. Ich betrachte ihren perfekten Teint, ihre lachenden Augen und ihren schneeweißen Vokuhila-Schnitt. Ihr langärmeliges Oberteil bedeckt Hals und Schultern, dafür trägt sie einen extrem kurzen, ausgestellten Rock. Sie ist zugegebenermaßen bildhübsch.

»Soweit ich weiß, sind wir nicht befreundet.«

Sie verliert nicht die Fassung, sie ist meine Kälte gewöhnt. Sie verzieht das Gesicht zu einer Trauermiene, die ihre Augen jedoch nicht erreicht.

»Autsch! Darüber muss ich heute Abend im Bett bestimmt weinen.«

Wir spielen gut zwei Stunden. Ich muss zugeben, dass sich Li Mei von Jahr zu Jahr verbessert. Sie spielt keineswegs passiv und zögert nicht, Angriffe zu starten. Ihre Spielweise gefällt mir.

Sie bietet eine echte Herausforderung, während andere Spieler, wie beispielsweise der Mann zu meiner Rechten, nicht gerade kämpferisch zu Werke gehen. Ihr einziger Fehler ist, dass ihre Einsätze geradezu absurd hoch sind, als wolle sie beweisen, dass es ihr nichts ausmacht, Geld zu verlieren.

»Herzlichen Glückwunsch zu deiner Verlobung«, sagt sie in der Pause mit belustigtem Blick. »Unter welchem Motto feiert ihr denn eure Hochzeit? Eine Bitte – alles außer rustikal.«

»Witzig. Du tust ja so, als wärst du eingeladen.«

Sie pfeift mit verschränkten Armen.

»Ich will einfach nur sichergehen, dass das arme Mädchen sich nicht verpflichtet fühlt, dich zu heiraten. Obwohl sie auf den ersten Blick geistig gesund wirkt. Klar bin ich neugierig.«

»Ganz ehrlich, sie ist absolut einverstanden«, gebe ich kühl zurück.

»Du guckst so, dass ich dir glauben möchte. Ich würde euch gern zum Essen einladen, aber Taylor Swift meint, das ginge doch ein bisschen zu weit ...«

Etwas verwirrt hebe ich eine Augenbraue.

»Bist du mit ihr befreundet?«

»Oh, schön wär's! Nein, das ist der Name meiner inneren Stimme.«

Verstehe. Gar nicht skurril.

»Wenn das so ist, hat Taylor Swift durchaus recht. Ciao.«

Li Mei versucht nicht, mich aufzuhalten. Ich gehe nach draußen, eine Hand in der Hosentasche, mit der anderen umklammere ich meine Tasche. Vor anderen Leuten gibt sich Li Mei gern als Klette. Ich gehe nicht zu den anderen Spielern, sondern ziehe mich in den Schatten der griechischen Kulisse am Pool zurück.

Ich warte und denke darüber nach, wie es bisher gelaufen ist. Bis jetzt klappt alles wie vorgesehen. Einer der Spieler an meinem ersten Tisch ist mir besonders aufgefallen. Niemand kannte ihn. Er bewegte sich nur wenig und konzentrierte sich auf seine Kopfhörer. Vermutlich ein Profi, der ziemlich kompetent aussieht – mag sein, dass sich das albern anhört, aber das Äußere sagt viel aus.

Schließlich erscheint Rose ohne Brille und Perücke. Sie streicht mir über den Arm und setzt sich dann mit einem charmanten Lächeln neben mich.

»Hi, *Lyubimyy*. Wie war dein erster Morgen? Hast du ein paar nette Freunde gefunden?«

Unwillkürlich überläuft mich ein Schauder. Es war ein großer Fehler, zu akzeptieren, dass sie mich so nennt. Nachdem ich erkannt habe, was es mit mir macht, bereue ich es zutiefst. Ich gehe über ihre Schauspielerei hinweg und erkundige mich, was sie bei ihrem ersten Rundgang entdecken konnte. Die Pausen sind für meinen Geschmack nicht lang genug, also müssen wir uns beeilen.

»Dieses heiße Mädchen, das ständig mit dir geflirtet hat«, sagt sie und wird wieder ernst.

»Li Mei Qian.«

»Sie kann ihre Gefühle nicht verbergen. Immer, wenn sie ein gutes Blatt hat, kneift sie die Augen zusammen und bekommt Fältchen in den äußeren Winkeln. Du kannst auch sehen, dass sich ihr Mund leicht öffnet, als ob sie lächeln will.«

Interessiert runzle ich die Stirn.

»Ich beobachte jeden anwesenden Spieler äußerst aufmerksam, aber ich habe sie noch nie beim Anblick ihrer Karten lächeln sehen.«

»Deshalb nennt man es Mikromimik«, kontert sie trocken. Sie scheint sich zu ärgern, dass ich ihre Analyse infrage stelle. »Es dauert höchstens eine halbe Sekunde. Meistens kehren die Leute sofort zu einem neutralen Gesichtsausdruck zurück und es ist schwer zu erkennen.«

Sie hat recht. Beeindruckt nicke ich und möchte wissen, was sie sonst noch zu bieten hat.

»Der Typ, der am ersten Tisch links von dir gesessen hat, glaubt, dass er stärker ist als alle anderen. Er gibt sich äußerst zuversichtlich, verschränkt die Hände hinter dem Kopf, lehnt sich auf seinem Stuhl zurück und streckt die Beine unter dem Tisch aus. Er verachtet euch, vor allem dich.«

Das wusste ich zwar schon, denn letztes Jahr hat er im Halbfinale gegen mich verloren, aber ich wüsste gern, was Rose von ihm hält.

»Wie kommst du darauf?«

»Seine Aufmerksamkeit galt allein dir. Verachtung ist die einzige asymmetrische Mikromimik. Dabei bewegt sich nur ein Teil des Gesichts. In diesem Fall konnte man sehen, wie sich der rechte Mundwinkel fast unmerklich zusammenzog.«

»Daraus schließe ich, dass er keine große Bedrohung darstellt.«

Sie schaut mich ernst an.

»Im Gegenteil. Die Verachtung verhält sich umgekehrt proportional zur Kontraktion: Wenn die Kontraktion also schwach ist – ein Versuch, sie zu verbergen –, ist die Verachtung umso bedeutender. Ich gehe davon aus, dass er stark ist und ein Problem mit dir hat, obwohl ich natürlich nicht weiß, warum.

Aber er ruht sich zu sehr auf seinen Lorbeeren aus und vergisst dabei, auf die anderen Spieler zu achten.«

»Das bedeutet?«

Nachdenklich starrt sie ins Leere. Eine Schweißperle rollt ihre Schläfe hinunter.

»Ich würde sein Spiel als angespannt-passiv beschreiben: Wenn er mitgeht, hat er immer ein gutes Blatt. Andererseits setzt er nicht besonders viel. Er erhöht nur, wenn er sicher ist, dass er das beste Blatt hat, was seine Strategie ziemlich vorhersehbar macht. Er dürfte demnächst abschmieren.«

Ich hatte recht – Rose war ein echter Glücksgriff. Ich lächle innerlich und murmele zufrieden: »Nicht übel, Alfieri.«

Sie sagt noch, dass kein anderer Spieler, gegen den ich bisher gespielt habe, mir gewachsen zu sein scheint, abgesehen vielleicht von dem Typen, an den ich eben gedacht hatte. Der mit dem *Jurassic-Park*-Shirt. Genau wie ich hat auch Rose Schwierigkeiten, ihn zu durchschauen.

Ich will wissen, ob sie Tito gesehen hat, doch sie schüttelt den Kopf.

»Thomas übrigens auch nicht. Ich nehme an, sie spielen in einem anderen Raum.«

Ich nicke abwesend, werfe einen Blick auf meine Uhr und stehe auf. Auch Rose erhebt sich und fächelt sich mit der Hand das Gesicht. Selbst frühmorgens ist es höllisch heiß, ganz im Gegensatz zu den kalten, klimatisierten Zimmern des Hotels. Ich erkälte mich tatsächlich jedes Jahr.

Ich erinnere sie daran, viel zu trinken, entdecke einige Spieler, die uns beobachten, und füge leise hinzu: »Ich muss wieder rein.«

Ich quittiere ihren verwirrten Ausdruck mit einem Wangenkuss und verschwinde dann, ohne ihre Reaktion beobachten zu können.

Der erste Tag dauert zehn Stunden. Eine süße Tortur. Den Nachmittag verbringe ich mit meiner Sonnenbrille auf der Nase und Kopfhörern mit Geräuschunterdrückung auf den Ohren und verliere jegliches Zeitgefühl. Das gehört zu den Risiken solcher Orte: Man könnte tagelang dortbleiben, ohne sie jemals zu verlassen.

Am Abend finde ich Rose auf dem Sofa in unserer Suite. Sie ist barfuß, und ihre Perücke liegt auf dem Boden. Ich sehe Flecken an ihren Fersen, und ihr Pony klebt verschwitzt an ihrer Stirn. Ein bisschen tut sie mir leid.

»Alles in Ordnung?«

Sie antwortet mir nicht. Sie hat den Arm über die Augen gelegt. Ich hole eine Flasche mit gekühltem Wasser und stelle sie behutsam neben sie. Sie hat gut gearbeitet.

»Es ist wirklich nicht leicht. Du solltest früh ins Bett gehen und über den Tag verteilt viel trinken«, rate ich ihr, was ihr allenfalls ein Knurren entlockt.

Bis auch Thomas zurückkommt, stelle ich mich unter die Dusche. Er erzählt, wie sein erster Tag verlaufen ist. Er hat Tito zwar gesehen, aber noch nicht gegen ihn gespielt. Sie spielen im Amazon Room, während ich im Pavilion Room bin.

Ich berichte ihm von meinen Begegnungen und Roses Beobachtungen. Als ich ins Wohnzimmer zurückkehre, ist die Flasche, die ich meiner falschen Verlobten hingestellt habe, bereits leer. Rose steht mit einer Hand auf der Hüfte neben dem Fernseher und betrachtet eines der Bilder an der Wand.

Ich beobachte sie lange, ehe ich neben sie trete. Das Gemälde wirkt auf mich unverständlich. Es besteht aus Farben, die ich nicht erkennen kann, und Formen, die wie die Kritzeleien eines Dreijährigen aussehen.

»Gefällt es dir?«

»Es ist von Joan Miró«, antwortet sie, »einem katalanischen surrealistischen Maler. Es gefällt mir nicht nur, ich liebe es.«

Eine solche Antwort habe ich nicht erwartet. Sie scheint sich gut auszukennen, und ich nehme an, sie begeistert sich für Kunst. Das gefällt mir und ärgert mich gleichzeitig. Für einen winzigen Moment bin ich total neidisch. Ich hasse sie dafür, dass sie Kunst und Farben zu schätzen weiß, während ich dazu nicht in der Lage bin.

»Hast du Freude an Gemälden?«, fragt sie.

Den schroffen Klang meiner Antwort kann ich nicht unterdrücken. »Nein. Komm, lass uns essen gehen.«

Zumindest erregt der Vorschlag ihre Aufmerksamkeit. Sie schaut mich an und sagt mit breitem Grinsen: »Okay. Aber ich fahre.«

Ich willige ein, ohne ihr zu gestehen, dass ich sowieso nicht fahren darf. Sie duscht, zieht sich schnell ein kleines rückenfreies Schwarzes über und schlüpft in Louboutin-Pumps.

Ohne sich besondere Mühe zu geben, sieht sie unglaublich verführerisch aus, wie die Frau des Teufels. Ich nehme an, es ist dem Anlass angemessen.

Im Aufzug frage ich sie, was sie essen möchte. Sie schwankt so lange zwischen Französisch und Indisch, dass ich Tito vor ihr entdecke.

Sofort bleibe ich stehen und lege verstohlen den Arm um ihre schmale Taille. Sie hält mitten im Satz inne und blickt mich aus dunklen, überraschten Augen an. Ich lächle voller Zärtlichkeit.

So, wie mein Vater meine Mutter anzulächeln pflegte. Vor langer, langer Zeit.

»Ein Wort von dir und ich lade dich ein, *Lyubimaya*.«

Sie scheint zu verstehen, dass wir ausspioniert werden. Ich nehme ihre Hand und küsse ihre Fingerspitzen. Sie erbebt leicht, lächelt mir zu und drückt ihre andere Hand an mein Herz. Meine Güte, sie kann wirklich schnell reagieren, wenn sie will.

»Das ist mein Lieblingssatz.«

In diesem Moment unterbricht Tito uns: »Das ist also die Frau, die es geschafft hat, dem großen Levi Iwanowitsch den Kopf zu verdrehen ...«

Wir wenden uns um und tun erstaunt. Tito betrachtet uns mit einem berechnenden Lächeln. Er ist allein. Ich lasse meine zuckersüße Miene fallen und begrüße ihn höflich, aber Rose scheint ihn viel mehr zu interessieren.

»Mein Name ist Tito Ferragni. Freut mich, Sie kennenzulernen.«

»Rose Alfieri.«

Ihr Tonfall ist eisig. Sie zeigt ihm klar und deutlich, dass sie keine Lust hat, mit ihm zu sprechen. In einer Ecke meines Kopfes lächle ich zufrieden und nehme mir vor, sie auf jeden Fall einzuladen, ganz gleich, was sie heute Abend essen möchte.

Tito versteht sie offenbar nicht und ruft mit falscher Begeisterung: »Oh, eine Italienerin! *È un piacere conoscerti.* Woher kommst du?«

Ich spreche kein einziges Wort Italienisch und blicke nur Rose an, die mit erhobenem Kinn antwortet: »*Io no.* Ich bin in Florenz geboren.«

Ich weiß nicht, was sie zu ihm gesagt hat, aber es scheint ihm nicht besonders zu gefallen.

»*Non importa*«, erklärt er entschieden. »Jedenfalls bin ich ziemlich überrascht. Levi heiratet ... Das kommt unverhofft. Und auch noch so plötzlich! Man könnte fast Zweifel bekommen.«

Ich habe natürlich erwartet, dass er nicht so leicht darauf

hereinfällt. Tito ist nicht dumm und ahnt wohl, dass ich nicht in diese Frau verliebt bin. Aber genau das ist ja der Zweck der ganzen Maskerade: Er soll seine Meinung ändern.

Deshalb ziehe ich Rose noch etwas fester an mich und zeige mich als Beschützer, während ich ruhig antworte: »Wir müssen los.«

Ich will mich gerade umdrehen, als er hinzufügt: »Der liebe Jacob wäre sicher nicht einverstanden gewesen.«

Zutiefst erschrocken halte ich inne. Rose bemerkt meine Reaktion und beobachtet mich. Wut schießt durch meine Adern. Ganz langsam drehe ich mich mit einem mörderischen Blick zu ihm um.

Wie kann er es wagen, in einem solchen Moment meinen Vater zu erwähnen? Wie kann er es wagen, nach allem, was er getan hat, auch nur dessen Namen zu nennen?

Rose legt mir ihre zarte Hand auf den Arm, um zu verhindern, dass ich etwas Unbedachtes tue. Sie weiß noch nicht, dass es ganz und gar nicht meine Art ist, zu explodieren. Meine Wut ist nie heiß und explosiv wie ihre oder die von Thomas. Sie ist kalt und tödlich. Stumm. Geduldig. So ruhig wie die Oberfläche eines Sees.

Ich lächle Tito erneut zu, aber dieses Lächeln ist nicht freundschaftlich, und das wissen wir beide.

»Deshalb liebe ich sie umso mehr.«

Mit diesen Worten ergreife ich Roses Hand, und wir machen uns auf den Weg zum Ausgang.

Selbstbewusst geht sie neben mir her und ruft ihm nach: »*Arrivederci, perdente!*«

Ich brauche kein Italienisch zu können, um zu verstehen, dass sie ihn gerade einen Verlierer genannt hat, und muss lächeln. Hand in Hand gehen wir die Hoteltreppe hinunter. Ich lasse sie erst los, als wir außer Sichtweite sind, werfe ihr die

Autoschlüssel zu und verstecke meine zitternden Finger in den Hosentaschen.

»Langsam verstehe ich, warum du ihn hasst«, kommentiert sie und fängt die Schlüssel in der Luft. »Trotzdem gibt es da noch etwas, das ich nicht verstehe. Was hast du gegen ihn, abgesehen von der Tatsache, dass er ein herablassendes Arschloch ist?«

Ernst setze ich mich auf den Beifahrersitz. Ich denke an Tito, an meinen Vater und meine Mutter … und plötzlich schmilzt meine gute Laune wie Schnee in der Sonne.

»Er hat mein Leben ruiniert.«

7

Mai. Las Vegas, USA.

Rose

Heute bin ich Masseurin.

Hätte ich gewusst, was es bedeutet, Levis Angebot anzunehmen, hätte ich es mir zweimal überlegt. Oder zumindest versucht, ein höheres Gehalt auszuhandeln. Denn ich werde wirklich nicht ausreichend bezahlt für diese ganze Mühe.

Ich verberge meinen Ekel und kann eine Grimasse kaum zurückhalten, während ich einen der Spieler an Levis Tisch massiere. Levi beachtet mich nicht, obwohl ich mir sicher bin, dass er mein Unbehagen genießt. Meine kurze Perücke ist in der Hitze schier unerträglich.

»Mehr nach links«, sagt der Mann, den ich massiere. Zu spät merke ich, dass er mit mir spricht. »Machst du das zum ersten Mal oder was?«

Mit kühlem Gesichtsausdruck beiße ich die Zähne zusammen. Ich bin mir sicher, dass er genau den Satz bei anderen Gelegenheiten schon öfter gehört hat …

»Das sagen sie sicher alle«, murmle ich und drücke fester zu.

»Wie bitte?«

Ich lächle ihn an und plappere etwas auf Italienisch, um ihn glauben zu lassen, ich würde ihn nicht verstehen. Schnell verliert er das Interesse. Levi tut gleichgültig, aber ich sehe am leichten Zittern seiner Wange, dass er zuhört.

Dieser Vollidiot.

Er hat mein Leben ruiniert. Über diesen Satz habe ich seit gestern immer wieder nachgedacht. Mir war klar, dass es nicht nur um eine Rivalität zwischen zwei Spielern gehen konnte, aber ich hätte nie gedacht, dass Tito so weit gegangen ist. Wenn besagter Jacob der Vater von Levi war, ist es ziemlich wahrscheinlich, dass die beiden Männer sich kannten und vielleicht sogar mochten. Was könnte geschehen sein, um Levi zu einer derartig extremen Aussage hinzureißen?

Im Auto habe ich versucht, ihn zum Reden zu bringen, doch er hat nichts weiter dazu gesagt. Zum Abendessen hat er mich in ein schickes Restaurant geführt, aber während des gesamten Essens geschwiegen. An den anderen Tischen saßen einige der Spieler und Spielerinnen mit ihren Partnern. Alle sahen mich mitleidig an.

Als wäre ich die zukünftige Frau eines stinkreichen Mannes, dem ich völlig egal bin.

Aus unerklärlichen Gründen hat mich das geärgert. Daher habe ich beschlossen, den Spieß einfach umzudrehen. Wenn ich schon einen Verlobten habe, ob nun echt oder nicht, geht es wirklich gar nicht, dass er nicht verrückt nach mir ist.

Noch nie zuvor hat mich ein Mann zum Essen eingeladen und mich dann den ganzen Abend ignoriert. In Italien macht man so etwas nicht. Und Levi Iwanowitsch wird eine sehr schnell vorübergehende Ausnahme sein.

Heute trägt er wieder seine Vintage-Sonnenbrille. Zwar wendet er den Blick nicht von den Gegnern an seinem Tisch ab, aber ich spüre, dass seine Aufmerksamkeit etwas anderem gilt. Als ich heute Morgen ankam, bemerkte ich sofort, dass Tito im Raum war. Thomas ist ebenfalls da, allerdings weniger präsent.

Die vor Spannung geladene Atmosphäre erregt und verunsichert mich gleichzeitig. Doch die beiden Männer begegnen sich kein einziges Mal.

Die Mittagspause verbringe ich damit, in unserer Suite mit Levi zu üben. Auch Thomas ist da. Er sagt zwar nichts, aber er schaut und hört aufmerksam zu, während er seinen Salat isst. Ich verstehe nicht, warum Levi seine Anwesenheit akzeptiert, obwohl er ein Rivale ist – ganz gleich, ob Freund oder nicht. Aber was soll's.

»Darf ich dir eine Frage stellen?«, erkundigt sich Levi plötzlich.

Seine neugierige Miene macht mich stutzig, aber ich nicke. Er neigt den Kopf zur Seite, während ich die Karten mische.

»Wenn du so dringend Geld brauchst, warum nimmst du eigentlich nicht am Turnier teil?«

Nun schaut auch Thomas mich an, ein Zeichen, dass er sich dieselbe Frage stellt. Es ergibt keinen Sinn, das ist richtig. Ich hätte mich anmelden und versuchen können, das Preisgeld abzuräumen.

Das einzige Problem ist, dass ich mir selbst nicht traue. Es fällt mir schon schwer genug, den ganzen Tag zwischen den Spieltischen herumzulaufen, ohne selbst spielen zu dürfen. Beim Anblick der Chips zittern meine Hände mehr, als mir lieb ist. Würde ich teilnehmen, würde ich sofort wieder in die Spielsucht abrutschen.

Das kann ich ihm natürlich nicht sagen, daher lüge ich.

»Das wäre mir zu viel Aufwand.«

Er wirkt nicht sehr überzeugt. Aber mir ist es lieber, er hält mich für faul als für schwach. Mit durchdringendem Blick antwortet er: »Rose, du hast eine Begabung. Ich habe jahrelang Tag und Nacht geschuftet, um hierherzukommen. Aber du … Du bist mit dieser Fähigkeit geboren. Es macht doch keinen Sinn, dass du dein Licht unter den Scheffel stellst.«

Nein, das ist richtig. Ich habe erwartet, dass er mir diese Frage eines Tages stellen würde, aber ich habe keine Antwort parat. Also zucke ich mit den Schultern und tue das, was ich am besten kann: Ich wechsle das Thema.

»Fühlst du dich nicht bedroht?«

Die Frage überrascht ihn.

»Wodurch bedroht?«

»Durch mein Talent.«

Das scheint er lustig zu finden. Damit habe ich nicht gerechnet. Thomas schüttelt verärgert den Kopf und wendet sich ab.

»Warum sollte ich mich bedroht fühlen?«

»Weil ich besser bin als du. Viele würden die Gelegenheit nutzen, um meine Fähigkeiten zu unterdrücken … aber du nicht.«

Ich hatte nicht vor, ihm das zu sagen. Es kam ganz von selbst heraus. Als ich Levi zum ersten Mal sah, dachte ich, er wäre einer dieser Männer, die ich verachte. Reich und arrogant, machthungrig und mit einem übergroßen Ego.

Aber das ist nicht der Fall. Er hat mich um Hilfe gebeten. Er gibt seine Schwächen zu. Er versucht nie, mich unterzubuttern oder mir zu beweisen, dass er besser ist. Ich bin diese Art Verhalten nicht gewohnt. Es beunruhigt mich, und ich weiß nicht, wie ich darauf reagieren soll.

Er blickt mich länger an, als mir lieb ist, und sagt schließlich: »Nur Feiglinge versuchen, Menschen zu unterdrücken, die sie für überlegen halten, anstatt von ihnen zu lernen. Mir ist bewusst, dass ich nicht immer der Beste sein kann. Wenn ich es aber nicht bin, möchte ich lernen und mein Bestes tun, um es zu werden. Es ist keine Schwäche, das zuzugeben.«

Ich weiß nicht, was ich dazu sagen soll. Meine erste Frage war eigentlich nur ein Scherz, um ihn abzulenken, aber von seiner ehrlichen Antwort habe ich eine Gänsehaut. Ich wünschte, jeder würde so denken wie er …

Vielleicht habe ich mich in ihm getäuscht. Zumindest ein bisschen. Das heißt natürlich nicht, dass ich ihn nett finde.

»Wenn man nicht bereit ist, von anderen zu lernen, kann man nur scheitern«, fügt er hinzu und erhebt sich elegant. »Ich hätte dich gern als Gegnerin in diesem Turnier gehabt. Schade.«

Als er unsere Teller abräumt und damit in der Küche verschwindet, stelle ich fest, dass sich in mir ein Gefühl der Enttäuschung breitmacht.

Wirklich schade.

An diesem Wochenende hat Levi zwei spielfreie Tage. Den ersten verbringen wir eingeschlossen in unserer Suite bei voll aufgedrehter Klimaanlage. Allmählich begreift er, wie das, was ich ihm beibringe, anzuwenden ist, auch wenn er immer noch zu viel nachdenkt, was zu Anfängerfehlern führt.

Während ich im Wohnzimmer meine neu erworbenen Leinwände mit der Farbe bemale, die mich überall hin begleitet, verbringt Levi seine Abende damit, die Spielgewohnheiten seiner Gegner zu analysieren. Er erforscht die Art, wie sie spielen, ihre Eigenheiten, ihre Bluffs, und passt sein eigenes Spiel entsprechend an. Ich muss zugeben, dass mich das beeindruckt. Selbst wenn er nicht mit diesem Talent geboren wurde, erweist er sich als sehr erfinderisch. Aber vor allem kann er echt gemein sein.

Levi ist die Art von Spieler, die außer einem Masochisten niemand am Tisch haben möchte. Sein Spiel ist breit aufgestellt und aggressiv: Er geht immer mit und erhöht sehr oft, was ihm den Ruf eines gefährlichen Idioten einbringt, und wäre er ein Amateur, würde das auch stimmen. Aber seine Erfahrung macht ihn Furcht einflößend. Er beherrscht alle

Situationen, hat in allen Phasen eines Spielzugs den richtigen Rhythmus und verwirrt seine Gegner dadurch, dass er in ihnen liest wie in einem offenen Buch.

Ich kann sehr deutlich erkennen, dass die Leute ihn meiden wie die Pest, und sie tun gut daran.

Eines Abends komme ich aus der Sauna zurück und plane, ihn zum Essen einzuladen. Heavy Metal dröhnt in voller Lautstärke aus seinem Zimmer. Feiert er etwa eine Party? Ohne mich?

»Was ist denn da los?«, frage ich Thomas, der allein in der Küche sitzt und isst.

Er verhält sich, als wäre ich gar nicht da. Ich hake noch einmal nach, weil ich es nicht ertrage, ignoriert zu werden, aber er tut so, als ob er Stimmen höre, ohne mich zu sehen. Ich zeige ihm den Mittelfinger und mache mich über ihn lustig, indem ich ihn mir scheinbar in den Hals stecke.

»Sehr witzig, Chris. Fast so lustig wie der erste *Thor*-Film.«

Ich schaffe es gerade noch, dem Löffel auszuweichen, den er nach mir wirft. *Der Typ ist einfach bescheuert.* Neugierig öffne ich die Tür zu Levis Zimmer. Er sitzt auf dem Boden vor seinem Bett und konzentriert sich auf ein Kartenspiel. Er hört mich nicht, auch nicht, als ich laut seinen Namen rufe. Erst als ich die Musik ausschalte, wird er aufmerksam.

Erstaunt blickt er an meinen Beinen empor und nimmt den Kopfhörer von den Ohren.

»Ach, du bist da?«

»Was soll der Lärm?«, frage ich halb taub. »Und ehe du antwortest, sage ich dir gleich, dass ich keinen Marilyn-Manson-Fan heiraten kann – nicht mal als Fake.«

Er denkt wahrscheinlich, ich scherze, aber ich meine es ernst.

»Ehrlich gesagt mag ich lieber Opern. Meine Mutter liebt Sergej Prokofjew. Kennst du ihn?«

Überrascht, dass er sich mir plötzlich anvertraut, schüttle ich den Kopf. Seine nostalgische Anwandlung überrascht mich. Er lächelt leicht und murmelt: »Das ist ein russischer Komponist und Dirigent. In den 1930er-Jahren hat er nach dem Stück *Romeo und Julia* ein Ballett komponiert. Ich wollte schon immer mal mit meiner Mutter hingehen.«

»Und warum tust du es nicht?« Er schweigt so lange, dass ich lieber das Thema wechsle. »Ich dachte, du stehst nicht so auf Kunst?«

Levi zuckt mit den Schultern.

»Ich ziehe Hörbares dem Sichtbaren vor.«

»Verstehe. Aber warum hast du die Musik so laut gedreht, wenn du doch Kopfhörer aufhattest?«

Er lächelt triumphierend.

»Das sind Kopfhörer zur Geräuschunterdrückung. Damit brauche ich die Musik nicht zu hören und kann mich konzentrieren.«

Verwirrt runzele ich die Stirn. Die Situation kommt mir völlig absurd und surreal vor.

»Du könntest die Musik auch einfach … ausschalten, weißt du. Oder willst du Ärger mit den Nachbarn?«

Erneut lächelt er sehr nachsichtig, und in diesem Moment macht es klick in meinem Kopf.

»Ooooooh …«

Er ist wirklich ein Mistkerl. Auf der anderen Seite der Wand dürfte Tito von dem Lärm halb verrückt werden. Falls er früh schlafen gehen wollte, um morgen fit zu sein, wäre er ganz schön aufgeschmissen.

»Was glaubst du wohl, warum ich mir genau dieses Zimmer ausgesucht habe?«, fragt Levi und steht auf. Er ist nur mit einem T-Shirt und einer Pyjamahose bekleidet.

»Ah, du willst ihn also am Schlafen hindern, um seine

Leistungsfähigkeit zu verringern? Ganz schön gemein«, sage ich grinsend. Super Idee.

»Nicht nur das. Er wird auch denken, dass ich die ganze Nacht durchfeiere. Was ihn dazu veranlassen wird, sich auf seinen Lorbeeren auszuruhen …«

Der gleiche Effekt wie eine Verlobung, nehme ich an.

»Und in Wirklichkeit verbringst du deine Abende mit Üben.« Ich nicke. »Genial! Wenn auch nicht ganz regelkonform für jemanden, der absolut nicht schummeln will.«

»Ich schummele doch nicht, ich manipuliere nur ein bisschen. Außerdem habe ich kein Mitleid mit korrupten Dieben wie ihm.«

Korrupte Diebe? Ich würde gern fragen, was er meint, denn natürlich habe ich nicht die geringste Ahnung, aber ich erkenne an seinem Gesichtsausdruck, dass er heute Abend nichts dazu sagen wird.

Stattdessen schlage ich vor: »Du solltest dich vielleicht umziehen.«

»Warum?«

»An der Tür hat ein Zettel geklebt. Offenbar feiert Li Mei in ihrer Suite, und wir sind eingeladen.«

Er verzieht das Gesicht und konzentriert sich wieder auf seine Karten.

»Eher sterbe ich. Da mache ich nicht mit.«

»Quatsch. Ich muss mal wieder unter Menschen und werde auf keinen Fall ohne meinen Verlobten da auftauchen.«

Damit schließe ich die Tür. Er hat nicht wirklich eine Wahl. Ich bin nach Las Vegas gekommen, um Spaß zu haben, und nicht, um die Abende allein in meinem Zimmer zu verbringen.

Als wir uns eine Stunde später in der Lobby treffen, trägt Levi eine schwarze Hose und ein weißes Hemd mit lässig hochgekrempelten Ärmeln. Seine Haare sind feucht von der

Dusche, was ihn noch charmanter macht. Trotz seines Zögerns hat er auf mich gehört.

Als Thomas fragt, wohin wir gehen, sagt ihm Levi, er solle sich umziehen und uns später bei Li Mei treffen. Er lässt ihm keine Zeit, sich zu weigern, was mir ein schadenfrohes Lachen entlockt.

»Allerdings haben wir uns noch nicht auf unsere verrückte Liebesgeschichte geeinigt«, sage ich zu Levi, als wir den Flur entlanggehen.

»Ich bin jemand, der gern improvisiert.«

»Dann sag mir wenigstens, wie die Frauen in Russland so sind«, beharre ich und schaue starr vor mich hin. »Mir ist klar, dass Ehen sich von Kultur zu Kultur unterscheiden. Muss ich alles abnicken, was du sagst, oder darf ich eine eigene Persönlichkeit haben?«

Er schweigt lange. Wir steigen in den Aufzug, er lehnt sich an den Spiegel und sieht mich mit seinen durchdringenden Augen an.

»In Russland messen wir der Ehe einen sehr hohen Wert bei. Frauen heiraten relativ früh, um eine Familie zu gründen. Obwohl sich langsam einiges ändert, haben wir immer noch eine sehr patriarchalische Gesellschaft. Die Frauen kümmern sich um Küche, Haushalt und Kinder, während der Mann arbeitet und Geld verdient.«

Ich ziehe spöttisch eine Augenbraue hoch, schaue ihn von der anderen Seite des Aufzugs aus an und sage: »Ganz schön 50er-Jahre.«

»Wahrscheinlich hast du recht ... Aber man empfindet es nicht so«, fügt er ruhig hinzu. »Du kannst nicht über meine Kultur urteilen, ohne sie zu kennen und zu verstehen.«

Ich verstumme. Er hat recht, und ich bitte ihn, zu erläutern, was er meint.

Er scheint nach den richtigen Worten zu suchen. Schließlich sagt er: »Ihr Frauen wollt nicht beschützt werden, weil ihr nicht für schwächer gehalten werden wollt. Oder ihr denkt, dass unsere Fürsorglichkeit eine versteckte Art ist, euch zu unterdrücken.«

»Ist das nicht so?«

»Ich kann nicht für andere sprechen, aber was mich betrifft, nein. Ich wurde zum Gentleman erzogen. Zum ›Familienoberhaupt‹.«

Ich lächle spöttisch, was ihn zu belustigen scheint.

»Es ist nur ein Wort.«

»Worte sind wichtig, Levi. Sie überdauern Jahrhunderte, machen Geschichte und prägen Gesellschaften.«

Er blickt mich an und nickt schließlich.

»Du hast recht. Mein Fehler.«

»War dein Vater auch so?«

»Nicht wirklich«, antwortet er, wendet den Bick ab, und vertieft sich in seine Erinnerungen. »Meine Mutter hat mir beigebracht, Frauen immer respektvoll zu behandeln. Das Benehmen, das du verurteilst, ist gut gemeint. Wir zahlen im Restaurant, weil es uns Freude macht und weil wir uns um euch kümmern wollen. Wir tragen schwere Sachen, nicht etwa, weil wir glauben, dass ihr dazu nicht fähig seid, sondern weil wir euch schützen wollen. Mag sein, dass dir meine Denkweise altmodisch vorkommt, aber es fällt mir schwer, zu verstehen, was daran falsch sein soll.«

Ich bleibe stumm. Gern würde ich ihm sagen, dass es nicht schlimm ist, sich um die Person zu kümmern, die man liebt, solange man ihr keine Rolle aufzwingt, die sie nicht will, aber ich schweige.

Er fährt fort: »In Russland bemüht man sich um ein aufmerksames Verhalten gegenüber dem sogenannten ›schönen

Geschlecht‹. Man überlässt Frauen einen Sitzplatz in öffentlichen Verkehrsmitteln, man hält ihnen die Tür auf, man reicht ihnen die Hand beim Aussteigen aus einem Auto. Diese Höflichkeit wird jedoch nicht als Angriff auf die Unabhängigkeit der Frauen oder als Abwertung ihrer unternehmerischen Fähigkeiten gesehen. Andererseits ist es äußerst verpönt, fremde Frauen in der Öffentlichkeit anzustarren, sie aufdringlich anzumachen oder ihnen hinterherzupfeifen. Eben weil man euch liebt und respektiert.«

In gewisser Weise verstehe ich, was er meint. Die Zeiten haben sich geändert. Das Anprangern dessen, was früher falsch gemacht wurde, hat zur Entwicklung einer neuen Mentalität geführt. Leider wollten einige Leute zu schnell und zu weit gehen und haben so alles durcheinandergebracht.

Ich persönlich mag Gentlemen. Ich empfinde Höflichkeit nicht als einen Affront gegen meine weibliche Stärke oder meine Fähigkeit, mein eigenes Geld zu verdienen. Eigentlich sollten wir uns bestens verstehen!

»Wie wäre es, wenn wir unseren eigenen Weg fänden?«, schlägt Levi vor, als sich der Aufzug endlich öffnet, und macht mir ein Zeichen, voranzugehen. »Ohne uns verrückt zu machen.«

»Das geht für mich in Ordnung.«

Seine Hand legt sich wie von selbst sanft auf meinen nackten Rücken, während wir nebeneinanderher gehen. Ich würde lieber sterben, als das zuzugeben, aber seit ich in Vegas bin, fühle ich mich … weniger allein.

Ständiges Reisen bedeutet, sich selbst durchzuschlagen, niemals dauerhafte Freundschaften zu schließen, allein aufzuwachen und allein einzuschlafen. Zum ersten Mal seit Langem verbringe ich jeden Tag mit denselben Menschen. Wir sehen uns morgens, wir essen zusammen, wir gehen zusammen nach

Hause … Und dabei empfinde ich eine gewisse Nostalgie. Ich vermisse es, Teil von etwas zu sein – selbst wenn es eine eher wacklige Gruppe ist.

»Ich muss dich warnen«, sagt Levi, als er an die Tür klopft. »Li Mei ist ziemlich speziell. Aber ich denke, ihr werdet euch gut verstehen.«

Li Mei öffnet. Sie trägt ein winziges, apfelgrünes Kleid und durchsichtige High Heels. Ich beobachte Levi ganz genau und erkenne, dass er sie ehrlich mag. Sein Gesicht entspannt sich, sobald er sie sieht, als würde er eine Maske fallen lassen. Seltsam.

»Da seid ihr ja endlich! Ich habe auf euch gewartet. Kommt rein.«

Ihre Suite ähnelt unserer, daher kann ich mich gut orientieren. Eigentlich dachte ich, es würde sich nur um eine kleine Feier handeln, aber sie scheint die ganze Etage eingeladen zu haben. Trotzdem schenkt sie den anderen keinerlei Beachtung.

Sie führt uns in die Küche, bietet uns etwas zu trinken an und versucht, die Musik zu übertönen.

»Endlich lerne ich die zukünftige Mrs Iwanowitsch kennen. Sehr erfreut. Mein Name ist Li Mei Qian. Mit einem Mann wie ihm hast du den Jackpot geknackt.«

Ich lächle sie so aufrichtig wie möglich an und scherze: »Eigentlich bin ich der Meinung, dass er der Glücklichere von uns beiden ist, aber das hängt wohl davon ab, wen man fragt.«

Sie lacht und gibt mir recht. Ich weiß nicht, warum, aber Levi hat sich keineswegs geirrt: Schon jetzt finde ich sie super. Ihre Aura beruhigt mich. Mein Scheinverlobter will gerade etwas sagen, als ihm jemand sanft auf die Schulter tippt.

Überrascht dreht er sich um und steht vor einem Typen, der einen Kopf kleiner ist als er. Mehr als einen Meter fünfundsiebzig misst er sicher nicht, etwa so wie ich.

»Äh, guten Abend …«, sagt er mit schmachtendem Blick. »Wow, ich bin wirklich beeindruckt. Kann ich ein Autogramm von dir haben? Oder besser noch ein Foto? Die Jungs in meinem Angelverein werden mir sonst nie glauben. Das wäre noch cooler als mein Bild mit Rocco Siffredi.«

Er kichert wie ein Groupie und fördert eine monströse Kamera aus seinem Rucksack zutage. Schweigend schauen wir ihm zu. Levi wirkt ein wenig entrüstet, vielleicht wegen der Vertrautheit, mit der er angesprochen wird. Die Situation ist zum Totlachen.

»Darf ich mich vorstellen: Ich heiße Lucky, bin Wassermann mit Aszendent Löwe und liebe es, mir an gemütlichen Abenden *Bridget Jones* anzuschauen.«

»Danke, aber deinen Tinder-Lebenslauf brauchen wir nicht«, sagt Li Mei.

Ich betrachte ihn grinsend, von seinem offenen Hawaiihemd über dem weißen Unterhemd bis zu seinem dünnen Goldkettchen. Abgesehen von seinem zweifelhaften Stilempfinden und der Art, wie er spricht, ist er ein gut aussehender Kerl. Seine schwarze Haut glänzt und ist makellos, sein krauses Haar ist sehr kurz geschoren. Vor allem seine Augen sprühen Feuer.

»Hi Li Mei«, fügt er hinzu, winkt kurz und schenkt ihr ein strahlendes Lächeln. »Reservierst du mir einen Tanz?«

Angewidert runzelt sie die Stirn.

»Du bist hier nicht beim Abschlussball, Mann.«

In diesem Moment erscheint Thomas und flüstert Levi etwas ins Ohr. Mein Scheinverlobter nickt stumm und schaut Lucky mit kühlem Blick an.

»Ich mache keine Fotos.«

»Oh. Na gut. Trotzdem danke«, sagt der Typ mit einem verlegenen Lächeln.

»Aber er hier schon«, melde ich mich und packe Thomas

begeistert an den Schultern. »Ta-da! Vor dir steht das offizielle schwedische Chris-Hemsworth-Double!«

Ich ignoriere Levi, der sich ein Grinsen verkneift, ebenso wie Thomas, der aussieht, als würde er mich am liebsten mit einer Gabel erstechen. Lucky scheint mir jedes Wort zu glauben, denn er reißt den Mund auf und hält sich dann die Hand davor, als wolle er einen Schrei unterdrücken.

»Oh mein Gott, ehrlich?«

Ich nicke. Lucky steigen Tränen in die Augen. Li Mei bemerkt es, nähert sich ungläubig und fragt: »Sag mal, weinst du wirklich?«

»Ich bin tief bewegt«, sagt er und betastet Thomas' Arm. »Oh, in natura bist du weniger muskulös. Und auch etwas kleiner.«

Das bringt das Fass zum Überlaufen. Levi stößt ein ersticktes Lachen aus.

»Ehrlich gesagt schlafe ich oft abends mit Gedanken an dich und Kristen Stewart ein«, fährt Lucky fort und schüttelt Thomas die Hand. »Manchmal ist auch Natalie Portman dabei. Dann und wann bin ich sogar Teil des Drehbuchs, aber das hängt vom Tag ab.«

»*What the fuck?*«

Li Mei wirkt etwas überfordert. Sie bittet Lucky, seine sexuellen Fantasien woanders zu erzählen, doch der wird plötzlich blass und ruft empört: »Was hast du bloß für eine miese Fantasie? In meinen Szenarien verbringen wir die Nächte damit, Filme anzuschauen und Popcorn zu essen. Und wir tragen alle den gleichen Schlafanzug. Das ist nett.«

Schweigen. Levis Gesicht, das zuvor belustigt war, nimmt einen mitleidigen Ausdruck an.

»Ehrlich gesagt weiß ich nicht, was schlimmer ist«, sage ich und verziehe das Gesicht.

»Stimmt, mit einem Mal wechselt es von eklig zu sehr traurig«, bestätigt Li Mei und klopft Lucky auf die Schulter.

Ich sage ihm, er solle schnell ein Foto machen, was er auch tut. Er posiert neben Thomas, der mich immer noch bitterböse anschaut. Als er fertig ist, sieht Lucky überglücklich aus.

Ich fühle mich ein wenig schuldig, weil ich ihn angeschwindelt habe, aber trotzdem verabschiede ich mich von ihm mit den Worten: »Vergiss nicht, das Foto auf Social Media mit dem Hashtag #therealchris zu posten, und ihn natürlich auch bei seinem neuen Film zu unterstützen!«

Lucky lächelt und sieht aus, als wolle er nicht gehen, aber Li Mei scheucht ihn weg und lädt uns ein, auf den Hochstühlen um die Kochinsel Platz zu nehmen.

Neben mir flüstert mir Levi ins Ohr: »Du bist ein Genie. Aber an deiner Stelle wäre ich vorsichtig ...«

»Soll ich mein Schlafzimmer heute Nacht lieber abschließen?«

»Wäre vielleicht besser.«

»Und wenn ich ihm sage, dass es mir leidtut? Hätte er kein Mitleid mit mir?«

»Keine Chance«, sagt er und fixiert Thomas, der immer noch wütend schaut. »Seine antisoziale Persönlichkeitsstörung verhindert jegliches Mitgefühl. Er hasst dich eben. Bravo.«

Ich öffne den Mund. Zwar klang es scherzhaft, aber ich ahne, dass Levi keine Witze macht.

Das erklärt vieles! Ich nehme mir vor, Thomas von nun an weniger zu ärgern, auch wenn es mir schwerfällt.

Li Mei setzt sich uns gegenüber und beginnt uns mit Fragen zu bombardieren.

»Wie habt ihr euch kennengelernt?«

Levi antwortet nicht. Ich flehe ihn stumm um Hilfe an, aber er schenkt mir nur ein fieses Lächeln.

»Du erzählst es so viel besser als ich, *Lyubimaya*.«

Dieser Feigling. Aber wenn er so spielen will ...

Ich schmiege mich an ihn und streichle mit einer intimen Geste über seinen Oberschenkel. Er zuckt nicht mit der Wimper, was ihm meinen Respekt einbringt.

»Levi besitzt einen Nachtclub in Russland«, beginne ich völlig natürlich. »Ich war eine seiner neuen Stripperinnen.«

Thomas verschluckt sich an seinem Getränk und Li Mei hört auf zu lächeln. Mit meinem Improvisationstalent bringe ich es sogar fertig, dass Levi von seinem Handy aufschaut. Er wirft mir einen verwirrten Blick zu, den ich jedoch ignoriere.

Ich fahre fort: »So habe ich den Job bekommen! Natürlich ging es anfangs nur um Sex. Aber als der Herr mich schwängerte, fand ich, dass es jetzt an der Zeit wäre, Verantwortung zu übernehmen; daher die schnelle Heirat.«

Innerlich erfreue ich mich an ihren verblüfften Gesichtern. Hinter Li Mei entdecke ich das kleine Gesicht von Lucky, der an seiner Cola nippt und andächtig jedes Wort in sich aufnimmt.

»Wow, ein Baby?«, schwärmt er. »Super! Wo ist der Ring? Und du trinkst immer noch Alkohol? Hast du schon einen Paten? Ich könnte ...«

»Bist du immer noch da?«, schimpft Li Mei, die überrascht zusammengezuckt ist.

Levi sitzt neben mir und sagt noch immer nichts. Er lässt mich machen, als wäre ihm sein Ruf völlig egal. Ich verstärke meinen Griff um seinen Oberschenkel. Er erstarrt und atmet tief durch.

»Man sieht noch nichts, ich weiß«, sage ich und streiche über meinen Bauch. »Es wird ein Mädchen und wir wollen es Carlotta nennen.«

Levi lacht leise. Er stellt sein Glas ab, schaut auf meine Hand hinunter und grinst mich rätselhaft an.

»Unser Leben ist wirklich unglaublich.«

Ich zucke mit den Schultern und widerstehe dem Drang, meine Aufmerksamkeit seinem sinnlichen Mund zu widmen.

»Oh ja. Ich kann es selbst kaum glauben.«

Er schaut mich aufmerksam an und legt seine Hand auf meine. Ich lächle bloß freundlich und genieße mein Spielchen. Wer sagt denn, dass ich nicht ein bisschen Spaß haben darf? Ich habe versprochen, mich als seine Scheinverlobte auszugeben, aber nicht, perfekt zu sein.

Schließlich schiebt er meine Hand ganz sanft von seinem Oberschenkel. Lucky erkundigt sich, ob ich trotz meiner Schwangerschaft noch strippe, woraufhin Li Mei wütend wird.

Levi nutzt die Gelegenheit, um sich zu mir zu beugen und mir kalt ins Ohr zu flüstern: »Was soll dieses Spielchen?«

»Ich weiß nicht, was du meinst«, antworte ich unschuldig.

Sein warmer Atem gleitet über meinen Nacken und ich muss einen Schauder unterdrücken.

»Zum Beispiel deine Hand auf meinem Bein.«

»Gefällt dir das etwa nicht?«

Ich weiß nicht, was mich reitet. Die Wahrheit ist, dass ich mich langweile und mich heftig zu Levi hingezogen fühle. Wir sind schließlich beide erwachsen und können für unsere Handlungen einstehen. Was wäre so falsch an einem kleinen Flirt?

Mein Scheinverlobter hält einen langen Moment ganz still, dann zieht er sich so weit zurück, dass er mich anlächeln kann. Zuerst denke ich, dass er mich vor allen Leuten küssen will, doch mein ganzer Körper erstarrt vor Demütigung, als er mir nur einen Kuss auf die Schläfe drückt und flüstert: »Sorry, *Lyubimaya*, aber du bist nicht mein Typ.«

8

Juni. Las Vegas, USA.

Levi

Alles läuft großartig.

Thomas und ich sind immer noch im Rennen. Rose coacht mich weiterhin, sobald ich Zeit habe. Abends trainiere ich allein in meinem Zimmer bei voll aufgedrehter Musik, während sie irgendwo hin verschwindet. Vermutlich verschleudert sie ihr erstes Monatsgehalt.

Jedes Mal, wenn ich Tito begegne, spiele ich die Rolle, die ich mir seit Beginn des Turniers zu eigen gemacht habe. Meistens ist Rose bei mir. Ich nehme so oft ihre Hand, dass es schon fast zur Gewohnheit geworden ist. Wir spielen die Rolle des perfekten Paares, das zum Kotzen niedlich und gleichzeitig zu unanständig ist, um sich öffentlich zu zeigen. Auch wenn Tito anfangs Zweifel hatte, stelle ich fest, dass sich sein Gesichtsausdruck im Laufe der Tage verändert. Er beginnt uns zu glauben.

Zu seiner Verteidigung sei gesagt, dass unsere Schauspielerei sogar bei mir Zweifel weckt. Und das will schon was heißen.

Ich gehe mal davon aus, dass Tito vor drei Uhr morgens, wenn sich meine Stereoanlage automatisch abschaltet, nicht einschlafen kann. Mein Kopfhörer mit Geräuschunterdrückung ist ein echter Retter. Ich habe Rose einen baugleichen gekauft, obwohl ihr Zimmer auf der anderen Seite der Suite liegt. Thomas hat keine Probleme damit; er schläft stets innerhalb von drei Minuten ein.

An den dunklen Ringen unter Titos Augen kann ich jeden Morgen erkennen, dass mein Plan funktioniert. Ich achte auch darauf, immer ein alkoholisches Getränk in der Hand zu haben, wenn ich ihn treffe. Er starrt mich verächtlich an, aber ich ignoriere ihn und freue mich innerlich. Es ist echt witzig.

»Immer schön langsam!«, hat Rose gestern gerufen und mich gestützt, als ich auf der Treppe ins Schwanken geriet. »Du solltest nicht so viel trinken, *amore mio* ...«

»Schon gut.«

»Vielleicht solltest du auf deine Frau hören«, mischte sich Tito grimmig ein.

Rose warf ihm einen finsteren Blick zu, der mich beinahe zum Lachen brachte. Scheinbar mühsam kam ich wieder auf die Beine und legte ihr meinen Arm um die Schultern.

»Ich kann damit umgehen.«

Rose half mir in den Aufzug, während Titos Blick zwischen meinen Schulterblättern brannte. Als sich die Türen schlossen, richtete ich mich so würdevoll wie möglich auf und grinste.

»Wie war ich?«

Rose verdrehte die Augen, konnte aber ihre Belustigung kaum verbergen.

»Ich verstehe nicht, warum du dir die Mühe machst. Das ist doch blöd.«

»Ich will eben ein bisschen Spaß haben.«

Je fester Tito davon überzeugt ist, dass ich mich gehen lasse, dass ich trinke, vögle und feiere, desto unaufmerksamer wird er. Rose wollte wissen, ob das wirklich nötig wäre, um zu gewinnen.

»Ich dachte, du wärst ein Ehrenmann.«

Ihre Bemerkung traf mich zutiefst. Mein Lächeln schwand und ich antwortete nur: »Ehre sollte für beide Beteiligten gelten.«

Ich bin einem solchen Verrückten keine Ehre schuldige. Ein Mann, der meine Familie verraten und letztendlich zerstört hat, um sie anschließend ihrem Elend zu überlassen und auch noch damit anzugeben, der Überlegene zu sein. Ich schulde ihm nichts. Ich werde ehrlich bleiben und keinesfalls betrügen, um ihn zu schlagen, und sei es nur, um meinem verstorbenen Vater zu beweisen, dass ich besser bin als sie beide zusammen – aber der Rest … Der Rest ist mir egal.

Heute Morgen ist ein Fotoshooting geplant. Ich hasse solche Termine. Ich mag es gar nicht, vor zwanzig Augen zu posen. Der Fotograf bittet mich, auch einmal zu lächeln, aber ich scheitere kläglich. Nach eineinhalb Stunden kommt Thomas mit meinem Handy.

»Da solltest du drangehen.«

»Ich bin beschäftigt.«

»Es ist Berezniki.«

Ich erstarre. Thomas braucht nicht mehr zu sagen, ich verstehe sofort. Der Anruf kommt aus dem Gefängnis.

Ich zögere keine Sekunde, stürme auf ihn zu, reiße ihm das Smartphone aus der Hand und verschwinde. Der Fotograf versucht, mich zurückzuhalten, aber ich höre nicht auf ihn. Ich gehe nach draußen und finde ein ruhiges Plätzchen am Pool. Verstört atme ich tief durch, ehe ich den Hörer ans Ohr halte.

»Hallo.«

»Hallo, mein Sohn«, begrüßt mich meine Mutter auf Russisch. »Ich störe doch hoffentlich nicht?«

Bloß nicht weinen, bloß nicht weinen, bloß nicht weinen.

Auch nach fast zehn Jahren ist es noch immer die schwerste Prüfung für mich, ihre Stimme zu hören. Es vergeht kein Tag und keine Nacht, in der ich mich nicht frage, was sie tut, wie es ihr geht und ob sie überlebt. Jedes Mal, wenn mein Telefon klingelt, fürchte ich, dass man mir ihren plötzlichen Tod mitteilen will.

Ich hoffe, mein Lächeln ist meiner Stimme anzuhören, während ich weiterrede. Ich bin so froh, endlich wieder einmal meine Muttersprache zu sprechen.

»Ganz und gar nicht. Ich freue mich so, von dir zu hören. Wie geht es dir?«

Mein Vater hielt mich immer für ein »Muttersöhnchen«, und das war kein Kompliment. Er wusste, dass ich sie mehr liebte als ihn, und er hasste es … und irgendwie bin ich sicher, dass er sie mehr dafür bezahlen ließ als für alles andere.

»Mir geht es gut. Ich bin vorsichtig«, scherzt sie matt, und ich verstehe, dass sie mich beruhigen will. Wie immer. »Ich kann es kaum erwarten, hier rauszukommen.«

»Geht mir genauso. Nur noch zwei Monate …«

Ich zähle die Tage. Ich zähle sie schon seit zehn Jahren.

»Isst du genug?«, frage ich, weil mir ihre schwache Stimme Sorgen bereitet. »Du wirst doch von niemandem belästigt, oder?«

Ihr leises Lachen reicht nicht aus, um mich aufzuheitern. Ich weiß, dass sie alles auf die leichte Schulter nimmt und dass sie mir alles verschweigen würde, damit ich nachts schlafen kann … Es macht mich schier verrückt.

»Immer die gleichen Fragen. Hör auf, dir Sorgen zu machen! Deine Mutter ist eine harte Nuss. Ich habe jetzt so lange durchgehalten, dass ich die letzten zwei Monate nicht mehr fürchte.«

Aber ich habe ein Recht, mir Sorgen zu machen. Sie erzählt

mir Märchen, wie gut sie von allen behandelt wird, dass sie sich satt isst und dass sie Freunde gefunden hat. Ich weiß, dass das gelogen ist. Ich bin keine siebzehn mehr. Und ich habe Nachforschungen angestellt.

Die Lebensbedingungen in russischen Gefängnissen sind grauenhaft. In den Zellen gibt es wenig Tageslicht und kaum frische Luft, und manchmal drängen sich bis zu dreißig Insassen in einer Zelle, die für sechs Personen ausgelegt ist, und teilen sich die einzige Toilette. Einmal in der Woche dürfen sie duschen, und zwar ohne Shampoo. Von der Qualität des Essens oder den Mäusen und Kakerlaken, die die Zellen bevölkern, will ich gar nicht erst reden.

Das Schlimmste aber sind die Gefängniswärter, die ihre Knüppel und sogar ihre Hunde gegen angeblich »widerspenstige« Häftlinge einsetzen. Würde ich jemals erfahren, dass einer meine Mutter angefasst hat, würde ich ihn eigenhändig umbringen.

Alles ist nur passiert, weil ich sie nicht beschützt habe. Meine Hilflosigkeit und Feigheit werde ich mir wohl mein Leben lang vorwerfen.

»Und du? Was treibst du so? Bist du nicht auf der Arbeit?«

In Russland dürfte es fast fünf Uhr sein. Wie immer lüge ich und erzähle ihr, wie meine Tage im *Rasputin* ablaufen.

Meine Mutter weiß so gut wie nichts über mein Leben. Ich habe alles getan, um es vor ihr zu verbergen. Sie weiß nicht einmal, dass ich Poker spiele; sie glaubt, das Tattoo auf meinen Wangen sei das Ergebnis einer Wette in einer betrunkenen Nacht. Tatsächlich wäre sie vermutlich entsetzt, wenn sie wüsste, dass ich meine Zeit mit solchem Quatsch vergeude. Sie würde befürchten, ich könne so werden wie mein Vater.

Ich hatte keine Wahl. Abgesehen von meiner persönlichen

Rache an Tito, aber auch an Jacob, habe ich seit dem Moment, in dem mir meine Mutter genommen wurde, nur noch einen Gedanken: alles zu tun, damit sie nach ihrer Entlassung das Leben führen kann, das sie eigentlich verdient, aber aufgegeben hat, als sie sich der Polizei stellte.

Das ganze Geld, das ich heute habe und das ich mir mühsam zusammengespart habe, ist für sie und liegt sicher verstaut in einem Bankschließfach. Das hier ist mein letztes Jahr bei der WSOP, weil meine Mutter endlich aus dem Gefängnis kommt.

Danach ist es vorbei mit dem ganzen Mist, dem Pokern und den schmerzhaften Erinnerungen. Das verspreche ich.

»Pass auf dich auf, okay?«, fügt meine Mutter hinzu, als ich gerade auflegen will. »Ich kenne dich. Du bist der Sohn deines Vaters.«

Autsch. Ich weiß, dass sie mir nicht wehtun wollte, aber mein Herz zieht sich zusammen.

»Bitte sag so was nicht.«

Sie scheint ihren Fehler einzusehen, denn sie entschuldigt sich leise. Ich verspreche, sie bald wieder zu besuchen und lege auf.

Ich brauche ein paar Minuten, um die Tränen zu unterdrücken, die mir unwillkürlich in die Augen schießen. Dann kehre ich zu Thomas zurück, als wäre nichts geschehen. Er streitet sich mit Rose, wie üblich. Sie sieht mich, verschränkt die Arme vor der Brust und pustet verärgert ihren Pony hoch.

Ich weiß nicht, ob es an dem Gespräch mit meiner Mutter liegt, aber mein Herz fühlt sich plötzlich leichter an. Ich bleibe neben Rose stehen. Ihre fließende, dunkle Seidenbluse – nicht schwarz, aber vielleicht blau oder rot? – und die Hose mit der hohen Taille fesseln meinen Blick. Es ist nicht schwierig zu erraten, dass sie keinen BH trägt.

Ich muss an das wundervolle Gefühl ihrer Hand auf meinem Oberschenkel zurückdenken und bereue fast meine Zurückweisung.

»Levi, könntest du deinem Fahrer bitte sagen, dass er ...«

»Du siehst heute wunderschön aus.«

Ich weiß nicht, was über mich gekommen ist. Ich wollte es ihr einfach sagen. Weil es der Wahrheit entspricht. Sie ist immer schön, und ich ärgere mich schwarz, dass ich mich neulich so gemein verhalten habe.

Sie schaut mich teilnahmslos an, vielleicht ein wenig verwirrt von meinem Geständnis. Sie schließt den Mund und blinzelt mehrmals, dann räuspert sie sich.

Thomas stößt einen verärgerten Seufzer aus und sagt plötzlich: »Himmel! Wirst du etwa rot, oder träume ich das nur?«

Ich ziehe überrascht eine Augenbraue hoch und betrachte das Gesicht meiner Scheinverlobten. Ihr verlegener Blick belustigt mich.

»Sie kann erröten?«

Allerdings kann ich keinen Unterschied in ihrem Gesicht feststellen. Ihr Teint ist so hell wie immer. Der Gedanke, dass ich nicht in der Lage bin, zu erkennen, was Thomas in diesem Moment zu sehen bekommt, erfüllt mich mit einem Gefühl des Bedauerns, von dem ich dachte, ich hätte es längst überwunden.

»Ich bin nicht rot geworden«, streitet sie ab.

»Sie lügt.«

Mein Lächeln wird breiter, und ich frage mich, wieso eine Frau wie sie bei einem so einfachen Kompliment errötet. Ich bin sicher, dass sie so etwas mindestens einmal am Tag hört, wenn nicht öfter.

»Interessant. Könntest du mich in Zukunft bitte jedes Mal informieren, wenn du errötest?«

Rose runzelt die Stirn und hält mich vermutlich für verrückt.

»Du hast doch Augen im Kopf, oder?«

»Leider funktionieren sie nicht so besonders.«

Vermutlich hält sie das für einen Witz, denn sie verspricht mir, dass es sowieso nicht wieder vorkäme, und verschwindet unter dem Vorwand, sie hätte Hunger.

Ich muss lachen und schaue ihr nach, während ich Thomas frage: »Welche Farbe hatte ihre Bluse? Und die Hose?«

»Dunkelgrün und beige«, antwortet mein Freund tonlos. »Sie trägt häufig Beige.«

Ich wende mich wieder ihm zu und erkenne einen Hauch Misstrauen. Ich bitte ihn, mich in seine Gedanken einzuweihen, obwohl ich eigentlich längst weiß, was los ist. Er lässt sich Zeit, damit ich verstehe, wie ernst es ihm ist.

»Du verschlingst sie mit den Augen, Levi.«

»Na und?«

»Das beunruhigt mich. Weißt du, du bist kein Übermensch. Auch wenn ich sie unerträglich finde ... ich habe Augen, die im Gegensatz zu deinen sehr gut funktionieren. Sie ist echt heiß. Und um das zu erkennen, brauchst du keine Farben zu sehen.«

Ich bin ihm nicht böse. Es ist Thomas' Aufgabe, sicherzustellen, dass ich keine Dummheiten mache.

»Wenn du dich von deinen sexuellen Gelüsten beherrschen lässt ...«

»Ganz sicher nicht«, versichere ich ihm mit einem warmen Lächeln. »Sie ist wirklich sehr schön, aber sie ist nicht die erste schöne Frau, die mir begegnet. Ich bin stärker, als du denkst.«

Er schaut mich ungläubig an und will wissen, was denn der Grund für mein Interesse wäre. Ehrlicherweise weiß ich es selbst nicht genau. Rose gefällt mir auf eine Weise, die ich nicht erklären kann. Wahrscheinlich weiß sie das, denn sie flirtet ständig mit mir, auch wenn ich unfreundlich reagiere.

Ich habe ihr gesagt, sie wäre nicht mein Typ, aber sie ging über meine Ablehnung mit so großer Würde hinweg, dass ich ein schlechtes Gewissen bekam.

»Keine Ahnung … Aber ich werde es sicher bald herausfinden.«

Als ich am Ende des Tages in unsere komfortable Suite zurückkehre, bin ich erschöpft. Ich habe Rose das Vergnügen gegönnt, mich heute nicht begleiten zu müssen, denn es war nicht nötig. Tito ist für mich immer noch unerreichbar, was mich langsam frustriert.

Zwar gewinne ich immer öfter, aber es genügt nie.

Jetzt habe ich mir erst mal eine heiße Dusche verdient. Ich betrete das Wohnzimmer, gehe den Flur entlang zu meinem Zimmer und knöpfe mir unterwegs das Hemd auf. Ich gehe am Badezimmer vorbei, als ich Geräusche aus dem Zimmer höre, in dem ich meine Nächte verbringe.

Und zwar nicht irgendwelche Geräusche.

Stöhnen.

Verblüfft bleibe ich stehen. Es ist das Stöhnen einer Frau. Es passiert mir nur selten, aber ich muss zugeben, dass ich mich in diesem Moment echt überfordert fühle.

Soll ich mich lieber zurückziehen? Aber es ist mein Zimmer!

»Rose?«, rufe ich laut.

Keine Antwort. Neugierig greife ich zum Knauf und öffne vorsichtig die Tür. Ich habe Angst vor dem, was ich entdecken könnte.

Oh.

Der Anblick überrascht mich. Mit gerunzelter Stirn entdecke ich Rose, die mit gekreuzten Beinen und ans Kopfteil gelehnt im Bademantel auf meiner Matratze sitzt, in der einen Hand eine Zeitschrift, in der anderen ein Glas Wein … und dabei laut stöhnt.

Ich betrachte das Schauspiel, verschränke die Arme vor der Brust, lehne mich mit der Schulter an den Türrahmen und sehe ihr eine gute Minute lang zu, ohne etwas zu sagen.

»Darf ich fragen, was du da machst?«, erkundige ich mich schließlich.

Als sie meine Anwesenheit bemerkt, blickt sie auf, hält für einige Sekunden inne und antwortet in völlig entspanntem Ton: »Ah, da bist du ja. Wie war das Turnier heute Nachmittag?« Während sie auf meine Antwort wartet, stöhnt sie weiter: »*Oh, si … Oh, Levi, si … per favore …*«

Die Situation ist so absurd, dass ich am liebsten laut lachen würde, aber mein Name aus ihrem Mund hat plötzlich eine mehr als unanständige Wirkung auf meinen Körper. Ich schlucke und versuche, meine Verwirrung zu verbergen.

Als ich nicht reagiere, blickt Rose erneut auf. Wahrscheinlich wird ihr klar, dass ich ihr als Erster eine Frage gestellt habe, denn sie sagt: »Ach so. Nichts Besonderes. Ich lese eine Zeitschrift, während ich trockne.«

»Auf meinem Bett?«

»Ich habe gesehen, wie Tito kurz vor mir in sein Zimmer ging. Also dachte ich, dass jemand dich während deiner Abwesenheit vertreten müsste«, erklärt sie schulterzuckend.

Jetzt verstehe ich endlich, worum es geht. Immer noch ein wenig schockiert muss ich lachen. Die Idee ist wirklich nicht übel. Ich frage mich, warum ich nicht selbst darauf gekommen bin. Wenn Tito danach nicht völlig durchdreht, wüsste ich nicht, was wir noch unternehmen sollen.

Rose stöhnt weiter, immer schneller. Als ich ihr einen fragenden Blick zuwerfe, flüstert sie verschwörerisch: »Wir sind schon seit fünfzehn Minuten beim Vorspiel, ich denke, wir können die Sache jetzt beschleunigen.«

Ich schüttle ungläubig den Kopf. Sie poltert gegen die Wand hinter sich und schreit noch lauter. Ich muss grinsen, obwohl mir plötzlich ziemlich heiß wird.

»Bin ich wirklich so gut?«

Meine Frage erregt ihre Aufmerksamkeit. Aus irgendeinem unerfindlichen Grund frage ich mich, ob sie wieder errötet. Die Tatsache, dass ich es nicht weiß, enttäuscht mich mehr, als mir lieb ist.

»Ich muss zugeben, dass ich ein bisschen enttäuscht bin.«

»Weshalb?«

»Nun, mein Leben als zukünftige Ehefrau«, sagt sie und verzieht das Gesicht. »Irgendwie hatte ich mehr davon erwartet.«

»Zum Beispiel?«

»Keine Ahnung ... Wenigstens Frühstück im Bett. Oder Gedichte über mein schönes Haar, was auch immer.«

Ich hebe eine Augenbraue. Ich kann beim besten Willen nicht sagen, ob sie es ernst meint.

»Tja, du musst wirklich sehr enttäuscht sein.«

Plötzlich taucht Thomas auf und wirft einen Blick in mein Zimmer, um zu fragen, was wir vorhaben. Als er Rose in meinem Bett sieht, schaut er mich verständnislos an.

»Möchte ich wissen, was hier los ist?«

Ich schüttele den Kopf, während Rose ihm zuruft: »Mein Verlobter lässt mich im Stich. Ich wäre für eine Paartherapie. Sogar unser Sexleben liegt im Argen ...«

»Wir sind nicht verheiratet, Rose.«

Sie verdreht die Augen. Thomas seufzt, wendet sich ab und murmelt vor sich hin: »Mir war klar, dass ich besser nicht hergekommen wäre.« Oh, wie gut ich ihn verstehe.

»Ich könnte etwas Unterstützung gebrauchen«, sagt Rose, zieht die Beine an und macht Platz für mich. »Ich mag keine stillen Liebhaber.«

»Ganz sicher nicht.«

Ich wünsche ihr weiterhin viel Spaß und gehe unter die Dusche. Unwillkürlich muss ich über Tommys Worte nachdenken. Zwar habe ich ihm die Wahrheit gesagt, aber er hat recht, sich Sorgen zu machen. Denn an diesem Abend bei Li Mei habe ich Rose angelogen.

Du bist nicht mein Typ.

Das ist nicht wahr. Ganz im Gegenteil.

Und genau deshalb ist sie so gefährlich.

9

Juni. Las Vegas, USA.

Rose

Als Levi an dem Tisch ankommt, an dem er heute spielt, haben sich die anderen Spieler bereits niedergelassen.

Einer von ihnen ist Tito.

Ich schaue nervös zu Levi hinüber, der so tut, als ob es ihm nichts ausmache. Ich stehe am Eingang in meiner Kellnerinnen-Uniform und trage eine rothaarige, kratzende Perücke. Levi setzt sich und nickt dem Spieler zu seiner Rechten zu.

Ich sehe auch Lucky, diesen romantischen Proll, der fast so wirkte, als wäre er in Levi verliebt. Auch an diesem Tag trägt er ein gemustertes Hemd, dieses Mal mit rosa Flamingos, und einen Schlapphut. Normalerweise hasse ich solche Typen, aber aus irgendeinem Grund mag ich Lucky.

»Geh nicht zu nah ran«, flüstert Thomas, als er an mir vorbeigeht. »Tito könnte dich erkennen.«

Ich nicke abwesend. Thomas geht mit entschlossenem Blick zu seinem eigenen Tisch. Ich weiß nicht, warum die Situation mich so nervös macht, aber mein Magen zieht sich leicht zusammen. Ich kann den Blick nicht von Levi abwenden und analysiere jeden seiner Gesichtsausdrücke.

Er wirkt so teilnahmslos wie immer, aber ich kenne ihn inzwischen gut genug, um zu wissen, dass er angespannt ist. Sein Körper ist starr, und er hält die Füße unter dem Stuhl gekreuzt.

Er ist im Verteidigungsmodus. Und doch hält er seine Augen direkt auf Tito gerichtet.

Unglaublich.

Als die Partie beginnt, gehe ich neugierig um ihren Tisch herum. Die Luft über ihren Köpfen ist wie elektrisiert. Trotz seines müden Aussehens wirkt Tito zuversichtlich, was mich nur halb überrascht. Lucky hingegen scheint sich der Rivalität, die sich neben ihm aufbaut, überhaupt nicht bewusst zu sein.

»Wow, neben dir zu spielen ist einfach ein Traum!«, strahlt er Levi an. »Können wir ein Selfie machen?«

»Nein. Einen Daiquiri, bitte«, bestellt Levi, ohne mich auch nur eines Blickes zu würdigen.

Ein Daiquiri? Um elf Uhr vormittags? Während einer Partie? Ich zögere, aber er ignoriert mich völlig. Er sollte einen kühlen Kopf bewahren und sich nicht vom Alkohol ablenken lassen. Was ist los mit ihm?

Frustriert drehe ich mich um und bestelle an der Theke. Der Keeper scheint zusammenzuzucken und fragt mich, für wen der Drink sein soll.

»Levi Iwanowitsch.«

Er nickt, als hätte er es geahnt, verschwindet für einen Moment und kommt mit einem vollen Glas zurück, das ich auf mein Tablett stelle. Ich überlege, ob ich ihn anlüge und ihm sagen soll, dass kein weißer Rum vorrätig wäre.

Ich rümpfe die Nase und schnuppere am Glas, aber es riecht nach nichts. Hastig vergewissere ich mich, dass mir niemand zusieht, setze das Glas an die Lippen und nippe daran.

Was zum …

Das ist kein Rum. Nichts als frischer Fruchtsaft.

Mein erster Impuls ist, zurück zur Bar zu gehen und den Barmann anzuschnauzen, doch dann bekomme ich kalte Füße.

Eigentlich ist das doch gar nicht schlimm. Ich wische den Rand des Glases ab, gehe zu Levi und stelle den Cocktail neben ihn.

»Danke.«

In diesem Moment passt er, was Tito zum Schmunzeln bringt. Ich bleibe in der Nähe und mache mich so unsichtbar wie möglich.

»Ich habe dich schon kämpferischer erlebt«, kommentiert Tito mit einem frechen Grinsen.

Levi lässt sich nicht darauf ein, sondern lehnt sich auf seinem Stuhl zurück.

»Ein echter Spieler weiß, wann er verliert.«

Er greift zu seinem Glas und trinkt die Hälfte davon in einem Zug. Ich warte darauf, dass er sich umdreht und mir einen bitterbösen Blick zuwirft, aber er verzieht nur leicht das Gesicht, als ob es ihn im Hals brennen würde. Dabei wirkt er kein bisschen überrascht. Im Gegenteil, er kippt die andere Hälfte auf die gleiche Weise hinunter, ehe er mir mit einer autoritären Geste sein Glas reicht.

»Noch einen.«

Oh. Oh, jetzt verstehe ich. Er hatte nie die Absicht, einen Daiquiri zu trinken. Tito hat natürlich keine Ahnung und schaut ihn nur angewidert an.

»Was für ein Abstieg … Nun ja, der Apfel fällt eben nicht weit vom Stamm.«

»Wie bitte?«

»Genau das hat Jacob zu Fall gebracht«, fährt Tito fort, während ich Levi das Glas abnehme. Er hat unwillkürlich die Finger verkrampft. »Die Liebe, wie er sich ausdrückte. Geld. Feste. Und natürlich seine wahre Seelenverwandte, die Flasche. Das alles ist ihm nicht wirklich gut bekommen, findest du nicht?«

In diesem Moment, als Levi blind vor stummer Wut ist und

die anderen Spieler sich gegenseitig verlegene Blicke zuwerfen, entdecke ich etwas.

Ich sehe, wie Tito einen kurzen Blick nach links wirft, wo ein Journalist mit Brille steht, und sich dann wieder dem Spiel zuwendet, als ob nichts geschehen wäre. Fast unmerklich huscht ein siegessicheres Lächeln über seine Lippen.

Mein Gehirn stellt sofort die Verbindung her. Lucky sitzt direkt vor besagtem Reporter und ist viel zu selbstbewusst, um auf sein Spiel zu achten. Der Schreiberling spioniert die Karten der Spieler aus und verständigt sich per Blickkontakt mit Tito.

»Ich glaube, du hörst dich allzu gern reden«, antwortet Levi mit gespielter Nonchalance.

Tito zuckt mit den Schultern und setzt einen hohen Betrag. Neugierig warte ich, wie Lucky reagiert. Nachdem er sich sein Spiel noch einmal angesehen hat, geht er mit einem breiten Lächeln mit. Levi bleibt stumm. Seine Lippen sind angespannt.

Ich kenne weder Luckys noch Titos Karten, aber nach Titos Gesichtsausdruck zu urteilen, müsste schon ein Wunder geschehen, damit Lucky die Partie gewinnt. Ich ertappe mich dabei, wie ich den Atem anhalte, als der Dealer die letzte Karte aufdeckt.

Eine Kreuz-Acht.

Titos Lächeln erlischt sofort, und Lucky sammelt pfeifend alle Chips von der Mitte des Tisches ein. Diese eine Karte bringt ihn mit einem einfachen Flush zum Sieg.

»Nehmen Sie es nicht persönlich«, sagt Lucky strahlend zu Tito. »Ich habe einfach unwahrscheinliches Glück. Vielleicht liegt es an meinem Namen: Danke, Mama!«

Levis Lächeln ist unmissverständlich. Er spielt mit seinen Chips, und seine Augen verspotten Tito.

»Siehst du? Du solltest dich auf dein Spiel konzentrieren, statt zu quatschen.«

Der Tag verläuft in einer seltsam angespannten Atmosphäre. Immer wieder bringe ich Levi Gläser mit Orangensaft, und er trinkt sie immer wieder, als wäre es Alkohol. Ich muss sagen, er ist ein guter Schauspieler. Schließlich wechselt Tito an einen anderen Tisch, und mein Scheinverlobter gibt die Komödie auf.

Später in unserer Suite umgibt er sich mit einer Mauer des Schweigens und verschwindet wortlos unter der Dusche. Nachdem ich mich umgezogen habe, nutze ich die Gelegenheit und gehe ein wenig nach draußen. Zunächst aber vergewissere ich mich, dass Thomas mir nicht folgt. Seit einiger Zeit fällt mir auf, dass er mich ständig beobachtet, ganz gleich was ich tue oder wohin ich gehe. Das nervt.

Vor dem Saal mit den Einarmigen Banditen treffe ich Li Mei.

»Und?«, frage ich sie.

Sie lächelt, schiebt ihre Sonnenbrille in ihr weißes Haar und zieht ein Bündel Scheine aus ihrer kleinen Tasche.

»Schau. Ich habe auf die 24 gesetzt, wie du mir gesagt hast.«

Ich kann mir ein Lächeln nicht verkneifen. Mein Herz pocht. Li Mei und ich … vielleicht sind wir nicht gerade Freundinnen geworden, aber sagen wir einfach, dass sie der einzige Mensch ist, mit dem ich außer Levi und Thomas rede. Neulich waren wir abends in einer der Hotelbars etwas trinken, und dabei kam mir die Idee.

»Und hat es funktioniert?«

»Nicht bei den ersten drei Malen. Aber beim vierten Mal hat es geklappt!«

Ich danke ihr und gebe ihr das Geld zurück, was sie zu überraschen scheint.

»Morgen setzt du alles auf die drei.«

Sie runzelt die Stirn und fragt mich, warum ich es nicht selbst mache.

»Schließlich verbringt dein Verlobter seine Tage in einem Pokersaal. Du musst dich doch zu Tode langweilen, so ganz allein!«

Ich erfinde eine lahme Ausrede und bitte sie, es für mich zu tun. Ich bemühe mich wirklich, stark zu bleiben und mich von den Spieltischen fernzuhalten, aber die Versuchung ist zu groß. Deshalb habe ich beschlossen, Li Mei loszuschicken, um für mich Roulette zu spielen. Ich spiele also durch eine Stellvertreterin.

Nur hat es leider den gegenteiligen Effekt. Ich verbringe ganze Tage damit, daran zu denken. Wann immer es mir gelingt, unsere Suite zu verlassen, treibe ich mich in der Nähe der Spielautomaten und Pokertische herum. Gestern wäre ich fast schwach geworden. Ich spüre, dass ich allmählich versage.

»Okay, einverstanden. Unter einer Bedingung«, lächelt Li Mei und greift nach meinem Arm. »Die Aasgeier sind schon im Anflug, und wenn ich ihnen noch einmal allein entgegentreten muss, sterbe ich.«

»Wie bitte?«

Mir bleibt keine Zeit, herauszufinden, was sie meint. Eine Gruppe Frauen mittleren Alters spricht uns freundlich an, und Li Mei setzt ein heuchlerisches Lächeln auf. Zwei der Frauen kenne ich vom Sehen, Alice und Lin, Ehefrauen von Spielern.

»Li Mei! Ich wusste ja gar nicht, dass du mit der zukünftigen Mrs Iwanowitsch befreundet bist …«

Ihr Ton verrät ein besonderes Interesse. Li Mei entschuldigt sich bei ihnen und stellt mich vor. Ich spiele mit und lächle höflich.

Sie stellen sich eine nach der anderen vor, und ich nicke, ohne mir ihre Namen zu merken. Ich glaube, die Blondine heißt Judith, aber ich bin mir nicht sicher.

»Sie trinken doch einen Tee mit uns, oder? Ich habe gesehen, dass Ihr Verlobter nach oben gegangen ist, wahrscheinlich um sich auszuruhen.«

Dubios, aber egal.

»Ich sollte vielleicht zu ihm gehen …«

»Gönnen Sie ihm doch etwas Ruhe«, unterbricht sie mich und nimmt mich bei den Schultern. »Sie wirken noch sehr jung. Lassen Sie uns etwas zusammen trinken, damit wir uns besser kennenlernen.«

Li Mei wirft mir einen Blick zu, als wolle sie sagen: *Das schuldest du mir.*

Ich seufze und folge ihnen widerstrebend.

Schnell bemerke ich, dass Judith, Alice und Lin absolute Klatschtanten sind. Sie berichten, dass sie sich jedes Jahr hier treffen und zwei Monate lang den Luxus von Las Vegas genießen. Manchmal werden sie von Li Mei begleitet, aber ich glaube, sie ist eher eine Geisel als eine Freundin.

Nach wenigen Minuten beginnt Judith, mich mit Fragen über Levi zu bombardieren. Ein Blick auf ihre vorgebeugte Haltung, ihre leicht geweiteten Augen und ihre kaum verhohlenen gierigen Blicke genügt, um den Zweck dieses kleinen Moments zwischen Frauen zu erkennen.

Es ist nichts weiter als ein Verhör, um mehr über meinen Verlobten zu erfahren. Sind sie nur neugierig und eifersüchtig, oder versuchen sie, etwas für ihre eigenen Ehemänner herauszubekommen? Schließlich ist Levi der Mann, der besiegt werden muss.

Das alles gefällt mir nicht besonders.

»Woher genau kommen Sie?«

»Aus Italien.«

Sie blinzeln alle, als hätten sie noch nie davon gehört.

»Das liegt in Europa, nicht wahr?«

Ernsthaft? Ich schaue flüchtig zu Li Mei hinüber, die sich das Lachen verkneifen muss.

»Ja, es liegt in Europa.«

»*Hola!*«, sagt eine von ihnen mit stolzem Lächeln.

»Das ist Spanisch.«

Li Mei verschluckt sich an ihrem Tee, damit ihr Lachen wie ein schlimmer Husten klingt. Ich nutze die Gelegenheit, um heimlich mein Handy herauszuholen und Levi einen Hilferuf zu schicken. *Er muss mich retten, und zwar schnell!*

»Haben Sie sich nicht etwas früh verlobt?«, will Judith wissen. »Es kam ziemlich plötzlich, nicht wahr?«

»Es war Liebe auf den ersten Blick«, erkläre ich seufzend.

»Liebe auf den ersten Blick im *Rasputin*«, sagt Li Mei mit amüsierter Stimme. »Das wäre ein toller Filmtitel, so etwas wie *Pretty Woman*. Lucky wäre sicher begeistert.«

Ach ja. Ich hatte ganz vergessen, dass Li Mei glaubt, ich sei schwanger und eine Stripperin.

»Was gefällt Ihnen an dem Mann? Ich finde ihn so … beängstigend! Ich glaube, ich habe ihn noch nie lächeln sehen.«

Seltsamerweise bin ich entrüstet und runzele die Stirn. Okay, er sieht immer aus, als würde er schmollen, aber ich finde ihn nicht beängstigend. Er ist einfach … intensiv. Und wahnsinnig sexy.

»Ich habe gehört, dass Russen nicht gern lächeln.«

»Quatsch«, brause ich auf. »Sie lächeln nur nicht ohne Grund, das ist alles. Sie empfinden das nicht als aufrichtig. Außerdem ist Levi sehr hübsch, wenn er lächelt.«

Auch wenn ich nicht sein Typ bin. Wow. Ich dachte wirklich, ich hätte die Ablehnung längst verdaut, aber ich glaube, mein Ego hat doch einen ziemlichen Schlag erlitten. Was bedeutet eigentlich *nicht sein Typ?*

Die nächste Stunde verbringen die Frauen damit, mir zu erzählen, wie reich, gut aussehend und mächtig ihre Ehemänner sind. Ich hasse das. Was glauben sie wohl, was sie damit erreichen? Mich eifersüchtig zu machen? Ich wette, ihre Ehemänner beachten sie kaum noch. Es gibt keinen Grund, warum mein Verlobter nicht ebenso gut sein sollte wie ihre Männer – ganz gleich, wie falsch er auch sein mag!

»Aber sagen Sie mal … wo ist eigentlich Ihr Ring?«

Scheiße. Ich widerstrebe dem Drang, meinen linken Ringfinger zu berühren und denke hastig nach. Ohne mit dem Lächeln aufzuhören, antworte ich: »Levi hat mir einen antiken Ring geschenkt, den Ring seiner Großmutter. Leider war er ein bisschen zu groß, also lassen wir ihn gerade enger machen.«

Sie nicken zustimmend. Meine Ausrede scheint stichhaltig zu sein. Ich werfe einen Blick auf mein Handy, das eben kurz vibriert hat, ohne dass ich Levis Textnachricht lesen konnte.

Keine Zeit. Hilf dir selbst.

So ein undankbarer Typ. Sicher macht er das mit Absicht. Er hätte es verdient, dass ich aus Rache seinen Ruf untergrabe. Aber Judiths hinterhältiger Blick bringt mich sofort davon ab. *Plan C!*

»Wie auch immer«, füge ich hinzu und nippe an meinem Tee. »Ich habe Glück, Levi ist einfach unglaublich. Er arbeitet hart, um all das Geld zu verdienen, das ist wahr. Aber ich spiele für ihn immer die allerwichtigste Rolle.«

»Ach wirklich?«, fragt Judith trocken. »Schön für Sie. Genießen Sie es, solange es anhält.«

Blöde Kuh.

»Männer sind doch alle gleich«, bestätigt Alice äußerst dramatisch. »Sobald die Flitterwochen vorbei sind, gibt er Ihnen seine Kreditkarte, um Sie zum Schweigen zu bringen, und lächelt abwesend, wenn Sie über Ihren Tag berichten.«

»Ich verstehe nicht, was daran falsch sein sollte …«, murmelt Li Mei.

Wir klatschen uns ab, und ich freue mich, dass wir auf der gleichen Wellenlänge liegen. Die Frauen wenden ihre Aufmerksamkeit wieder Li Mei zu und fragen sie, wann sie »endlich« zu heiraten gedenke. Dabei haben sie noch vor ein paar Minuten erklärt, ich sei zu jung, diese Bitches!

»Eine Frau kann sowohl Romantikerin als auch allein glücklich sein«, erklärt Li Mei so feierlich, dass ich lächeln muss. »Das hat Taylor Swift gesagt.«

»Oh, deine innere Stimme?«

»Nein, nein, die echte Taylor Swift. Denk doch mal nach.«

Angesichts ihrer ungläubigen Blicke entschuldige ich mich. Li Mei erzählt, dass eine frühere Beziehung nicht funktioniert hat und dass sie seitdem lieber allein ist.

Die Frauen interessiert das nicht im Geringsten. Sie schlagen vor, dass wir uns morgen Mittag oder an irgendeinem anderen Tag in der Woche mit unseren jeweiligen Partnern zum Brunch treffen könnten. Ich hasse Li Mei dafür, dass sie mich in eine solche Situation gebracht hat.

»Das klingt sehr verlockend, aber … ich schlafe sehr viel. Eigentlich den ganzen Tag.«

Judith schürzt missbilligend die Lippen.

»Wenn ich Ihnen nach zwanzig Ehejahren einen guten Rat geben darf, dann den, dass Sie als Faulenzerin die Flamme nicht am Leben erhalten können.«

Ich schenke ihr ein grausames, arrogantes Lächeln. Ich werde sie ihr schon zeigen, diese Flamme!

»Sonst käme ich vermutlich nie zum Schlafen«, sage ich und genieße das Verständnis, das sich auf ihren Gesichtern abmalt.

»Vielleicht sieht er nicht danach aus, aber Levi hat eine ziemliche Ausdauer. Er ist sehr leidenschaftlich. Unser Zimmernachbar tut mir übrigens leid. Er schläft sicher nicht viel mehr als wir.«

Ich muss lachen, weil es höchstwahrscheinlich stimmt. Li Mei hält sich mit aufgerissenen Augen die Hand vor den Mund, um ihr Lächeln zu verbergen.

»Jede Nacht?«, murmelt Lin fasziniert, ehe Judith sie mit einem mörderischen Blick zum Schweigen bringt.

Ich nicke mit einem gewissen Stolz. Ich hasse diese Frauen, die glauben, sich alles erlauben zu können, nur weil sie eine »gute Partie« gemacht haben.

Ich will gerade etwas hinzufügen, als sie plötzlich sehr blass werden. Ich spüre, dass jemand hinter mir steht und erstarre. Levi beugt sich über mich und legt seine Hände auf meine Stuhllehne.

Ich will mich gerade umdrehen, als es mir den Atem verschlägt, weil er einen sanften Kuss auf meine nackte Schulter drückt. Ein überraschter Schauder überläuft mich. Unter seinen Wimpern starrt er mich intensiv und gefährlich an. Er ist mir sehr nah, viel zu nah.

»Da bist du ja«, sagt er mit weicher Stimme. »Ich habe überall nach dir gesucht.«

»Oh?«

Ich hasse es, dass ich mich nicht besser artikulieren kann. Er hat mich unvorbereitet und zudem noch vor Zeugen erwischt. Ich weiß nicht, wie ich reagieren soll. Meine Wangen werden heiß, und ich merke, dass ich schon wieder rot werde wie eine Fünfzehnjährige.

Levis Worte fallen mir plötzlich wieder ein. *Könntest du mich in Zukunft bitte jedes Mal informieren, wenn du errötest?* Mann, ich hasse ihn.

»Das Bett war leer, als ich aus der Dusche kam«, sagt er mit tiefer, müder Stimme und ignoriert immer noch unser kleines Publikum.

Muss er denn so sexy sein? Er hat kein Recht, solche Dinge von sich zu geben! Und das am helllichten Tag. Aber andererseits ... ich bin selbst schuld. Ich nehme mich zusammen und lege meine Hand auf seine, wie es eine verliebte Frau tun würde.

»Entschuldige. Ich habe ein paar Freundinnen getroffen.«

Beim Wort »Freundinnen« zieht er eine Augenbraue hoch, was mich innerlich zum Lachen bringt. Levi gibt sich noch einmal hinterlistig, küsst mich auf den Mundwinkel und sagt: »Gehen wir?«

Heilige Scheiße. Seit wann nimmt er das Rollenspiel derart ernst? Normalerweise erledige ich die Arbeit für uns beide. Ob er alles mitgehört hat, was ich vorhin über ihn gesagt habe? Wenn ja, wird er mir wohl gleich heftig die Leviten lesen.

Ich stehe auf, ohne auf das ungewohnte Brennen in meinem Mundwinkel zu achten, und verschränke meine Finger mit seinen. Er hat sich etwas legerer angezogen und das Schwarz gegen Weiß und Beige getauscht. Jetzt sieht er aus wie ein Engel.

Sein dämonisches Grinsen jedoch verrät seine wahre Natur.

»Ich entführe sie Ihnen. Guten Abend, meine Damen. Li Mei.«

Ich nicke ihnen zu und drehe mich um, ohne noch etwas hinzuzufügen. Keine von ihnen hält mich zurück, nicht einmal meine Freundin, die mich mit einem siegessicheren Gesichtsausdruck verabschiedet. Levi lässt meine Hand nicht los, umschlingt meine Taille und verschränkt unsere Arme hinter meinem Rücken.

»Wie war das noch?«, will er wissen, als wir durch die Hotellobby gehen. »Ich habe also eine ziemliche Ausdauer? Und ich bin … ›leidenschaftlich‹, richtig?«

Ich hatte also recht. Natürlich hat er gehört, was ich gesagt habe, sonst wäre es ja nicht lustig.

»Niemand soll denken, ich hätte mich für einen mittelmäßigen Mann entschieden. Mein Ruf steht auf dem Spiel.«

Er lächelt über meine Worte. Wir steigen mit anderen Leuten in den Aufzug ein und müssen uns an die Wand drängen. Ich unterdrücke ein Zittern, als er sich zu meinem Ohr hinunterbeugt und flüstert: »Du hast völlig recht. Und vor allem musstest du nicht einmal lügen.«

Du lieber Gott. Ich blicke trotzig zu ihm auf. Er bewegt sich keinen Zentimeter, daher ist sein Mund nur Zentimeter von meinem entfernt. Es wäre so einfach, ihn zu küssen. Er könnte mich nicht einmal abweisen, da wir nicht allein sind.

Ich weiß nicht, was mit mir los ist. Ich lasse meine Hand über sein Hemd am Oberkörper hinuntergleiten, dann wieder nach oben, und packe ihn schließlich am Kragen.

Der Aufzug hält an. Die anderen Leute steigen aus.

Levi starrt mich an und meint: »Was denn? Willst du mich wieder gegen die Wand drücken und mir drohen?«

Wir sind jetzt allein. Der Aufzug fährt langsam weiter nach oben. Die Luft ist aufgeladen. Mein Blick fällt auf seinen Mund, den gleichen Mund, der meine Schulter so zärtlich geküsst hat, aber auch den, der den lieben langen Tag lügt.

Ich hauche auf seine Lippen: »Ich glaube nur, was ich selbst sehe.«

Lange sagt er nichts. Ich habe gut darüber nachgedacht, und mir ist klar geworden, dass ich mich von dieser Leidenschaft befreien muss – genauer gesagt von Levi. Ich muss ihn haben, damit ich nicht mehr Tag und Nacht an ihn denke. Und um mir zu beweisen, dass ich ihn verführen kann.

Er ist so verschlossen, dass ich die meiste Zeit nicht einmal weiß, ob ich ihm gefalle oder nicht. Er sagt, ich sei nicht sein Typ, aber er flirtet immer wieder mit mir, sieht mich an, wenn er denkt, dass ich nicht auf ihn achte, und sagt mir, ich sei schön. Das verstehe ich nicht.

Plötzlich legt er seine Hand auf meine Wange. Sein Daumen streichelt mich ein Mal, dann zwei Mal. Meine glühende Haut wärmt seine kalten Finger. Ein schwaches Lächeln umspielt seinen Mund.

»Ich wusste es ... Du wirst ja rot.«

Mein Herz klopft so schnell, dass es mir schier aus der Brust springt. Was hat das zu bedeuten? Ich will ihn gerade fragen, als er den Arm fallen lässt und seufzt.

»Glaub mir, Rose. Du willst dir das nicht antun.«

Wie bitte? Ich blinzele. Es ist demütigend, nun schon zum zweiten Mal von diesem selbstgefälligen Mann abgewiesen zu werden. Bin ich nicht gut genug? Was stimmt nicht mit ihm? Oder mit mir?

»Du weißt doch überhaupt nicht, was ich will«, bringe ich zwischen zusammengepressten Zähnen hervor.

Er zieht die Augenbrauen hoch, sein Gesicht ist ganz nah an meinem. Ich presse die Lippen zusammen.

»Dann sag es mir. Sei zum ersten Mal in deinem verdammten Leben ehrlich und sag mir, was du willst.«

Ich hatte nicht erwartet, dass unser Gespräch eine solche Wendung nehmen würde. Seit Beginn unserer Vereinbarung flirte ich mit ihm, in der Hoffnung auf eine Erwiderung. Die Gründe dafür sind zahlreich: Langeweile, der Wunsch, eine Reaktion auszulösen, Neugier ...

Verstört öffne ich den Mund, um ihm zu antworten, bin aber nicht in der Lage, etwas zu sagen. Weil ich nämlich nicht die geringste Ahnung habe. Und das weiß er.

Statt einer Antwort nickt er nur wenig überrascht. Die Fahrstuhltüren öffnen sich auf unserer Etage.

»Ich weiß nicht, was du willst, Rose. Aber ich weiß, dass ich es nicht bin. Also hör auf, meine Zeit zu verschwenden.«

10

Juni. Las Vegas, USA.

Levi

Ich bin siebzehn Jahre alt und komme gerade von einer Party nach Hause. Es ist zwei Uhr nachts, ich bin längst über meine erlaubte Ausgangszeit hinaus. Leicht betrunken taumle ich zur Haustür.

Schon bevor ich die Tür öffne, höre ich Schreie.

Sofort werde ich nüchtern. Ich vergesse meine Euphorie, meine Kumpels und Anikas warme Schenkel, zwischen denen ich noch vor einer Stunde lag.

»Jacob, nein! Hör auf!«, stöhnt meine Mutter, als ich mit wild klopfendem Herzen das Wohnzimmer betrete.

Wie versteinert stehe ich vor der Szene, die sich mir bietet. Meine Mutter kniet auf dem Boden. Mein Vater steht vor ihr und hat ihr Haar in der Faust. Ihre Lippen sind aufgeplatzt, ihre Nase blutet. Ich bemerke Kratzer an seinen Armen, die beweisen, dass sie versucht hat, sich zu wehren. Über einem ihrer Augen wird bald ein Veilchen aufblühen.

»Mama«, stammele ich wie ein Kind.

Mein Vater wirft mir einen bösen Blick zu. Mit vom Alkohol verzerrter Stimme faucht er mich an: »Um diese Zeit kommst du nach Hause, Rotzbengel?«

Ich beachte ihn nicht. Meine Augen sind gebannt von den Tränen, die über das Gesicht meiner Mutter fließen. Sie schafft es kaum, mich anzulächeln. Ihre Schultern beben. Mir ist klar, dass ich das nicht hätte sehen sollen.

»Nicht schlimm. Geh ins Bett, ja?«

Mein Vater brüllt, sie wäre zu nachsichtig mit mir. Ich höre nicht hin. Es bricht mir das Herz, den beschämten Gesichtsausdruck meiner Mutter zu sehen. Dabei ist es nicht das erste Mal, dass ich ein solches Schauspiel miterlebe. Es ist auch nicht das erste Mal, dass ich mich mit meinem Vater prügele, um sie zu verteidigen. Und es ist nicht das erste Mal, dass ich Schläge abbekomme.

Jedes Mal schlage ich ihr vor, wegzulaufen.

Jedes Mal verspricht sie, darüber nachzudenken.

Aber wir bleiben immer.

»Lass sie los«, knurre ich wie ein Tier.

Ich zittere am ganzen Körper, eine wahnsinnige Wut überwältigt mich. Er sieht es und tobt noch wilder. Er kann es nicht ertragen, dass ich erwachsen werde, geschweige denn, dass ich ihn herausfordere. Er ist der Herr des Hauses. Sein seltsamer Sprössling, dieser von Geburt an Behinderte, dieses Muttersöhnchen sollte lieber lernen, die Schnauze zu halten.

Er lässt seine Frau los, verschwindet aus dem Zimmer und schreit dabei, dass ich eine ordentliche Tracht Prügel verdiene. Ich nutze die Gelegenheit, um meiner Mutter aufzuhelfen. Sie entschuldigt sich und meint, ich solle die Sache auf sich beruhen lassen. Mir fehlen die Worte. Ich bin zu verängstigt, zu betrunken und zu feige, um zu entscheiden, was ich jetzt tun soll.

»Nein!«, schreit meine Mutter plötzlich.

Mir bleibt keine Zeit mehr, mich umzudrehen, da stürze ich schon mit einem dumpfen Aufprall zu Boden. Mein Rücken schmerzt geradezu unerträglich. Zunächst kann ich die Augen nicht öffnen, aber als es mir schließlich gelingt, sehe ich meinen Vater mit einem Besenstiel über mir stehen. Das, was folgt, habe ich nur noch verschwommen im Kopf.

Ich erinnere mich, wie ich mich mühsam aufrappele und auf ihn losgehe. Mir ist klar, dass ich dabei den Kürzeren ziehe. Ich erinnere mich an seine Hände um den Hals meiner Mutter, dann um meinen Hals, ich erinnere mich an ihr hilfloses Weinen und ihr Flehen, mich loszulassen. Ich erinnere mich an die grauenhafte Todesangst in meiner Brust.

Dann ein Schuss. Ein lauter Knall.

Blut. Es schrillt in meinen Ohren.

Ein noch rauchendes Gewehr in den Händen meiner Mutter.

Die Polizei bricht die Tür auf und befiehlt ihr, die Waffe fallen zu lassen.

»Levi.«

Jemand sagt meinen Namen. Ich schreie, flehe die Polizisten an, mich an ihrer Stelle zu verhaften, rufe, dass alles meine Schuld ist, aber niemand hört mir zu.

Ich bin verloren.

»Levi!«

Zitternd schrecke ich aus dem Schlaf auf. Ich liege im Bett, mein Hals und meine Brust sind nass geschwitzt. Thomas steht mit gerunzelter Stirn neben mir. Ich spüre salzige Tränen in meinen Augenwinkeln und beschämt wird mir klar, dass ich im Schlaf geweint habe.

»Wieder mal ein Albtraum? Hier.«

Mit zusammengepressten Lippen reicht er mir ein Glas Wasser, aber ich schüttle den Kopf, ohne es anzunehmen. Alles ist gut. Diese Sache gehört der Vergangenheit an. Ich bin jetzt hier, in Sicherheit und gesund. Weit weg von Sankt Petersburg.

»Was willst du überhaupt hier?«, frage ich ihn, um das Thema zu wechseln, und ziehe meine Decke hoch.

»Ich fürchte, ich werde demnächst schwach und bringe deine liebe Frau um. Ich dachte, das solltest du wissen.«

Immer noch schläfrig ziehe ich eine Augenbraue hoch.

»Hm, verstehe.«

»Danke.«

»Das könnte allerdings einige Unannehmlichkeiten nach sich ziehen.«

Er scheint zu überlegen, ehe er schließlich antwortet: »Vielleicht gibt es noch ein paar Dinge zu überdenken. Aber ich würde sagen, es spricht mehr dafür als dagegen.«

Ich grinse und frage ihn, was zum Teufel sie wieder angestellt hat. Es überrascht mich nicht, dass Thomas und Rose sich nicht leiden können. Auch wenn ich oft das Gefühl habe, wie ein verzweifelter Vater zwischen ihnen zu stehen, lasse ich sie meist herumstreiten und warte ab, wer den anderen zuerst umbringt.

»Egal wie oft ich ihr sage, dass sie sich ruhig verhalten und nicht, wann sie will und wohin sie will, ausgehen soll – sie versteht es einfach nicht.«

»Du hast Rose Alfieri aufgefordert ›sich ruhig zu verhalten‹?« Ich verziehe das Gesicht und lache leise vor mich hin. »Geschieht dir recht, Kumpel.«

»Das ist nicht lustig.«

»Sie ist nicht unsere Gefangene, Tommy. Lass sie machen, was sie will.«

»Und wenn sie Tito über den Weg läuft und unseren ganzen Plan ruiniert?«

Seufzend reibe ich mir die Augen und bereue beinahe, dass ich aufgewacht bin. *Beinahe.*

»Sie weiß höchstens ein Zehntel von dem, was wir wirklich tun. Also immer mit der Ruhe. Selbst wenn Tito erfährt, dass es sich um eine Scheinhochzeit handelt, hat er keine Ahnung, was auf ihn zukommt. Und jetzt lass dir ein Bad ein und entspann dich.«

Schmollend antwortet er, dass Bäder Zeit- und Wasserverschwendung sind, und wendet sich ab.

»Falls es noch nicht ganz klar sein sollte, wiederhole ich es gern noch mal: Meine Scheinverlobte wird nicht umgebracht«, rufe ich ihm hinterher.

Er tut, als hätte er mich nicht gehört, aber das beunruhigt mich nicht weiter. Ich kenne Thomas in- und auswendig. Ich behaupte nicht, er wäre harmlos … Gott weiß, dass ich damit völlig falsch liegen würde. Nach außen hin ist Thomas ruhig, aber im Inneren ist er ein Sturm.

Er ist davon überzeugt, besser zu sein als alle anderen. Er ist gemein, berechnend, brillant, aggressiv und impulsiv. Eine Gefahr, wenn man ihn provoziert. Und doch ist und bleibt er der Mensch, zu dem ich das größte Vertrauen habe.

Mein Kopf schmerzt geradezu höllisch. Meine Augen auch.

Rose und ich verbringen den Tag mit Üben. Gewisse Dinge muss sie mir mehrmals erklären. Sie tut es immer mit beeindruckender Geduld. Trotzdem habe ich schlechte Laune. Wegen der Albträume habe ich sehr schlecht geschlafen, und der Schlafmangel ermüdet meine Augen. Jede Art von Licht erscheint mir als schwer erträgliche Aggression.

»Warum setzt du deine Brille auf, wenn wir nur zu zweit sind? Angeber.«

Ich gehe nicht darauf ein, sondern konzentriere mich. Vermutlich bemerkt sie, dass ich heute keinen guten Tag habe, denn sie provoziert mich nicht weiter. Sie flirtet auch nicht, was neu ist. Auch wenn sie so tut, als würde meine wiederholte Ablehnung sie nicht stören, ist mir klar, dass es sie verrückt macht. Irgendwie belustigt mich das.

Als ich ihr vorschlage, zusammen zu Abend zu essen, nimmt sie das Angebot an, besteht jedoch darauf, sich umzuziehen.

Ich trinke gerade das erste Bier dieses Tages, als das Geräusch ihrer hohen Absätze meine Aufmerksamkeit erregt.

Ich bin so überrascht, dass ich mich verschlucke. Ich huste in meine Faust und bete, dass meine Wangen nicht so rot werden, wie sie sich anfühlen. *Heilige Scheiße.*

»Na, na, na«, sagt sie lächelnd und bleibt vor mir stehen. »War das etwa eine Reaktion? Na endlich.«

Ich weiß nicht, was ich darauf antworten soll. Reglos betrachte ich sie von Kopf bis Fuß. Rose ist die Gleiche wie jeden Tag; ihre dunklen Augen sind mit einem langen Lidstrich geschminkt, ihre tollen Lippen werden durch eine dicke Schicht Transparent-Gloss betont und ihr kurzes Haar ist perfekt geglättet.

Aber heute Abend trägt sie eine schwarze Hose und eine ebensolche Anzugsjacke, und darunter ... nichts. Um Hals und Taille schlingt sich ein Goldkettchen mit einem Dreieck genau zwischen ihren Brüsten. Ich muss schlucken, als ich die langen, dazu passenden Ohrstecker und die Ringe rings um ihre Ohrmuscheln wahrnehme.

Sie ist schlicht und ergreifend traumhaft schön. Ich weiß nicht, was mit mir los ist. Seit unserer ersten Begegnung im *Venetian* finde ich sie schön und sexy. Aber jetzt ... was ich empfinde, ist unfassbar.

Ich will nicht, dass sie so rausgeht. Ich will nicht, dass andere sie so sehen. Am liebsten würde ich die Tür abschließen, sie auf die Kochinsel legen und mit meiner Zunge über diesen Streifen nackter Haut fahren, der mich verspottet ...

»Lass uns gehen«, sage ich stattdessen.

Wir gehen hinunter ins Hotelrestaurant. Sie hakt sich bei mir ein, und natürlich folgen ihr die Blicke aller Anwesenden. Ich behalte meine Sonnenbrille auf, aber sie sagt nichts dazu. Wir sprechen über das Turnier, die Begegnungen, die am nächsten Nachmittag auf mich zukommen, und andere mehr oder weniger interessante Dinge.

Ich frage sie, was sie an ihren freien Tagen macht, aber sie weicht der Frage aus und behauptet, sie würde meist schlafen oder malen. Ich glaube ihr nur halb.

»Gehen wir wieder nach oben?«, fragt sie irgendwann.

»Warum?«

»Ich brauche eine Zigarette.«

Ich sage dazu nichts und zahle. Als wir das Restaurant verlassen, spricht Rose mit mir, während sie rückwärtsgeht.

Plötzlich greife ich nach ihrem Arm, bin aber zu langsam. Mit der Schulter rempelt sie einen Entgegenkommenden an. Sie taumelt und hält sich völlig selbstverständlich an meinem Handgelenk fest, um sich abzufangen. Der Mann dreht sich überrascht zu uns um und entschuldigt sich.

»Entschuldigen Sie, ich habe Sie nicht ges…«

Er unterbricht sich, als er Roses Gesicht sieht. Sie wird kreidebleich, hat sich aber sofort wieder unter Kontrolle.

»Nichts passiert.«

Am Ärmel zieht sie mich weg. Stirnrunzelnd schaue ich dem Mann nach. Er konzentriert sich immer noch auf Rose, bis er bemerkt, dass ich ihn beobachte. Er wird verlegen, lächelt dann aber und geht ebenfalls.

Anders als Rose bin ich kein Profi für menschliches Verhalten, aber ganz dumm bin ich auch nicht. Die beiden kennen sich.

»Wer war das?«, erkundige ich mich im Fahrstuhl.

Sie weigert sich, mir in die Augen zu sehen, aber ich muss zugeben, dass sie eine wirklich gute Lügnerin ist, denn ich könnte ihr fast glauben, als sie beiläufig antwortet: »Woher soll ich das wissen?«

Ich verstehe. Ich frage nicht weiter, denn ich weiß, dass es nichts bringen würde. Wie auch immer, es geht mich nichts an. Jeder hat seine Geheimnisse, davon kann ich ein Lied singen. Trotzdem bin ich neugierig.

Ein Ex-Freund vielleicht? Seltsam, ihm ausgerechnet in Las Vegas zu begegnen, aber alles ist möglich.

»Magst du was trinken?«, fragt Rose, als wir in der Suite sind.

Ich nicke, setze mich auf die Couch und nehme meine Sonnenbrille ab. Mit zwei Flaschen in der Hand kommt sie zurück und setzt sich auf den Boden vor dem Couchtisch. Ich beobachte sie, ohne etwas zu sagen, aber es fällt mir schwer. Sie hat bereits beim Abendessen etwas getrunken. Wie jeden Abend.

Zwar habe ich sie noch nie betrunken erlebt, aber trotzdem. Sie trinkt sehr viel. Ebenso wie sie viel raucht. Das gefällt mir nicht, obwohl ich mich da nicht einmischen darf. Für sie bin ich ein Niemand.

Und doch …

»Findest du nicht, dass du für heute schon genug getrunken hast?«

Einfühlsamkeit ist nicht meine Stärke. Aber bei Rose würde Subtilität ohnehin nicht funktionieren. Ich weiß das, weil wir uns in dieser Hinsicht sehr ähnlich sind – wie in vielem anderen auch. Das macht mir Angst.

»Ich denke nicht«, erwidert sie spöttisch.

Sie schenkt sich ein Glas Whisky ein, lächelt mich an und trinkt einen Schluck. Ich schwenke mein Glas und stütze meine Ellbogen auf meine Knie. Ich komme einfach nicht dagegen an.

»Ich mag keine Alkoholiker.«

Das ist eine Untertreibung. Tatsächlich hasse ich sie.

»Und ich mag keine Männer, die verdammt gut aussehen und sich in Dinge einmischen, die sie nichts angehen.«

Touché.

»›Verdammt gut aussehen‹? Vielen Dank für das Kompliment.«

Jetzt habe ich es geschafft, sie wütend zu machen. Ihre Wangen sehen zwar immer noch aus wie sonst, aber ich bin sicher, dass sie genauso heiß sind wie damals, als sie errötet ist. Ihr Blick ist weniger fokussiert, ihre Pupillen geweitet, ihre Bewegungen verlangsamt.

Sie verträgt eine ganze Menge, aber es ist offensichtlich, dass sie betrunken ist. Ich habe viele Trinker gekannt, angefangen bei meinem Vater. Einige konnten es verbergen, andere überhaupt nicht. Wie auch immer, es kam noch nie etwas Gutes dabei heraus.

Sie hat etwas Besseres verdient. Aber auch das ist ihr Problem, nicht meins. Letzten Endes trifft sie ihre eigenen Entscheidungen, und ich werde weiterleben, ohne mir darüber Gedanken zu machen.

Schon, außer ...

»Wofür willst du dich bestrafen, Rose?«

»Das ist eine sehr gute Frage«, sagt sie mit einem unfreundlichen Lächeln. »Und du, Levi?«

Ich schweige mit ausdruckslosem Gesicht. Ich würde gern antworten, dass ich nicht weiß, wovon sie spricht, aber ich will sie nicht anlügen. Obwohl das meine Spezialität ist.

»Wer hat dir eingeredet, dass du nur das verdient hast?«, fahre ich trotzdem fort. Sie lacht verbittert auf.

»Du liegst komplett falsch. Du hältst mich für eine tragische Figur, der es an Selbstvertrauen fehlt, aber weißt du was? Ich finde mich fantastisch«, antwortet sie. »Ich bin schön, sexy, humorvoll und intelligent.«

Ich werfe ihr einen wenig beeindruckten Blick zu.

»Normalerweise sind diejenigen, die am dicksten auftragen, genau die, die sich selbst am wenigsten mögen.«

Ich weiß, wovon ich spreche. Sie tut, als hätte sie mir nicht zugehört, greift nach dem Kartenspiel, das wir immer zur Hand haben, und mischt es zwischen ihren schlanken Fingern.

»Was hältst du von einem Spiel? Wenn du die Partie gewinnst, darfst du mich etwas fragen und umgekehrt. Jeder bekommt einen Joker.«

Ich sollte besser nicht Ja sagen. Die Chancen stehen nicht gut für mich. Aber Rose ist betrunken, und meine Neugier siegt. Ich nicke und ziehe mein Jackett aus. Ihrer coolen Miene nach zu urteilen ist sie wild entschlossen, mich zu besiegen. Aber vor allem wirkt sie ganz schön wütend.

Wir spielen die erste Partie. Ich habe zwar einen Drilling, aber ihr Vierling gewinnt. Sie bittet mich, einen Schluck zu trinken, während sie über ihre Frage nachdenkt. Verärgert gehorche ich.

»Was ist deine wahre Leidenschaft? Poker?«

Ich bin überrascht, denn ich habe Schlimmeres erwartet. Tatsächlich ist sie der erste Mensch, der mich so etwas fragt.

»Nein. Zumindest glaube ich das nicht.«

»Was ist es dann?«

»Vielleicht doch Poker?«, wiederhole ich und denke lange nach.

Mein Gefängnis. Meine Strafe. Meine persönliche Hölle.

Ich schenke ihr ein Lächeln, das von der Bitterkeit in meiner Stimme nicht ablenken kann. Sie schweigt erstaunt.

»Ich habe von deiner wahren Leidenschaft gesprochen, aber okay.«

»Ich habe keine. Fotografieren vielleicht. Aber ich denke, das ist blöd.«

Sie runzelt die Stirn. Es ist lange her, dass ich das letzte Mal mit jemandem über Fotografie gesprochen habe ... Es gab einmal eine Zeit, da hatte ich vor, das Fotografieren zu meinem Beruf zu machen. Doch das war, ehe sich alles in Rauch auflöste.

»Warum ausgerechnet das?«

Ich schaue ihr tief in die Augen und ignoriere bewusst den Streifen nackter Haut, den ihre offene Jacke mir bietet. Es grenzt an ein Wunder, dass bisher niemand ihre Brüste gesehen hat.

»Das ist mehr als eine Frage.«

Sie antwortet nicht. Wir setzen das Spiel fort. Sie gewinnt erneut und fragt mich, woher ich Tito kenne. Sie ist ganz schön clever. Sicher war das die erste Frage, die sie mir stellen wollte. Aber sie hat abgewartet, um nicht zu vorhersehbar zu erscheinen.

Ich denke einen Augenblick nach. Thomas würde mir verbieten, darüber zu sprechen, aber ich sehe kein Problem darin. Nicht, solange ich nicht in die Tiefe gehe.

»Er und mein Vater waren Freunde«, seufze ich und lehne mich mit leicht gespreizten Beinen in die Kissen. »Sie haben sich hier bei der WSOP kennengelernt. Aber mit der Zeit wurden sie zu Rivalen.«

»Warum?«

»Weil Geld alles verdirbt, was damit in Berührung kommt.«

Sie antwortet nicht, aber ich glaube, in ihren dunklen Augen weitere Fragen zu erkennen. Wir trinken und spielen weiter. Sehr zu ihrem Unmut gewinne auch ich einige Partien. Dabei erfahre ich unter anderem, dass sie nach ihrem Psychologiestudium als Aktmodell für Kunststudierende gearbeitet hat. Dass sie die Malerei liebt, obwohl ich das schon geahnt habe. Als ich sie frage, ob sie kein Problem damit hat, sich auszuziehen, zuckt sie mit den Schultern.

»Metaphorisch gesehen schon. Aber im wörtlichen Sinn nicht. Letzteres ist immer einfacher als Ersteres, findest du nicht? Und warum sollte es mich stören? Ich wurde so geboren.«

Ich nicke und nippe an meinem Whisky. Ihr Blick ist warm und ihre Pupillen vom Alkohol leicht geweitet.

Sie gibt mir die Frage zurück: »Was ist mit dir? Stört Nacktheit dich?«

»Nur die von anderen Leuten.«

Sie nickt, als ob sie verstünde. Ich weiß, dass ich ein weiteres Spiel gewinnen müsste, um sie fragen zu können, aber die Frage brennt mir auf den Lippen.

»Rose.«

»Was ist?«

Ich zögere eine Sekunde, dann frage ich: »Was ist deine Lieblingsfarbe?«

Überrascht hebt sie eine Augenbraue. Sie könnte mich abblitzen lassen, aber hält die Frage vermutlich für harmlos, denn sie antwortet ganz natürlich: »Beige.«

Das überrascht mich nicht. Nachdenklich wiederhole ich »Beige« und versuche zu entschlüsseln, was es bedeutet. Sie gibt mir die Frage zurück, was mich sofort nervt.

»Schwarz«, sage ich. »Nehme ich jedenfalls an.«

Sie trinkt ihr Glas leer, ehe ich es ihr wegnehme. Wir beginnen eine neue Partie, die ich wieder gewinne. Angesichts meines triumphierenden Lächelns knurrt sie leise.

»Wozu brauchst du so viel Geld?«

»Davon kann man nie zu viel haben.«

»Du spielst nicht fair«, schimpfe ich. Auch mir steigt der Alkohol inzwischen zu Kopf. »Sei ehrlich, sonst gehe ich ins Bett.«

Sie seufzt und verdreht die Augen, ehe sie zugibt: »Schulden. Ich schulde zu vielen Leuten zu viel Geld. Meine Eltern könnten mir helfen, aber ich will allein damit fertigwerden. Ich will niemandem etwas schuldig sein, geschweige denn meine Verwandten in Probleme verwickeln, die ich selbst verursacht habe.«

Rose weigert sich, weiter ins Detail zu gehen, aber das reicht mir schon. Mir ist klar, dass sie trotz ihres egoistischen Auftretens ein großes Herz hat. Sie ist nicht perfekt, so viel ist sicher, aber sie nimmt sich so an, wie sie ist. Mit allen Fehlern und allen Unvollkommenheiten.

»Du bist kein schlechter Mensch, Rose«, sage ich leise. »Du tust nur so, damit du dich wegen der schlechten Dinge, die du tust, nicht schuldig fühlen musst.«

Bei meiner Analyse erstarrt sie. Zunächst denke ich, dass sie gleich zurückschießt, aber sie antwortet nicht, sondern zündet sich eine Zigarette an. Wir trinken noch etwas und spielen weiter. Ich erzähle ihr, dass meine Familie sehr religiös ist und ich daher meinen biblischen Namen trage. Mit erhobenen Augenbrauen registriert sie, dass ich den Film *La Dolce Vita* liebe und Menschen hasse, die Schwächere missbrauchen.

»Ist Glücksspiel im orthodoxen Christentum nicht verboten?«

Ich zucke mit den Schultern.

»Auf eine Sünde mehr oder weniger kommt es vermutlich auch nicht mehr an ...«

Darüber muss sie lächeln, als verstünde sie alles ganz genau. Ihrerseits vertraut sie mir an, dass *E. T.* ihr Lieblingsfilm ist, dass sie gern badet und dass sie seit mehreren Jahren nicht mehr geweint hat. Ich würde gern die ganze Nacht so weitermachen, aber ich habe Angst, dass meine Abwehrmechanismen versagen und ich Dinge verrate, die ich nicht verraten sollte.

»Es ist spät«, sage ich und schaue auf meine Uhr. »Wir sollten lieber schlafen gehen.«

Sie drängt: »Noch ein Letztes.«

An ihrem Gesichtsausdruck erkenne ich, dass sie eine ganz bestimmte Frage im Kopf hat, die sie mir um jeden Preis stellen wird. Ich bin mir nicht sicher, ob ich wissen will, was sie vorhat, aber tief in meinem Herzen brennt die Neugier.

Sie gewinnt das Spiel mit einem schönen Flush. Ich lasse meine Karten auf den Tisch fallen und schaue sie an.

Rose befeuchtet ihre Lippen, ehe sie geradeheraus fragt: »Was ist dein Typ?«

Ich blinzle verblüfft. Mit etwas so Banalem habe ich nicht gerechnet. Dennoch scheint sie wild entschlossen zu sein, es zu erfahren. Mir wird klar, dass meine Worte von neulich Abend sie tiefer getroffen haben, als mir lieb war. Irgendwie tut mir das leid. Wenn sie wüsste.

»Männer? Frauen? Beides? Weder noch?«, hakt sie nach und verschränkt die Arme. »Welche Art Mensch magst du und warum gehöre ich nicht dazu?«

»Das sind eine Menge Fragen.«

»Antworte, Iwanowitsch!«

Wenn ich jetzt ehrlich bin, wird sie wissen, dass ich sie angelogen habe. Dass ihre bloße Anwesenheit in dieser Suite eine Bedrohung für meine jahrelang ausgearbeitete Rache ist.

Aber das kann ich mir nicht leisten. Nicht für ein Sex-Abenteuer. Denn wenn ich nachgebe, wird es genau so etwas werden. Ein One-Night-Stand. Ich bin mir nicht sicher, ob einer von uns in der Lage ist, mehr zu geben.

Es auch nur zu versuchen, wäre kollektiver Selbstmord.

»Joker.«

Mit diesen Worten wende ich mich von einer empörten Rose ab und stehe auf. Ich wünsche ihr eine gute Nacht, dann gehe ich und lasse sie allein auf dem Wohnzimmerboden sitzen.

Ich bin noch keine zehn Schritte entfernt, als mich etwas am

Kopf trifft. Ich stöhne vor Schmerz und fahre bestürzt herum. Rose steht mit wütendem Gesicht neben dem Sofa. Einer ihrer High Heels liegt zu meinen Füßen, wo er nach dem Aufprall auf meinem Schädel gelandet ist.

»Also echt, du bist wirklich völlig durchgedreht!«

Wenn ich das Eis bin, ist Rose das Feuer, das ist mir inzwischen klar. Und ich kann es weiß Gott kaum erwarten, sie in Flammen aufgehen zu sehen.

»Na toll! Das war die einfachste Frage, die ich dir je gestellt habe, und du weigerst dich, sie zu beantworten«, schimpft sie.

Eine Laune, sonst nichts. Denn Rose Alfieri ist es nicht gewohnt, dass man ihr etwas abschlägt. Ich wette, ihr Vater hat ihr immer nachgegeben, aber bei mir hat sie da schlechte Karten.

»Warum interessiert dich das so sehr, *Lyubimaya*?«, frage ich verschmitzt mit den Händen in den Taschen. »Hast du Angst, dass ich mich woanders umsehe?«

Mit selbstbewussten Schritten kommt sie auf mich zu. Ich kann die Farbe ihrer Porzellanwangen beinahe spüren, was mich noch mehr zum Lächeln bringt. Vermutlich hält sie das für Arroganz, denn sie legt ihre Hand auf meine Brust und drückt mich gegen die Marmorsäule. Ihr alkoholisierter Atem streift meinen Mund.

»Du bist ein blödes, arrogantes Arschloch!«

Ich weiß nicht, ob es an ihrem verletzlichen Blick, ihren Worten, dem Alkohol oder dem schweren Geruch ihres Parfüms liegt, aber ich bin mir plötzlich ihrer Nähe sehr bewusst. Auch Rose scheint den Unterschied in der Atmosphäre zu spüren, denn sie hebt unmerklich das Kinn.

»Ich glaube dir nicht, weißt du«, murmelt sie und betrachtet meinen Mund.

Ich weiß nicht, ob sie näher gekommen ist, ohne dass ich es bemerkt habe, oder ob sie von Anfang an so nah war, aber plötzlich spüre ich ihr Knie zwischen meinen Beinen. Mein Blut rast und macht sich an Orten bemerkbar, die ich lieber nicht nennen möchte.

Ich rühre mich nicht. Meine Hände stecken immer noch in den Hosentaschen. Ihr Knie hebt sich immer weiter und streift meine Oberschenkel. Mir bleibt die Luft weg.

Thomas hatte recht. Ich bin kein Übermensch.

Ich bin schwach, schwach, schwach.

Daher lasse ich meine Fäuste, wo sie sind, und beuge mich zu ihr. Ich halte ihren Blick ganz fest. Meine Nase berührt ihre Wange, die so heiß ist, wie ich vermutet habe, aber auch unglaublich weich. Ob der Rest ihres Körpers auch so ist? Ich stelle mir die Haut ihrer Schenkel an meinem Gesicht vor, was mich fast um den Verstand bringt.

Ich neige den Kopf noch weiter und lasse meine Nase an ihrem Kinn entlanggleiten. Fast spüre ich ihr Herz in einem Wahnsinnstempo gegen meine Brust schlagen. Nichts hält mich mehr.

Ich beantworte ihre Frage flüsternd an ihren Lippen: »Frauen, die mir unweigerlich das Herz brechen werden. Die sind mein Typ.«

Sie erschaudert unter meinen Lippen. Ich sollte aufhören, aber ich kann nicht. Sie riecht viel zu gut. Es ist nicht nur ihr Parfüm, sondern der unnachahmliche Duft ihrer Haut. Ich wette, unter meiner Zunge wäre sie wundervoll.

Ihr Knie hebt sich weiter, während meine Nase federleicht an ihrem Hals hinunterwandert. Sie stößt einen fast unhörbaren Seufzer aus. Als ihr Schenkel kurz davor ist, meine Erektion zu berühren, reagiere ich hastig und halte ihr Bein fest.

Wäre es wirklich so schlimm, wenn ich sie für die Nacht mit in mein Zimmer nähme? Nur dieses eine Mal?

Du hast einen schlechten Geschmack, sagt Thomas immer. *Entweder sind sie in einer Beziehung, nicht an dir interessiert oder emotional problematisch. Als ob du das absichtlich machen würdest.*

Rose bildet da keine Ausnahme.

Ich hebe mein Gesicht, lehne mich an die Säule und atme tief durch, um einen klaren Kopf zu bekommen. Ich muss diesen Druck abbauen. Ich muss ihr Knie loslassen, gehen, mein Zimmer abschließen und so tun, als wäre das alles nie passiert.

»Du solltest dich nicht in mich verlieben«, sagt sie ganz leise.

Damit kommt sie näher, um mich auf den Mund zu küssen. Ich lächle belustigt.

»Sprich für dich selbst, Alfieri.«

Ich schließe die Augen, um bereitwillig ihren Kuss zu empfangen, als plötzlich ein lauter Knall durch die Suite dröhnt.

11

Rose

Ich begreife nicht sofort, was geschieht.

In der einen Sekunde haben meine Lippen fast die von Levi berührt, in der nächsten zuckt er zusammen und reißt mich zu Boden. Eine Art Explosion erschüttert die Suite. Mein Herz setzt beinahe aus. Levi schirmt meinen Kopf mit seinen zitternden Armen ab.

Einige Sekunden bleiben wir so. Nichts passiert. Wir sind immer noch allein. Ich richte mich vorsichtig auf, als es wieder knallt. Bläuliches Licht zuckt über die Wände.

Levi erschrickt wieder. Seine Hände legen sich wie ein Schraubstock um meine Schultern. Erst jetzt wird mir klar, dass draußen ein Gewitter tobt. Sonst nichts.

»Levi ... du tust mir weh«, stöhne ich.

Die Augen in seinem schmalen Gesicht sind weit aufgerissen und erfüllt von einem unglaublichen Entsetzen. Es ist das erste Mal, dass ich ihn so sehe. Dachte er, es wäre ein Schuss? Ich runzele überrascht die Stirn und versuche, ihn mit dem Hinweis zu beruhigen, dass es sich nur um ein paar Blitze handelt.

Er schließt die Augen, lockert seinen Griff und lässt sich gegen die Wand sinken. Er winkelt ein Bein an und legt zwei Finger auf sein Handgelenk, als wolle er seinen Puls fühlen.

Sein Gesicht ist ruhig, aber so fahl, als wäre er kurz davor, in Ohnmacht zu fallen. Ich glaube, er reißt sich zusammen, weil ich da bin. Seine Hände zittern immer noch, und er atmet schwer.

Hat er eine Panikattacke?

»Geht es wieder?«

Er öffnet die Augen, sieht mich aber nicht an. Seine Augen sind dunkel und kalt.

»Alles gut. Könntest du mir das Jackett bringen, das in meinem Zimmer liegt?«, sagt er mit zusammengebissenen Zähnen. »Bitte schnell.«

Sein Jackett? Ich verstehe nicht ganz, was er damit will, aber ich beeile mich. Die heiße, erotische Atmosphäre ist dahin. Ich bin jetzt stocknüchtern. Ich gehe in sein Zimmer und suche nach dem Jackett, finde jedoch mindestens vier auf einem Stuhl. Zwei schwarze, ein marineblaues und ein graues.

Weil er sich nicht genau ausgedrückt hat, bringe ich sie alle mit. Im Hinausgehen fällt mein Blick auf etwas auf seinem Bett. Schnell greife ich danach.

»Ich wusste nicht, welches du meinst«, sage ich und gehe vor ihm in die Knie. »Das graue, das blaue oder die …«

»Ich besitze kein graues Jackett, geschweige denn ein blaues«, antwortet er verstimmt. »Ich trage ausschließlich Schwarz.«

Verwirrt betrachtet er, was ich ihm mitgebracht habe. Ich ziehe eine Augenbraue hoch.

»Dann gehören die nicht dir?«

Nach einer Pause antwortet er: »Doch.«

Okay … Verständnislos presse ich die Lippen zusammen.

»Schon klar. Welche Farbe willst du also?«

Er zögert und sieht ein wenig verloren aus. Seine Atmung beschleunigt sich noch mehr, er schüttelt den Kopf und schließt die Augen.

»In einer der Innentaschen befindet sich eine Schachtel Afobazol.«

»In welchem Jackett, Levi?«, frage ich und fange an zu stöbern.

»In dem schwarzen. Na ja, glaube ich zumindest …«

Angespannt suche ich in den Taschen des ersten schwarzen Jacketts, aber er stoppt mich: »Nicht dieses.«

Ich wühle in dem anderen, aber er unterbricht mich erneut.

»Ich meine dieses hier mit den weißen Knöpfen«, sagt er und zeigt auf die graue Jacke.

Mit gerunzelter Stirn schaue ich ihn an. Ist er wirklich so betrunken? Ich nehme mir jedoch nicht die Zeit, ihn zu fragen, nicht so lange er noch derart zittert. Ich greife nach der grauen Jacke und finde eine Schachtel mit Tabletten. Offenbar Angstlöser. Ich öffne sie und lege ihm eine Pille auf die Zunge.

Er schließt die Augen und schluckt sie hinunter. Eine Weile sage ich nichts. Es donnert erneut, und wieder zuckt Levi zusammen. Ich ziehe den Gegenstand aus der Tasche, den ich eben auf seinem Bett gefunden habe. Er scheint überrascht.

»Hier, nimm.«

Er schaut mir direkt in die Augen, als ich ihm die geräusch-dämpfenden Kopfhörer aufsetze. Für einige Sekunden scheint er dankbar zu sein und wird allmählich ruhiger. Die Blitze zucken weiter über den Himmel, aber jetzt ist er immun gegen den Lärm.

Als die Pille zu wirken beginnt, ziehe ich ihm den Kopf-hörer vorsichtig wieder ab und flüstere ihm zu, dass alles vorbei ist. Er zittert nicht mehr und seine Wangen haben wieder et-was Farbe bekommen.

»Levi …«

Er öffnet die Augen und richtet den Blick auf mich. Er

sieht aus, als wüsste er bereits, was ich sagen will, und würde es am liebsten nicht hören. Ich hoffe noch immer, dass ich mich täusche.

»Diese Jacke ist grau und nicht schwarz«, sage ich leise.

Scheinbar gleichgültig schweigt er. Sein Blick lässt mich nicht los. Nach einer guten Minute seufzt er.

»Ich fürchte, ich muss mal mit Thomas reden.«

Was genau soll das heißen? Ich zeige auf meine Anzugsjacke und frage ihn, welche Farbe sie hat.

»Es ist spät …«

»Antworte, Levi.«

Schließlich beißt er die Zähne zusammen, starrt mich verärgert und resigniert an.

»Grün?«

Scheiße.

»Sie ist braun.«

Kaum überrascht nickt er und steht so elegant wie möglich auf. Einigermaßen erschüttert richte auch ich mich auf. Ist er farbenblind? Verwechselt er die Farben?

Und was noch viel wichtiger ist: Was war das gerade? Eine Panikattacke wegen eines Gewitters? Dahinter kann sich eigentlich nur etwas Schlimmeres verbergen.

»Levi … Kannst du keine Farben sehen?«

Er bückt sich und hebt mit einer lässigen Geste alle Jacketts auf. Er sieht sie sich genau an, geht in die Küche, wählt die beiden aus, die ich als grau und blau bezeichnet habe und wirft sie in den Mülleimer.

»Gute Nacht, Rose.«

Mehr nicht. Er geht zurück in sein Zimmer, als ob nichts passiert wäre. Ohne jegliche Erklärung. Mein Gehirn läuft auf Hochtouren. Minutenlang stehe ich da wie bestellt und nicht abgeholt.

Zurück in der Sicherheit meines Zimmers setze ich mich auf mein Bett und denke fieberhaft nach. Zuvor hatte ich auf keine Einzelheiten geachtet, aber jetzt tauchen bestimmte Details wieder auf wie Wasserleichen.

Die Sonnenbrille, die er selbst dann trägt, wenn wir allein sind. Die Tatsache, dass er zur Beschreibung von Dingen niemals über ihre Farbe spricht, sondern immer nur über ihre Form, ihr Material oder ihre Größe. Und dann die Pokerchips. Er schaut sie lange an, um sie zu erkennen, als ob die Farbe nicht ausreichen würde, um ihren Wert zu bestimmen.

Habe ich gerade eines der Geheimnisse von Levi Iwanowitsch gelüftet? Es gibt Leute, die würden töten, um von einer derartigen Beeinträchtigung zu erfahren. Und natürlich würden sie es gegen ihn verwenden. Ich dachte, es ginge »nur um Poker«, aber ich war naiv. Sobald Geld im Spiel ist, geht es nie »nur« um etwas.

Um Levi kursieren viele Gerüchte; einige sind sadistisch, andere pervers, fetischistisch oder sogar blutig. Das habe ich bei meinen Streifzügen zwischen den verschiedenen Akteuren, aber auch aus dem Internet erfahren. Es hat sich herausgestellt, dass mein Scheinverlobter ebenso gefürchtet ist, wie er respektiert wird. Einige glauben, dass er der Russen-Mafia angehört. Für andere ist er einfach nur ein Falschspieler.

Ich glaube nichts davon. Nach diesem Abend noch weniger. Aber ich bin sicher, dass er mehr verheimlicht, als ich dachte.

Das Smartphone auf meinem Bett vibriert. Ich werfe einen Blick darauf und seufze. Es ist zwei Uhr morgens. Ich bin k.o. und immer noch ein wenig betrunken, trotzdem ziehe ich mich um und verlasse die Suite so geräuschlos wie möglich. Ich nehme den Aufzug und dann eines der vor dem Hotel wartenden Taxis.

Mit müden Blicken bestaune ich das nächtliche Las Vegas, das noch hell beleuchtet ist. Zehn Minuten später steige ich vor einer Bar aus.

»Stimmt so«, sage ich zum Fahrer.

Entmutigt betrete ich die Bar und gehe auf den Tresen zu, während ich versuche, mich innerlich aufzumuntern. Alles wird wieder gut. Ich bin stark. Ich lasse mich nicht herumschubsen, dieses Mal nicht.

Ein Glas Wein wartet bereits auf mich. Ich setze mich und schaue Tito an, der es sich an der Bar bequem gemacht hat und mich anlächelt.

»Hallo, Papa.«

Als mein Vater erfuhr, dass er eine Tochter bekommen würde, seufzte er.

Meine Tante hat mir erzählt – vermutlich, um mir eins auszuwischen –, er hätte gesagt: »Nächstes Mal klappt es bestimmt.« Aber nachdem ich auf der Welt war, konnte meine Mutter keine Kinder mehr bekommen. Für mich ist das Karma.

Mein Vater hat sich jedoch schnell an mich gewöhnt. Es war ganz einfach: Wenn meine Mutter ihm keinen Sohn schenken konnte, würde er eben einen aus mir machen. Ich habe jeden sogenannten Männersport gemacht, den er sich vorstellen konnte – Basketball, Fußball, Tennis, Handball, Boxen. Er ist auch mit mir Jagen gegangen, etwas, das ich abgrundtief hasse. Es schien ihn nicht einmal abzuschrecken, als er miterlebte, wie ich wegen eines toten Wildschweins in Tränen ausbrach. Damals war ich sechs Jahre alt.

Als er mich dabei erwischte, wie ich meinen allerersten Freund küsste, schaute er mich enttäuscht an und sagte: »Ekelhaft.«

Ich glaube, in diesem Moment wurde ihm klar, dass ich ein Mädchen war und dass er nichts tun konnte, um das zu ändern. Trotzdem bestand er darauf, mir das Pokern beizubringen. Ich glaube, es war das erste Mal, dass ich ihn beeindrucken konnte. Er meinte, ich hätte wirklich Talent. Und dass der Apfel eben doch nicht weit vom Stamm fiele.

Meine Begabung hat er natürlich ausgenutzt. Ich dachte, sie wäre etwas, das uns endlich verbinden und einander näherbringen könnte. Mein ganzes Leben habe ich damit verbracht, auf dieses Ziel hinzuarbeiten und alles hinzunehmen, damit er stolz auf mich sein und mir seine Liebe zeigen könnte. Aber es hat nie geklappt.

Das Pokerspiel war keine Ausnahme.

Schon sehr bald gab er vor seinen Kollegen mit Fähigkeiten an, die nicht einmal seine eigenen waren. Ich habe ihm Geld eingebracht, viel Geld.

Bis es irgendwann nicht mehr genug war.

»Wie geht es Mama?«, frage ich als Erstes.

»Gut, nehme ich an. Sie ist in Venedig geblieben und ahnt nichts.«

Umso besser. Sie soll nichts erfahren. Aus Sorge um mich hätte sie meinen Vater sicher davon abgehalten, mich in seine Machenschaften hineinzuziehen. Ich hasse mich dafür, dass ich sie anlüge, aber ich tue es für uns.

Vor sechs Monaten hat sie die Scheidung eingereicht. Mein Vater glaubt immer noch, dass er ihr den Schritt ausreden kann, aber ich weiß, dass sie fest entschlossen ist. Ich werde auf jeden Fall alles tun, damit sie ihre Meinung nicht ändert.

Ich liebe meinen Vater ebenso sehr, wie ich ihn hasse. Und genau da liegt mein Problem.

»Also«, beginnt er schließlich und schaut mich aufmerksam an. »Ich nehme an, dass ich dich beglückwünschen darf …

Mrs Iwanowitsch?« Ich verdrehe die Augen und überschlage die Beine. Er fährt fort: »So war es allerdings nicht geplant.«

»Ich war genauso überrascht wie du«, sage ich und hoffe, dass er mir glaubt. »Aber ganz so schlecht ist es dann doch nicht. Es ermöglicht mir, ihm näherzukommen, ganz wie vereinbart.«

Er nickt, doch sein Blick bleibt forschend. Ich gebe mich so gelassen wie möglich und rühre den Wein nicht an; für heute habe ich genug getrunken.

»Ich bin neugierig. Jetzt, wo du ihn kennst ... was hältst du von ihm?«

Unschlüssig denke ich einen Moment nach. Als ich ins *Venetian* ging, wusste ich, dass er dort sein würde. Mein Vater hatte es mir versichert. Genau das war schließlich der Plan gewesen. Ihn dann aber zufällig beim Schummeln zu erwischen war ein Geschenk des Himmels; die perfekte Möglichkeit, ein Gespräch zu beginnen.

Als ich ihn neugierig, etwas verwirrt und mit meinem Namen als einziger Information zurückließ, war mir klar, dass er nach mir suchen würde. Tito glaubte sofort, Levis Interesse an mir sei romantischer Natur.

»Levi kann eine Herausforderung nicht ablehnen und lässt ein Geheimnis nicht aus den Augen«, hat er gesagt.

Ich hingegen war der Meinung, Levi wollte nur flirten. Ich dachte, er würde mich für ein paar Wochen zu einer Art Vivian Ward machen, was es mir gestattet hätte, ihm nach Vegas zu folgen. Warum auch immer – aber das ist die Art von Macht, die ich über Männer habe.

Allerdings hatte ich nicht erwartet, dass er mich um Hilfe bitten würde. Ich habe natürlich zugestimmt, denn laut Plan sollte ich ihm hierher folgen. Mein Vater hatte ihn mir als kalt, unsozial, berechnend und arrogant beschrieben. Aber er irrt sich.

Levi ist ... fesselnd.

»Ich war nicht darauf vorbereitet«, gebe ich zu und fahre mit dem Finger über den Rand meines Glases, »wie klug er ist. Schlau. Er hat seine Augen und Ohren überall. Und er denkt sehr schnell, sogar in Krisensituationen.«

Außerdem ist er viel fürsorglicher, als man mir gesagt hat. Thomas lächelt er häufig zu und beschützt ihn auch. Er ist ehrenhaft, fair, höflich und charmant. Das genaue Gegenteil eines Kriminellen. Deshalb fällt es mir auch so schwer, ihn zu hassen.

»Hat er keinen Verdacht geschöpft?«

Zuversichtlich schüttle ich den Kopf.

»Ich bin ziemlich sicher, dass er mich überprüft hat. Viel dürfte er dabei nicht herausgefunden haben. Sein Freund behält mich allerdings ständig im Auge.«

»Warum?«

»Er glaubt, ich wäre hinter Levis Geld her.«

Tito lacht leise vor sich hin und trinkt einen Schluck von seinem Rotwein.

Meine Mutter und mich hat er der Öffentlichkeit immer vorenthalten. Wir blieben im Verborgenen. Ich trage nicht einmal seinen Nachnamen, sondern den meiner Mutter, als ob ich von Geburt an eine Schande gewesen wäre. Jedes Jahr habe ich ihn angebettelt, mit ihm nach Las Vegas fahren zu dürfen, aber er weigert sich bis heute, mich auch nur in die Nähe eines Casinos zu lassen. Er behauptet, das Spiel sei meine Schwäche und dass er mich dazu nicht erzogen habe.

Auch dieses Jahr habe ich ihn angefleht und ihm versprochen, dass ich geheilt bin. Endlich stimmte er zu, allerdings nur für einen Gefallen. Mir war jedoch nicht bewusst, dass es darum ging, Levi Iwanowitsch auszuspionieren, von dem ich in den letzten Jahren so viel gehört hatte.

Der mir meinen Vater gestohlen hat.

Der Ärmste hatte nie eine Chance gegen mich. Ich hasste ihn schon, ehe ich ihn kennenlernte, allein weil mein Vater die letzten sechs Jahre damit verbracht hatte, einen Rachefeldzug gegen ihn zu führen, und mich ständig mit ihm verglich. »Levi dies, Levi das.«

»Also«, fährt er fort und neigt sich zu mir. »Erzähl mir alles.«

Ich erstatte ihm einen ersten Bericht. Ich erzähle ihm von unseren Trainingseinheiten, von Thomas und dessen Verdächtigungen und von Levis Versuchen, alle glauben zu machen, er verlöre das Interesse am Pokern.

»Ziemlich clever«, kommentiert mein Vater. »Ich muss zugeben, dass ich es beinahe geglaubt hätte.«

»Er kann wirklich überzeugend sein.«

»Dann waren also die Geräusche, die mich nachts wach gehalten haben …«

Unwillkürlich erröte ich. Das hatte ich völlig vergessen.

»… nur ein Trick. Jeder schläft in seinem eigenen Zimmer.«

Tito denkt nach.

»Rose … Dieser kleine Arsch führt irgendetwas im Schilde. Er hat einen Plan, das weiß ich, sonst gäbe er sich nicht so selbstbewusst.«

»Den habe ich dir doch gerade verraten. Er will, dass du denkst, dass …«

»Nein. Das wäre zu schwach. Du bist nur eine Ablenkung, eine Art Bonus. Er hat etwas anderes im Sinn, etwas, das er dir nicht verrät. Ich habe überlegt und überlegt – ich habe ihn sogar verfolgen lassen! Aber ich habe nichts herausgefunden. Das nervt mich.«

Es mag unfair sein, aber ich empfinde große Genugtuung, als ich die Angst in seinen Augen erkenne. Tito Ferragni hat Schiss, das gab es noch nie! Sosehr ich Levi (samt seinem

Vater) dafür hasse, dass er mir meine Kindheit und Jugend gestohlen hat, muss ich doch zugeben, dass ich ihn auch bewundere. Ein bisschen jedenfalls.

Ich weiß nicht, was Levi vorhat, aber für mich hat es kaum Bedeutung. Er ist ein Niemand. Nur ein Bauer auf dem Schachbrett, ein Mittel zum Zweck.

Alles, was ich will, ist, meine Schulden zu bezahlen und meinen Vater ein für alle Mal hinter mir zu lassen. Nie mehr Pokern. Vor meinen Schwächen davonlaufen.

Mein Vater glaubt, dass wir als Team arbeiten, aber er irrt sich. Ich habe nie dazugehört, sondern bin eine Solokünstlerin mit einem eigenen Plan: Erst verrate ich Levi, dann meinen Vater. Ich sorge dafür, dass Tito gewinnt, denn darum geht es ihm ja, danach stehle ich ihm das gewonnene Geld und haue damit ab.

Meine Mutter kommt natürlich mit. Ohne sie gehe ich auf keinen Fall. Ich habe genug von reichen, arroganten Männern, die nur an Poker, Rache und Macht denken. An ihren Spielchen bin ich nicht interessiert. Ich finde sie erbärmlich.

»Und wenn wir ihn mit seinen eigenen Mitteln schlagen?«

»Wie meinst du das?«

»Sieh zu, dass er sich in dich verliebt«, sagt er und richtet sich auf. Sein Tonfall beweist, dass es sich eher um einen Befehl als um einen Vorschlag handelt. »Bring ihn dazu, dir zu vertrauen. Er soll dich in alles einbeziehen. Levi mag stark sein, aber er hat bestimmt eine Achillesferse.«

Ich schüttele den Kopf.

»Das habe ich längst versucht. Ich flirte den ganzen Tag mit ihm, aber er weist mich ständig zurück – glaub mir, das tut meinem Ego gar nicht gut. Er ist völlig unempfänglich.«

»Bestimmt möchte er einfach nur umworben werden«, versichert Tito und verdreht die Augen. »Du bist eine hübsche

Frau, du wirst das schon hinkriegen. Außerdem wäre es nicht das erste Mal, dass du so etwas tust.«

Aha, jetzt sieht er mich also als Frau? Seit wann?

Mit zusammengebissenen Zähnen werfe ich ihm einen bitterbösen Blick zu. Nein, wirklich nicht. Es ist nicht das erste Mal, dass er mich losschickt, um Kunden zu verführen, obwohl er meiner Weiblichkeit so reserviert gegenübersteht. Zwar bin ich nie so weit gegangen, mit einem von ihnen zu schlafen, und doch: Es klingt irgendwie nach Prostitution.

Das alles macht mich fast krank; trotzdem füge ich mich immer noch. Weil ich so blöd bin und es einfach nicht ertrage, etwas zu tun, was ihm nicht gefällt.

Ich antworte nicht und stehe auf, um zu gehen. Ich habe keine Lust, länger mit ihm zu reden.

»Übrigens hat mich einer deiner Kollegen erkannt. Robert.«

Mein Vater murmelt etwas vor sich hin und verspricht, sich darum zu kümmern. Zwar ist es nichts allzu Ernstes, aber ich weiß, dass Levi meine Reaktion bemerkt hat, als wir uns vor dem Hotelrestaurant begegnet sind.

Ich bin schon fast an der Tür, als mein Vater mich noch einmal zurückruft: »Rose.«

»Ja?«

»Ist das alles, was du mir zu sagen hast?«, erkundigt er sich, die Arme vor der breiten Brust verschränkt. »Gibt es wirklich nichts, das ich noch wissen sollte?«

Ich denke zurück an den Abend, an das Gewitter und an Levis Geheimnis, das ich eben erst entdeckt habe. Ich sollte meinem Vater davon erzählen. Es wäre aus vielen Gründen ein echter Trumpf.

Und doch bittet mein Herz mich, Levi nicht zu verraten.

Schließlich bin ich mir nicht sicher. Und obwohl ich früher immer versucht habe, Tito in jeder Hinsicht zufriedenzustellen, kann ich es inzwischen nicht mehr ertragen, ihn lächeln zu sehen. Ein so schönes Geschenk wird er nicht von mir bekommen.

Dieses Geheimnis behalte ich noch eine Weile für mich. Was ich damit machen werde? Nun, dieses eine Mal werde ich es zu meinem Vorteil nutzen, und zwar ausschließlich zu meinem eigenen.

Ich zucke mit den Schultern und verziehe das Gesicht, wobei ich meine recht begrenzten schauspielerischen Fähigkeiten einsetze.

»Nein, nichts.«

12

Juni. Las Vegas, USA.

Levi

Levi ... Kannst du keine Farben sehen?

Ich kann immer noch nicht glauben, dass ich so dumm war. Jahrelang habe ich es geschafft, mein Geheimnis zu verbergen, doch dann kommt Rose daher und ich benehme mich wie ein Anfänger.

»Ich habe es dir ja gesagt«, ruft Thomas. »Du bist ein Idiot, ob du mir nun glaubst oder nicht.«

»Zu meiner Verteidigung kann ich nur sagen, dass ich nicht ganz bei mir war.«

Und das ist die Wahrheit. Als ich den Donner hörte, glaubte ich ... Einen Moment lang fühlte ich mich wie vor zehn Jahren im Wohnzimmer unseres kleinen Hauses, die noch warme Leiche meines Vaters vor mir auf dem Boden. Das beängstigende Krachen des Schusses und die Erinnerungen lähmen mich noch heute.

Seitdem wirft mich jedes Geräusch, das einem Schuss ähnelt, in die Vergangenheit zurück. Ich hasse diese Schwäche, die mich geradezu versteinert, aber ich kann nichts dagegen tun. Ich zittere, mein Herz verkrampft sich, ich habe Angst. Ein Arzt verschrieb mir Antidepressiva, aber das lehnte ich ab. Anti-Stress-Tabletten genügen, um mich zu beruhigen, wenn ich eine Krise habe.

»Sie wird nichts sagen.«

»Für eine entsprechende Summe, nehme ich an.«

Ich schüttle belustigt den Kopf.

»Du unterschätzt sie, Tommy.«

Die nächsten fünfzehn Minuten verbringe ich damit, ihn zur Rede zu stellen, weil er mich blaue und graue Jacketts kaufen ließ, obwohl ich auf Schwarz bestand.

»Es gab keine anderen mehr!«, verteidigt er sich.

»Und da lässt du einfach zu, dass ich mich lächerlich mache? Und ich habe geglaubt, ich hätte Stil. Ich muss ausgesehen haben wie ein Blödmann.«

»Heutzutage sagt niemand mehr ›Blödmann‹, du *Boomer*.«

»Okay, Chris«, spotte ich mit Roses Worten. Er verdreht die Augen und lässt mich mit meinen Gedanken allein. Diese kehren immer wieder zu *ihr* zurück. Wenn ich so darüber nachdenke, kam das Gewitter genau zum richtigen Zeitpunkt. Sonst wäre Rose heute Morgen wahrscheinlich in meinem Bett aufgewacht, und das wäre eine äußerst schlechte Idee gewesen, die schlechteste Idee überhaupt.

Sie schläft noch. Angesichts des Alkohols, den sie gestern in sich hineingeschüttet hat, hat sie vermutlich einen Kater. Ich bereite mich auf den Turniertag morgen vor, indem ich mir die Endspiele früherer Turniere ansehe – insbesondere die mit Tito und meinem Vater.

Die beiden Männer, die ich am meisten auf der Welt hasse.

Ich habe viel Zeit damit verbracht, die Technik meines Vaters zu analysieren, die im Gegensatz zu Titos aggressivem Spiel auf Geduld und Sicherheit setzte. Er war einmal ein sehr guter Spieler. Nur ein einziges Mal hat er Tito besiegt, das eine Mal zu viel. Tito konnte den Affront nicht ertragen. Außerdem bin ich überzeugt, dass er Angst bekam. Er erkannte das Potenzial meines Vaters und interpretierte es als Bedrohung.

Und deshalb hat er ihn verraten.

Meine Rache ist nicht nur eine Frage des Stolzes und der Ehre. Tito ist der Grund für alle meine Probleme. Hätte er meinen Vater nicht aus Egoismus und Machtgier hereingelegt, wäre mein Vater vielleicht nicht so geworden. Vielleicht hätte ich eine vernünftige Kindheit gehabt, und vielleicht würde ich nicht jede Nacht aus dem Schlaf hochschrecken. Und meine Mutter säße nicht für immer verändert im Gefängnis.

Wenn, wenn, wenn. Natürlich weiß ich nicht, was unter anderen Umständen passiert wäre, und genau da liegt das Problem. Diese Ungewissheit bringt mich um.

»Wer ist das?«

Ich drehe mich überrascht um. Rose steht barfuß und mit leicht zerzaustem Haar neben dem Sofa. Sie trägt hoch taillierte Jeansshorts und ein ärmelloses Shirt, das sie unter ihrem BH zusammengesteckt hat. Dieser ist sicher nicht sehr dick, denn ich kann mehr erahnen, als ich sollte.

Allerdings hat sie wohl noch keine Zeit gehabt, sich zu schminken. Der übliche Eyeliner fehlt, was ihr Gesicht anders aussehen lässt. Sie ist sehr hübsch. Viel zu hübsch.

»Guten Morgen«, sage ich leise, ehe ich meine Aufmerksamkeit wieder auf den Bildschirm richte. »Mein Vater. Und Tito, wie du unschwer erkennen kannst.«

»Wow. Dieser Jacob war ein gut aussehender Mann.«

Ich hebe amüsiert eine Augenbraue.

»Du siehst ihm sehr ähnlich«, fügt sie hinzu und setzt sich im Schneidersitz neben mich.

Dieser einfache Satz reicht aus, um mir eine kalte Dusche zu verpassen. Ich antworte, dass ich ihm nur körperlich ähnlich sehe, ansonsten aber mehr nach meiner Mutter komme. Sie antwortet nicht, sondern schaut freundschaftlich schweigend zu, wie mein Vater das Spiel gewinnt.

»Ich kann mir vorstellen, dass er sehr stolz auf dich ist. Spielt er überhaupt nicht mehr?«

»Er ist tot.«

Mit unergründlicher Miene schaut sie mich an. Sie entschuldigt sich nicht, was ich sehr zu schätzen weiß. Ich weiß nämlich nie, was ich darauf antworten soll. Stattdessen fragt sie mich, wie er so war.

Ich schalte den Fernseher aus und klappe meinen Laptop zu.

»Schrecklich. Hast du Hunger?«, frage ich, um das Thema zu wechseln. »Ich habe vor einer Stunde den Zimmerservice angerufen. Es sind noch Waffeln und Speck da, wenn du magst.«

Sie verzieht das Gesicht und fischt ihre Zigarettenschachtel aus der Tasche. Ich beobachte, wie sie eine Zigarette herauszieht und sie sich zwischen die noch vom Schlaf geschwollenen Lippen steckt.

»Nein danke, ich genehmige mir lieber eine …«

Sie unterbricht sich entrüstet, als ich die Zigarette an mich nehme und ruhig aufstehe.

»Das wird dich noch umbringen.«

»Du meinst, so wie meine Faust in deinem Mund, wenn du sie nicht sofort zurückgibst?«

»Du bist keine fünfzehn mehr. Deine rebellische Phase sollte längst vorbei sein.«

Sie wirft mir einen finsteren Blick zu und nimmt mir die Zigarette weg. Ihr Gesicht ist nur wenige Zentimeter entfernt.

»Was kümmert dich das?«

»Rauch stört mich …«

»Gut, dann rauche ich eben nicht in deiner Nähe.«

»… genau wie der Atem von Rauchern«, flüstere ich an ihrer Wange.

Sie lächelt schelmisch.

»Dann küsse ich dich halt nicht.«

Ich lächle, spüre aber den bitteren Geschmack von Enttäuschung auf meiner Zunge, als ich sage: »Perfekt.«

Ich bin schon fast auf dem Weg in Thomas' Zimmer, als sie mich noch einmal anspricht. Ich erstarre, weil ich sicher bin, dass sie über die Ereignisse von gestern Nacht reden will.

Aber sie nimmt nur einen Zug, verschränkt die Arme und sagt: »Um zwei Uhr solltest du fertig sein. Ich habe etwas für uns geplant.«

»Wie läuft es im *Rasputin*?«, murmelt Thomas am anderen Ende der Leitung.

Wir trinken beide einen Kaffee auf der Terrasse … jeder an einem anderen Tisch. Las Vegas bei Tag ist ein deprimierender Anblick, an den ich mich immer noch nicht gewöhnen kann. Die Straßen sind fast menschenleer, und trotz des Casinos im Hintergrund lassen die fehlenden Lichter und Neonreklamen die Stadt völlig tot erscheinen. Als ob sie eine Pause einlegen würde.

Verdammt, ich schwitze! Ich frage mich, wie Rose es bei dieser Hitze den ganzen Tag mit einer Perücke aushält. Daran hatte ich wirklich nicht gedacht. Ich sitze erst seit einer Stunde mit Hut, Brille und falschem Schnurrbart in der Sonne.

Nein, das ist kein Scherz.

Da ich niemanden einstellen kann, der die Drecksarbeit für mich erledigt (wir bestechen ohnehin schon zu viele Leute, was mich eine Menge Geld kostet), musste ich Tito heute Mittag zusammen mit Thomas überwachen. Meinem Freund zufolge trifft er sich in letzter Zeit häufig mit Geschäftsleuten. Mögliche Investoren. Tito ist sehr einflussreich, auch wenn sein Unternehmen in letzter Zeit durch das Auftauchen einer konkurrierenden Firma an Macht verloren hat.

»Gut. Ich habe gestern Abend mit Viktor telefoniert. Er scheint die Sache im Griff zu haben.«

Ich lasse Tito ein paar Minuten aus den Augen, um mich auf die Dokumente vor meiner Nase zu konzentrieren. Titos Unternehmen scheint sich langsam, aber sicher zu erholen. Er muss wie ein Besessener arbeiten, um sein Eigentum zu schützen, das ihm so wichtig ist.

»Verdammt, das Ding juckt ganz schön.«

»Beschwer dich nicht«, brummt Thomas am anderen Ende der Leitung, während ich ihm dabei zusehe, wie er angewidert seine Perücke berührt. »Musste ich das Ding wirklich aufsetzen?«

Ich betrachte sein falsches, schwarzes, lockiges Haar und widerstehe dem Drang zu grinsen. Nein, musste er eigentlich nicht. Ich wollte ihn nur ein bisschen ärgern.

»Er darf uns auf keinen Fall erkennen. Kennst du die Leute?«

Er beobachtet Titos Partner, die ein paar Tische von uns entfernt sitzen, und schüttelt den Kopf.

»Nur Giulia Moretti. Sie ist Mitglied des Verwaltungsrats.«

»Ist sie informiert?«, frage ich, obwohl ich die Antwort bereits kenne.

Trotz meiner vagen Frage weiß Thomas sofort, wovon ich spreche.

»Sie ist seine rechte Hand. Sie muss es wissen.«

Ich überlege schnell und präge mir ihr Gesicht ein.

»Ich brauche einen vollständigen Bericht über sie. Neuigkeiten von der *New York Times*?«

»Ich habe schon einiges in die Wege geleitet«, antwortet Thomas mit einem Anflug von Stolz. »Es ist mir gelungen, ein Telefoninterview mit dem Herausgeber zu vereinbaren. Er ruft dich nächste Woche an.«

»Super.«

Nachdenklich betrachte ich die Stichpunkte vor mir auf dem Bildschirm. Bisher scheint mein Plan zu funktionieren, aber noch ist nicht alles perfekt. Alles kann noch schiefgehen. Und wenn …«

»Störe ich?«

Thomas und ich zucken in ein paar Metern Abstand zusammen und halten uns hastig die Speisekarten vors Gesicht. Rose steht vor mir und blinzelt misstrauisch in die Sonne. Sie entdeckt Thomas ein Stück weit entfernt und nicht sehr diskret.

»Kann mir mal jemand erklären, warum ihr euch wie Starsky und Hutch verkleidet und versteckt? Und obendrein auch noch ganz miserabel.«

»Wir verstecken uns nicht«, widerspricht Thomas über das Telefon.

Rose verdreht die Augen und wendet sich mir zu.

»Wir hatten eine Verabredung, erinnerst du dich?«

Mist. Ich widerstehe dem Drang, in Titos Richtung zu schauen, und bete, dass er uns nicht bemerkt hat. Thomas und ich mögen viele Talente haben, aber jemanden zu beschatten gehört sicher nicht dazu.

»Stimmt, entschuldige. Gehen wir also.«

Ich stehe auf und packe eilig Computer und USB-Stick in meine Tasche.

Rose runzelt die Stirn, dann fragt sie: »Was soll das alles?«

Ich sehe, wie mein Freund kaum merklich den Kopf schüttelt, aber ich achte nicht darauf. Ich möchte Rose vertrauen.

»Pläne, die Tito betreffen«, flüstere ich in ihr Haar, während ich so tue, als würde ich sie küssen. »Ich erkläre es dir heute Abend unter vier Augen.«

Sie bleibt stumm. Ich nehme meine Tasche und biete ihr meinen Arm an.

»Gehen wir?«

»Okay, aber erst …«, sagt sie und reißt mir mit einer knappen Geste den Schnurrbart ab, was mir ein Grunzen entlockt. »Ohne gefällst du mir besser.«

Ich signalisiere Thomas, dass wir uns später treffen, und sage Rose, dass sie fahren kann. Sie nimmt hocherfreut und mit breitem Grinsen an.

Kaum habe ich es mir auf dem Beifahrersitz bequem gemacht, werde ich meine gesamte Ausrüstung los. Schweißperlen rinnen mir über die Stirn. Rose schaut mir zu. Ich spüre, dass sie mich ausfragen will, und komme ihr schnell zuvor: »Wo fahren wir hin?«

Sie lächelt rätselhaft und erklärt mir, dass sie uns für einen Paar-Kurs angemeldet hat. Sofort setze ich meinen teilnahmslosen Gesichtsausdruck auf.

»Wenn es ein Töpfer- oder Kochkurs ist, bleibe ich im Auto sitzen.«

Sie macht sich nicht die Mühe, mir zu antworten. Schweigend fährt sie weiter durch den Sonnenschein Nevadas, durch diese Stadt, die wie ein verlassener Vergnügungspark aussieht. Nach zehn Minuten hält sie vor einer Reihe von Geschäften. Ich erwarte, dass wir aussteigen, aber sie parkt den Wagen und dreht sich zu mir um.

»Kennst du deine Augenfarbe?«

Oh. Ich verstehe. Mein Lächeln ist längst verschwunden. Ich wusste, dass sie mich damit nicht in Ruhe lassen würde. Rose ist nicht der Typ, der Dinge einfach ignoriert und so tut, als wären sie nie passiert. Sie bietet ihnen die Stirn.

Ich antworte entspannt: »Grau.«

»Okay. Meine sind braun. Schokoladenbraun, würde ich sagen.«

Ich nicke, aber mein Herz macht einen Sprung. Schon so lange wollte ich den genauen Farbton ihrer Iris kennen! Aber

Thomas hätte ich nie im Leben danach fragen können, er hätte mich verurteilt.

Braun ... Schokobraun, um genau zu sein. Aber welche Schokolade? Wenn ich darüber nachdenke, kommen sie mir vor wie die Farbe dunkler Schokolade. Oder die Farbe meines morgendlichen Kaffees.

»Worauf willst du hinaus, Rose?«

»Auf gar nichts. Ich möchte nur darüber reden.«

»Ich habe keine Probleme mit Farben, wie du gerade sehr gut feststellen konntest.«

Ihre Augen durchbohren mich und weichen mir nicht aus.

»Du brauchst mich nicht anzulügen. Mich nicht. Außerdem brauchst du dich dafür doch nicht zu schämen.«

Wut überkommt mich. Was kümmert sie das? Was geht es sie an? Bisher bin ich ganz gut zurechtgekommen, und zwar ohne sie.

»Bist du der Meinung, ich schäme mich dafür?«

»Tust du das nicht?«

»Nein, ich habe nur geantwortet.«

Als Kind habe ich mich tatsächlich geschämt, denn die anderen Kinder ließen mich spüren, dass ich anders war; manchmal auch Erwachsene. Die Welt um mich herum machte mir klar, dass ich die Dinge nicht richtig sah, und ich begriff nicht, warum ich es sein sollte, mit dem etwas nicht stimmte. Warum war meine Welt falsch und nicht ihre? Nur weil sie mehr waren? Diese Art von Realität lehnte ich ab.

Mit der Zeit habe ich gelernt, mich nicht mehr darum zu kümmern.

»Warum versteckst du es dann?«

»Solange ich Tito nicht besiegt habe, würde er meine Schwächen ausnutzen. Ich möchte auch nicht anders behandelt werden, so wie du es gerade machst.«

»Aber du bist anders, Levi. Daran musst du dich gewöhnen.«

Damit greift sie nach meiner Tasche, wirft sie mir zu, öffnet ihre Tür und steigt aus. Ich zögere lange, aber schließlich steige auch ich schweigend aus. Im Gehen verhört sie mich weiter.

»Verwechselst du nur die Farben, oder siehst du sie gar nicht?«

Ich stoße einen tiefen Seufzer aus, doch dann gebe ich nach. Was soll's, sie hat es bereits erraten.

»Ich sehe sie nicht. Meine Welt besteht nur aus Grautönen; alles von Weiß bis Schwarz. Zumindest wurde mir das gesagt, als ich vier Jahre alt war.«

»Also wie in einem alten Film«, stellt sie mit einem Lächeln fest.

»Durchaus möglich. Für mich sehen sie alle gleich aus.«

Nach kurzem Schweigen fährt sie fort: »Gestern habe ich dich nach deiner Leidenschaft gefragt, erinnerst du dich? Meine zum Beispiel ist die Malerei. Ich male, seit ich klein bin, hauptsächlich abstrakte Bilder. Und fast immer Selbstporträts. So ausgedrückt klingt es ziemlich narzisstisch«, sagt sie leise lachend, »aber ich schaffe es nicht, jemand anderen zu zeichnen. Ich verstehe es selbst nicht.«

Plötzlich bekomme ich Lust, ihre Bilder zu sehen. Ihr eine Leinwand zu geben und sie den Rest des Tages beim Malen zu beobachten.

Ich frage sie, warum sie nicht Kunst studiert hat, worauf sie antwortet: »Ich hielt mich für nicht gut genug.«

Vor einem der Geschäfte bleiben wir stehen. Rose stößt die Tür auf und lässt mich vorgehen. Ich schaue mich im Raum um. Meine Scheinverlobte verrät mir, dass sie einen Termin hat. Für mich sieht der Laden aus wie eine Kunstgalerie. Die Galeristin bittet uns, ihr zu folgen. Sie begleitet uns in eine Art

Hinterzimmer und führt uns dann eine schmale Wendeltreppe hinunter.

Unten betreten wir einen großen, hellen, klimatisierten Raum, in dem uns bereits mehrere Personen erwarten.

»Setzen Sie sich, wohin Sie wollen«, sagt die Frau mit einem fast unverständlichen Südstaatenakzent. »Der Lehrer wird gleich da sein.«

Jetzt verstehe ich, worum es geht. Ich sehe weiße Leinwände auf verschiedenen Staffeleien, Farbtuben und ein Podest in der Mitte des Kreises.

Ich bekomme eine Gänsehaut. Die Leute schauen uns schüchtern lächelnd an, und ich verspüre den dringenden Wunsch, zu fliehen. Gerade will ich mich umdrehen, als sich Roses Hand in meine schmiegt.

Ich will sie wegschieben, aber sie drückt fester zu.

»Ich möchte gehen.«

»Es dauert nur eine knappe Stunde«, antwortet sie und schaut mich flehend an. »Bitte versuch es. Tu mir den Gefallen.«

»Warum sollte ich dir einen Gefallen tun, wenn du mich so reinlegst?«

Ich klinge verärgerter, als mir lieb ist, aber ich kann nicht anders. Warum hat sie mich hergebracht? Um sich über mich lustig zu machen? Mich zu foltern? So kommt es mir jedenfalls vor. Ich bin von Kunstwerken umgeben, aber ich kann ihre Schönheit nicht wahrnehmen. Ich betrachte die Farbtuben vor mir, ohne zu wissen, welche Farbe sie enthalten.

»Das soll keine Strafe sein, Levi«, verteidigt sie sich mit sanfter Stimme. »Ich kann mir nur einfach nicht vorstellen, wie es ist, die Welt nicht so zu sehen wie andere Leute. Ich schätze, man hat dir eingeredet, dass das unmöglich wäre. Aber weißt du, wer dich niemals verurteilen wird? Die Kunst.«

Langsam, aber mit immer noch zusammengebissenen Zähnen beruhige ich mich. Sehr ernst schaut sie mich an. Ihre Hand erwärmt meine.

»In der Kunst ist alles möglich. Alles ist subjektiv. Wer kümmert sich in der Malerei schon um die Farben? Es ist völlig egal, ob sie zusammenpassen oder nicht. Wichtig ist nur, was du mit deiner Zeichnung ausdrückst. Welchen Sinn du hineinlegst. Irgendwann erkennt sich jemand darin wieder, und es berührt ihn so sehr, dass er nur noch das sieht.«

Das ist zwar nett gesagt, aber es reicht nicht, um mich zu überzeugen. So etwas habe ich bereits versucht. Aber die Herausforderung der Farben macht mich nur noch unglücklicher. Wenn ich Dinge so handhabe wie andere Menschen, habe ich Hoffnung, so zu sein wie sie. Das zu sehen, was sie sehen. Doch dann fällt mir wieder ein, dass das nie möglich sein wird, ganz gleich, was ich tue.

»Das war sicher auch der Grund, weshalb du das Fotografieren aufgegeben hast, richtig?«

Ich seufze unbehaglich.

»Als ich zehn war, sagte ich meinem Vater, ich wolle Fotograf werden. Er lachte, als ob es ein Witz wäre, und sagte dann: ›Das ist nichts für dich.‹ Und er hatte recht.«

»Das ist Unsinn. Ein Fotograf fängt Momente und Emotionen ein. Keine Farben. Für die Malerei gilt das Gleiche«, fügt sie hinzu, ehe sie mich fragt: »Kennst du Jay Lonewolf Morales? Ein berühmter amerikanischer Maler. Und doch leidet auch er unter Achromatopsie. Ich möchte nur, dass du mal etwas anderes ausprobierst. Anstatt zu versuchen, Farben zu sehen, warum versuchst du nicht, sie zu fühlen?«

Ich schaue sie sekundenlang an und mein Herz schlägt schneller. Ich hasse es, dass sie solchen Einfluss auf mich hat. Und ich liebe es.

»Einverstanden.«

Mehr kann ich im Moment nicht dazu sagen. Der Lehrer kommt, und wir nehmen unsere Plätze an den Staffeleien ein. Ich beobachte die Pinsel und Farbtuben, als wären sie Feinde in einem Krieg, während er uns erklärt, wie die Stunde ablaufen wird.

Auf einem Tisch in der Mitte des Podests arrangiert er Gegenstände: ein Tablett mit Weintrauben, daneben eine Vase, Blumen und ein halb gefülltes Glas Wein.

Ich brauche gut zehn Minuten, ehe ich anfange. Rose flüstert mir zu, ich solle nicht über die Farben nachdenken, sondern einfach loslegen. Ich fühle mich verloren. Was ist, wenn ich die Traube orange male, obwohl ich weiß, dass sie grün sein sollte?

»Nicht nachdenken.«

Zugegebenermaßen ein wenig zaghaft befolge ich ihren Rat und stürze mich schließlich in die Arbeit, ohne noch länger zu zögern. Ich bin ihr dankbar, dass sie mir nicht über die Schulter schaut und mir die nötige Privatsphäre lässt.

Ich wähle eine Tube, deren Farbe der vor mir liegenden Traube recht ähnlich zu sein scheint – ein eher helles Grau, aber nicht zu hell. Natürlich habe ich nicht den geringsten Durchblick. Ich kann überhaupt nicht zeichnen.

»Du kannst auch abstrakt malen, wenn dir das lieber ist«, flüstert Rose mir zu. »Das mache ich auch.«

Ich werfe einen neidischen Blick auf ihre Leinwand. Sie hat sich überhaupt nicht an die Vorlage gehalten. Die Farben mischen sich in alle Richtungen. Es ist wunderschön. Wie kann sie nur denken, dass sie nicht gut genug ist?

Ich beschließe, dasselbe zu tun und meine künstlerische Inspiration für mich entscheiden zu lassen. Je mehr Zeit vergeht, desto mehr Freiheit nehme ich mir. Ich achte nicht mehr auf die Farben, die ich verwende, sondern konzentriere mich auf

Formen, Linien und Punkte, die ich mit meinen Fingerspitzen auftupfe. Ich bin wie benommen vom Adrenalin, dem Wunsch, etwas zu erschaffen und meine Sehnsüchte auf der Leinwand zum Ausdruck zu bringen.

Plötzlich zeichnet Rose mit ihrem Finger eine Farbspur auf meine Hand. Entrüstet blicke ich sie an.

Sie lächelt mir zu und flüstert: »Das ist übrigens die Farbe meiner Wangen, wenn ich erröte. Ich dachte, es interessiert dich vielleicht.«

Ich schlucke mit unbewegtem Gesicht. Sie soll nicht sehen, wie gern ich jetzt lächeln würde. Ich schaue auf meine Hand, begutachte die Farbe und nicke abwesend.

Ich werde versuchen, sie mir zu merken. Schließlich tunke ich den Daumen in die noch feuchte Farbe und streiche damit sanft über ihre Wangen. Sie lässt es zu, ohne etwas zu sagen, und schaut mir dabei in die Augen.

Als ich fertig bin, trete ich zurück und betrachte sie.

Ich sehe zwar keine Farben, aber ich bin nicht blind. Rose ist …

»Wunderschön.«

Ich stelle mir vor, wie sie noch mehr errötet, und muss leise lachen.

Die Stunde vergeht wie im Flug. Ich betrachte meine Arbeit mit einer Mischung aus Stolz und Verwunderung. Nie hätte ich gedacht, dass ich zu so etwas in der Lage wäre. Ich habe keine Ahnung, ob die Farben harmonisch sind, aber es ist mir egal. Ich will es gar nicht wissen. Mir gefällt, was ich daraus gemacht habe.

»Toll«, sagt Rose und lächelt zurück. »Es passt zu dir.«

»Deins ist auch nicht schlecht.«

Und das ist eine Untertreibung. Sie bedankt sich, auch wenn ich glaube, dass sie meine Meinung nicht teilt. Wir nehmen unsere Werke mit zurück zum Auto. Rose fragt mich, ob ich fahren will, aber ich gestehe ihr, dass ich nicht selbst ans Steuer darf.

»Oh. Stimmt ja. Jetzt verstehe ich.«

In beruhigendem Schweigen fahren wir nach Hause. Ich möchte es keinesfalls zugeben, aber der kleine Ausflug hat mir sehr gutgetan. Zum ersten Mal, seit wir in Las Vegas angekommen sind, habe ich an etwas anderes gedacht als an Poker oder Tito.

Ich fühle mich wie ein kleiner Junge, der seiner Mutter seine unbeholfenen Zeichnungen zeigen will. Thomas muss das unbedingt sehen!

»Übrigens«, meint Rose, während ich die Tür der Suite hinter mir schließe. »Willst du über das sprechen, was gestern Abend passiert ist?«

»Nein, eigentlich nicht.«

Mit meiner Tasche in der Hand mache ich mich auf den Weg in mein Zimmer, aber sie greift danach und stellt sie hinter mir auf den Tresen.

»Aber ich.«

»Und seit wann muss ich Rose Alfieri gehorchen?«

Sie kommt mir gefährlich nah, was mich ein wenig überrascht. Warum liegt ihr der Vorfall so am Herzen? Es geht sie schließlich nichts an.

»Ich hasse Geheimnisse, Levi.«

»Aha. Du hast also keine?«

Sie gibt sich unbeeindruckt, ihr Gesicht ist neutral. Mir hat gefallen, was sie gestern und heute für mich getan hat, aber sie ist weder meine Mutter noch meine Freundin. Es ist nicht ihre Sache.

»Ich bin dir nichts schuldig. Lass mich jetzt vorbei.«

»Heute nicht.«

Ich will mich umdrehen, um meine Tasche zu nehmen, als sie plötzlich mein Hemd packt und mich an sich zieht. Mit einer verzweifelten Bewegung pressen sich ihre Lippen auf meine.

13

Rose

Levi erstarrt mit aufgerissenen Augen unter meiner Berührung. Einen Moment lang beglückwünsche ich mich, dass ich ihn aus dem Konzept gebracht habe, wenn auch nur für eine Sekunde.

Ich weiß, dass er mich zurückstoßen wird, also greife ich hastig nach dem, wonach ich zuvor schon flüchtig in seiner Tasche gesucht habe. Seine Lippen fühlen sich erstaunlich weich an. Und warm. Meinetwegen hätte es durchaus länger dauern können, aber eine weitere Ablehnung will ich mir nicht antun.

Also lasse ich ihn los und ignoriere die brennende Sehnsucht in meinem Herzen, aber als ich mich gerade zurückziehen will, legt er seine Hand in meinen Nacken. Ich habe kaum Zeit, einen Blick in seine von Leidenschaft verdunkelten Augen zu erhaschen, ehe er mich an sich zieht und fast wild meine Lippen einfordert.

Ich stöhne vor Überraschung und Schmerz, stoße ihn aber nicht weg. Eine Gänsehaut überläuft meine Arme. Er zieht mich fest an sich, eine Hand in meinem Haar, die andere auf meinem Rücken.

Mein Körper reagiert instinktiv. Unter seinem Streicheln erglüht meine Haut. Ich spüre seine flehende Zunge, öffne den

Mund, um sie willkommen zu heißen, und lege ihm die Arme um den Hals. Unsere Zungen treffen sich und lassen sich nicht mehr los. Sein Kuss ist wild, aber seine Hände auf meinem Körper sind sanft und aufmerksam und gleiten fast unanständig über meine Wirbelsäule.

Oh, Scheiße. Levi küsst mich.

Endlich.

Die Stille in der Suite wird nur durch das Geräusch unseres unregelmäßigen Atems und unserer Münder unterbrochen, die sich gegenseitig zähmen. Ich presse mich an ihn, und meine Brüste schmiegen sich an seine kräftige Brust, während er mich förmlich verschlingt. Ich habe das Gefühl zu ertrinken, zu ersticken, keine Luft zu bekommen.

Ein vertrautes Ziehen pulsiert zwischen meinen Schenkeln. Ich habe solche Lust auf ihn. Natürlich will ich ihn. Levi ist unglaublich sexy und küsst einfach fantastisch.

Und außerdem will er mich nicht. Was könnte ich mir Besseres erträumen?

Ich bin wirklich masochistisch veranlagt.

Meine Finger streichen über das rasierte Haar in seinem Nacken und greifen nach dem längeren weiter oben. Ich reiße mit einem schnellen Ruck daran und zwinge ihn, von meinem Mund abzulassen. Seine Augenlider sind schwer, und sein Keuchen erregt mich nur noch mehr.

Mit halb geöffnetem Mund und der Zunge im Mundwinkel schaut er mich an. Ich lasse meine freie Hand über seinen Bauch gleiten und halte an der Beule in seiner Hose inne. Er schluckt, ohne etwas zu sagen.

»Nicht dein Typ, was?«, flüstere ich und lockere meinen Griff in seinem Haar ein wenig.

Levi nutzt die Gelegenheit, um so nah heranzukommen, wie ich es zulasse. In einer solchen Situation die Kontrolle über ihn zu haben, lässt meine Beine vor Erregung zittern, auch wenn ich weiß, dass er mich gern gewähren lässt.

Langsam bewegt er sich vorwärts, die Augen auf meinen Mund gerichtet. Dann beugt er sich so weit vor, dass ich ihm gebe, was er will. Mein Griff in sein Haar lockert sich. Er küsst mich wieder, unglaublich sinnlich, und ich stöhne, als er meine Unterlippe zwischen die Zähne nimmt und hineinbeißt wie in eine verbotene Frucht.

Ich erbebe. Meine Wangen brennen. Ich vergesse den USB-Stick in meiner Hand, den ich vor ihm verstecken muss und der der eigentliche Grund für meinen unerwarteten Kuss gewesen ist.

»Dein Zimmer«, flehe ich, als ich seine Erregung an meinem Unterleib spüre.

Er seufzt in meinen Mund, sein Daumen drückt gegen mein Kinn, ehe er nach unten rutscht und auf der Mitte meiner Luftröhre stoppt. Ich frage ihn, was ihn belastet. Seine Zunge liebkost meine Lippen, grausam langsam, und ich stelle mir vor, wie er auf diese Weise meinen ganzen Körper streichelt. An viel sensibleren Stellen.

»Ich werde nicht mit dir schlafen, Rose«, flüstert er heiser. »Tut mir leid.«

Es ist wie eine kalte Dusche. Plötzlich weiß ich wieder, wer ich bin, wer er ist und was ich tun soll. *Verführe ihn*, lautete der erste Auftrag, den mein Vater mir gab. Levis Zurückweisungen ärgerten mich, zunächst aus reinem Egoismus, aber in diesem Moment ist es die schiere Enttäuschung, die sich durch mich frisst. Denn sosehr ich die Idee auch hasse, sosehr mag ich diese Schwellung.

»Das ist nicht gerade das, was eine Frau gern von ihrem Verlobten hört.«

Mit kaltem, distanziertem Blick schaut er mir direkt in die

Augen. Vorsichtig streicht er meinen Pony zurecht, während er antwortet: »Du bist bestimmt nicht die erste Frau, die von ihrem Mann im Schlafzimmer enttäuscht wird. Ich bin sicher, du kommst darüber hinweg.«

Mit diesen Worten greift er sanft nach meinen Armen, die noch immer um seinen Hals geschlungen sind, und zwingt mich, ihn loszulassen. Es gelingt mir, den USB-Stick in meiner Hand zu verstecken. Ich bin stinksauer und total frustriert.

Nach einem derartigen Kuss wagt er es, mich wie ein Stück Dreck zurückzuweisen? Was glaubt er, wer er ist? Ich bin ihm nicht ausgeliefert. Ganz gleich, was mein Vater sagt, auf das Niveau von Levis kleinen Spielchen werde ich mich nicht herablassen. Ich habe meine Würde.

»Das war das letzte Mal, dass ich mich lächerlich mache, Levi. Ich warne dich.«

Ich höre den Ärger in meiner Stimme, was mich noch wütender werden lässt. Er dreht sich um. Trotz seiner geweiteten Pupillen wirkt er gleichgültig.

»Okay. Und?«

»Komm danach bloß nicht betteln.«

»Muss ich dich daran erinnern, wer von uns beiden sich auf den anderen gestürzt hat?«

»Bis vor zwei Minuten hattest du offenbar nichts dagegen. Ich habe durchaus bemerkt, wie du mich ansiehst.«

Interessiert hebt er eine Augenbraue.

»Und wie sehe ich dich an, Rose?«

»Wie alle Männer.«

Schweigen. Er nimmt sich Zeit für seine Antwort, was mir beweist, dass er zögert, ehrlich zu sein. Wahrscheinlich aus Angst, mir wehzutun.

»Du hast recht. Ich sehe dich an, weil du schön bist. Vielleicht bedeutet Schönheit in deiner Welt alles, aber nicht in meiner. Die Schönheit einer Frau zu schätzen heißt noch lange nicht, dass ich mit ihr schlafen will.«

Autsch. Das ist schwieriger zu verkraften, als ich dachte. Daher frage ich ihn, ob das bedeutet, dass er nicht mit mir schlafen will. Er antwortet nicht. Ich nicke. Ein triumphierendes Lächeln macht sich auf meinen Lippen breit. Es mag albern klingen, aber es gibt noch Hoffnung. Weil er meine Frage nicht beantwortet hat.

»Oh, ich kann es kaum erwarten ...« Ich grinse ihn an. »Diesem Moment sehe ich mit großer Ungeduld entgegen, Iwanowitsch.«

Er fragt mich, wovon ich spreche.

Ich trete ganz nah an ihn heran und flüstere: »Von dem Moment, in dem du mich anflehst, mit dir zu schlafen. Denn das wird passieren. Und an diesem Tag wirst du bereuen, dass du mich so oft zurückgewiesen hast. Ich werde dich kriechen, betteln und flehen lassen, bis du es nicht mehr aushältst. Und wenn ich dir gebe, was du willst, wirst du mir danken, als wäre ich der Messias.«

Er verzieht keine Miene, mustert mich und zuckt lässig mit der Schulter.

»Wenn du das sagst. Ich gehe jetzt duschen. Gute Nacht, Rose.«

Mein Stolz wird erneut verletzt, aber ich umklammere den USB-Stick in meiner Faust und gehe in mein Zimmer.

Sobald die Tür hinter mir ins Schloss fällt, lasse ich meine Maske fallen und atme den ganzen Frust aus, der an mir nagt. Sofort muss ich an seinen Griff in meinem Haar denken, an seine Hand auf meinem Rücken, seine Zunge auf meinen Lippen ...

»So ein Arschloch.«

Wo liegt sein Problem? Er erwidert meinen Kuss. Um mich

anschließend wegzustoßen und zu demütigen? Versucht er, sich rar zu machen, wie Tito so schön gesagt hat? Oder hegt er wirklich keine Gefühle für mich? Wie dem auch sei … er war definitiv erregt.

Ich schüttle den Kopf, um die vielen Zweifel loszuwerden, die zu nichts führen, dann fahre ich meinen Laptop hoch, um den USB-Stick auszulesen. Mein Herz klopft wie wild. Levi und Thomas verheimlichen mir etwas. Sie haben meinen Vater vom anderen Ende der Terrasse aus ausspioniert, daran besteht kein Zweifel.

Und es hatte nichts mit Poker zu tun.

Zwei Ordner erscheinen auf dem Bildschirm, beide mit lächerlichen Namen: »Mamas Rezepte« und »Geburtstag Neffe«. Beide sind merkwürdigerweise passwortgeschützt. Das ist natürlich nur ein Trick. Warum sollte er die Bœuf-Stroganoff-Rezepte seiner Mutter schützen? Außerdem ist Levi ein Einzelkind. Das ergibt keinen Sinn.

Vergeblich denke ich einige Sekunden lang über das Passwort nach.

Soll ich die Datei direkt an Tito schicken? Er kennt sicher jemanden, der sie knacken kann.

Nein. Kommt nicht infrage. Ich will mir erst selbst ein Bild machen und dann entscheiden, ob ich ihm die Datei schicke oder nicht. Ich gehe meine Kontakte durch, schicke eine E-Mail an einen Typen aus Florenz, Andrea, einen Informatikstudenten, und frage ihn, ob er mir helfen kann, das Passwort zu knacken. Der Mistkerl verlangt dafür fünfzig Euro, nur der Form halber. Ich gehe darauf ein.

Die Dateien kopiere ich auf meinen Laptop und entferne sie endgültig von Levis USB-Stick. Was auch immer es ist, in den Händen von Levi Iwanowitsch kann es nicht gut sein.

Auf Zehenspitzen schleiche ich aus meinem Zimmer, um

den Stick unbemerkt an seinen Platz zurückzubringen, während Levi duscht. So leise wie möglich gehe ich am Badezimmer vorbei. Von der Dusche ist nichts zu hören. Ist er etwa schon fertig?

Seine Tasche liegt immer noch auf dem Küchentresen. Eilig verstaue ich den USB-Stick. Auf dem Rückweg in mein Zimmer öffnet sich die Badezimmertür gerade, als ich vorbeikomme.

Ich erstarre zur Salzsäule. Auf frischer Tat ertappt. Mein Herz setzt einen Schlag aus. Levi bleibt überrascht stehen, als er mich sieht. Er wirkt ein wenig zerzaust, hat rosige Wangen und einen seltsamen Schimmer in den Augen. Merkwürdigerweise sieht er ... verlegen aus.

Levi Iwanowitsch verlegen! Was es nicht alles gibt.

»Ich hatte Durst«, rechtfertige ich mich grundlos. Gerade will ich ihn fragen, ob er fertig ist, als mir auffällt, dass er noch die gleiche Kleidung trägt wie vorhin. Er sagt weiterhin nichts, geht an mir vorbei, weicht meinem Blick aus und verschwindet im Korridor.

Sehr seltsam. Er hatte den gleichen schuldbewussten Gesichtsausdruck wie ich eben. Ich runzle die Stirn und betrete das Bad in der Erwartung, etwas Illegales zu finden, das seine Reaktion erklären würde.

Nichts weist darauf hin, dass er geduscht hätte. Und doch ist es dort drinnen merkwürdig warm, eine feuchte Hitze, die nichts mit dem Klima von Las Vegas zu tun hat.

Was könnte er getan haben, damit ...

Oh.

Oh.

Ich spüre, wie ich unwillkürlich erröte, während mir verbotene Bilder in den Sinn kommen. Mein lieber Verlobter war schlussendlich also doch nicht so gleichgültig ...

Jetzt bleibt mir nur noch eines: selbst gleichgültig zu tun, bis er als Erster nachgibt. Und wenn Sex nicht ausreicht, muss ich ihn eben dazu bringen, sich in mich zu verlieben.

Den nächsten Tag verbringen wir im Turniersaal. Ich spiele wieder die Rolle einer Journalistin. Levi tut, als sei am Tag zuvor nichts passiert, und das ist auch gut so. Mittags gibt er vor, sich ausruhen zu müssen, und lässt mich allein essen.

Ich nutze die Gelegenheit, mich ins Hotelrestaurant zu setzen und meine E-Mails zu checken. Andrea hat mir am Morgen geantwortet und mir die geknackten Dokumente geschickt. Ich öffne sie auf meinem Laptop. Neugierig nehme ich mir einige Minuten Zeit, um zu verstehen, worum es geht.

Eine der Dateien enthält Diagramme und Tabellen, die aus dem Unternehmen meines Vaters stammen. Mitarbeiterzahl, Umsatz, eine Liste der Investoren und so weiter. Ich werde unruhig. Wie konnte er Zugang zu all diesen Informationen erhalten? Aber vor allem: wozu?

Als ob ich nicht schon bestürzt genug wäre, lässt mir die zweite Akte das Blut in den Adern gefrieren. Vor meinen Augen öffnen sich Dutzende von Dokumenten, die meinen Vater belasten könnten – unter anderem Beweise für zahlreiche Bestechungen.

Levi meint es also wirklich ernst mit seiner Rache. Ich habe ihn unterschätzt. *Er hat mein Leben ruiniert*, sagte er einmal. Diese Geschichte geht weit über eine Poker-Rivalität hinaus.

Es fällt mir schwer, die Hintergründe zu verstehen. Natürlich kenne ich nicht alle Einzelheiten – Tito hat nie mit mir darüber gesprochen. Ich weiß nur, dass er, als ich klein war, von Jacob Iwanowitsch geradezu besessen war. Und später, als ich dachte, es wäre vorbei, richtete sich die Besessenheit auf Levi.

Die ganze Geschichte ist mir unbegreiflich. Als ich zugestimmt habe, das alles hier zu tun, ging es mir nur um Geld und sonst nichts. Aber ist es die vielen Opfer wert? Sosehr ich meinen Vater auch ablehne, ich will nicht, dass er sein Unternehmen verliert. Ich will auch nicht, dass er ins Gefängnis kommt. Und ich will vor allem nicht, dass sein schlechter Ruf meiner Mutter schadet.

Scheiße.

Tut mir leid, Levi, denke ich, während ich die Beweise als E-Mail-Anhang an meinen Vater schicke. *Aber ich muss mich schützen.*

14

Juni. Las Vegas, USA.

Levi

»Sie sind verschwunden.«

Thomas sieht mich mit gerunzelter Stirn an. Mit den Händen in den Hosentaschen behalte ich meinen ruhigen und entspannten Gesichtsausdruck bei, während die Spieler auf dem Weg zu ihren Tischen an uns vorbeikommen.

»Was meinst du mit ›verschwunden‹?«

»Sie sind nicht mehr auf meinem USB-Stick.«

Ich kann die Fragen in seinen Augen erkennen, aber ich habe keine Antwort für ihn. Am Tag zuvor waren die Beweise noch auf dem Stick, heute Morgen nicht mehr.

»Ich hatte ihn ständig bei mir. Immer.«

»Wirklich?«, hakt er nach. Ich kann das Misstrauen in seiner Stimme deutlich hören. »Auch als du mit Rose weggegangen bist?«

Ich erstarre und werfe ihm einen eisigen Blick zu. Die Anspielung gefällt mir absolut nicht, auch wenn sie berechtigt ist.

Er fährt fort: »Ich weiß, du willst es nicht hören, aber …«

»Rose kann es nicht gewesen sein. Ich habe sie den ganzen Tag nicht aus den Augen gelassen.«

Thomas schweigt, aber ich kann seine Gedanken fast hören. Er hat Rose ohnehin nie über den Weg getraut. Ich fordere ihn auf, sich zu entspannen, und lege ihm die Hand auf den Arm.

»Wir haben Kopien davon. Nichts ist verloren. Und selbst wenn es so wäre, spielt es keine Rolle. Es ist nur der Plan B. Wir haben noch das gesamte Alphabet vor uns.«

Ich lasse ihm keine Zeit, mir zu antworten, gehe zu meinem Platz, nehme meine Sonnenbrille ab und nicke Li Mei zu, als sie sich neben mich setzt.

»So sieht man sich wieder«, sagt sie lächelnd. »Langsam wird es spannend, nicht wahr?«

»Keine Ahnung, was du meinst. Ich persönlich langweile mich.«

Sie lacht. Aber sie hat nicht ganz unrecht. Die Partien werden immer schwieriger. Die ganz normalen Spieler überlassen ihre Plätze den erfahreneren. Doch unter ihnen ist keiner, den ich nicht schon besiegt hätte.

»Eingebildeter Kerl. Offenbar hat deine Verlobte diese schlechte Eigenschaft noch nicht ausmerzen können.«

»Vielleicht mag sie das ja«, erwidere ich und hole meinen Stack hervor.

In diesem Moment geht Rose als Masseurin verkleidet an uns vorbei und macht ein Handzeichen, das bedeutet: »Na ja.« Nur mühsam widerstehe ich dem Drang zu lächeln. Angesichts der Ereignisse gestern bin ich angenehm überrascht, dass sie einen Witz macht. Hat sie mir vielleicht schon verziehen?

Heute Morgen hat sie kein Wort mit mir geredet. Vermutlich habe ich es verdient. Tatsächlich hätte ich sie gar nicht erst küssen dürfen. Es war dumm. Aber das, was sie am Nachmittag getan hat, und die Art und Weise, wie sie sich fast besorgt um mich kümmerte, hat mich schwach werden lassen.

Nachdem sie mein Geheimnis herausgefunden hatte, dachte sie als Erstes daran, mich zum Malen mitzunehmen und ihre

Leidenschaft mit mir zu teilen. Wer sonst hätte das getan? Sie ist ... erstaunlich. Rose macht eine Gratwanderung zwischen Gut und Böse. Sie ist zu kaputt, um ein Engel zu sein, aber zu gut, um ein Teufel zu sein.

Trotz ihrer Schwächen fühle ich mich zu ihr auf eine Weise hingezogen, wie ich es noch nie erlebt habe. Ich weiß noch nicht, was es ist: Besessenheit, Bewunderung, Neugier oder einfach nur sexuelles Verlangen?

Aber was auch immer es ist, ich muss sie weiterhin zurückweisen.

Rose sollte meine Geheimwaffe sein. Aber je mehr Zeit vergeht, desto mehr befürchte ich, dass sie aus meiner Stärke zu meiner einzigen Schwäche wird.

Du wirst meine Schwäche sein, habe ich am ersten Tag zu ihr gesagt.

Möglicherweise habe ich mich damit selbst verurteilt.

»Übrigens, eine befreundete Journalistin hat herausgefunden, dass wir uns nahestehen ...«

»Wir stehen uns nicht nahe.«

»Sie ist an dir interessiert«, fährt Li Mei fort, ohne auf mich zu hören. »Sie würde gern ein Porträt von dir und Rose machen.«

»Nein danke.«

»Es wäre gut für dein Image.«

Lange antworte ich nicht. Ein Porträt von uns wäre eine ganz schlechte Idee. Je mehr wir uns vor neugierigen Blicken fernhalten, desto besser funktioniert es. Jeder könnte bei näherem Hinsehen erkennen, dass Rose und ich uns nicht lieben.

»Ich muss mein Image nicht aufpolieren.«

»Es geht um ein Video-Interview für den YouTube-Kanal von *Glamour*.«

Ich blinzle überrascht und schenke ihr schließlich doch meine Aufmerksamkeit. Ich bin kein Fachmann auf diesem Gebiet, aber ist das nicht eine Modezeitschrift für Frauen?

»*Glamour*? Seit wann interessieren die sich für uns?«

Seien wir doch mal ehrlich: Poker interessiert nur Pokerspieler. Es geht weder um die Olympischen Spiele noch um die Oscar-Verleihung oder die Music Awards. Die Welt der Turniere ist deutlich weniger sexy, als man vielleicht denkt. Der einzige Grund, warum sich die Dinge in den letzten Jahren verändert haben, ist Tito. Ob es mir gefällt oder nicht, er ist eine berühmte und sehr einflussreiche Persönlichkeit, und die Journalisten scharen sich um ihn, wo immer er auftaucht.

Li Mei lächelt zufrieden, weil es ihr gelungen ist, meine Neugier zu wecken. Als sie sieht, dass die Dealerin Platz genommen hat – ein Zeichen, dass die Partie gleich beginnt –, senkt sie die Stimme.

»Gesellschaftsspiele sind heutzutage supertrendy. Hast du nicht die Serie *Das Damengambit* mit Anya Taylor-Joy gesehen? Sie war ein Hit.«

»Ich schaue kein Netflix.«

»Natürlich nicht«, seufzt sie und reicht mir eine Visitenkarte. »Hier, das ist ihr Kontakt. Denk an mögliche Sponsoren.«

»Ich werde bereits gesponsert. Vergiss es, Li Mei. Es bleibt beim Nein.«

Natürlich kennt sie meinen Sponsor und zuckt mit den Schultern. Bei meinen Turnieren werden nicht nur alle Kosten übernommen, sondern ich erhalte auch eine monatliche Aufwandsentschädigung für die Werbung.

Ich stecke die Visitenkarte in meine Innentasche und vergesse sie. Meine Gedanken sind ganz woanders. Eigentlich kann ich mir das nicht leisten, trotzdem ist es so. Ich denke an die fehlenden Dateien, an Thomas' Verdacht gegen Rose, an Titos Provokationen und an meine Scheinverlobte, deren Bild mich nachts heimsucht.

Nach unserem Kuss musste ich mich wie ein notgeiler Teenager erleichtern. Ich konnte es tatsächlich nicht mehr zurückhalten. Was da gerade mit mir geschieht, gefällt mir überhaupt nicht.

»Was gibt's?«, frage ich Rose, als wir uns zum Mittagessen an unserem üblichen Platz am Pool treffen.

Seit unserer Rückkehr aus dem Turniersaal wirkt sie besorgt. Ich habe bemerkt, dass sie Li Mei immer wieder ansah, und ich will wissen, ob ihr an dieser etwas aufgefallen ist.

»Ich verstehe es nicht.«

»Was denn?«

»Ihr Mund. Ihre Augenbrauen. Alles deutete auf Anzeichen von Wut während eurer Partie hin. Und doch ... ich glaube nicht, dass sie wütend war.«

Ich beobachte sie aufmerksam, fasziniert und zugegebenermaßen ein wenig beeindruckt.

»Wie meinst du das?«

Nachdenklich starrt sie in die Ferne und schüttelt flüchtig den Kopf.

»Sie wollte, dass wir das denken.«

»Aber warum?«

»Ich habe keine Ahnung. Um die Wahrheit zu sagen, ich werde nicht recht schlau aus ihr. Genau wie aus Lucky. Er stellt sich dumm, aber irgendetwas stimmt da nicht. Es wirkt nicht immer ganz natürlich.«

Ich lächle. Sie ist begabt, sehr begabt sogar, daran besteht kein Zweifel. Sie verspricht mir, ein Auge auf die beiden zu haben. Wir essen und trainieren dabei. Sie gratuliert mir, als ich sie zweimal hintereinander besiege. Ich muss über mein Gespräch mit Thomas am Morgen nachdenken.

Wenn Rose die Dateien nicht gelöscht hat, könnte das ein Zeichen sein? Wer bin ich denn schon, dass ich Selbstjustiz übe? Ich will Tito für seine Sünden bestrafen, als wäre ich der liebe Gott, aber das ist nicht meine Aufgabe. Ich sollte mir lieber Sorgen um meine eigenen Verfehlungen machen.

Ich bin kein besserer Mensch als Tito.

»Sind Menschen deiner Meinung nach von Natur aus gut oder schlecht?«

Rose hebt ihren Blick von ihrem Teller und schaut mich fragend an. Mit gefällt, dass sie mir wie selbstverständlich antwortet, anstatt meinen Themenwechsel absurd zu finden.

»Angeblich ist es die Gesellschaft, die den Menschen verdirbt«, sagt sie nachdenklich. »Einige Theorien gehen davon aus, dass das menschliche Herz ursprünglich kein Laster kennt.«

»Aber die Gesellschaft entstand lange nach dem Erscheinen des Menschen. Er hat sie schließlich erschaffen, oder?«

Sie kaut langsam mit schief gelegtem Kopf. Heute trägt sie eine bis zu den Knöcheln hochgekrempelte Jeans und ein offenes Flanellhemd über einem weißen bauchfreien Top. Es gefällt mir sehr.

»Dann glaubst du also, dass der Mensch von Natur aus schlecht ist.«

Ich seufze.

»Ich glaube, er ist zu den schlimmsten Gräueltaten fähig. Er sieht den Krieg als Mittel zur Klärung von Streitigkeiten. Er hat die Sklaverei erfunden, die Vergewaltigung … und den Mord.«

»Und doch«, antwortet sie schulterzuckend, »ist der Mensch trotz allem in der Lage, Gutes zu tun. Manche verbringen ihr ganzes Leben damit, anderen zu helfen. Manche üben Solidarität und opfern sich in schwierigen Situationen sogar auf. Die meisten Menschen würden für jemanden sterben, den sie lieben.«

»Aber auch töten.«

Ich habe nur geflüstert, aber ihr Gesicht beweist, dass sie es gehört hat. Obwohl meine Züge neutral bleiben, empfinde ich Schmerz. Ich denke an meine Mutter, meinen Vater und an jenen Abend, den ich nicht vergessen kann.

Rose schaut mich länger an, als mir lieb ist. Schließlich stellt sie ihren Teller hin und wischt sich den Mund ab.

»Ich halte den Gegensatz zwischen Gut und Böse für extrem. Nichts ist ganz schwarz oder ganz weiß. Der Mensch ist zu beidem fähig. Und trotzdem … ich glaube wirklich, dass wir mehr gut als schlecht sind. Der Mensch hat im Allgemeinen eine Abneigung gegen das Töten, meinst du nicht auch? Und wenn jemand es doch tut, führt das in aller Regel zu Schuldgefühlen und Reue.«

Da hat sie recht. Es ist eine nicht zu beantwortende Frage. Die größten Philosophen arbeiten bis heute an diesem Thema. Ich lächle Rose zu und fühle mich plötzlich sehr müde.

»Ich hätte dich nicht für so optimistisch gehalten.«

Sie steht auf und reicht mir die Hand, um mir aufzuhelfen. Ich ergreife sie, während sie die Augen verdreht und sagt: »Was willst du? Jeder hat seine Fehler.«

Als ich aus der Dusche komme, ist Rose noch immer nicht zurück in der Suite. Das ist nicht ungewöhnlich; oft verschwindet sie für ein paar Stunden, ohne dass jemand weiß, wo sie ist. Aber sie kommt immer wieder zurück.

Ich ziehe ein T-Shirt und eine schwarze Jogginghose an, setze mich mit einem Glas Rotwein auf die Couch, blättere in einem Buch über Poker und unterstreiche interessante Passagen. Die Stille tut mir unendlich gut. Leider hält sie nicht lange an.

»Levi.«

Thomas ist da, doch ich lese weiter. Erst nachdem er mich ein zweites Mal angesprochen hat, hebe ich den Kopf. Überrascht registriere ich, dass Li Mei bei ihm ist. Ihr Gesicht wirkt verschlossen.

Hier stimmt etwas nicht.

»Was ist?«

»Wo ist Rose?«, fragt Thomas genervt.

»Gute Frage, nächste Frage. Warum?«

Er wirft einen Blick zu Li Mei hinüber, die seltsam schweigsam ist.

»Ich fand es die ganze Zeit schon komisch, dass sie ständig weg ist, ohne dass wir wissen, wo sie hingeht, aber nach deiner Mitteilung heute Morgen bin ich noch aufmerksamer geworden.«

»Tommy«, knurre ich und stehe wütend auf. »Ich habe dir gesagt, du sollst die Füße stillhalten und mir vertrauen.«

Sein Gesicht zeigt weder Bedauern noch Reue. Ich hatte vergessen, dass Thomas, obwohl er mich respektiert, grundsätzlich sein eigenes Ding macht und immer glaubt, recht zu haben.

»Es tut mir trotzdem nicht leid. Ich habe jetzt zwei Stunden lang überall nach ihr gesucht, allerdings ohne Erfolg.«

»Okay. Und?«

»In der Eingangshalle bin ich Li Mei begegnet. Offenbar haben die beiden sich vorhin getroffen.«

Li Mei nickt.

»Irgendetwas stimmt nicht. Rose hat mich vorhin um einen Gefallen gebeten, den ich aus Zeitgründen ablehnen musste, und sie ist ... völlig ausgerastet.«

»Was für einen Gefallen?«, erkundige ich mich und versuche, das ungute Gefühl, das mir die Kehle abschnürt, zu ignorieren.

Sie beißt sich zögernd auf die Lippen, dann seufzt sie.

»Sie wollte, dass ich Geld für sie setze. Als ich Nein sagte, hat sie mich fürchterlich beschimpft und ist hinausgerannt. Das war vor einer Stunde.«

Ich kann es kaum glauben. Natürlich weiß ich, dass Li Mei niemals lügen würde. Aber dieses Verhalten passt ganz und gar nicht zu Rose. Sie ist zwar schnell verärgert, aber sie flippt nie aus – außer sie wirft mir ihre High Heels an den Kopf. Ich werfe Thomas einen Blick zu, weil ich wissen will, wie er darüber denkt, aber er steht da wie versteinert.

»Ich kümmere mich darum. Danke«, füge ich an Li Mei gewandt hinzu.

Sie nickt, aber ich erkenne hinter ihrer Maske, dass sie beunruhigt ist. Wahrscheinlich sind sie und Rose sich nähergekommen, während ich anderweitig beschäftigt war. Ich ziehe mich um und befehle Thomas, sich da rauszuhalten. Ich gehe nach unten und versuche, Rose anzurufen, erreiche aber sofort die Mailbox.

Ich mache einen Rundgang durch die Spielsäle, angefangen bei den Einarmigen Banditen. Wenn ich es mir recht überlege, war Rose nicht ein einziges Mal im Casino, seit wir hier sind. Dabei liebt sie es doch, oder? Warum hat sie nie vorgeschlagen, dass wir mal abends nur so zum Spaß spielen gehen?

Warum bittet sie Li Mei, für sie zu wetten? Wollte sie es vor mir verbergen?

»Suchst du deine ›Verlobte‹?«

Scheiße. Ich beiße die Zähne zusammen und drehe mich um. Tito lächelt mich grimmig an, eine Flasche Wasser in der Hand. Ich ahne, dass er gerade erst seinen Tag beendet hat.

Ich mustere ihn schroff von Kopf bis Fuß, mache kehrt und sage: »Kümmere dich um deinen eigenen Kram.«

»Ich weiß, wo sie ist.«

Ich bleibe stehen und drehe mich langsam wieder um. Er genießt seinen Moment mit verschränkten Armen.

»Vor einer Stunde hat sie noch beim Blackjack dein Geld verprasst«, seufzt er. »Als ihr die Chips ausgingen, hat sie sich mit den Croupiers angelegt. Es war kein besonders schöner Anblick ...« Mir ist klar, dass er lügen könnte, um mich zu ärgern, aber ich lese in seinen Augen, dass er die Wahrheit sagt. Sehr ernst fügt er hinzu: »Du solltest sie nicht in die Nähe der Spieltische lassen.«

Mein erster Impuls ist, ihn anzuspucken. Der zweite, etwas vernünftigere ist, gezwungen zu lachen. Mit welchem Recht erteilt er mir Ratschläge zu meiner Verlobten?

»Stimmt ja, du bist der absolute Experte für Beziehungsfragen«, sage ich lächelnd und bleibe dabei ganz ruhig. »Wie geht es übrigens deiner Frau? Will sie immer noch die Scheidung?«

Tito kann seine Gefühle längst nicht so gut verbergen wie ich. Wütend beißt er die Zähne zusammen.

»Du spielst ein gefährliches Spiel, Levi.«

»Hast du das auch zu meinem Vater gesagt, ehe du ihm den Dolch in den Rücken gerammt hast?«

»Dein Vater hatte nicht deine Charakterstärke, das muss ich zugeben. Aber du kämpfst auf der falschen Seite. Ich habe nichts gegen dich.«

Er hat Angst. Er weiß, wozu ich fähig bin, und er fürchtet sich. Allein das Wissen darum gibt mir die nötige Kraft, weiterzumachen, koste es, was es wolle.

Ich schüttele den Kopf, hebe die Hände und lüge ihn an: »Wie schon gesagt, ich spiele zum letzten Mal gegen dich. Wenn es funktioniert, ist es super, wenn nicht – *shit happens.*

Ich habe die Liebe gefunden. Das ist viel wichtiger als eine alte Feindschaft, die mich nicht einmal etwas angeht.«

Mit diesen Worten wende ich mich ab. Was er mir nachruft, prallt an meinem Rücken ab: »Genieße es, solange es noch geht!«

Arschloch. Ich versuche, ihn zu vergessen, und gehe zu den Blackjack-Tischen. Ich befürchte, dass Rose beim Kartenzählen erwischt wird und die Hotelleitung sie aus dem Hotel verbannt. Das wäre wirklich schlimm, vor allem wegen meiner Verbindung zu ihr.

Frustriert schaue ich mich um. Gerade will ich Thomas zu Hilfe rufen, als mir jemand die Hand auf die Schulter legt. Ich zucke zusammen, dann erkenne ich Lucky.

»Suchst du Rose?«

»Hast du sie gesehen?«

Er nickt und kratzt sich am Kopf.

»Ich bin ihr begegnet, als ein Croupier sie aufgefordert hat, den Tisch zu verlassen. Sie wirkte ein bisschen überdreht. Ich habe sie gefragt, ob es ihr gut geht, und da hat sie mich gebeten, ihr etwas Geld zu leihen.« Verwirrt runzle ich die Stirn. Lucky fährt sich durch die Haare und fährt fort: »Sie sah, dass ich zögerte, und versprach mir, mir das Doppelte zurückzuzahlen.«

»Hast du ihr etwas gegeben?«

»Dazu blieb keine Zeit. Sie nahm sich sofort wieder zusammen und meinte, ich solle es vergessen. Dann rannte sie weg, als wäre der Teufel hinter ihr her.«

Ich frage ihn, wohin, und er zeigt auf den Notausgang. Lucky bietet an, mich zu begleiten, aber ich lehne ab und danke ihm für seine Hilfe. Ich habe keine Ahnung, was hier los ist, aber normal ist es nicht.

Es ergibt einfach keinen Sinn.

Ich verlasse den Saal durch den Notausgang und lande in einem stillen, leeren Treppenhaus. Ich rufe Roses Namen, bekomme aber keine Antwort. Ich gehe ein paar Stockwerke hinunter. Beinahe gebe ich auf, doch dann bleibe ich abrupt stehen.

Eine schlanke Gestalt sitzt auf dem Boden und lehnt sich mit dem Rücken an die kühle weiße Wand. Ihr Kopf liegt auf ihren Armen, die sie um die angewinkelten Beine geschlungen hat, aber ich erkenne ihr schwarzes Haar.

»Rose«, flüstere ich leise. »*Lyubimaya?*«

Sie hebt den Kopf und blickt mich aus trockenen Augen unglücklich an. Ich bemerke Kratzer an ihrem linken Knie. Sie blutet. Sie sieht aus, als ginge es ihr nicht gut. Mein Herz klopft wie wild.

»Was ist passiert?«

15

Juni. Las Vegas, USA.

Rose

So wie jetzt habe ich mich schon seit langer Zeit nicht mehr gefühlt. Auch wenn ich bereits Schlimmeres erlebt habe, weiß ich ganz genau, dass es kein schöner Anblick ist. Und ich habe ein schlechtes Gewissen, weil ich zulasse, dass Levi das miterlebt.

Ich habe mir geschworen, ihn niemals das böse Monster sehen zu lassen, das mich heimsucht. Ich dachte, ich könnte es schaffen, aber ich habe mich überschätzt. Meine Mutter hatte recht. Eine Heilung ist nicht für die Ewigkeit. Wenn man nicht aufpasst und den Teufel herausfordert, kommt die Krankheit unerbittlich zurück.

»Was ist passiert?«, fragt mich Levi mit überraschend geduldiger Stimme.

Er hat nach mir gesucht. Ich fürchte, in seinen Augen wirkte meine Abwesenheit ausgesprochen verdächtig; und in gewisser Weise läge er damit nicht falsch. Schließlich hintergehe ich ihn tatsächlich.

»Nichts. Ich wollte einfach nur spielen. Aber das war ein Fehler.«

Meine Stimme ist nur ein müder Hauch. Ich hasse es, dass man die Schwäche darin hört. Levi geht vor mir in die Hocke, stützt ein Knie auf den Boden und fasst mit seinen schlanken

Händen nach meinem Bein. Seine Haut fühlt sich weich an, seine Berührung ist sacht wie eine Feder.

»Und das da?«, fragt er und deutet auf die Wunde an meinem Knie.

»Ich habe den Abstand zwischen den Stufen falsch eingeschätzt«, gebe ich beschämt zu und weiche seinem intensiven Blick aus.

Weil ich betrunken bin, füge ich nicht hinzu, obwohl ich vermute, dass er es sich denken kann. Levi verspottet mich nicht. Stattdessen beugt er sich vor und pustet auf meine aufgeschürfte Haut. Diese einfache Geste genügt, um mir einen Schauder über den Rücken laufen zu lassen.

»Hast du heute schon Wasser getrunken? Deine Lippen sind ganz trocken.«

»Es geht mir gut.«

Reglos beobachtet er mich weiter.

Sein ganzes Gesicht deutet an, dass er wütend ist, doch seine Stimme ist sanft, und die Art, wie er mich berührt, zeigt, dass er vorsichtig sein will.

»Lass uns raufgehen.«

Er legt mir einen Arm unter die Beine und einen um die Schultern und hebt mich mühelos hoch. Ich will protestieren, aber er drückt mich an seine Brust. Mir fehlen die Worte. Welches Spiel spielt er da? Die kleine Knieverletzung wird mich schon nicht am Laufen hindern.

Genau das möchte ich ihm sagen, als er sich mit mir auf den Weg macht, aber aus irgendeinem Grund schweige ich. Stattdessen lege ich meine Arme um seinen Hals. Seine Stärke überrascht mich und seine Nähe beruhigt mich. Ich fühle mich … beschützt. Das passiert mir nicht oft, daher genieße ich es ganz egoistisch.

Als wir in der Halle ankommen, verstehe ich, warum er so

viel Zuneigung zeigt. Mir läuft es kalt den Rücken herunter, als ich Li Mei, Thomas und Lucky sehe, die sich am Brunnen unterhalten. Bei unserem Anblick brechen sie sofort ab.

»War das wirklich nötig?«, flüstere ich an Levis Hals.

Er hebt eine Augenbraue, als verstünde er nicht, was ich meine. Ich will es ihm näher erklären, als mein Blick auf Tito fällt, der mit verschränkten Armen an der Rolltreppe steht. Ich erstarre und fühle mich unbehaglich. Mein Vater kneift die Augen zusammen und verschwindet.

Ich verberge meine roten Wangen an Levis T-Shirt, bis wir in unserer Suite sind. Dort setzt er mich vorsichtig auf die Couch und geht ins Bad, um ein Erste-Hilfe-Kit und eine Flasche Wasser zu holen. Ich lasse zu, dass er sich mir gegenüber auf den Couchtisch setzt, mir den Schuh auszieht und meinen Fuß auf seinen Oberschenkel legt.

Mir gefällt nicht, wie sich mein Herzschlag bei seiner Berührung beschleunigt. Ich würde ihm gern sagen, dass er aufhören soll, aber ich kann nicht. Während er meine Wunde desinfiziert und mit einem Pflaster bedeckt, zucke ich jedes Mal zusammen, wenn seine Finger meine Haut berühren.

»So schlimm ist es doch wirklich nicht.«

»Das habe ich auch nicht behauptet«, antwortet er schlicht.

Als er fertig ist, legt er das Verbandszeug neben sich ab, behält aber meinen Fuß in seinen Händen. Sein Blick verschlingt mich und ist voller Fragen, die er bestimmt kaum zurückhalten kann.

Durstig trinke ich die Hälfte der Flasche aus, die er mir gegeben hat. Ich trinke auch so schon viel zu wenig, aber ich hatte vergessen, dass wir hier in Las Vegas sind. Und Alkohol zählt nicht.

»Li Mei hat mir erzählt, dass du sie gebeten hast, für dich zu spielen.«

Er verliert keine Zeit. Ich seufze innerlich. Klar hat sie gepetzt! Dabei bin ich ihr nicht einmal böse. Sie hat sich bereit erklärt, mir zu helfen, ohne dafür eine Gegenleistung zu bekommen. Als es dann einmal nicht möglich war, habe ich meinen Frust an ihr ausgelassen.

Ich hasse die Person, zu der ich werde, wenn ich auf Entzug bin.

»Hierherzukommen war ein Fehler.«

Zutreffender kann man es nicht ausdrücken. Levi hört mir aufmerksam zu, ohne mich zu unterbrechen. Ich könnte also weitersprechen. Aber wäre das eine gute Idee? Nein, natürlich nicht. Und doch möchte ich es jemandem erzählen, ganz gleich, wem. Im Grunde meines Herzens weiß ich, dass er mich verstehen wird. Dass er mich nicht verurteilen wird. Dass er mir vielleicht sogar sagt, was ich tun soll.

»In Macau hast du mich gefragt, was mein Gift ist, erinnerst du dich? Es ist hier«, sage ich und lächle traurig. Mist, jetzt hätte ich total Lust, eine zu rauchen. Bei diesem Gedanken grinse ich vor mich hin, was mich dazu bringt, hinzuzufügen: »Na ja, eines von mehreren. Eine Sucht führt eben oft zur nächsten.«

Ich kann sehen, dass er die Verbindung herstellt. Glücksspiel, Alkohol, Rauchen … Ich bin total kaputt. Meine Mutter behauptet, ich wäre zu jung, um so etwas zu sagen. Mein Vater hält mich für willensschwach, und glaubt, das hätte ich von meiner Mutter. Seit meiner Heilung lässt er mich nicht mehr in ein Casino, weil ich ihn vor seinen Freunden in Verlegenheit bringe.

»Bist du spielsüchtig?«, flüstert Levi, ohne zu urteilen.

Ich nicke. Er will wissen, seit wann. Jetzt, wo ich es ausgesprochen habe, bin ich nicht mehr zu bremsen.

»Ich habe schon als Teenager angefangen zu spielen, mit

meinem … Mentor. Eigentlich mehr zum Spaß. Aber meinen achtzehnten Geburtstag habe ich gefeiert, indem ich zum ersten Mal in ein Casino ging.« Die Erinnerung an diesen denkwürdigen Abend bringt mich zum Lächeln. »Am Anfang hat es Spaß gemacht. Ich weiß nicht, wann genau ich die Kontrolle verloren habe. Mit der Sucht ist es ein bisschen, wie wenn man sich verliebt: Man merkt es erst, wenn es zu spät ist.«

Sein Schweigen ist seltsam beruhigend. Es macht mir Lust, ihm alles zu sagen, mich noch weiter zu offenbaren, aber das wäre weiß Gott zu gefährlich.

»Du hast erkannt, dass du mit deinen Fähigkeiten reich werden kannst«, sagt er leise.

»Genau. Sehr schnell geriet ich in die Abwärtsspirale. Ich verbrachte meine gesamte Zeit mit Spielen, entweder im Casino oder online. Ich hatte kein Sozialleben mehr. Die Wahrheit ist … ich habe deswegen mein Studium abgebrochen. Ich habe gelogen. Tatsächlich habe ich es nie bis zur Abschlussprüfung geschafft. Tagsüber habe ich die Uni geschwänzt, nachts nicht geschlafen und alles nur, um zu spielen.«

Gegen meinen Willen kehren die Erinnerungen zurück und sorgen für Bitterkeit. Ich erinnere mich an das Adrenalin, das Gefühl größter Macht und an die Enttäuschung, wenn ich das ganze gewonnene Geld wieder verlor. *Ich werde alles zurückgewinnen*, sagte ich mir jedes Mal. *Ich muss einfach nur doppelt so viel spielen!*

Es war ein Teufelskreis.

»Ich habe meinen Eltern Geld gestohlen, wenn ich blank war«, gebe ich beschämt und mit gesenktem Blick zu. »Ein anderes Mal habe ich mir Geld von irgendwelchen Leuten geliehen. Meine Mutter ist mir über meinen Computer auf die Schliche gekommen. Sie und mein Vater haben alles versucht: Sie haben meine Passwörter geändert, mir mein Geld weggenommen und ihres versteckt, meinen Laptop beschlagnahmt, mir Hausarrest gegeben, einfach alles.«

»Aber es hat nicht geklappt?«

Ich beiße mir auf die Lippe und lache leise. Wenn es nur so einfach wäre. Eine Sucht kümmert sich nicht um Hindernisse. Sie findet immer einen Weg, egal wie extrem, um ihren Willen durchzusetzen.

»Als ich feststellte, dass mein Vater alle Passwörter für die Computer geändert hatte, damit ich nicht mehr spielen konnte, kam es zu einem furchtbaren Streit zwischen uns. Er und meine Mutter wollten gerade zu einem Besuch aufbrechen, ich glaube, zu meiner Tante. Als sie ins Auto stiegen, mich allein lassen wollten und mir sagten, dass wir am Abend weiterreden würden, habe ich ... Ich habe mich quer auf die Straße gelegt und sie angeschrien, dass sie nirgendwohin gehen würden – ansonsten müssten sie mich schon überfahren.«

Während ich erzähle, wird mir klar, wie verdreht das alles war. Und wie krank ich damals war. Ich sah nur noch das Spiel. Nach diesem Tag zwang mich meine Mutter, zum Arzt zu gehen. Ich stimmte zu, denn ich konnte selbst erkennen, dass da etwas aus dem Ruder lief und dass ich die Situation nicht mehr unter Kontrolle hatte.

Es hat lange gedauert und es gab viele Rückfälle, aber ich habe es geschafft. Nach mehreren Jahren bin ich inzwischen geheilt. Aber diese Heilung ist noch so fragil wie eine Pusteblume im Wind. Und heute war der Wind so stark, dass ich mich nicht halten konnte.

»Die Schulden, von denen du mir erzählt hast ... Kommen sie daher?«

Ich nicke. Er seufzt tief und schaut weg, und ich merke, dass er über etwas nachdenkt. Ist er enttäuscht? Nicht, dass es mich interessieren würde. Mir ist egal, was er von mir denkt.

Also … ich wünschte, es wäre so. Aber tief in meinem Inneren weiß ich, dass das nicht stimmt. Ich möchte, dass er mich mag. Ich möchte, dass er mich schön, klug, talentiert, lustig und ganz toll findet. Ich will seine Aufmerksamkeit. Nicht nur irgendeine Aufmerksamkeit, sondern *seine*.

»Und jetzt … geht es dir besser?«

»Würdest du das auch einen trockenen Alkoholiker fragen, der Weinhändler geworden ist?«

Angesichts der Ironie der Situation verzieht er das Gesicht.

»Würde ich. Rose, es tut mir total leid …«

Überrascht von diesem Eingeständnis frage ich ihn, warum. Diesmal halte ich seinem Blick stand. Sein Gesichtsausdruck ist aufrichtig schuldbewusst. Er seufzt, senkt schließlich den Blick und schüttelt den Kopf.

»Immerhin war ich es, der dich gebeten hat, mitzukommen. Ich bereue es nicht, aber … Hätte ich das gewusst, hätte ich es nicht getan.«

»Wirklich?«, frage ich spöttisch, ohne daran zu glauben.

»Was denkst du?«

»Ich denke, du würdest vor nichts zurückschrecken, um dein Spiel zu gewinnen und Tito lächerlich zu machen. Die Probleme anderer Leute *interessieren dich nicht*.«

Lange starrt er mich wortlos an. Er weiß, dass ich recht habe. Ich lerne ihn gerade kennen. Wir teilen diesen Egoismus, der uns zu verlorenen Kindern macht. Ich verurteile ihn nicht, ganz im Gegenteil. Wahrscheinlich hätte ich dasselbe getan.

Levi stellt meinen Fuß auf den Boden, stützt die Ellbogen auf seine gespreizten Knie und schaut mich durchdringend an. Offenbar habe ich einen Nerv getroffen.

»Im Grunde hast du recht. Aber das hier ist anders. Ich habe selbst miterleben müssen, was Sucht anrichten kann. Das wünsche ich niemandem … Also ja, es tut mir leid.«

Oh. Ich ziehe meine Beine unter mich und fühle mich plötzlich sehr verletzlich. Ich habe ihm gerade das beste Mittel in die Hand gegeben, mich zu vernichten. Andererseits kenne ich sein größtes Geheimnis. Wir sind also quitt.

»Du?«, frage ich neugierig.

Er schüttelt den Kopf und antwortet ausdruckslos: »Mein Vater.«

Plötzlich passt alles zusammen.

Ich mag keine Alkoholiker, hat er gesagt. Oder: *Es wird dich umbringen*, als es ums Rauchen ging. Ganz zu schweigen von Titos Provokationen, als sie sich neulich trafen. Ich hätte es besser wissen müssen. Ist sein Vater an seiner Sucht gestorben? Ich weiß, dass es falsch ist, ich weiß, dass ich Levi hassen sollte, ich weiß, dass er mein Feind ist, aber mich überkommt Mitgefühl.

Tito hat mir nie etwas davon erzählt. Ich habe mich auf alles eingelassen, ohne irgendwelche Fragen zu stellen. Ich kannte nur Levis Namen, aber das genügte mir. Ich wollte nichts über ihn wissen, um mich nicht an jemanden zu binden, den ich unbedingt hassen wollte.

»Wurde dein Vater nicht mehr gesund?«

»Dazu blieb ihm keine Zeit«, sagt Levi bloß.

»Und deine Mutter?«

Er spricht nie über sie. Hat er überhaupt eine?

»Im Gefängnis.«

Wahnsinn. Zuerst glaube ich, er macht Witze, aber sein Gesichtsausdruck ist sehr ernst. Auch Trauer kann ich erkennen: Sein Gesicht ist entspannt, seine Augenbrauen sind gesenkt, er blickt zu Boden.

»Totschlag. Sie hat auf Notwehr plädiert.«

Oh, wow. Sein Vater ist also tot und seine Mutter sitzt wegen Totschlags im Gefängnis. Zufall? Ob seine Mutter … ihren Mann getötet hat? Aber das wäre ja furchtbar! Warum weiß ich nichts davon? Ich dachte immer, ich wäre kaputt, aber Levi trägt wahrscheinlich ein Päckchen mit sich herum, das ich mir nicht einmal vorstellen kann. Er lächelt schwach über meine entsetzte Reaktion, dann legt er mir tröstend die Hand aufs Knie.

»Vielleicht solltest du besser nach Hause zurückkehren, Rose.«

Ich werde blass. Bestürzung macht sich in mir breit. Nach Hause? Bloß nicht! Nein! Das gehört nicht zum Plan. Ich kann nicht. Mein Vater würde mich umbringen. Ihm würde klar werden, dass ich zu nichts tauge und dass ich schwächer bin als meine Dämonen.

Und ich würde Levi nicht wiedersehen.

»Warum? Wir sind doch noch längst nicht fertig.«

»Rose, du befindest dich hier in einem Casino. Einem Casino, in dem ein Pokerturnier stattfindet, mit Spielern, zwischen denen du dich den ganzen Tag bewegst. Viel schlimmer kann es nicht mehr werden.«

»Mir geht es gut!«, versuche ich ihn zu beruhigen und stehe auf. »Glaub mir. Außerdem brauche ich das Geld.«

Nachdenklich steht er ebenfalls auf. Ich weiß schon, was er sagen will, bevor er überhaupt den Mund aufmacht. Er wird mir anbieten, mich ohne Gegenleistung zu bezahlen, und dann habe ich keine Ausrede mehr, zu bleiben.

»Ich könnte dir …«

»Bitte«, komme ich ihm zuvor.

Levi schaut mich wortlos an. Er kann mich nicht nach Hause schicken. Ich muss hierbleiben. Hier bei ihm.

Natürlich wegen Tito.

»Ich weiß nicht recht. Wenn es wieder passiert …«

»Levi«, sage ich und nehme mit einem beruhigenden Lächeln seine Hand. »Ich werde nicht wieder rückfällig. Das kann ich dir versprechen. Ich bin stark. Schau, seit Macau habe ich nicht mehr gespielt und mir geht es gut! Ich habe mich nur an Li Mei gewandt, weil ich unbedingt meine Schulden bezahlen muss. Ich hätte mich selbst an den Spieltisch setzen können, aber ich war klug genug, jemanden zu suchen, der es für mich tut. Der heutige Tag war ... ein Fehler. Okay?«

Er blinzelt nicht ein einziges Mal, als er mich ansieht. Ich weiche nicht zurück und bete, dass er mir glaubt. Ich glaube es ja fast selbst. Schließlich nickt er und willigt ein, mir zu vertrauen.

»Ich werde uns jetzt etwas zu essen bestellen«, sagt er und lässt mich stehen. »Du könntest dir derweil ein Bad einlassen.«

Das braucht er mir nicht zweimal zu sagen.

Abgeschminkt, mit feuchtem Haar und in ein weißes Handtuch gewickelt komme ich in die Küche. Levi wartet bereits auf mich. Vor ihm liegen diverse Tüten.

»Ich wusste nicht, was du essen möchtest, aber mir ist eingefallen, dass du Sushi magst.«

Ich öffne die Tüten und bin überrascht, als ich das gleiche Menü vorfinde, das ich vor wenigen Tagen selbst bestellt habe. Ich muss zugeben, dass er ein gutes Gedächtnis hat, und danke ihm mit einem Lächeln.

Das Bad hat mir richtig gutgetan. Zurück im Zimmer fand ich eine neue Nachricht meines Vaters vor: **Wie geht es voran?** Ich bin froh, dass er mich nicht an den Blackjack-Tischen gesehen hat ...

Ich blicke zu Levi hinüber und empfinde Schuldgefühle. Je besser ich ihn kennenlerne, desto mehr wächst er mir ans Herz. Er ist ganz anders, als ich ihn mir vorgestellt habe, und es tut mir leid, ihm Probleme machen zu müssen.

Genau genommen musst du gar nichts, meldet sich mein Gewissen. Ich bringe es mit einem Schluck Wasser zum Schweigen. Levi fragt mich, ob mein Knie wehtut. Ich schüttle den Kopf und erzähle ihm, dass ich mich bei Li Mei und Lucky, den armen Opfern meiner Krise, entschuldigen will. Levi findet die Idee gut.

Nachdem ich alle Makis aufgegessen habe, verschwinde ich, ohne etwas zu sagen, in meinem Zimmer und komme mit einem kleinen Geschenk zurück. Ich setze mich wieder und reiche es ihm. Mit vollem Mund zieht er fragend die Augenbrauen hoch.

»Ich hatte heute keine Zeit, es dir zu geben, aber … ich habe etwas für dich gekauft.«

»Aber heute ist nicht mein Geburtstag.«

»Na und?«

»Ich wusste nicht, dass wir uns so nahestehen.«

»Wir sind verlobt, *amore mio*.«

Er lächelt, nimmt das Geschenk, reißt die Verpackung auf, runzelt die Stirn und betrachtet wie versteinert den Inhalt. Lange Zeit sagt er gar nichts. Seine Miene ist verschlossen und sein Arm bleibt reglos.

»Was ist das?«

Die Frage ist rein rhetorisch. Er weiß genau, was es ist. Ich bin entschlossen, die Fassung zu wahren.

»Ein Farbfächer.«

Er wirft mir einen eisigen Blick zu.

»Zieh deine Reißzähne wieder ein«, sage ich und verdrehe die Augen. »Ich dachte, es würde dir gefallen.«

»Rose, falls du es noch nicht verstanden haben solltest: Ich kann keine Farben sehen.«

»Das habe ich sehr wohl verstanden, danke, aber ich hatte eine Idee. Gib mal her, ich zeige es dir!«

Ich nehme ihm den Fächer aus der Hand und hole ein Blatt Papier und einen Stift aus einer der Schubladen. Dann fächere ich die Streifen vor seinen Augen auf.

»Der Fächer enthält 213 Farben. Auf dieser Seite«, sage ich und zeige ihm die Streifen auf der rechten Seite, »sind alle Farben, die du nicht erkennst. Auf der anderen Seite sind alle Schattierungen von Weiß, Grau und Schwarz. Die, von denen du behauptest, dass du sie so siehst, wie ich sie sehe. Kapiert?«

»Bis jetzt ja«, seufzt er, ohne zu begreifen, worauf ich hinauswill.

»Ich weiß, es ist nicht sehr präzise und vielleicht ist es auch eine völlig schwachsinnige Idee, aber ich dachte, es könnte dir helfen.«

Ich zeige auf einen dunkelgrauen Farbton und dann die anderen Farben zum Vergleich.

»Welche davon haben den gleichen Farbton wie die Nummer 9004?«

Jetzt reagiert er überrascht. Er scheint das Konzept begriffen zu haben. Nun erkläre ich ihm, dass er jede für ihn nicht sichtbare Farbe nach ihrer Ähnlichkeit mit den Farben kategorisieren kann, die für ihn erkennbar sind.

Er spielt mit. Sein konzentrierter Blick gleitet von Nuance zu Nuance. Schließlich zeigt er auf mehrere, die ich mit einem Stift markiere.

»6012, 5022, 3007, 4007, 3011 …«

Er deutet auf Rot, Braun, Grün, Violett und Orange, jeweils relativ dunkle Töne. Wir machen das für jede einzelne Farbe und brauchen dafür mehr als eine Stunde. Als wir fertig sind, bewundere ich unsere schöne Farbtafel.

»Siehst du!«

Levi schüttelt den Kopf, ohne etwas zu sagen, aber ich achte nicht darauf.

»Okay, probieren wir es aus. Rühr dich nicht, ich bin gleich wieder da.«

Ich ziehe irgendein Oberteil und eine Hose an, dann kehre ich zu ihm zurück, zeige auf meine kastanienbraune Bluse und frage ihn, welche Farbe sie hat. Er betrachtet sie aufmerksam. Für den Bruchteil einer Sekunde habe ich den Eindruck, dass er mir auf die Brust schaut, ehe er unseren Farbfächer analysiert.

»Für mich sieht es etwa so aus«, meint er und zeigt auf die 9007. »Daraus ergibt sich, dass es eine dieser elf Farben sein muss. Großartig. Das ist ausgesprochen hilfreich.«

Ich werfe ihm einen giftigen Blick zu. Sarkasmus? Ernsthaft? Obwohl ich ihm doch nur helfen will?

»Gib dir mal ein bisschen Mühe. Wir müssen das Ausschlussverfahren anwenden.«

Ich weiß, dass er am liebsten überhaupt nicht mitmachen würde, aber er gibt sich einen Ruck. Es gelingt ihm, die Hälfte der für ihn ähnlichen Farben auszuschließen. Ich verberge mein Lächeln, als ich sehe, dass die Farbe Rotbraun noch dabei ist. Und wenn er sich noch so sehr über mich lustig macht, meine Methode funktioniert.

Ich bin ein Genie.

»So, und jetzt benutzt du mal deine kleinen grauen Zellen. Welche der übrig gebliebenen Farben könnte ich wohl tragen?«

Eigentlich ist es ziemlich einfach. Die anderen Möglichkeiten wären Gelb – dass ich Gelb hasse, weiß er bereits – Burgunderrot und Marineblau. Fast sofort deutet er auf Kastanienbraun und wirft mir einen Blick voller kindlicher Hoffnung zu.

Sein Ausdruck schnürt mir das Herz zusammen. Ich glaube, selbst wenn er nicht die richtige Antwort gegeben hätte, hätte ich ihn angelogen, nur um ihm einen Gefallen zu tun.

»Bravo!«

»Echt?«, fragt er skeptisch angesichts meines Beifalls.

»Ehrlich. Natürlich wird das nicht immer funktionieren, aber es könnte dir doch helfen, oder? Okay, jetzt die Hose. Welche Farbe …«

»Beige.«

Ich hatte nicht einmal Zeit, meinen Satz zu beenden. Verblüfft starre ich ihn an. Er hat nicht einmal geblinzelt, ehe er antwortete. Ich frage, woher er das weiß, aber er lächelt nur sanft und zuckt mit den Schultern.

»Sieht aus wie beige.«

»Du lügst. Das war Schummelei, gib es zu.«

»Wie hätte ich schummeln sollen?«, will er mit unschuldigem Gesichtsausdruck wissen.

Keine Ahnung, aber ich bin mir ziemlich sicher. Ich gebe auf und räume den Tisch ab. Er folgt mir mit Blicken. In seinen Augen liegt ein seltsames Glitzern. Wahrscheinlich der Wein. Seine Augen leuchten immer, wenn er ein bisschen zu viel getrunken hat. Es ist süß.

Süß? Seit wann?

Ich beschließe, so zu tun, als wolle ich schlafen gehen, ehe ich noch eine weitere Dummheit begehe, und verabschiede mich auf mein Zimmer.

»Rose«, ruft er mir nach, stützt sein Kinn in die Hände und beobachtet mich.

»Ja?«

»Eine Journalistin von *Glamour* möchte ein Porträt über uns schreiben.«

Ich bleibe wie angewurzelt stehen. *Glamour?* Habe ich richtig gehört?

»Über uns? Was meinen die damit?«

»Über uns als Paar. Würde dir das gefallen?«

Ich würde ihn gern fragen, warum er nicht abgelehnt hat. Immerhin ist es eine echt blöde Idee. Außerdem wissen wir beide, dass er keine Werbung braucht. Die Leserinnen und Leser von *Glamour* sind absolut nicht seine Klientel. Hinzu kommt, dass Levi sich um seinen Ruf kaum kümmert.

Was also geht ihm durch den Kopf?

»Warum nicht?«

»Okay. Dann rufe ich da an.«

Ich nicke schweigend. Er schaut mich mit einem kleinen Grinsen im Gesicht weiter an. Wahrscheinlich wartet er darauf, dass ich gehe. Die Atmosphäre hat sich verändert. Liegt es daran, dass er etwas getrunken hat, oder an dem, was heute passiert ist? Was auch immer – die Art, wie er mich ansieht, ist nicht mehr dieselbe wie heute Morgen.

»Weißt du …«, flüstere ich etwas befangen. »Levi Iwano- witsch ist ganz anders, als die Leute behaupten.«

Er schaut mich fragend an.

»Und was behaupten die Leute so?«

Ich denke an die Gerüchte, die ich im Internet gelesen habe, an das Geflüster auf den Hotelfluren, wenn er auftaucht, oder an die Warnungen meines Vaters vor ihm, lange bevor ich ihn kennenlernte.

»Dass du ein böser Junge bist. Egoistisch, manipulativ, gei- zig, grausam und ein gefährlicher Playboy.«

Er sagt nichts, doch sein Lächeln schwindet nicht. Im Ge- genteil. Es wird sogar noch breiter, als er einen Seufzer unter- drückt, dessen Bedeutung ich nicht verstehe.

»Sei trotzdem vorsichtig, Rose. Wie man sagt, gibt es keinen Rauch ohne Feuer.«

16

Levi

Ich kann nicht schlafen.

Es mag sich dumm anhören, aber Rose schwirrt durch meine Gedanken. Sie ist schlafen gegangen, aber ich liege hier noch immer vollständig angezogen auf meinem Bett, den Arm über den geschlossenen Augen. Nach der Malstunde hat sie mir einen Farbfächer geschenkt. Es ist vielleicht albern, aber ihre Absicht berührt mich mehr, als sie sollte.

Das Geschenk bedeutet, dass sie an mich gedacht hat. Dass sie sich einen Weg überlegt hat, mir zu helfen. Ich bin mir nicht sicher, wie ich das aufnehmen soll. Diese einfache Geste geht mir nahe, und genau das beunruhigt mich.

Ich habe mich schon jetzt zu sehr an sie gewöhnt. Ich mag sie, aber sie nervt mich, und sie nervt mich, weil ich sie mag. Genau da liegt das Problem.

Ich habe sogar die Anfrage der *Glamour* angenommen, einfach nur weil ich dachte, dass es Rose vielleicht interessieren könnte. Offenbar werde ich allmählich schwach. Aber wie soll ich anders reagieren, wenn sie mich mit diesen Augen ansieht? Wie soll ich widerstehen, wenn sie mich so anlächelt? Oder wenn sie mich berührt, sobald sie die Gelegenheit dazu hat?

Mir ist, als könnte ich jeden Moment explodieren. Denn ich kenne das Gefühl, wenn man mit jemandem schlafen will.

Aber das hier ... ist irgendwie anders. Ich schäme mich für die Dinge, die ich gern mit ihr machen möchte. Schlimmer noch: Wenn ich nicht gerade darüber fantasiere, sie an mein Bett zu fesseln und zu küssen, bis sie ohnmächtig wird, stelle ich mir vor, ihre Hand zu halten ... sie die ganze Nacht in meinen Armen zu spüren ... ihr Haar zu streicheln und einen Kuss auf ihre Schulter zu hauchen.

»Bist du verrückt geworden?«, schimpfe ich vor mich hin und setze mich auf meinem Bett auf.

Jetzt führe ich sogar schon Selbstgespräche. Plötzlich klopft jemand an meine Tür. Ich nehme an, es ist Thomas, der inzwischen zurückgekehrt sein muss. Ich bitte ihn herein, stelle aber erschrocken fest, dass Rose auf der Schwelle steht. Sie hat die Hand am Türknauf, schaut mich reglos an, und ich gebe mir Mühe, meinen Blick nicht über ihren Körper wandern zu lassen.

»Ich wollte nur wissen, um wie viel Uhr wir morgen aufstehen müssen«, sagt sie leise. »Ich dachte, du wärst schon ins Bett gegangen ... Albträume?«

Ich schlucke beim Anblick ihres hellen kurzen Negligés, das ihre nackten, schönen Schenkel nicht verhüllt. Jede Wette, dass sie darunter nichts anhat. Mist!

Ich öffne einen weiteren Knopf meines Hemds. Trotz der Klimaanlage ist mir furchtbar heiß.

»Dafür müsste ich erst einmal schlafen.«

Sie lehnt immer noch an meinem Türrahmen, sagt aber nichts. Ich mag nicht, dass sie dort steht, aber gleichzeitig habe ich genau darauf gehofft – und zwar sehr viel länger, als ich dachte.

»Was hält dich davon ab? Die Gegenwart oder die Vergangenheit?«

Ich lache gezwungen.

»Beides. Manchmal habe ich das Gefühl, dazwischen besteht kein Unterschied.«

»Weil du immer noch in der Vergangenheit lebst«, sagt Rose und verschränkt die Arme. Es klingt nicht, als würde sie mich verurteilen.

Ich frage sie, was sie damit meint. Sie seufzt, als ob sie zögern würde, und zuckt dann mit den Schultern.

»Es gefällt dir vielleicht nicht, aber ich halte Rache für dumm und sinnlos. Und sie ist der Grund, warum du in diesen Schwierigkeiten steckst.«

Mir gefällt vor allem der Verlauf dieses Gesprächs nicht. Aber ich liebe es, mit ihr zu debattieren; ich bewundere die Art und Weise, wie ihr Gehirn funktioniert. Es ist unglaublich sexy.

Außerdem muss ich gestehen, dass ich mir irgendwie wünsche, sie würde noch ein bisschen länger bleiben.

»Trotzdem ruft sie Zufriedenheit hervor«, antworte ich.

»Mag sein … aber für wie lange?«

Dazu sage ich nichts.

Sie schüttelt den Kopf und fährt fort: »Rache führt zu gar nichts. Sie macht uns höchstens noch unglücklicher, weil wir an etwas festhalten, anstatt es loszulassen. Man ist wie besessen von einer Wunde, die man besser heilen ließe.«

Leicht gesagt. Das weiß ich alles schon.

»Was ist, wenn die Person es verdient hat? Sagen wir mal, ein Mann ermordet deine Mutter«, werfe ich lässig ein. »Würdest du nicht alle Hebel in Bewegung setzen, um ihn zu finden und ihn zur Rechenschaft zu ziehen?«

Sie scheint mit größtem Ernst über meine Frage nachzudenken. Mir ist klar, dass Rose, obwohl wir uns in vielen Dingen ähneln, vom Wesen her ganz anders ist als ich. Sie trägt ein Feuer in sich, das zwar knistert, aber das sie nie gegen andere einsetzt. Sie neigt eher dazu, sich selbst zu zerstören, ohne einer Fliege etwas zuleide zu tun, während ich auf meinem Rachefeldzug den ganzen Planeten in Mitleidenschaft ziehen würde, ohne mich um die Folgen zu kümmern.

»Schon … aber dann wäre ich doch genau wie er, oder?«, murmelt sie. »Und würde es meine Mutter zurückbringen? Nein. Würde der Mann seine Tat bereuen? Nein. Sein Tod käme schnell und wäre leicht. Ich selbst hingegen wäre zu einem elenden Leben voller Schmerz und Schuld verdammt. Die Einzige, die dabei wirklich bestraft würde, wäre ich und nicht er.«

Wir schweigen. Einigermaßen erschüttert schaue ich sie an. Es ist das erste Mal, dass ich meine Pläne infrage stelle, und das wegen weniger Sätze von Rose Alfieri. Thomas hat immer meinen Wunsch respektiert, Tito bezahlen zu lassen, einfach, weil es ihm völlig egal ist. Er ist unfähig, sich in meine Lage zu versetzen oder sich vorzustellen, was ich oder irgendwer sonst empfinden könnte.

Er tut es, weil ich ihn darum gebeten habe, mehr nicht.

Ist die Endlichkeit meines Vorhabens die Mühe überhaupt wert? All die Tränen, der Schweiß, die Schuldgefühle und die Tatsache, dass ich mein Leben für viele Jahre auf Eis gelegt habe, nur um mich auf diesen Mann zu konzentrieren? Diesen Mann, dem ich wahrscheinlich ziemlich egal bin.

Rose sieht, dass ich nachdenke und fügt mit weicher Stimme hinzu: »Wir glauben, dass Rache uns frei macht. Aber am Ende … hält sie uns gefangen. Ich jedenfalls will so nicht leben. Was ist mit dir?«

Ich denke ernsthaft darüber nach und verliere mich dabei in ihren wunderbaren Augen. Es ist wie eine Offenbarung. Plötzlich wird mir klar, wie viele Jahre ich damit verschwendet habe, an Tito zu denken, an die Möglichkeiten, ihn zu vernichten, anstatt diese Zeit dafür zu nutzen, mich um mich selbst zu kümmern und etwas aufzubauen, das mich glücklich machen könnte.

Letztendlich habe ich nur mich selbst unglücklich gemacht. Aber vielleicht war das ja unbewusst von Anfang an der Plan.

»Wofür willst du dich bestrafen, Rose?«

»Das ist eine sehr gute Frage. Was ist mit dir, Levi?«

Verblüfft lache ich leise vor mich hin und reibe mir dann seufzend die Augen. Rose hat in allen Punkten recht. Ich sollte aufhören, solange es noch geht. Ich könnte das Turnier freiwillig verlieren, zurück nach Russland gehen, meine Mutter nach ihrer Haftstrafe abholen, die Liebe finden, ein glückliches Leben führen und die Vergangenheit hinter mir lassen.

Aber das Ende ist bereits in Sicht. Ich bin fast am Ziel. Wenn ich jetzt aufgebe, ist alles umsonst gewesen.

Mir bleibt keine andere Wahl, als weiterzumachen.

Aber in diesem Augenblick möchte ich nicht daran denken. Meine Gedanken sollen von Rose erfüllt sein. Von niemandem sonst.

»Rose?«

Misstrauisch hebt sie eine Augenbraue. Leicht lächelnd stehe ich auf und gehe langsam auf sie zu. Sie erstarrt und ihre Augen werden dunkel.

Es ist mir unmöglich, die Worte zu unterdrücken: »Was muss ich tun ... damit du mir verzeihst?«

Meine Stimme ist leise und tief. Das Verlangen nach ihr ist schier unerträglich und steigert sich noch, als sie die Unschuldige spielt und flüstert: »Wofür?«

Als ich vor ihr stehe, schaue ich ihr in die Augen, ohne sie zu berühren. Stattdessen greife ich nach der Tür ... und schließe sie hinter ihr. Sie öffnet den Mund und ich habe den Eindruck, dass sie nach Luft schnappt.

Ich senke den Kopf. Meine Nase streift ihre. Ich gebe vor, mich nicht mehr zu erinnern, und flüstere: »Wie war das noch mal? ›Ich werde dich kriechen, betteln und flehen lassen, bis du es nicht mehr aushältst‹, oder?«

Ihre Brust hebt sich, und sie zittert, als ich einen Finger federleicht über ihre Wirbelsäule gleiten lasse.

»Und weiter?«, hauche ich ihr ins Ohr, während sich mein eigener Puls beschleunigt. »Oh, ja … ›Und wenn ich dir gebe, was du willst, wirst du mir danken, als wäre ich der Messias.‹ War es das?«

Meine Lippen streifen unschuldig ihr Ohr, halten kurz am Ohrläppchen und gleiten dann an ihrem Kinn entlang. Es gab einen Tag, da schwor sie mir, dass sie es nie wieder versuchen würde, und damals dachte ich, dass es so besser wäre. Und dass ich zu stolz wäre, um den ersten Schritt zu tun.

Ich habe mich geirrt. Es war Thomas, der recht hatte. Ich bin nur ein Mann, und Rose ist eine Zauberin direkt aus den Tiefen des Hades. Eine verbotene Frucht, und doch so verlockend.

Mein Blut kocht geradezu, als ich meine Hand in ihren Nacken lege, ihren Haaransatz streichle und sie näher an mich ziehe. Der Drang, sie zu küssen, ist stärker als alles andere. Ihr Blick ist geradezu unanständig intensiv, verführerisch und trotzig.

»Öffne den Mund«, murmele ich mit meinen Lippen auf ihren.

»Das klingt nicht gerade nach einer Bitte.«

Ich muss grinsen und drücke ihr einen Kuss auf den herzförmigen Mund.

»Kommt gleich«, verspreche ich ihr leise.

Sie will mir antworten, aber ich unterbreche sie, indem ich ihre halb geöffneten Lippen gefangen nehme. Ich stoße meine Zunge in ihren Mund und treffe hungrig auf ihre. Sie stöhnt auf. Der Laut hallt in meinem Brustkorb wider. Ihr Mund ist warm und feucht, genau wie ihre Haut, die sich unter der Berührung meiner Hand erhitzt hat.

Ich stoße meine Hüften gegen ihre und presse sie stürmisch gegen die Tür. Sie vergräbt ihre Hände in meinem Haar, während sie meinen Kuss wild und leidenschaftlich erwidert. *Verdammt, das tut gut.* Ich wusste nicht, dass sich Küsse so unglaublich anfühlen können.

Eigentlich würde ich mir am liebsten viel Zeit lassen.

Eigentlich.

Aber ich habe schon zu lange gewartet. Ich muss sie so schnell wie möglich berühren, ehe es sich einer von uns anders überlegt. Gerade will ich unseren Kuss unterbrechen, als sie plötzlich anfängt, an meiner Zunge zu saugen. Ich stöhne. Mein Körper schmerzt vor Ungeduld. Rose zerrt an meinen Haaren, während ich an ihrer Unterlippe knabbere.

Ich fahre mit den Zähnen an ihrem Kinn entlang bis zu ihrem Hals, an dem ich hingebungsvoll knabbere, sauge und lecke. Vermutlich wird man die Spuren morgen deutlich sehen. Das scheint Rose jedoch nicht zu stören, denn sie wirft den Kopf zurück, um mir besseren Zugang zu verschaffen, und greift unter den Kragen meines Hemdes.

»Wenn du jetzt noch einmal aufhörst, bringe ich dich um«, warnt sie mich keuchend.

Oh nein. Dieses Mal gehe ich bis zum Ende. Ich würde viel darum geben, jetzt und hier die Farbe ihrer Wangen zu sehen. Bestimmt sind sie sehr rot. Zu meiner größten Zufriedenheit scheint ihr ganzer Körper in Flammen zu stehen.

Rose drückt meinen Kopf herunter und zwingt mich in tiefere Regionen. Erregter denn je lasse ich es zu. Als ich durch den Seidenstoff hindurch ihren Bauch küsse, hauche ich: »Genieß es, Rose.«

Sie schaut zu, wie meine Hände an ihren Hüften hinuntergleiten, ihre Oberschenkel streicheln und sich schließlich um ihre weichen Unterschenkel legen.

»Sonst knie ich nur nieder, um zu beten … aber für dich mache ich eine Ausnahme.«

Ich beuge erst ein, dann beide Knie. Meine Bewegungen werden langsamer und sanfter, ganz im Gegensatz zur Geschwindigkeit und Brutalität meines Herzschlags. Ich lasse den Blickkontakt nicht abbrechen, als ich mit einem leichten Lächeln bettele: »Bitte … Rose … *Lyubimaya* … Lass mich dich kosten.«

Glücklicherweise zwingt sie mich nicht länger, vor ihr zu kriechen. Sie beißt sich auf die Lippen, nickt und erbebt unter meinen Händen. Langsam streichle ich an ihren Beinen hinauf bis unter den Saum ihres Nachthemdes zu ihren Pobacken. Ich ziehe ihren Spitzentanga bis zu den Knöcheln hinunter und werfe ihn zur Seite.

»Was für eine schöne Farbe …«, flüstere ich, während ich ihr hübsches Negligé sanft über ihre Hüften hinaufschiebe.

»Du kannst sie doch gar nicht sehen.«

Pause. Ich schaue sie an und lächele verschmitzt. Was glaubt sie wohl? Ich bin ein Musterschüler. Und wenn ich mich nicht irre, dürfte es …

»Es ist rosa, nicht wahr? Passend zu deinem Namen.«

Darauf kann sie nichts erwidern. Sprachlos sieht sie mich an, während ich ihr das zarte Hemd bis zum Bauchnabel hochziehe. Sie ist so schön. So weich. Und sie ist mir ausgeliefert.

Oder ist es umgekehrt?

Ich lege meine Hände auf ihre Pobacken und küsse sie dort, wo ihre Schenkel sich treffen. Ihr Negligé fällt über mein Haar, in das sich Roses Finger krallen. Als mein Mund ihre Mitte berührt, stöhne ich beinahe laut auf.

Ich habe mir diesen Moment schon so oft ausgemalt, immer

wieder von dieser Nähe geträumt, mich so oft gefragt, wie sie wohl schmeckt ... jetzt weiß ich es. Ihre Essenz ist reinster Honig auf meiner Zunge. Ich lecke zärtlich über ihre Haut und verweile an der Stelle, die ihr das erste Stöhnen entreißt. Sie flucht laut und packt mein Haar noch fester. Ihre Obszönität bringt mich fast zum Lachen.

Angestachelt von ihrer Reaktion presse ich ihren Po fest an mich und dringe mit meiner Zunge in sie ein.

»*Dio mio!*«, ruft sie und verkrampft sich fast sofort.

Ich bitte sie, locker zu bleiben, aber als ich schneller werde, verspannt sie sich erneut. Zärtlich küsse ich ihren Oberschenkel, richte mich auf, greife nach dem Saum ihres Negligés, hebe es hoch und ziehe es ihr über den Kopf.

Heilige Scheiße. Ihre Brüste sind absolut perfekt.

»Warum verspannst du dich?«, flüstere ich und drücke ihr einen Kuss auf die Wange. »Lass dich einfach gehen.«

»Ich möchte dich berühren.«

»Jeder kommt mal dran«, murmele ich und schüttele den Kopf. Ich widerstehe dem Drang, mich komplett auszuziehen, nehme ihre Hand, führe sie an den Bettrand, lege sie auf den Rücken und mich auf sie. Ich streichele ihre Hüften und ihre Taille, bis ich ihre Brüste in den Händen halte.

»Absolut perfekt ... Du bist wundervoll ...«

Während ich sie sehnsüchtig küsse, nimmt sie mein Gesicht in die Hände. Ich unterbreche unseren Kuss und umschließe ihre Brustwarzen eine nach der anderen mit meinen Lippen. Ich lecke und sauge, bis Rose schmerzlich keucht. Schließlich bittet sie mich, nach unten zu rutschen.

Ich lasse mich nicht lange bitten. Zuerst streichele ich sie mit den Fingern, um ihr zu helfen, sich zu entspannen. Dann knie ich mich wieder auf den Boden, lege meine Arme unter ihre Oberschenkel und ziehe sie mit aller Kraft an mich.

Zärtlich koste ich sie erneut, während sich meine Finger in ihr bewegen. Das Gefühl ist unbeschreiblich. Sie ist warm und feucht, und ich wünsche mir einfach nur, in sie einzudringen. Rose stöhnt immer lauter und bewegt ihre Hüften gegen mein Gesicht.

Nun kann ich mich nicht mehr zurückhalten. Ich setze mich auf, lege mich neben sie auf den Rücken und ziehe sie auf mich. Ich verstärke meinen Griff um ihre Schenkel, während ich sie weiter lecke. Auch Rose wird immer ungeduldiger und bewegt sich auf meinen Lippen hin und her.

Verflucht. Rose Alfieri fickt meinen Mund. Und das auch noch supergut. Es ist das Erotischste, was ich je erlebt habe.

»Gib es zu«, keucht sie atemlos. »Neulich, im Badezimmer …«

Mit glühenden Wangen knurre ich ihre empfindlichste Stelle an. Natürlich war es ihr klar. Jeder hätte es begriffen, wenn er gesehen hätte, wie ich da rausgekommen bin.

»Hast du an mich gedacht, während du dich befriedigt hast?«

Ich nicke und liebkose sie weiter mit meinen Fingern. Meine Erektion drückt so stark gegen meine Jeans, dass sie schmerzt und sich danach sehnt, befreit zu werden.

»Hast du dir vorgestellt, dass meine Hände dich befriedigen?«

Verdammte Scheiße. Wenn sie so weitermacht, komme ich, obwohl ich komplett angezogen bin. Ich schüttele den Kopf. Mein Herz droht zu explodieren.

»Oder mein Mund?«, versucht sie es erneut, ohne mit ihrem sinnlichen Ritt aufzuhören.

Ich nicke. Plötzlich beginnen ihre Schenkel zu zittern. Und zwar nicht vor Angst. Sie flucht wieder, und ich spüre, wie sie sich um meine Finger herum zusammenzieht. Ich nehme das als Signal, schneller zu werden. Sie stöhnt immer wieder mit geschlossenen Augen und drängt sich immer stärker gegen meine Zunge.

In einer Sinfonie erotischer Laute explodiert sie in meinem Mund, und für einen Moment – einen wunderbaren Moment – ist alles perfekt. Im nächsten Moment explodiert etwas anderes.

Ich zucke heftig zusammen, schließe die Augen und stoße Rose reflexartig von mir. Meine Erregung sinkt in sich zusammen, und ich zittere wie Espenlaub, während eine ganze Salve von Schüssen ertönt.

Ich halte mir die Ohren zu, weil mich Erinnerungen zu heftig treffen, und versuche, Rose mit meinem Körper zu schützen. Überrascht stößt sie mich von sich.

»Levi … Levi … Das ist nur ein Feuerwerk!«

Ich nehme nichts mehr wahr, sondern gerate in einen Wirbelwind aus Geräuschen, die mich in Panik versetzen. Die Schüsse hören nicht auf. Im Gegenteil, sie folgen immer schneller aufeinander. Mir ist, als müsse ich sterben.

Ich sehe meinen Vater mit den Händen um den Hals meiner Mutter. Seine irren Augen. Mir ist, als stünde er wieder neben mir – bereit, mich zu erwürgen, weil ich es gewagt habe, mich ihm zu widersetzen.

Nein, nein, nein. Bitte, beruhige dich.

Rose verschwindet kurz, ist aber schnell wieder bei mir. Sie stülpt mir die Kopfhörer mit Geräuschunterdrückung über die Ohren und legt ihre warmen Hände auf beide Seiten meines Halses. Halb tot vor Angst öffne ich die Augen und sehe ihr besorgtes Gesicht. Sie hat sich eilig ihr Nachthemd wieder übergezogen, als wäre nichts geschehen, doch der Schweißfilm auf ihrer Stirn erinnert mich daran, dass es keine Einbildung war. Ich habe gerade einen perfekten Augenblick ruiniert.

Allmählich beruhige ich mich wieder, aber in meiner Kehle stauen sich Tränen, die nicht fließen wollen. Ich kann die Frage, die ich am meisten fürchte, leicht von ihren Lippen ablesen: »Was ist los?«

Was dann mit mir geschieht, ist mir nicht klar. Ich weiß nicht, ob es an dem liegt, was wir gerade miteinander geteilt haben, an der Verletzlichkeit, die ich empfinde, oder an der Angst, die mir fast das Herz abdrückt.

Vielleicht liegt es auch an der Tatsache, dass ich mich selbst nicht hören kann, als ich gequält flüstere: »Ich habe meinen Vater getötet.«

17

Juni. Las Vegas, USA.

Rose

Ich denke nicht lange nach.

Mit zitternden Händen laufe ich eilig zu Thomas' Zimmer hinüber, um ihn zu wecken. Ich klopfe, aber niemand antwortet. Wahrscheinlich schläft er schon.

Ungeduldig öffne ich die Tür.

»Thomas? Entschuldige, dass ich störe, aber Levi geht es überhaupt nicht g…«

Der Rest bleibt mir im Hals stecken. Thomas schläft keineswegs. Er sitzt im Schneidersitz auf seinem Bett, zusammen mit Li Mei und Lucky. Alle drei schauen mich mit großen Augen an, als hätte ich sie auf frischer Tat ertappt.

»Was ist passiert?«, fragt Thomas und springt hastig auf. »Wo ist Levi?«

Ich bin immer noch ziemlich aufgewühlt, aber ich antworte: »In seinem Zimmer. Was passiert ist, weiß ich nicht, aber ich fürchte, er hat eine Panikattacke. Was haben die beiden hier zu suchen?«

Thomas antwortet nicht, sondern läuft eilig zu Levis Zimmer hinüber. Ich weiß immer noch nicht, was hier vor sich geht. Li Mei lächelt mich schwach an, legt ihre Hand auf meinen Arm und flüstert: »Mach dir keine Sorgen. Komm!«

Okay … Lucky sagt gar nichts, sondern sieht nur sehr

beunruhigt aus. Wir folgen Thomas. Als wir ankommen, befindet sich Levi noch genau da, wo ich ihn zurückgelassen habe: auf dem Boden sitzend und an sein Bett gelehnt. Er hat auch immer noch die Kopfhörer auf. Thomas geht vor ihm in die Hocke. Li Mei und Lucky betreten nacheinander den Raum. Ich halte mich als Einzige im Hintergrund.

Ich fühle mich seltsam unwohl, als ob ich nicht dazugehören würde. Als ob ich im Weg wäre.

»Levi. Alles in Ordnung?«

Seine Augen sind geschlossen, und er atmet ruhig. Ich bin mir ziemlich sicher, dass er kein Wort gehört hat. Thomas will wissen, was vorgefallen ist.

»Wir haben … wir haben uns unterhalten«, lüge ich und versuche, die Aufmerksamkeit nicht auf mein dünnes Negligé zu lenken. »Plötzlich geriet er von einer Sekunde auf die andere in Panik. Ich glaube, es lag am Feuerwerk. Es hat ihm wohl Angst gemacht.«

Mit einem Mal entspannt sich Thomas' gerunzelte Stirn, als hätte er etwas begriffen. Er nimmt Levi die Kopfhörer ab. Levi öffnet langsam die Augen.

»Tommy«, sagt er schwach.

»Geht es wieder?«

Levi lächelt ihn müde an.

»Bestens.«

Er weigert sich, mich anzuschauen. Der Anwesenheit von Li Mei und Lucky scheint er sich bewusst zu sein, wirkt aber nicht besonders überrascht. Eher resigniert.

»Er lügt. Es geht ihm überhaupt nicht gut«, teile ich Thomas mit. »Er … Er hat etwas Komisches gesagt. Ich glaube, er fantasiert.«

»Ich fantasiere nicht«, sagt Levi lachend und stößt einen tiefen Seufzer aus. »Ich wünschte, es wäre so.«

»Was hat er denn gesagt?«

Unfähig, den Mund zu öffnen, schaue ich zuerst Thomas, dann den Rest der Gruppe an. Ich kann es nicht wiederholen. Nicht vor ihnen. Am liebsten würde ich ihnen sagen, sie sollen es vergessen, als Levi den Kopf zur Seite neigt und mich mit leiser Stimme ermutigt: »Na los. Sag es ihnen.«

Ich zögere immer noch. Was, wenn er wirklich nicht fantasiert hat? Schließlich arbeite ich noch nicht sehr lange mit Levi. Trotzdem möchte ich das Offensichtliche unbedingt leugnen. Ich will es einfach nicht glauben. Weil ich ihn inzwischen besser kennen und schätzen gelernt habe. Levi ist kein Mörder.

»Er sagte, er hätte seinen Vater getötet.«

Alle schweigen, sehen aber nicht überrascht aus. Die drei mustern mich, ehe sie sich wieder Levi zuwenden, der entspannt mit den Schultern zuckt.

»Ist ja überhaupt nicht peinlich«, grummelt Lucky.

»So etwas verrät man erst, wenn man *wirklich* verheiratet ist, Levi«, scherzt Li Mei. »Jedenfalls sicher nicht beim Sex, um Himmels willen.«

Thomas blickt sie stirnrunzelnd an.

»Wie war das?«

»Oh, bitte! Das ist doch eindeutig. ›Reden‹ ist ein Codewort für ›vögeln‹.«

Oh mein Gott!

»Na, dann ist es ja noch weniger peinlich«, meint Lucky sarkastisch.

Betroffen schaue ich das Quartett an und weiß nicht, wie ich reagieren soll. Was hat das alles zu bedeuten? Warum machen sie Witze über so etwas? Und vor allem: Woher weiß Li Mei, dass unsere bevorstehende Hochzeit ein Fake ist?

»Levi?«

Endlich schaut er mir direkt in die Augen und nickt.

»Ja, schon klar. Ich schulde dir eine Erklärung.«

Er steht auf. Sein Hemd ist halb aufgeknöpft. Ich verschränke die Arme.

»Rose, Liebste, darf ich dir Thomas, Li Mei und Lucky vorstellen? Meine Familie. Die einzige, die ich habe.«

Schweigend sitzen wir alle fünf auf dem Sofa im Wohnzimmer. Lucky hat uns Kaffee aufgebrüht, während ich mir die Zeit genommen habe, einen Bademantel überzuziehen. Mein inniger Moment mit Levi scheint seltsam weit entfernt zu sein.

Ich werfe einen kurzen Blick auf Li Mei und Lucky, die sich wegen irgendetwas kabbeln. Sie sehen ganz anders aus als sonst. Die Pokerspielerin hat ihre farbenfrohe Girlie-Kleidung gegen einen grauen Oversize-Trainingsanzug getauscht. Ihr Kumpel trägt im Gegensatz zu seinen üblichen kitschigen Hemden und Anglerhüten schlichte Jeans und ein T-Shirt.

»Also ... ihr kennt euch? Auch außerhalb der Turniere, meine ich.«

»Schon seit vielen Jahren. Wir sind seine einzigen Freunde – nichts für ungut«, fügt Li Mei an Levi gewandt hinzu.

Er zwingt sich offenbar, über den Scherz zu lächeln, ehe sein Blick wieder zu mir zurückkehrt. Ich weiß nicht, wie ich reagieren soll, denn ich verstehe überhaupt nichts. Ich gehe davon aus, dass Li Mei und Lucky an Levis und Thomas' idiotischem Rachefeldzug gegen meinen Vater beteiligt sind; das wäre die einzige Erklärung.

»Erzähl mir einfach alles«, befehle ich Levi nachdrücklich. »Von Anfang an.«

Er nickt bereitwillig. Die anderen verstummen, um ihn sprechen zu lassen. Ich umschließe meine Kaffeetasse mit den Händen, und Levi beginnt leise zu erzählen.

»Mein Vater war Russe, meine Mutter ist Spanierin. Sie waren sehr jung, als sie sich kennenlernten … Es war Liebe auf den ersten Blick. Jeder in unserem Viertel kannte Jacob und Paloma. Mein Vater pokerte bereits, als ich geboren wurde. Für ihn bedeutete es das ganze Leben; das Spiel war ihm viel wichtiger als seine Frau, die ihm den behinderten Sohn vorzog.«

Autsch. Es schmerzt, so etwas zu hören, vielleicht weil ich weiß, wie es ist, einen Vater zu haben, der seine Leidenschaft über seine Familie stellt. Ich denke, unsere Eltern waren nicht umsonst miteinander befreundet, denn sie waren sich in dieser Hinsicht sehr ähnlich.

»Er war oft unterwegs, um zu spielen. Besonders nachdem er Tito kennengelernt hatte. Tito wurde zu seinem neuen besten Freund«, spottet Levi und schüttelt angewidert den Kopf. »Ich glaube, mein Vater bewunderte ihn. Ein bisschen zu sehr. So sehr, dass er neidisch wurde. Er wollte so sein wie sein Freund. Am Ende hasste mein Vater das Leben mit uns. Ich glaube, er machte uns dafür verantwortlich, dass wir nicht so reich waren wie Tito, aber die meiste Schuld gab er sich selbst.«

Eigentlich überrascht es mich nicht, dass Levi aus einer wenig wohlhabenden Familie stammt. Obwohl er jetzt Geld hat, verhält er sich nicht so, wie es sein Status erwarten ließe. Ich habe gesehen, wie er Kellnern und Einparkern Trinkgeld gegeben hat, und zwar nicht nur, weil es sich so gehört. Er lebt auch nicht verschwenderisch. Er geht sehr bewusst mit seinem Geld um, ist aber keinesfalls geizig.

»Ich wünschte mir mehr als alles andere, dass er mir das Pokern beibringt. So wollte ich ihm näherkommen, denn es war das Einzige, was er mochte, und irgendwie … ich glaubte, dass ich so dazugehören könnte. Er sagte, ein Trottel wie ich könne niemals alle Feinheiten verstehen.«

Levi lächelt in meine Richtung, wobei ihm der Zorn ins

Gesicht geschrieben steht. Li Mei verdreht die Augen und spiegelt damit meine eigene Reaktion.

Levi achtet nicht auf uns, sondern fährt mit tonloser Stimme fort: »Eines Tages bot Tito meinem Vater an, Geld in sein Unternehmen zu investieren. Er versprach ihm, dass er so reich werden könne wie er selbst. Es ging um … eine sehr hohe Summe. Mein Vater hat sofort zugestimmt, weil er dachte, dass das endlich unseren Alltag verändern würde. Er hat sich Geld geliehen, viel mehr, als er gebraucht hätte. Er war der Überzeugung, dass er es nach dem Gewinn des Jackpots zurückzahlen könnte.«

Verwirrt höre ich zu. Mein Vater hat mir nie davon erzählt. Entweder lügt Levi, oder er erinnert sich falsch. Und doch schnürt es mir das Herz zu, weil mein Vater Bescheid weiß; er weiß, dass ich mir etwas vormache.

»Natürlich hat mein Vater nie einen Cent von diesem Reichtum gesehen«, lächelt Levi ironisch. »Er war ein Idiot, dass er daran glaubte. Tito hat uns alles Geld gestohlen, das wir besaßen, und sogar das, was wir nicht besaßen.«

Ich widerstehe dem Drang, vor Scham den Kopf zu senken. Meine Wangen brennen vor Schuldbewusstsein. Wie konnte er nur so etwas tun? Es ist ja nicht so, als ob er es nötig gehabt hätte!

»Aber warum?«, keuche ich, ohne zu verstehen.

»Ich nehme an, weil er Angst hatte. So, wie er jetzt wieder Angst hat: diesmal vor mir. Und er hat recht.«

Ich verstehe sofort, was er damit meint. Mein Vater ist größenwahnsinnig und narzisstisch. Er war mit seiner Freundschaft zu Jacob Iwanowitsch zufrieden, solange dieser an seinem Platz blieb. Als er jedoch drohte, ihn zu überholen, war Tito damit nicht einverstanden. Mit allen Mitteln versuchte er, seinen Rivalen in Schach zu halten.

Ich verberge meine zitternden Hände unter meinen Oberschenkeln, während Levi fortfährt: »Wir waren arm. Mein Vater konnte zwar weiterhin an Turnieren teilnehmen, weil er gesponsert wurde, aber er verdiente nicht mehr so viel wie früher; jedenfalls nicht genug, um alle Schulden zu begleichen. Er begann zu trinken. Sehr viel zu trinken. Und natürlich wurde er bösartig ...«

Er spricht es zwar nicht aus, aber alle verstehen, worauf er anspielt. Durch den Alkoholismus wurde sein Vater gewalttätig. Ich muss die Zähne zusammenbeißen, wenn ich mir vorstelle, wie ein erwachsener Mann auf einen süßen kleinen Jungen mit derart schönen Augen losgeht. Es macht mich krank.

»Du hast erzählt, dass deine Mutter im Gefängnis sitzt, weil sie deinen Vater getötet hat ...«

»Das ist wahr.«

»Aber dann ...«

»Ich sagte, dass sie verurteilt wurde. Nicht, dass sie schuldig war.«

Oh. Das ändert natürlich alles. Verdutzt öffne ich den Mund. Alle beobachten mich und sind gespannt, wie ich reagiere. Ich schaue in Levis unerbittliche Augen. Hat dieser Mann wirklich jemanden getötet?

»Was genau ist passiert?«, frage ich mit hoffentlich fester Stimme.

»Ich war siebzehn. Ich kam von einer Party nach Hause, als ich Zeuge wurde, wie mein Vater meine Mutter verprügelte. Er war völlig betrunken. Ich holte das Gewehr, um ihm Angst zu machen; meistens funktionierte es. Aber in dieser Nacht ... Ich weiß nicht. Es war irgendwie anders. Er war entschlossen«, fährt Levi fort und lässt zum ersten Mal erahnen, dass er leidet. »Er stürzte sich auf mich und schrie mich an, ich wäre undankbar. Wir kämpften eine Weile. Er war stärker als ich. Er würgte mich. Es war nicht das erste Mal, aber sein Blick war anders als sonst. Mir war klar, dass er mich umbringen würde. Er war nicht er selbst. Es gelang mir, ihn zurückzustoßen, aber er kam wieder auf mich zu. Ich ...« Mühsam mache ich mich auf das gefasst, was jetzt kommt. Levis Blick bleibt unbewegt, während er fortfährt: »Ich bekam Angst. In einem letzten Überlebensinstinkt habe ich geschossen.«

Scheiße.

Levi seufzt mit finsterem Gesicht und gesteht, dass sein Vater nach dem ersten und einzigen Schuss entsetzt und wütend zusammenbrach.

»Auch ich stand unter Schock. Ich hatte nie gedacht, dass ich den Mut aufbringen würde. Natürlich wollte ich ... ich wollte ihn nicht töten. Ich bin einfach in Panik geraten. Ich wollte nicht sterben.«

Ich wollte nicht sterben.

Ich weiß, dass ich jetzt ebenfalls in Panik geraten müsste. Angst bekommen. Abstand gewinnen. Zu meinem Vater zurückkehren und ihm sagen, dass ich die Mission aufgebe. Und doch ... habe ich nur einen Wunsch: alle rauszuschmeißen und Levi in die Arme zu nehmen. Sein Haar zu streicheln und ihm zu sagen, dass alles gut werden wird. Ihn so oft auf den Mund zu küssen, bis er es vergisst.

Wie hat er es geschafft, mit einer solchen Tat auf dem Gewissen weiterzuleben?

»Danach konnte ich erst einmal keinen Ton sagen«, fährt er fort. »Meine Mutter nahm mir sofort die Waffe aus der Hand und befahl mir, weiter zu schweigen. Mir wurde klar, dass sie die Schuld auf sich nehmen wollte. Ich begann zu weinen und weigerte mich, ihr zu gehorchen, aber sie sagte mir, dass ihr Sohn auf keinen Fall ihretwegen ins Gefängnis gehen würde.«

»Aber es war weder deine noch ihre Schuld! Es war Notwehr. Hättest du nicht geschossen, wärt ihr wahrscheinlich beide tot, du und sie.«

»Sie hat recht«, bestätigt Li Mei. »Er hat euch verprügelt. Angesichts der körperlichen und seelischen Schmerzen, die euch über einen derart langen Zeitraum hinweg zugefügt wurden ... Es ist verständlich. Jeder könnte dabei verrückt werden.«

»Ganz so einfach ist es nicht«, wendet Thomas ein. »Zumal das Land häusliche Gewalt, die nicht zu einem Krankenhausaufenthalt führt, entkriminalisiert hat. Jacob war nicht bewaffnet. Es wäre schwer zu beweisen gewesen.«

Stimmt, daran habe ich nicht gedacht. Unter diesen Umständen kann seine Mutter sogar noch froh sein, dass sie nur zehn Jahre bekommen hat.

»Als die Polizei eintraf, wurde mein Vater ins Krankenhaus gebracht«, fährt Levi fort. »Auf dem Weg dorthin starb er.«

Levi berichtet, dass seine Mutter den Polizisten das Verbrechen sofort gestanden hat. Trotzdem versuchte er, seine Version der Geschichte zu erzählen, und weigerte sich, die Schuld seiner Mutter zuzuschieben, doch der Fall wurde schnell abgeschlossen.

»Meine Mutter hatte ein Geständnis abgelegt und alle Beweise bestätigten ihre Aussage. Alle dachten, ich würde lügen, um sie zu beschützen ... aber in Wirklichkeit war es umgekehrt. Ich blieb bei meinem Onkel, bis ich volljährig wurde.«

Plötzlich fügen sich alle Teile des Puzzles zusammen. Levi leidet unter diesem Trauma. Deshalb bekommt er jedes Mal Panikattacken, wenn er ein Geräusch hört, das einem Schuss ähnelt. Erst das Gewitter, dann das Feuerwerk. Jedes Mal, wenn so was passiert, durchlebt er erneut diese Nacht und diese schreckliche Tat, für die er sich schuldig fühlt, da bin ich mir sicher.

Und nun will er sich dafür bestrafen, dass er seinen Vater getötet hat, um selbst zu überleben. Und dafür, zugelassen zu haben, dass seine Mutter die Schuld auf sich nahm.

»Die Schulden meines Vaters habe ich natürlich geerbt. Ich habe die Schule abgebrochen. Ein paar Tage später vertraute Tito den italienischen Medien an, dass der Tod meines Vaters ihm das Gewinnen erleichtern würde.«

Ich schließe die Augen, mein Herz schmerzt. Was für ein Schwein.

»Ich habe dann selbst angefangen zu pokern. Zunächst, um meine Schulden zu begleichen. Dann habe ich erkannt, dass ich ziemlich gut war. Ich hatte zehn Jahre vor mir, bis meine Mutter aus dem Gefängnis entlassen würde. Also habe ich mir geschworen, den Mann zu vernichten, der meinen Vater zerstört hat.«

»Alles ist seine Schuld«, flüstere ich vor mich hin.

Ein trauriges Lächeln huscht über seine Lippen.

»Ich mache ihn nicht für das verantwortlich, was ich getan habe. Ich hatte eine Wahl. Ich habe mich für den falschen Weg entschieden. Das ist *mein* Irrtum. Allerdings … werde ich Tito nie verzeihen, dass er meinen Vater ausgeraubt hat. Erst das hat ihn zu dem gemacht, was er geworden ist. Es hat mich meine ganze Kindheit gekostet. Unser Familienleben. Eigentlich alles.«

Er hat recht. Auch wenn er für sein eigenes Handeln verantwortlich ist, wäre er vielleicht nie in diese Situation geraten, wenn Tito seinen Vater nicht ausgenommen hätte. Das macht er immer so. Danach lügt er. So wie er es mit mir gemacht hat. Er hat mir das alles verschwiegen, obwohl er es wusste. Ihm war klar, dass ich sonst niemals eingewilligt hätte.

»Was uns ins Hier und Jetzt bringt«, endet Levi und beschreibt mit einer weiten Geste den Raum.

Ich sehe ihn mit einer Mischung aus Mitleid und Wut an. Wut auf Tito, auf mich, auf Levis Vater. Ich weiß noch, was ich gesagt und auch so gemeint habe: Rache ist nie die beste Lösung. Dennoch verstehe ich seine Beweggründe.

Levi Iwanowitsch ist ein Opfer unserer Eltern, ebenso wie ich. Anstatt ihn dafür zu hassen, dass er mir meinen Vater gestohlen hat, hätte ich wissen müssen, dass er genauso fühlt wie ich. Auch er hat sich sein Schicksal nicht ausgesucht. Er hat es ertragen.

Dagegen könnte er mich für das hassen, was meine Familie ihm angetan hat. Wegen Tito hat er alles verloren. Wenn er Bescheid wüsste, würde er mich nicht mit so viel Zärtlichkeit und blindem Vertrauen ansehen. Bei diesem Gedanken dreht sich mir fast der Magen um.

»Was hast du jetzt vor?«

Einen langen Moment sagt er nichts, dann deutet er auf die anderen.

»Sagt Rose, wer ihr seid. Diesmal aber ehrlich.«

»Mein Name ist Li Mei. Ich bin dreißig Jahre alt, nicht vierundzwanzig. Ich bin in Shanghai geboren, praktizierende Buddhistin und habe mehrere Jahre wegen zahlreicher Einbrüche im Gefängnis gesessen – zu meiner Verteidigung sei gesagt, dass es sich immer um abscheuliche Leute handelte, denen der Reichtum in die Wiege gelegt wurde – wir nennen sie *fu'er dai*.«

Bei der Erwähnung ihres Alters reiße ich die Augen auf, was sie zu einem stolzen Lächeln veranlasst, das nach dem zweiten Satzteil noch stärker wird.

Im Gefängnis? Einbruch? Wer zum Teufel sind diese Leute?

»Ich bin Lucky. Ich bin fünfundzwanzig Jahre alt, komme aus Los Angeles und studiere Architektur. Außerdem arbeite ich als Escort. Li Mei ist meine Ex …«

»Das spielt doch keine Rolle«, meint sie entrüstet. »Sie braucht das nicht zu wissen.«

»Es ist ein wichtiges Detail, okay?«

Ich sehe, wie er errötet und schüchtern die Hände kreuzt, während Li Mei das, was er gerade gesagt hat, mit einer Geste wegwischt. Ich bin sprachlos. Alles war also nur … vorgetäuscht.

Ich habe gedacht, ich würde Levi mit meiner Doppelidentität täuschen, dabei war er es, der mich die ganze Zeit hinters Licht geführt hat. Er und seine Freunde sind nicht das, was sie vorgeben. Alles, was er sagt oder tut, kann sich als Lüge herausstellen.

»Die Wahrheit über mich kennst du bereits«, sagt Thomas. »Ich bin siebenundzwanzig, komme aus Schweden und arbeite als Bodyguard. Keiner von uns ist professioneller Spieler. Dank Levi haben wir es bei der Arbeit gelernt.«

»Aber warum?«

»Unser Ziel ist, dass wir alle vier gemeinsam an den Finaltisch kommen und gegen Tito antreten.«

»Und dann?«

»Natürlich gewinnen«, sagt Levi. »Jeder von uns ist dazu in der Lage, obwohl ich es natürlich am liebsten hätte, wenn ich es wäre.«

Ja … Nur, dass er immer noch etwas sehr Wichtiges vor mir verbirgt. Was ich auf seinem USB-Stick gefunden habe, hatte nichts mit Poker zu tun.

Als hätte er meine Gedanken erraten, fügt er hinzu: »Der Plan ist ganz einfach. Er besteht aus mehreren Schritten: Erstens, das Turnier gewinnen. Zweitens, Titos Investoren gegen ihn aufbringen.«

Ich denke an die Beweise für die Bestechungen und verstehe, was er meint. Mein Vater ist wirklich durch und durch verdorben. Nun bin ich schuld daran, dass Tito die gesammelten Beweise vernichtet hat. Schlimmer noch: Er ist jetzt auf der Hut, weil er weiß, dass Levi hinter ihm her ist.

Ich habe den ganzen Plan ruiniert.

Unwillkürlich werfe ich ihm einen bewundernden Blick zu. Levi ist ein wahres Genie. Er hat das alles perfekt, oder fast perfekt geplant. Nur hat er nicht damit gerechnet, dass ich ins Spiel komme.

Tief in mir empfinde ich dumpfen Zorn darüber, dass mein Vater mich verraten hat. Mein ganzes Leben lang habe ich versucht, ihn stolz auf mich zu machen. Und wozu? Er hat diese Mühe nicht verdient. Er ist nicht einmal der anständige Mann, für den ich ihn früher hielt.

Gott weiß, was ich dafür geben würde, sein entsetztes Gesicht zu sehen, wenn Levi das Turnier gewinnt.

Fast sofort treffe ich eine Entscheidung. Ich werde mitmachen. Es ist an der Zeit, die Seiten zu wechseln.

»Also … wenn ich alles richtig verstanden habe«, fasse ich zusammen und schaue in die Runde, »ist das hier dein Team?«

»Richtig. Warum?«

»Du, der farbenblinde Killer, ein soziopathisches Chris-Hemsworth-Double, eine von Taylor Swift besessene Ex-Knacki-Braut und ein romantischer Escort? Ganz zu schweigen von mir, deiner spielsüchtigen Scheingattin.«

Levi grinst mich an und stimmt mir zu.

»Genau.«

Ich nicke.

»Cool. Ich bin dabei!«

18

Levi

»Sie haben einen wirklich schönen Teint!«

Ich lächle höflich, weil ich nicht weiß, was ich dazu sagen soll. Zwei Sitze weiter grinst mir Rose spöttisch im Spiegel zu. Ich grinse zurück, ohne nachzudenken.

Bisher hatten wir noch keine Gelegenheit, über das zu sprechen, was zwischen uns passiert ist. Sie und ich halb nackt auf meinem Bett. Ihr Orgasmus an meinem Mund. Allerdings hatten wir auch nicht viel Zeit dazu.

Nach den Enthüllungen später an jenem Abend befürchtete ich, sie könne mir aus dem Weg gehen. Ich dachte, sie bekäme es vielleicht mit der Angst zu tun. Aber ich habe sie wohl wieder einmal unterschätzt. Sie hat alles geschluckt, alles verdaut, alles akzeptiert.

»Haben Sie schon einmal ein gefilmtes Interview gegeben?«, fragt mich die Visagistin, während sie meine Lippen leicht betont.

»Es ist unser erster gemeinsamer Auftritt in der Öffentlichkeit.«

Unser Porträt in der *Glamour* mit dem Titel »Levi Iwanowitsch And His Fiancée Take A Love Test« wurde aufgrund meines vollen Terminkalenders vorverlegt. Heute ist mein einziger spielfreier Tag. Diese kleine Änderung hat uns daran gehindert, unsere Antworten vorzubereiten, aber Rose beruhigte mich mit dem Hinweis, dass wir uns bisher immer auf unser Improvisationstalent verlassen konnten.

»Ich habe das Gefühl, dass wir einen Riesenspaß haben werden«, kichert sie und reibt sich die Hände, während ein Team uns zum Drehort bringt.

»Das finde ich nicht sonderlich beruhigend.«

Ich lege eine Hand auf ihre Taille und versuche, die Erinnerungen an ihren nackten Körper über mir zu verdrängen. Ich kann immer noch nicht recht glauben, dass das wirklich passiert ist. Es kommt mir eher wie ein Traum vor.

Im Studio wuseln eine Menge Leute durcheinander. Technikerinnen, Stylistinnen, Maskenbildnerinnen, Kameraleute, Dolmetscher ... Es sind ziemlich viele Menschen auf einem Fleck.

Ich werfe einen Blick auf die vorbereitete Kulisse: Es ist eine schlichte weiße Leinwand. Sonst nichts. Die Journalistin, von der Li Mei mir erzählt hat, kommt auf uns zu, begrüßt uns mit einem strahlenden Lächeln und erklärt kurz, wie das Interview ablaufen soll.

»Geben Sie sich so natürlich wie möglich. Richten Sie sich nach der Kamera. Und vor allem: Wenden Sie uns nicht den Rücken zu. Jedenfalls vielen Dank, dass Sie heute hier sind. Wir sind gespannt, was sich daraus ergibt! Sie beide passen sehr gut zueinander.«

Ich werfe Rose einen bedeutsamen Blick zu, aber sie verdreht nur die Augen. Wir bekommen Mikrofone, die unter unserer Kleidung versteckt werden, dann werde ich allein in der Mitte der Leinwand platziert. Rose steht neben der Kamera, verschränkt die Arme und lacht. Plötzlich fühle ich mich extrem unbehaglich. Zu viele Blicke sind auf mich gerichtet. Das gefällt mir nicht.

Ich fixiere Rose und wende meinen Blick nicht mehr von ihr ab. Ich konzentriere mich ausschließlich auf sie, als das Gespräch beginnt.

»Wie habt ihr euch kennengelernt? Wie war dein erster Eindruck von Rose? Und wie hat sich eure Beziehung danach entwickelt?«

Das fängt ganz schön … heftig an. Meine Scheinverlobte verzieht belustigt die Lippen. Ich habe nicht einmal genügend Zeit, mir eine Lüge auszudenken, und entscheide mich für Ehrlichkeit.

»Das erste Mal habe ich sie in einem Casino gesehen«, berichte ich ganz selbstverständlich. »Sie beobachtete das Spiel an meinem Tisch. Ich blickte auf, sah sie und fand sie natürlich sofort wunderschön. Ich bot ihr an, gegen mich zu spielen, was sie annahm. Und dann hat sie mich nach allen Regeln der Kunst fertiggemacht.«

Über ihren zufriedenen Ausdruck muss ich lächeln. Es scheint eine Ewigkeit her zu sein, dabei sind es gerade mal ein paar Wochen.

»Mein erster Eindruck? Ich fand sie faszinierend. Intelligent. Aber auch ein bisschen eingebildet. Es kam mir vor, als hätte ich jemanden gefunden, der mir ähnelt. Vielleicht eine Seelenverwandte? Leider ist sie mir am ersten Abend entwischt, aber ich habe alle Hebel in Bewegung gesetzt, um sie wiederzufinden. Für mich war es Schicksal.«

Roses Lächeln schwindet mit jedem meiner Worte etwas mehr. Ich stelle fest, dass ich nicht einmal lügen muss. Alles, was ich sage, meine ich auch so.

»Am Anfang war es nicht einfach. Ich glaube, wir waren beide auf der Hut und hatten Angst, verletzt zu werden. Aber irgendwann haben wir uns aneinander gewöhnt. Heute …«, sage ich und sehe ihr dabei direkt in die Augen, »gehört sie zu den genau fünf Menschen, die alles über mich wissen. Ich vertraue ihr blind.«

Ich hätte gedacht, es wäre schwieriger, das auszusprechen. Ich glaube … ich meine es wirklich ernst. Rose blinzelt verunsichert und wendet dann den Blick ab. Sie wird gebeten, meinen Platz einzunehmen und die gleichen Fragen zu beantworten.

Ich beobachte sie dabei. In ihrem durchsichtigen, geblümten Korsett über einem sehr leichten weißen Rollkragen-T-Shirt sieht sie wunderschön aus. Sie erzählt, dass sie mich beim Pokern besiegen wollte, um sich neue Schuhe zu kaufen. Alle müssen lachen.

»Was meinen ersten Eindruck betrifft … Um ehrlich zu sein, er gefiel mir nicht«, sagt sie und verzieht das Gesicht, woraufhin ich entrüstet eine Augenbraue hebe. »Er war zu … reich. Zu schön. Zu arrogant. Jedes Mal, wenn ich in seine Nähe kam, hatte ich das Gefühl, die Kontrolle zu verlieren. Ich glaube … er hat mich genervt, weil ich ihn für besser hielt als mich.«

Oh. Ich runzele überrascht die Stirn. Nie hätte ich erwartet, dass sie so empfinden könnte und es dann auch noch vor der Kamera zugibt.

»Aber im Laufe der Zeit wurde mir klar, dass ich mich geirrt hatte. Und dass wir uns im Grunde sehr ähnlich sind. Mit Levi zusammen zu sein beruhigt mich. Bei ihm komme ich ohne Pokerface aus. Ich kann mir erlauben, ganz ich selbst zu sein, ohne Angst vor einer Verurteilung. Bei ihm fühle ich mich … wichtig.«

Bumm, bumm.

Mein Herz klopft plötzlich schneller. Verblüfft widerstehe ich dem Drang, mir eine Hand auf die Brust zu legen. Was sie gerade gesagt hat … genau das empfinde ich auch.

Als sie fertig ist, werde ich aufgefordert, zu ihr zu gehen. Glücklich lächelnd stelle ich mich ihr gegenüber. Die nächste Übung besteht darin, eine Minute lang zärtlich zueinander zu sein.

»Komm her«, sage ich und öffne meine Arme weit.

Sie schüttelt flirtend den Kopf, aber ich trete näher, beuge mich zu ihr hinunter und hebe sie hoch.

»So ist das nicht gemeint«, beschwert sie sich und legt ihre Hände auf meine Schultern.

Ich lasse sie los. Ihr Körper gleitet an meinem entlang. Als sie ihre Füße auf den Boden setzt, wird sie ernst. Sie klebt geradezu an mir. Bilder der Nacht in meinem Zimmer kommen mir in den Sinn. Und wenn ich ihrem Gesichtsausdruck glauben darf, denkt sie dasselbe wie ich.

Also lächele ich sie an und lege die Arme um sie. Sie tut es mir nach, umschlingt meine Taille und legt ihre Wange an mein wild pochendes Herz.

Ich glaube, es ist das erste Mal, dass wir uns auf diese Weise umarmen. Es ist viel … intimer, als ich dachte. Ihr Puls ist im Gleichklang mit meinem.

Mit dem Mund liebkose ich ihren Hals unter dem nach Mandeln duftenden Haar und flüstere: »Du riechst gut.«

Sie erbebt in meinen Armen, sagt aber nichts. Ich beruhige sie mit einem Kuss auf den Nacken und verschränke die Hände hinter ihrem Rücken.

Wir drehen uns wie in einem langsamen Tanz ohne Musik, was Rose belustigt. Ich spüre ihr leises Lachen an meinem Herzen, und das genügt, um mich zu beruhigen. Ich weiß nicht, was mich überkommt, aber ich lasse eine meiner Hände hinaufgleiten und lege sie hinter ihren Kopf.

»Kaum zu glauben, aber du kannst richtig gut umarmen«, sagt sie, während ich ihr zärtlich über die Haare streichele.

»Ja, natürlich. Dein zukünftiger Ehemann ist perfekt.«

»Ein zukünftiger Ehemann, der blaue Jacketts trägt, ohne es zu merken.«

Aus Rache knabbere ich an ihrem Ohr, was sie wieder zum Lachen bringt.

Die Minute endet für meinen Geschmack viel zu schnell, und wir lösen uns voneinander, als wäre nichts geschehen. Sofort vermisse ich ihre Berührung. Ich habe das drängende Verlangen, Rose zu küssen, aber die Journalistin unterbricht uns.

Die nächste Übung ist noch schwieriger als die beiden ersten. Jeder von uns erhält ein kleines Notizbuch und einen Stift und wird gebeten, Komplimente und Details, die wir aneinander mögen, aufzuschreiben.

Ich denke einige Sekunden nach und schreibe dann in aller Ruhe. Rose neben mir rührt sich nicht. Ihren Stift hält sie in der Hand. Sie lehnt sich ein Stück zu mir hinüber und versucht, einen Blick auf das zu werfen, was ich schreibe, aber ich verberge das Blatt unter meiner Hand.

»Hey, hier wird nicht geschummelt.«

»Aber es ist schwierig ...«

»Klar, vielen Dank! Du solltest dir lieber schnell etwas einfallen lassen. Ich möchte mit Komplimenten über mein gutes Aussehen und meine außergewöhnliche Intelligenz überhäuft werden, okay?«

Sie wirft mir einen giftigen Blick zu und rümpft wütend ihre süße kleine Nase.

»Geizhals. Du könntest mir wenigstens inkognito ein paar Antworten abgeben ...«

»Ich habe dir doch gerade Hinweise gegeben!«

»Damit du dich noch mehr aufplusterst? Nie und nimmer«, sagt sie lachend und verdreht die Augen.

Nach einigen Minuten gelingt es ihr dann doch, ein paar Worte auf ihr Blatt zu schreiben. Meines ist so voll, dass mein Handgelenk wehtut. Als die Journalistin uns sagt, dass es an der Zeit ist, das Geschriebene vorzulesen, schließt Rose verzweifelt die Augen.

Ich biete ihr an, anzufangen, damit sie sich entspannen kann. Sie dankt mir stumm.

»Rose ... Ich bewundere dich wirklich«, gestehe ich und werfe ihr einen sanften Blick zu. »Ich halte dich für eine Naturgewalt. Du bist dir deiner Schwächen bewusst, aber du zwingst sie anderen nicht auf. Du benutzt sie auch nie als Ausrede. Du überwindest sie, allein und mit aller Kraft. Ich liebe deine Entschlossenheit. Deine Unabhängigkeit. Die Art und Weise, wie du das Leben ehrlich und mutig angehst. Du wirkst furchtlos, auch wenn es nicht stimmt. Du bringst mich zum Lachen, besonders wenn du denkst, dass ich nicht hinschaue. Du verstehst mich auf eine Weise, wie mich nur wenige Menschen verstehen. Außerdem hast du Stil. Meine Freunde lieben dich. Du bist klug. Reif. Mir ebenbürtig.«

Es ist deutlich mehr, als ich aufgeschrieben habe, und ich fürchte, ich habe es etwas übertrieben. Räuspernd verschränke ich die Hände hinter dem Rücken. Rose hat mir zugehört, sich auf die Lippen gebissen, ohne mich anzusehen, und wirkt etwas verlegen. Ich bin überzeugt, dass sie denkt, all das wäre nur Teil unserer Maskerade, und das ärgert mich.

Sie wendet sich mit einem kleinen Lächeln zur Kamera und flüstert vertraulich: »Ich habe ihn dafür bezahlt, das alles zu sagen.«

Mehrere Leute lachen, aber ich schüttele den Kopf.

»Jetzt du.«

»Mach dir keine allzu großen Hoffnungen.«

Ich warte belustigt.

Sie liest noch einmal, was sie geschrieben hat, räuspert sich und sagt schließlich, ohne mich anzusehen: »Meine Mutter sagt immer: ›Man erkennt den Wert eines Menschen nur daran, wie er seine Mitmenschen behandelt.‹ Und das ist es, was ich am meisten an dir mag: die Art, wie du mit dem Rest der Welt umgehst. Ich durfte miterleben, wie sehr du Menschen inspirierst. Wie sie sich auf dich verlassen, dir zuhören und dir vertrauen. Du bist die geborene Führungspersönlichkeit«, endet sie, ehe sie zu mir aufschaut und ohne auf ihr Blatt zu blicken hinzufügt: »Du bist freundlich. Loyal. Du hast ein ausgeprägtes Ehrgefühl, vielleicht sogar ein bisschen zu ausgeprägt. Du hast keine Angst, neue Dinge zu entdecken. Im Gegenteil, du nimmst gern jede Herausforderung an. Du schämst dich nicht, Schwächen zuzugeben, sondern ziehst es vor, Wege zu finden, dich zu verbessern. Und du gibst niemals auf.«

Bumm, bumm.

Da ist es wieder: mein verräterisches Herz. Es pocht laut und heftig. Rose improvisiert weiter. Ihr intensiver Blick verursacht mir eine Gänsehaut.

»Du sagst nette Sachen, ohne zu erwarten, dass sie erwidert werden. Du hast ein unglaubliches Charisma, das einen dazu bringt, dir bis ans Ende der Welt zu folgen. Du überraschst mich immer wieder. Oh, und ich liebe dein Lächeln. Das war's. Denke ich jedenfalls.«

Verlegen senkt sie den Blick und zerknüllt das Blatt in ihren Händen. Ich nicke stumm und wende meinen Blick mit einem halben Lächeln zur Hauptkamera.

»Und ich dachte, sie würde mich nur wegen meines Geldes heiraten.«

Das bringt mir einen Faustschlag auf die Schulter ein.

Die letzte Übung ist ganz einfach: die Gesten des Gegenübers nachzuahmen wie ein Spiegel. Mit erhobenen Händen stehen wir uns Auge in Auge gegenüber. Rose beginnt sich ganz langsam zu bewegen. Ich folge ihren Bewegungen in perfekter Synchronisation und erwarte jede ihrer Gesten.

Zu meinem Entsetzen bringt sie mich dazu, mit den Hüften zu wackeln, ich revanchiere mich, indem ich die schlimmsten Grimassen schneide, die ich mir vorstellen kann. Sie macht mir alles nach, muss aber einen Lachanfall unterdrücken. Wir sehen aus wie zwei Vollidioten. Und doch schmerzt mein Gesicht vom vielen Lächeln.

Noch nie in meinem Leben habe ich mich so wohlgefühlt.

Eigentlich gibt es nur einen Menschen auf der Welt, der diese Seite von mir sehen darf: meine Mutter.

Diese Erkenntnis verschlägt mir den Atem. Ich werde ernst und verändere meine Miene zu kalt und teilnahmslos. Der Wechsel scheint Rose zu überraschen, trotzdem imitiert sie mich verlegen.

»Vielen Dank! Das war großartig«, beglückwünscht uns die Journalistin, als der Dreh vorbei ist. »Ihr habt zugegebenermaßen eine ziemlich erstaunliche Beziehung. Man spürt, wie sehr ihr aneinander hängt.«

Wir nicken schweigend. Plötzlich werden mir die vielen Augen bewusst, die uns beobachten und beurteilen. Sofort überkommt mich das Bedürfnis, zu fliehen, um mit Rose allein zu sein. Ich weiß nicht wie, aber sie versteht es, denn sie nimmt meine Hand und verschränkt ihre Finger mit meinen.

»Wir haben gleich im Anschluss noch einen wichtigen Termin«, erklärt sie. »Wenn alles in Ordnung ist, gehen wir jetzt.«

»Oh ja, natürlich! Nochmals vielen Dank fürs Mitmachen, und grüßt bitte Li Mei von mir.«

Rose verabschiedet sich vom Team und zieht mich hinter sich her zu den Umkleidekabinen, wo wir unsere Sachen abholen. Vor dem Gebäude wartet ein Taxi auf uns. Wir steigen hinten ein. Beide sind wir erschöpft, ohne wirklich zu wissen, warum. Vielleicht vom Schauspielern.

Aber haben wir das wirklich getan?

Für mich hat sich das alles sehr echt angefühlt.

»Es hat Spaß gemacht«, meint Rose auf dem Weg ins Hotel. »Viel mehr, als ich dachte.«

»Stimmt.

Wir halten uns immer noch an den Händen. Verunsichert sehe ich sie aus den Augenwinkeln an. Nach einigen Sekunden Schweigen wage ich, mit dem Daumen sanft über ihre Handfläche zu streichen. Zunächst reagiert sie nicht. Dann tut sie zaghaft das Gleiche mit mir. Es ist eine zärtliche und intime Geste, die mich fast verrückt macht.

Ich lehne meinen Kopf an die Rückenlehne des Sitzes, berühre ihre Stirn mit meiner und flüstere fast unhörbar: »Tut mir leid … wegen neulich Abend.«

Ich wünschte, es wäre anders gelaufen. Am liebsten hätte ich noch eine gute Stunde so weitergemacht, dann hätte ich den Zimmerservice gerufen und wir hätten nackt auf meinem Bett zu Abend gegessen. Und nach dem Essen hätten wir weitergemacht, vielleicht im Wohnzimmer, oder in der Küche, oder – warum nicht – im Whirlpool?

»Du hast mir Angst gemacht«, murmelt sie schlicht.

Dazu kann ich nichts sagen. Meine Augenlider werden schwer. Plötzlich spüre ich, wie müde ich bin. Wenige Minuten später, in denen ich merke, wie ich langsam wegdrifte, höre ich sie murmeln: »Warum?«

»Warum was?«

»Warum wurde in dieser Nacht plötzlich alles anders?«

Ich zucke mit den Schultern.

»Weil ich mich so sehr danach gesehnt habe.«

Schweigen.

»Vorher nicht?«

»Doch.«

»Warum also jetzt? Was hat sich geändert?«

Ich denke ernsthaft darüber nach, ohne eine entsprechende Antwort zu finden.

»Keine Ahnung. Irgendetwas.«

Sie scheint damit zufrieden zu sein, denn danach sagt sie nichts mehr. Kurz darauf höre ich das gleichmäßige Geräusch ihres Atems neben mir. Sie ist eingeschlafen. Sanft streiche ich ihr eine Strähne aus den Augen, wage es, meinen Kopf an ihren zu lehnen und schließe die Augen.

Mein Herz beruhigt sich sofort. Langsam dämmere ich ein. Meine Hand liegt immer noch in ihrer. Ein alarmierender Gedanke schießt mir durch den Kopf: Der Kontakt mit ihrer Haut ist mir mehr als nur angenehm. Was, wenn ich dieses Gefühl nie leid würde?

Aber dann fällt mir wieder ein, dass Rose nichts als eine Lügnerin und Verräterin ist, die im Auftrag ihres Vaters gekommen ist, um mich zu vernichten.

19

Rose

Je mehr Zeit vergeht, desto schwerer fällt es mir, dem Drang zu widerstehen.

Der Ruf des Glücksspiels ist stärker als alles andere. Ich ahne, dass ich noch nicht gesund genug bin, um den Teufel herauszufordern, und begnüge mich damit, gegen Levi zu spielen, ohne Geld zu setzen. Das reicht mir natürlich nicht. Wenn ich nicht gerade male, verbringe ich meine Tage damit, Menschen beim Spielen zu beobachten und mich zu fragen, wie ich an ihrer Stelle vorgehen würde.

Es zerfrisst mir das Gehirn. Glücklicherweise bin ich immer von Leuten umgeben, sodass ich der Versuchung nicht erliege. Li Mei und Lucky sind inzwischen sozusagen in unsere Suite eingezogen. Seit ich die Wahrheit kenne, verbringen sie ihre gesamte Zeit mit uns. Ich sah mich gezwungen, mein Zimmer aufzugeben … und mein Bett mit Levi zu teilen.

Kein Kommentar.

»Wie habt ihr euch kennengelernt?«, frage ich Li Mei, als wir allein an der Bar sitzen.

Ich habe keine Ahnung, wie viel Uhr es ist. Weil ich von morgens bis abends in der dunklen, erregenden Atmosphäre des Turnier-Hotels bleibe, verliere ich jedes Zeitgefühl. Auch das ist eine der Tücken von Casinos.

»Levi und ich? Es war kurz nach meiner Entlassung aus dem Gefängnis«, erzählt sie mir und spielt mit dem bunten Schirmchen in ihrem Cocktail herum. »In einer Bar in Shanghai. Ich war dort zu einem Vorstellungsgespräch, das damit endete, dass ich mich mit dem Arbeitgeber stritt. Er hat mich natürlich zur Rede gestellt, als er von meinem Strafregister erfuhr. Levi hat alles mitbekommen. Als ich herauskam, sprach er mich an und fragte mich, ob ich einen Job suchte.«

Ich muss lachen. Das scheint definitiv eine Angewohnheit dieses Kerls zu sein. Hält er sich für den Barmherzigen Samariter?

»Ich hatte Glück«, sagt Li Mei lächelnd. »Ich glaube, meine Geschichte hat ihn berührt, wegen dem, was mit seiner Mutter passiert ist. Irgendwie … habe ich mich immer gefragt, ob er mir damals geholfen hat, weil er sich Vorwürfe machte. Als würde er versuchen, ein Unrecht wiedergutzumachen.«

Was er im Fall seiner Mutter natürlich nicht tun konnte. Macht er sich Vorwürfe? Natürlich macht er sich Vorwürfe. Das ist doch völlig normal. Ich frage Li Mei, welche Art Arbeit er ihr angeboten hat.

»Er hat ein weiteres *Rasputin* in China eröffnet und mir die Geschäftsführung angeboten.«

Ich falle aus allen Wolken.

»Ernsthaft? Er kannte dich doch gar nicht!«

»Wer weiß, warum er mir vertraut hat? Aber Levi handelt nie zufällig. Der Beweis: Heute stehen wir uns näher als irgendwer sonst.«

Das stimmt. Levi hat ein Händchen dafür, sich mit den richtigen Leuten zu umgeben. Ich beginne mich allerdings zu fragen, ob es wirklich aus Zuneigung geschieht oder wegen des Vorteils, den diese Leute ihm bringen könnten.

»Was ist mit deiner Familie?«, erkundige ich mich neugierig.

Sie zieht eine komische Grimasse und weicht meinem Blick aus.

»Ich habe einen älteren Bruder. Er ist der Einzige, mit dem ich noch spreche. Meine Eltern ... sie konnten die Schande nicht akzeptieren, die ich über sie gebracht habe. Ich muss allerdings sagen, dass ich selbst schuld bin. Ich hätte eben nicht mit Freunden in ein luxuriöses Haus einbrechen dürfen ... schon gar nicht wegen ein paar Klamotten. Meine Mutter hält mich für eine Kleptomanin.«

Stimmt, das war wirklich keine so gute Idee. Ich frage Li Mei, ob sie tatsächlich Kleptomanin ist, und sie lacht, ehe sie kurz nachdenkt.

»Wer weiß?«

Nun lache ich ebenfalls. Wir sind wirklich ein einmaliges Team! Ich habe den deutlichen Eindruck, dass Lucky die stabilste Person in unserer Gruppe ist. Zwar ist mir nicht klar, ob das eine Bedeutung hat, aber es kann eigentlich nur ein schlechtes Zeichen sein.

»Ich kann es übrigens immer noch nicht fassen, dass du mal mit Lucky zusammen warst. Erzähl mir alles! Ich muss einfach wissen, wie, wo und *warum*.«

»Lass mich bloß damit in Ruhe«, seufzt sie und verbirgt ihr Gesicht in den Händen. »Zu meiner Verteidigung muss ich sagen: Er ist ganz anders als das Bild, das er vermittelt. Er spielt nur eine Rolle, genau wie ich. Im wirklichen Leben ist er ... süß. Romantisch. Freundlich. Lustig. Er hat mich gerührt.«

»Wie lange ging es?«

»Vier Monate.«

»Das ist kurz. Was ist passiert?«

Sie verdreht genervt die Augen.

»Er ist zu jung! Und zu sensibel. Es ist schrecklich. Ich gehöre zu der Sorte Mensch, die sich nie den Kopf zerbricht und nichts mit Sesshaftigkeit am Hut hat. Lucky ist das genaue Gegenteil: Er weint bei *Titanic*, kann nicht Nein sagen, ist ein Feigling, und will unbedingt heiraten und glücklich und zufrieden bis an sein Ende leben. Bei so was drehe ich natürlich durch!«

Ich wundere mich. Hat er nicht erzählt, er wäre Escort?

Li Mei muss erraten haben, was ich denke, denn sie fährt fort: »Bei seinen Eltern war es Liebe auf den ersten Blick. Vierzig Jahre Ehe. Genau so möchte er auch leben … nur war er nicht in der Lage, seinen Studienkredit zurückzuzahlen. Daher der Job. Er hat damit nicht aufgehört, außer als wir zusammen waren. Er mag es. Seine Kundinnen gefallen ihm, und er schämt sich nicht dafür. Ich bin mir ziemlich sicher, dass er hofft, auf diese Weise vielleicht die große Liebe zu finden, der Spinner.«

»Wäre doch möglich! Also … gibt es keine Chance, dass es zwischen euch doch noch klappt?«

Sie will gerade verneinen, als sie plötzlich innehält, die Augen zusammenkneift und mich misstrauisch anschaut.

»Warum? Hast du etwa irgendwelche Absichten?«

Ihr Ton hat sich verändert. Sie klingt kälter und kurz angebunden. Ich verkneife mir ein Lächeln. Ganz gleich, was sie behauptet, sie ist immer noch interessiert.

»Ganz und gar nicht. Ich habe schon genug zu tun …«

Sie entspannt sich und lacht vor sich hin.

»Du sagst es. Magst du Levi?«

Nein. Ja. Ich weiß nicht. Körperlich zieht er mich an, so viel ist sicher. Auch seinen Charakter mag ich sehr, aber nicht im romantischen Sinn. Sagen wir einfach, er ist ein sehr guter Freund geworden. Ich bin gern in seiner Nähe. Das ist alles. Oder?

Plötzlich kommt mir das Bild von Levis Kopf zwischen meinen Schenkeln in den Sinn. Ich erinnere mich, wie ich mich lustvoll in seine Haare krallte. Ich erinnere mich auch an die Welle der Gefühle, als sein Mund mich zum Orgasmus brachte.

Ich brauche zu lange für die Antwort, was Li Mei zum Lächeln bringt. Ich erröte, schmolle und grummele: »Geht so.«

Als ich in die Suite zurückkehre, wartet Levi bereits auf mich. Er hat sich auf der Couch ausgestreckt und sich den Arm über die Augen gelegt.

»Wo warst du?«, fragt er beiläufig.

»Ich habe mit Li Mei einen Cocktail getrunken. Tun deine Augen weh?«

Er antwortet nicht sofort. Schließlich setzt er sich auf und lehnt sich mit gespreizten Beinen auf dem Sofa zurück. Ich setze mich ein paar Meter entfernt in einen Sessel. Er schaut mir direkt in die Augen. Überrascht erkenne ich, wie blass er ist. Offenbar ist er nicht ganz in Form.

»Mir geht es gut«, lügt er. »Ich habe nachgedacht.«

»Worüber?«

»Tito.«

Ich bete, dass er nicht merkt, wie ich bei seinen Worten erstarre. Mein Vater hat mich heute Morgen angerufen, um sich nach Neuigkeiten zu erkundigen. Ich habe ihm etwas vorgeflunkert, damit er meinen Sinneswandel nicht bemerkt. Es ist mir sogar gelungen, ihm ein paar falsche Tipps zu geben.

Ich wechsle das Thema so natürlich wie möglich. »Du solltest vielleicht etwas essen.«

Sein intensiver Blick senkt sich langsam und gleitet geschmeidig an meinem Körper entlang ... um zwischen meinen Schenkeln innezuhalten. Himmel! Ich hebe die Augenbrauen.

»Träum weiter.«

Seine Antwort ist ein arrogantes Lächeln. Ich stehe auf, gehe in die Küche und sehe nach, was wir im Kühlschrank haben.

Ich finde Nudeln und Schnitzel, die ich auf die Arbeitsfläche lege. Das dürfte reichen.

»Was machst du?«, erkundigt sich Levi mit müder Stimme. Er ist hinter mir aufgetaucht.

»Etwas zu essen. Das heutige Menü lautet: Hähnchen-Piccata mit Zitrone und Fettuccine. Spezialität des Hauses. Setz dich und sieh zu.«

Er lässt sich nicht lang bitten, setzt sich auf einen Hocker und beobachtet mich, während ich die Schnitzel mit Mehl bestäube und den Überschuss abklopfe.

»Erzähl mir von deiner Familie«, sagt er und verschränkt die Arme.

Das möchte ich lieber nicht tun. Dieses Thema will ich vermeiden, einmal, um nicht zu viel zu verraten, aber auch, weil ich Levi so wenig wie möglich anlügen möchte. Wenn ich mich jedoch weigere, könnte er misstrauisch werden.

»Meine Mutter ist der beste Mensch, den ich kenne«, beginne ich und erhitze Olivenöl. »Sie hatte nur das Pech, sich in sehr jungen Jahren in einen Bad Boy zu verlieben ... Sie wurde schwanger – mit mir. Ihre beiden Familien waren sehr konservativ, daher kam natürlich weder eine Trennung geschweige denn eine Abtreibung infrage. Mein Vater übernahm Verantwortung und machte meiner Mutter einen Antrag.«

Ich spüre Levis prüfenden Blick auf meinem Gesicht. Er will wissen, ob sie sich noch lieben, aber ich schüttele den Kopf.

»Mein Vater hat meine Mutter viele Jahre lang betrogen. Aus dieser Affäre ging ein kleines Mädchen hervor ... ich habe es nie kennengelernt. Meine Mutter hat jetzt endlich die Scheidung eingereicht.«

»Verstehe. Tut mir leid.«

Überrascht von der Aufrichtigkeit seines Tons sehe ich ihn an.

»Und was hältst du davon? Stehst du deinem Vater nah?«

Die Eine-Million-Dollar-Frage ... Ich weiß es nicht einmal selbst. Melancholisch schäle und hacke ich Schalotten.

»Ich habe mein Leben lang versucht, ihn dazu zu bringen, mich zu lieben. Meine frühere Seelenklempnerin hat mir immer gesagt, dass man irgendwann einmal aufhören muss, sich anzustrengen, und einfach ... trauern sollte.«

Levi wirft mir einen unergründlichen Blick zu, den ich nicht deuten kann. Schließlich nickt er.

»Sie hat recht.«

»Das sagst du so, aber schau dich doch selbst an. Du warst zehn Jahre deines Lebens von einem Mann besessen, der deinen Vater betrogen hat. Wann beginnst du zu trauern?«

Er beißt die Zähne zusammen. Seine Augen sprühen Blitze, als er mit vor Wut bebender Stimme antwortet: »Ich habe kein Mitleid mit Verrätern. Ich hasse Lügner, und noch mehr hasse ich Heuchler, die vorgeben, deine Freunde zu sein, dir aber dann in den Rücken fallen.«

Oh. Betroffen unterdrücke ich einen Schauder. Schuldgefühle bahnen sich langsam einen Weg in mein Herz, aber ich schiebe sie beiseite. Ich kann mich so schuldig fühlen, wie ich will – was geschehen ist, ist geschehen, und ich kann es nicht rückgängig machen.

Wenn Levi es herausfindet, bin ich hoffentlich schon weit weg.

»Zum Glück habe ich gute Freunde«, fügt er seufzend hinzu und sein Blick wird weicher. »Ich vertraue dir ebenso sehr wie Thomas und den anderen, Rose. Du bist eine von uns.«

Ich schlucke mit zusammengeschnürter Kehle. Wäre ich nicht sicher, dass ich bisher noch nicht entdeckt wurde, könnte ich fast denken, dass er sich absichtlich so verhält. Ich schenke ihm ein unbehagliches Lächeln.

»Ich gehöre also zu einer Gruppe von Verrückten mit fragwürdigen Verdiensten? Na toll. Wir sollten uns Anstecknadeln machen lassen … oder nein, noch besser! Personalisierte Jacken. Haben wir einen Schlachtruf?«

»Wir sind Freunde, kein Bowlingteam.«

Ich grinse. Seine Laune wird besser, und er bietet an, mir beim Kochen zu helfen. Ich zeige ihm, was er tun soll, und schon bald riecht die Küche nach italienischem Essen. Als alles fertig ist, lasse ich ihn die Schnitzel mit gehackter Petersilie bestreuen, während ich ein paar Zitronenscheiben dazulege.

»Danke fürs Kochen«, sagt er und will anfangen zu essen.

»Warte! Du hast die Nudelsoße vergessen. Das ist ein Sakrileg!«

Überrascht von meinem leidenschaftlichen Ausbruch zuckt Levi mit den Schultern. Er will wissen, ob die Soße wirklich so wichtig ist, wie ich behaupte.

Ich serviere ihm davon, ehe ich erkläre: »In Italien kann *la pasta* nach Leidenschaft schmecken. Es gibt ein Gericht namens *pasta del cornuto*, was so viel bedeutet wie ›Hahnrei-Nudeln‹. Es sind Nudeln ohne Soße, denn die Soße wird immer zusammen mit den Nudeln zubereitet, und das kostet Zeit.«

»Okay …«

»Die Hahnrei-Nudeln werden nur mit etwas Butter und Pfeffer serviert. Manchmal ist auch Käse dabei, aber keine Soße. Wenn die Frau aber keine Soße gemacht hat, was hat sie dann getan und mit wem?«

Er scheint zu verstehen, denn beim ersten Bissen lächelt er und legt die Hand auf sein Herz.

»Meine wunderbare Verlobte ist mir also treu. Ich bin sehr erleichtert.«

»Du kannst dich glücklich schätzen.«

Wir essen schweigend. Ich muss an unser Gespräch über Tito und seinen Verrat und an unsere Freunde denken. Jeder von ihnen ist in zweifelhafte oder gar illegale Aktivitäten verwickelt. Ich weiß, dass Levis Familie religiös ist, ebenso wie meine. Daher erlaube ich mir, ihm eine Frage zu stellen, die er sicher verstehen wird.

»Glaubst du, dass wir in die Hölle kommen?«

»Ich hoffe es. Ich hätte da ein paar Fragen an Oscar Wilde. Und du?«

»Ich meine die Frage ernst.«

Überrascht blickt er von seinem fast leeren Teller auf. Meistens mache ich über dieses Thema Witze, aber es beschäftigt mich immer häufiger.

Levi schluckt seinen Bissen hinunter, wischt sich die Lippen ab und antwortet sehr ernsthaft: »Ich habe meinen Vater getötet, Rose. Ja, ich glaube, ich komme in die Hölle.«

Ach ja, richtig. Es war eine dumme Frage. Ich glaube, ich hätte mir gewünscht, dass er mich beruhigt.

»Hast du Angst davor?«

Er macht ein trauriges Gesicht und lässt sich Zeit mit seiner Antwort. Vielleicht hat er schon zu oft darüber nachgedacht.

»Nein«, erklärt er schließlich und starrt dabei ins Leere. »Aber genau das ist es, wovor ich mich am meisten fürchte: Wenn es mir keine Angst mehr macht, wie soll ich dann ein ehrliches Leben führen?«

20

Juni. Las Vegas, USA.

Levi

Ich wuchs mit einem Vater auf, der mich ständig als Lügner bezeichnete. Es begann mit der Achromatopsie. Selbst als ich die Diagnose erhielt, dachte er noch, ich würde übertreiben und nur seine Aufmerksamkeit suchen.

Es wurde nie besser, sodass ich schließlich einen Rechtfertigungsmechanismus entwickelte. Ich gehe grundsätzlich davon aus, dass man mir ohnehin nicht glaubt und sammele daher Beweise für alles – für alle Fälle.

Ironischerweise habe ich früher tatsächlich nie gelogen, jetzt hingegen ist Lügen ein Überlebensinstinkt geworden. Dabei hasse ich Lügner.

Dazu gehört auch Rose Alfieri Ferragni, die größte Lügnerin, die mir je begegnet ist. Ich gebe zu, anfangs hat sie mich getäuscht. Ich habe ihr die Nummer des Mädchens abgenommen, das knapp bei Kasse ist. Eine Sekunde hatte ich sogar ein wenig Mitleid ...

Aber an jenem Abend, nachdem sie mein Geheimnis erfahren hatte, verließ sie das Hotel. Weil ich das seltsam fand, folgte ich ihr zu der Bar, wo sie sich mit Tito traf, der sie lächelnd erwartete. Die Verbindung war natürlich schnell hergestellt. Ich muss blind gewesen sein, dass es mir nicht früher aufgefallen ist. Und ich war wütend auf mich selbst, weil ich ihr offenbart hatte, was ich schon so lange zu verbergen versuche.

Meine Wut wich schon bald vielen unbeantworteten Fragen. Ich konnte nicht verstehen, warum sie so etwas tat. Also habe ich mich distanziert verhalten. Wenn sie flirtete, wies ich sie ab. Ich wollte wissen, wie weit sie für ihren Vater zu gehen bereit war. Hatten sie geplant, dass Rose mich verführen sollte? Das hätte ich allerdings als schwach und wenig originell empfunden. Jedenfalls tat ich alles in meiner Macht Stehende, um sie in den Wahnsinn zu treiben, weil ich wusste, dass ein Ego wie ihres das nicht würde ertragen können. Es war lustig.

Aber an dem Tag im Malkurs änderte sich etwas. Ihre Geste schien aufrichtig ... und es gefiel mir. Deshalb habe ich sie im Hotel einmal geküsst. Doch dann hat sie es wieder verdorben, als sie mir den USB-Stick klaute. Ich hätte sie auf frischer Tat ertappen und hinauswerfen können.

Aber ich war nicht stark genug. Trotz ihrer Lügen übt Rose mehr Anziehungskraft auf mich aus als irgendjemand je zuvor. Ich hasse mich dafür. Dafür, dass ich sie ebenso gern beleidigen wie vögeln möchte.

Also habe ich sie weitermachen lassen. Denn wenn es etwas gibt, das ich liebe, dann, jemandem beim Lügen zuzuhören, und dabei die Wahrheit zu kennen. Ich ließ sie fröhlich die Beweise für die Bestechungsgelder vernichten – schließlich hatte ich sie absichtlich dort hingelegt, um zu sehen, was sie damit machen würde.

Ich glaube, ich habe ihr genügend Chancen gegeben. Sie hat mich immer enttäuscht. Zumindest bis vor Kurzem. Ich weiß nicht, was den Unterschied machte. Aber als ich schwach wurde – na ja, nur ein bisschen – und vor ihr kniete, sah ich, wie ihre Maske zerbrach.

Ich erhaschte einen Blick auf eine andere Person. Menschlicher. Verletzlicher. Eine Person, die nicht nur Titos Tochter war ... sondern ganz einfach Rose.

Ihr meine Vergangenheit zu gestehen war ein großes Risiko. Ich war mir nicht sicher, ob sie es nicht ihrem Vater weitergeben würde. Ich bin das Risiko trotzdem eingegangen, weil ich noch Hoffnung hatte. Denn auch, wenn ich Lügner verabscheue, bin ich nicht in der Lage, diese Frau zu hassen.

Sie hat auch viel von sich preisgegeben. Warum hätte sie das tun sollen, wenn sie mich verraten wollte? Es ergibt keinen Sinn. Vielleicht bin ich ein Idiot ... aber ich hoffe immer noch, dass nicht alles, was sie mir bisher erzählt hat, eine Lüge war. Ich hoffe immer noch, dass in der Person, die sie an meiner Seite darstellt, doch ein Körnchen Wahrheit steckt.

Thomas habe ich natürlich nicht eingeweiht. Gott weiß, was er tun würde, wenn er es wüsste. *Ich habe es dir ja gesagt.*

Und wenn sie dich doch verrät?, warnt meine innere Stimme.

Ich glaube es nicht. Aber wenn ich mich täuschen sollte, werde ich sie zuerst verraten. Ich bin ihr ohnehin immer einen Schritt voraus.

Nach meinem Telefoninterview mit dem Redakteur der *New York Times* kehre ich hungrig ins Hotel zurück. Überrascht stelle ich fest, dass es in der Suite stockdunkel ist.

»Eine undankbare Person, diese Rose«, höre ich Li Mei aus dem Wohnzimmer sagen. »Hätte sie nicht teilen können? Auf dieser Tür war doch noch Platz!«

Rose? *Meine* Rose? Ich ziehe die Augenbrauen hoch und sehe Li Mei, Lucky und meine Scheinverlobte zusammen auf dem Sofa sitzen. Sie haben sich eine Decke über die Beine gelegt und teilen sich eine Packung Ben & Jerry's mit drei Löffeln.

Im Fernseher läuft die tragische Szene aus *Titanic*. Jetzt verstehe ich.

»Das finde ich nicht«, sagt die leibhaftige Rose entrüstet. »Jeder macht ihr Vorwürfe deswegen, aber wenn man darüber nachdenkt, wäre es unmöglich gewesen, zu zweit auf diese Tür zu klettern! Zusammen wären sie viel zu schwer gewesen und die Tür wäre untergegangen.«

Li Mei denkt darüber nach und nickt. Lucky bittet die beiden, den Mund zu halten; sein Gesicht ist nass vor Tränen.

»Stimmt schon. Aber sie hätten sich doch wenigstens abwechseln können, oder? Vermutlich hättest du, egoistisch wie du bist, genauso gehandelt. Das scheint Rose-spezifisch zu sein.«

Bei diesen Worten streckt Li Mei ihr die Zunge heraus, aber meine Scheinverlobte schüttelt den Kopf. Sie ärgert sich kein bisschen.

»Nein, natürlich nicht! Dem Mann, den ich liebe, hätte ich bestimmt meinen Platz gegeb…«

Sie bemerkt mich und lässt ihren Satz unvollendet. Nach kurzem Blinzeln wendet sie den Blick ab und konzentriert sich wieder auf den Fernseher. Sieh mal einer an.

»Ich hätte dich auf die Tür gelassen, Li Mei«, sagt Lucky, ohne den Blick vom Bildschirm zu wenden, als hätte er den Film nicht schon hundertmal gesehen.

Li Mei rümpft angewidert die Nase.

»Nein danke. Wie ich dich einschätze, hättest du dich sowieso in eines der ersten Boote mit Frauen und Kindern gerettet.«

Da ist etwas dran. Lucky hat viele Qualitäten, aber seine Ängstlichkeit macht ihn zu einem ziemlichen Feigling. Er will protestieren, weiß aber nichts zu sagen. Ich nutze die Gelegenheit, um einzugreifen.

»Was macht ihr denn da?«

»Wir haben auf dich gewartet«, ruft Li Mei und springt auf. Die Decke fällt zu Boden. »Einer der Turnierteilnehmer hat das Hallenbad des Hotels privat reserviert und veranstaltet heute Abend eine Party. Ich glaube, es gibt sogar einen Wet-T-Shirt-Contest!«

Lucky wendet ihr mit Lichtgeschwindigkeit den Kopf zu. Unter seinen Augenlidern scheint eine rote Warnleuchte zu glimmen.

»Willst du daran teilnehmen?«

»Glaubst du etwa, dass meine Eltern für immer den Glauben an mich verlieren sollen, oder was? Nein, natürlich nicht. Ich will einfach die Show genießen. Kommt ihr mit?«

Ich schaue Rose an, die meinen Blick erwidert. Sie zuckt mit den Schultern und lächelt so verführerisch, dass jeglicher Vorsatz, sie nicht mehr zu berühren, dahinschmilzt.

»Auf jeden Fall!«

»Hey, du hast mir verschwiegen, dass es ein Wet-T-Shirt-Contest *für Männer* ist.«

Lucky schaut ein wenig enttäuscht, als wir barfuß und mit Liegetüchern in der Hand das Hallenbad betreten. Die Musik hallt laut von den Wänden wider. Am Pool wird getanzt. Deshalb also hat Rose darauf bestanden, dass ich ein weißes T-Shirt zu meiner Badehose trage.

»Gut hingekriegt«, flüstere ich ihr ins Ohr. »Aber ich habe nicht vor zu schwimmen.«

»Wir werden sehen.«

Es klingt wie ein Versprechen. Sie zwinkert mir zu und zieht los, um uns Liegen zu suchen. Ihr Pareo verbirgt kaum ihren wunderschönen Körper. Lucky steht neben mir und schmollt ein wenig, während Li Mei Thomas anruft und fragt, ob er nicht mitkommen möchte.

»Das letzte Mal, dass ich mich derart verraten gefühlt habe, war, als Zayn *One Direction* verlassen hat.«

Ich wende mich ihm zu.

»Ernsthaft?«

»Nein, natürlich nicht ernsthaft«, sagt er und verdreht die Augen.

Ich nicke stumm und wünsche, ich hätte nicht gefragt. Wenige Sekunden später höre ich ihn murmeln: »Mein Favorit war immer Harry.«

Glücklicherweise findet Rose schnell Plätze für uns. Eigentlich sollte ich in meinem Zimmer sein und mein Spiel perfektionieren, aber als Rose nach dem Saum ihres Pareos greift und ihn über ihren Kopf zieht, bereue ich mein Kommen nicht.

Ich bewundere sie mit brennendem Verlangen und ohne mich zu schämen. Sie trägt einen einfachen schwarzen Badeanzug, der mich sehr an Unterwäsche erinnert. Er unterstreicht perfekt die wundervolle Kurve ihrer gebräunten Schenkel. Sofort stelle ich mir vor, wie sie sich um meine Taille schlingen.

Mein Blick gleitet weiter zu ihren Brüsten, die mich innerhalb einer Nanosekunde erregen.

»Kommst du?«

Rose streckt mir ihre Hand entgegen, ohne die Blicke der Männer und Frauen zu bemerken, die auf sie gerichtet sind. Ich verstehe diese Leute, was sonst könnten sie tun? Aber ich hasse sie auch. Ich möchte der Einzige sein, der das alles genießen darf.

Ich stehe auf, verberge sie unauffällig mit meinem ganzen Körper und will gerade mein T-Shirt ausziehen, als sie mir einen Klaps auf die Hand versetzt.

»Anbehalten.«

Mir bleibt keine Zeit zum Diskutieren. Sie nimmt mich an der Hand und zieht mich hinter sich her. Li Mei und Lucky sind bereits im Wasser und kabbeln sich wie immer.

Rose steigt als Erste in den Pool. Das Wasser ist kühl und verschlägt ihr kurz den Atem. Ich folge ihr, genieße die Frische und bin dankbar für den Schaum, der sowohl Roses herrlichen Körper als auch meine beginnende Erektion verbirgt.

Zunächst bleibe ich in meiner Ecke, den Mund knapp über der Wasseroberfläche, und beobachte die anderen. Rose, Li Mei und Lucky tanzen zum Rhythmus von Ariana Grande. Rose versucht, mit ihrem Cocktail in der Hand auf eine Boje zu steigen; ihre misslungenen Versuche bringen die anderen zum Lachen.

Plötzlich schaut sie mich an. Ich merke, dass ich vor mich hin grinse wie ein Idiot. Ich reiße mich zusammen, aber es ist zu spät. Sie stellt ihr Glas ab, nachdem sie es mit einem einzigen Schluck geleert hat, und schwimmt auf mich zu wie ein sich näherndes Krokodil.

»Hast du Spaß?«, frage ich, als sie bei mir ankommt und unsere Nasen sich fast berühren.

»Und wie! Es ist lange her, dass ich so viel gelacht habe.«

»Das freut mich.«

Und ich meine es ernst. Ich betrachte sie, und mein Blick bleibt an den Wassertropfen hängen, die auf ihren Wimpern perlen. Sie leuchtet geradezu. In Momenten wie diesen weigere ich mich zu glauben, dass sie eine Spionin ist. Vielleicht habe ich mich grundlegend geirrt. Vielleicht ist alles nur ein großes Missverständnis.

»Noch schöner wäre es … wenn mein Verlobter mit mir tanzen würde.«

»Dein Verlobter tanzt nicht mit dir?«, sage ich scheinbar entrüstet. »Den solltest du loswerden.«

»Recht hast du! Der Idiot weiß nicht zu schätzen, wie viel Glück er hat.«

»So sind sie nun mal. Du solltest dir einen Liebhaber suchen, um ihn eifersüchtig zu machen.«

»Ach ja?«, lacht sie. »Stehst du für die Rolle zur Verfügung?«

»Nichts lieber als das.«

Ich komme ihr noch näher und lege beide Arme um ihre schlanke Taille. Unter dem Schaum kann uns niemand sehen, außerdem ist es mir egal. Sie öffnet leicht die Lippen, schaut mir tief in die Augen und streicht mit den Händen über mein durchnässtes T-Shirt.

»Du hast recht. Du hättest es besser ausgezogen.«

Ich weiß nicht, was mit mir los ist, aber ich hauche in ihren Mund: »Heute Abend in unserem Zimmer. Mach es einfach selbst.«

Sie schaut mich an, als wolle sie mich fragen, ob ich es ernst meine. Ich weiß es selbst nicht. Vermutlich schon, denn ich bin ein Dummkopf, der ihr nicht widerstehen kann.

Ich umschlinge sie fester und drücke meine Erektion gegen ihren Bauch. Sie schnappt nach Luft. Ich habe es einfach satt, immer nur von ihr zu fantasieren, und noch mehr, unter der Dusche zu masturbieren und an den einzigen Moment zu denken, den wir bisher zusammen hatten.

»Unter einer Bedingung.«

Ich ziehe die Augenbrauen hoch und schlucke bei der Berührung ihrer Hände, die unter meine Badehose gleiten. Mit dunkel geweiteten Pupillen umfasst sie meinen Po.

»Dass du gleich danach ein Foto von mir machst. Als Souvenir.«

»Als Souvenir.« Als ob sie bereits wüsste, dass es nicht mehr vorkommen würde. Als ob sie vorhätte, uns bald zu verlassen.

Ich will sie gerade fragen, was sie damit meint, als mir über ihre Schulter hinweg eine vertraute Gestalt ins Auge fällt.

Unwillkürlich erstarre ich in ihren Armen. Tito geht am Beckenrand entlang. Seine Augen sind auf uns gerichtet. Neugierig folgt Rose meinem Blick und erschrickt ebenfalls.

»Hey«, flüstert sie mir zu. »Entspann dich.«

Sie greift mir unters Kinn und wendet mein Gesicht zu sich, um mich zu zwingen, den Blick von ihm abzuwenden. Ich schaue ihr in die Augen. Sie kommt noch näher und küsst mich. Mein Herz rast. Unsere Zungen umspielen einander und meine Hand streichelt zärtlich ihren Hals.

Mir ist klar, dass es nicht gut ist, aber ich hoffe, dass Tito in diesem Moment blinde Wut empfindet. Ich hoffe, er hasst es, mich mit seinem kleinen Liebling zu sehen. Und ich hoffe, er weiß, dass ich keine Sekunde zögern werde, sie im Notfall gegen ihn einzusetzen.

Aber nach ein paar Sekunden vergesse ich Tito. Es gibt nur noch sie und mich und meine Erregung, die gegen ihre Schenkel pulsiert.

»Fühl mal«, flüstert sie, greift nach meiner Hand und legt sie auf ihre Brust.

Unwillkürlich stöhne ich, erst vor Lust, dann vor verzweifelter Sehnsucht, als ich ihr Herz unter meinen Fingern rasen spüre. Ist das wirklich real? Ist es mehr als ein Spiel für sie? Ich ertappe mich dabei, es mir mehr als alles andere zu wünschen.

»Weißt du«, hauche ich gegen ihre feuchten Lippen, »ich glaube nicht, dass es um Rose geht, oder um den Platz auf dieser blöden Tür. Wir alle wissen, dass er durchaus gereicht hätte.«

»Ach nein?«

»Nein. Ich denke, es geht nur um Jack und die Tatsache, dass er alles getan hätte, damit die Frau, die er liebt, auf jeden Fall überlebt. Eine andere Möglichkeit hätte er nicht akzeptiert.«

Sprachlos betrachtet sie mich. In diesem Augenblick ruft Li Mei von unseren Liegestühlen nach mir. Sie hat mein Handy in der Hand. Jemand ruft mich an, vermutlich Thomas. Widerstrebend lasse ich Rose los und drücke ihr einen letzten Kuss auf den köstlichen Mund.

»Bin gleich wieder da. Mach keine Dummheiten.«

»Du kannst sicher sein, dass ich genau das tun werde«, erwidert sie mit komplizenhaftem Augenzwinkern.

Ich schüttele den Kopf, verlasse grinsend den Pool, trockne mir die Hände an meinem Handtuch und greife nach meinem Handy. Thomas will wissen, ob er stört. Immer mit Blick auf Tito gehe ich zum Ausgang und suche mir eine ruhigere Ecke.

Tito beobachtet seine Tochter mit verärgerten Blicken aus dem Augenwinkel. Das gefällt mir ganz und gar nicht.

»Was ist los? Kann es nicht warten?«

»Ich wollte nur wissen, wie dein Gespräch gelaufen ist.«

Tropfnass stehe ich im Gang und erzähle Thomas von meiner Begegnung am Nachmittag. Es dauert gut fünf Minuten. Der Chefredakteur zeigte sich zunächst zurückhaltend, aber meine Beweise überzeugten ihn schließlich.

»Dann ist er also interessiert?«

»Natürlich ist er interessiert. Immerhin geht es um Tito Ferragni. Er wollte den Artikel schon nächste Woche veröffentlichen, aber ich konnte mit ihm verhandeln und er willigte ein, noch etwas zu warten.«

Ich kann Thomas zwar nicht sehen, aber ich weiß, dass er nickt.

»Gut gemacht. Das Timing muss perfekt sein.«

Ich frage ihn, warum er nicht zu uns an den Pool gekommen ist, aber er sagt, so etwas interessiere ihn nicht. Ich muss lachen.

Ich hätte auch nicht gedacht, dass es mich interessieren würde, aber offenbar kann man mich immer noch überraschen. Dank Rose wird alles unterhaltsam.

»Gut, also bis dann. Wir sehen uns später.«

Ich lege auf, gehe wieder hinein und bin überrascht, dass sich rings um unsere Plätze eine kleine Gruppe gebildet hat. Misstrauisch nähere ich mich und bleibe stehen, als ich Rose sehe.

Stolz aufgerichtet steht sie vor einem Typen. Wasser perlt von ihrer nackten Haut. Wild gestikulierend ruft sie: »*Ci fai o ci sei? Pezzo di merda! Cazzino! Figlio di puttana!*«

Ein wenig schockiert beobachte ich sie und glaube, das eine oder andere Schimpfwort zu erkennen. Der Typ runzelt die Stirn, und ich sehe, wie sich seine Lippen bewegen, ohne dass ich hören kann, was er sagt.

Jedenfalls genügt es, um Rose wütend zu machen. Mir bleibt keine Zeit zu reagieren, als sie ihm auch schon ihr Knie mit voller Wucht in die Eier rammt. Der Typ stöhnt vor Schmerz und knickt zusammen. Dabei packt er sie schroff am Arm, doch sie springt ihm schreiend auf den Rücken und zerrt ihn heftig an den Haaren.

Li Mei und Lucky mischen sich lautstark ein. Eine Frau, vielleicht die Freundin des Typen, schubst Li Mei, aber die hält sie an ihrem Pferdeschwanz fest. Sie ziehen sich gegenseitig an den Haaren, während Li Mei verkündet, dass sie im Gefängnis schon mit schlimmeren Schlägern fertiggeworden ist. Lucky nimmt eine Boxstellung ein, ohne allerdings mitzumachen.

»Hilf mir, du Feigling!«, schreit Li Mei ihm zu, doch ihre Gegnerin bringt sie mit einem Schlag auf die Brust zum Schweigen. »Autsch! Nicht auf die Brüste, du Schlampe! Das ist wirklich hinterhältig!«

»Li Mei, ich komme!«, ruft Lucky und boxt wild in die Luft.

»Ich habe nur … Ups, Entschuldigung. Meine Mutter hat mir immer gesagt, ich soll keine Mädchen schlagen …«

»Lucky, gleich schlage ich dich!«

Ich verschränke die Arme und beobachte stirnrunzelnd das Chaos. Alle schauen zu und lachen. Es ist wirklich lächerlich. Sollte ich vielleicht eingreifen? Aber Rose scheint auch so klarzukommen. Sie macht kurzen Prozess mit ihrem Gegner.

»Ich werde diese Frau heiraten«, lächle ich stolz den Mann neben mir an, der gar nicht gefragt hat.

Er wirft mir einen Blick tiefsten Mitgefühls zu.

»Ganz schön mutig.«

Rose hält sich fest, während der Typ sich in der Hoffnung, sie loszuwerden, im Kreis dreht. Sie schreit ihn an, er solle sich entschuldigen, aber er bezeichnet sie nur als völlig verrückt.

Lässig gehe ich mit der Absicht, sie zu trennen, auf die beiden zu. Alle Augen sind auf mich gerichtet, als ich vor ihnen stehen bleibe und kühl zu dem Typen sage: »Du hast da meine zukünftige Frau auf dem Rücken. Ich würde es begrüßen, wenn du sie absteigen ließest. Und zwar sofort.«

Er reißt die Augen auf und schlägt mit voller Wucht auf Roses Hände ein, die immer noch in sein Haar gekrallt sind.

»Liebend gern. Runter, du Hexe!«

»*Lyubimaya?* Würdest du bitte diesen armen Kerl loslassen?«, bitte ich Rose zärtlich mit leicht geneigtem Kopf.

Sie grummelt. Ihre Wangen sind sehr rot – zumindest nehme ich das an.

»Er hat eine mehr als unangebrachte Bemerkung über Li Mei gemacht, und als ich ihm sagte, er solle sich entschuldigen, meinte dieser Arsch, wir sollten dahin verschwinden, ›wo wir herkommen‹.«

»Ich habe doch gesagt, es tut mir leid«, schimpft der Kerl.

»Ja, nachdem ich dir in die Eier getreten habe!«

Nach einem Blick von mir entschuldigt sich der Mann mit flacher Stimme erneut. Ich beschließe, dass es jetzt reicht, und lege die Arme um Rose, um sie vom Rücken des Typen zu ziehen. Mit zusammengebissenen Zähnen landet sie eng an mich gepresst auf dem Boden.

»Komm, wir gehen.«

Gelassen nehme ich ihre Hand und schnappe mir unsere Handtücher. Li Mei lässt das arme Mädchen los, das vermutlich eine Menge Haare verloren hat, und Lucky schnauft, als wäre er zehn Kilometer gerannt.

»Das war heftig ...«

»Schnauze«, schimpft Li Mei, deren Wange ganz zerkratzt ist. »Du bringst es einfach nicht.«

Unter den erstaunten Blicken der Zuschauer verschwinden wir. Wenige Meter vor dem Ausgang spüre ich Titos prüfenden Blick. Instinktiv umfasse ich Roses Hand etwas fester. Ich würde gern ohne größeren Aufstand den Pool verlassen, aber als wir an ihm vorübergehen, höre ich sein nur an mich gerichtetes Flüstern: »Was für ein Temperament. Du solltest ihr mal richtig zeigen, wo es langgeht.«

Mit pochendem Herzen bleibe ich stehen. Rose sieht fragend zu mir auf, doch meine ganze Aufmerksamkeit gilt Tito. Ich kann einfach nicht glauben, dass er so über seine Tochter urteilt.

»Sie ist kein Tier.«

Ich will mich gerade wieder umdrehen, als er in bösartigem Tonfall hinzufügt: »Das hoffe ich für dich. Wenn sie auch nur ansatzweise so ist wie deine Mutter, wirst du enden wie dein Vater.«

Meine bis dahin kalte und dumpfe Wut flammt auf und blendet mich völlig. Ich überlege keine Sekunde, schnelle auf, lasse Roses beruhigende Hand los, packe Tito am Kragen und schlage ihm mitten ins Gesicht. Unter der Wucht meines Schlages gerät er ins Taumeln. Rose hält meinen Arm fest und schreit meinen Namen.

»Sag das noch mal, du dummes Arschloch!«, brülle ich ihn an.

Tito steht auf, legt den Finger auf seine blutenden Lippen und grinst mich siegessicher an. Es ist wie eine kalte Dusche. Ich weiche zurück. Schwach nehme ich Roses Worte wahr. Sie zerrt mich Richtung Ausgang.

Titos Bemerkung kreist in meinem Kopf. Er wusste genau, dass mich der Satz über meine Mutter auf die Palme bringen würde. Darauf hat er nur gewartet. Ich schüttele mich heftig und bedauere bereits, dass ich die Beherrschung verloren habe.

»Alles okay?«, erkundigt sich Rose, als wir den Korridor zu den Umkleideräumen entlanggehen. »Was hast du dir bloß dabei gedacht?«

Meine drei Freunde schauen mich neugierig an. Lucky murmelt, was alle anderen vermutlich ebenfalls denken: »Wow … heute habe ich zum ersten Mal gesehen, wie du die Beherrschung verlierst. Du hast mir echt Angst gemacht. Ich dachte, du würdest ihn umbr…«

Er beendet den Satz nicht. Wenig einfühlsam tritt ihm Li Mei heftig auf den Fuß. Mein Herz wird schwer.

Ich dachte, du würdest ihn umbringen. Das ist es, was er sagen wollte. Und damit hätte er recht gehabt. Denn genau das tue ich, oder? Menschen töten. *Scheiße.* Ich muss dringend an die Luft. Ich muss allein sein. Ich muss unbedingt wieder runterkommen.

Wortlos drehe ich mich um und will davonlaufen, aber Rose hält mich am Arm fest. Ich entziehe mich ihrem Griff grober, als mir lieb ist.

»Lass mich in Ruhe.«

»Warum?«, will sie wissen und geht neben mir her.

Versteht sie nicht, oder was? Ich will sie im Moment nicht bei mir haben!

»Weil ich stinksauer bin.«

»Das trifft sich gut, ich bin nämlich auch stinksauer. Lass uns doch gemeinsam stinksauer sein«, sagt sie scherzhaft.

Ich balle die Fäuste, bleibe stehen, wende mich ihr zu und schaue ihr finster in die Augen.

»Nein, Rose. Ich bin sauer auf *dich*.«

»Auf mich?«, sagt sie überrascht. »Was habe ich denn getan?«

»Ich habe mich deinetwegen geprügelt! Kannst du dich keine fünf Minuten am Riemen reißen, verdammt noch mal?«

Sie öffnet den Mund und will sich verteidigen. Sie ist es nicht gewohnt, dass ich wütend werde, geschweige denn, dass ich so mit ihr rede. Auch wenn es mir leidtut, dass ich meine Wut auf Tito an ihr auslasse, bereue ich es nicht.

Mich nervt, dass sie die Tochter dieses Mannes ist. Mich nervt, dass ich ihr nicht trauen kann. Und mich nervt, dass sie mich all diese Dinge empfinden lässt, die mich in ihrer Gegenwart unglücklich machen.

»*Meinetwegen?!* Aber ich habe dich nicht darum gebeten! Ehe du aufgetaucht bist, kam ich ganz gut zurecht. Und was hat das mit Tito zu tun?«

»Ich habe ihn wegen etwas geschlagen, das er über dich gesagt hat. Es ist Jahre her, dass ich das letzte Mal die Beherrschung verloren habe, weil ich es einfach hasse, mich zu prügeln. Man weiß *nie*, was passiert, wenn man handgreiflich wird. Und dann kommst du daher und …«

»Stopp«, unterbricht sie mich zornig. »Es ist also meine Schuld, wenn mich jemand beleidigt? Meine Schuld, wenn du ruck, zuck auf hundertachtzig bist? Ich glaube, du bist blind, weil du wütend bist. Aber dass du dich über etwas ärgerst, das er gesagt hat, gibt dir noch lange nicht das Recht, deinen Frust an mir auszulassen.«

Mit diesen Worten reicht sie mir mein Handtuch und geht zu den anderen.

Sie bleibt noch einmal stehen, dreht sich um und fügt hinzu: »Oh, und außerdem wissen wir beide, dass es gelogen ist. Das, was Tito gesagt und was dich verärgert hat, hat nichts mit mir zu tun.«

21

Juni. Las Vegas, USA.

Rose

Alles in Ordnung?

Ja klar.

Du hättest nicht sagen sollen, was du gesagt hast.

Tut dir dein Scheinverlobter etwa leid?

Es hätte aus dem Ruder laufen können. Das war ein Schlag unter die Gürtellinie.

Mein Vater antwortet mehrere Minuten lang nicht. Ich habe lange gezögert, ehe ich mich dazu entschloss, ihm eine Nachricht zu schicken. Sein Verhalten gegenüber Levi war kleinlich und gemein.

Nie werde ich den intensiven Schmerz vergessen, der in diesem Moment in Levis Augen aufblitzte. Es drehte mir schier den Magen um.

Ich hasse es, mich zu prügeln. Man weiß nie, was passiert, wenn man handgreiflich wird. Dieser spezielle Satz hat mich am Boden zerstört. Ich verstand sofort, was er damit meinte. Das letzte Mal, als er sich prügelte, hat er seinen Vater getötet.

Und offensichtlich kommt er damit längst nicht so gut zurecht, wie er vorgibt. Was völlig normal ist.

An seiner Stelle wäre ich wohl depressiv geworden.

Dein Rollenspiel wird von Tag zu Tag besser …
Es ist doch nichts anderes als ein Rollenspiel. Oder?

Ich sitze im Schneidersitz auf dem Sofa und starre wie versteinert auf mein Handydisplay. Mein Herz zieht sich zusammen. Seine Frage ist legitim. Dasselbe frage ich mich jeden Tag.

Ich bin mir nicht sicher, ob ich noch schauspielere. Levi und ich haben seit zwei Tagen nicht mehr miteinander gesprochen. Wir tauschen Höflichkeiten aus, vor allem über das Turnier, aber abends lege ich mich in unser Bett, ohne ihn zu beachten. Er ignoriert mich ebenfalls.

Es war das erste Mal, dass er wütend auf mich war, und es hat mich … verletzt. Genau wie sein Schweigen in den letzten beiden Tagen. Ich dachte, er würde sich entschuldigen, aber offenbar berührt es ihn weniger als mich.

Nein, natürlich nicht.

Ich breche die Unterhaltung ab und schalte das Handy aus. In diesem Moment kommen Li Mei und Lucky perfekt gestylt herein.

»Warum heißt eine Maß Bier nicht einfach ein Liter? Das verstehe ich nicht«, überlegt Lucky.

»Steht etwa Google auf meiner Stirn? Oh, du bist ja da!«, lächelt Li Mei, als sie mich sieht. »Wir gehen in einen Club und haben gewettet, wer von uns beiden als Erster einschläft. Wir haben es sogar geschafft, Thomas mitzuschleppen, und das ist ein Sieg, glaub mir! Bleibst du hier?«

Ich nicke, ohne etwas zu sagen. Ich bin nicht in der Stimmung, heute Abend feiern zu gehen. Zwar habe ich auch keine Lust darauf, mit Levi allein zu sein, aber er scheint das Zimmer ohnehin nicht verlassen zu wollen. Er muss trainieren.

»Wartet nicht auf uns«, sagt Lucky und zwinkert mir zu.

Keine Ahnung, was er damit sagen will. Ich wünsche ihnen einen schönen Abend, dann wird es wieder still. Nachdem ich ein paar Minuten nichts getan und nur etwas getrunken habe, stehe ich auf und hole die Leinwand und die Farbtuben, die ich im Bad deponiert habe.

Ich stelle mich vor das große Fenster im Wohnzimmer, ziehe ein bereits beklecktes weißes Hemd an und beginne zu malen. Das mache ich immer, wenn mir zu viele Gedanken durch den Kopf wirbeln. Schnell sehe ich dann klarer. Ich male, ohne darüber nachzudenken, was auf der Leinwand erscheinen wird. Ausgeglichenheit macht sich in mir breit, bis die warmen Farben aufeinandertreffen und ein Porträt ergeben, das ausnahmsweise nicht mein eigenes ist. Die Darstellung ist ein wildes Durcheinander, aber in den abstrakten Linien erkenne ich sofort Levis Gesicht.

Verblüfft betrachte ich die Leinwände, die ich in den letzten Tagen bemalt habe. *Oh, wow.* Bisher ist es mir nicht aufgefallen, aber ich habe ihn schon mehrfach dargestellt.

Ich bin so aufgewühlt, dass mir kaum auffällt, dass er mit den Händen in den Hosentaschen sein Zimmer verlässt. Zur gleichen Zeit klingelt jemand an der Tür. Wir bleiben beide stehen und werfen uns einen überraschten Blick zu.

Levi öffnet die Tür. Es ist ein Lieferant. Er übergibt meinem Scheinverlobten ein Paket. Levi nimmt es an und schließt die Tür.

»Was ist das?«, frage ich.

»Ein Päckchen für mich. Etwa … von dir?«

Plötzlich erstarre ich und gerate in Panik. *Oh nein, das hatte ich total vergessen!* Ich öffne den Mund, ohne zu wissen, was ich sagen soll, während er mich mit einer hochgezogenen Augenbraue anschaut.

»Das ist ein Irrtum. Es ist für mich!«, lüge ich und lasse Pinsel und Farbtuben fallen.

Mit pochendem Herzen gehe ich auf ihn zu. Den Inhalt des Päckchens hatte ich lange vor unserem Streit bestellt. Es war dumm von mir. Ich hätte es nicht tun sollen. Ich strecke den Arm aus, um es ihm wegzunehmen, aber er dreht sich ungerührt aus meiner Reichweite.

»Heißt du etwa Levi Iwanowitsch? Ich glaube nicht.«

»Gib her!«

Doch die Schlacht ist längst verloren. Er reißt das Papier auf, ohne dass ich etwas dagegen unternehmen kann. Mit einem frustrierten Seufzen kehre ich zu meiner Leinwand zurück, ohne ihn nur eines Blickes zu würdigen.

Ich werde mich lächerlich machen. Mit brennenden Wangen starre ich auf mein Gemälde. Aus dem Augenwinkel sehe ich, wie er das Geschenk vorsichtig aus der Schachtel nimmt. Ich muss nicht hinschauen, um zu wissen, was er in der Hand hält.

Es ist eine hochmoderne Kamera. Ich verrate lieber nicht, wie viel sie gekostet hat: jedenfalls nicht viel weniger als mein letztes Gehalt. Ich wollte ihm eine Freude machen und ihn dazu bringen, wieder zu fotografieren. Ich konnte ja nicht ahnen, was passieren würde.

Immer noch schweigend kommt Levi auf mich zu. Mein Herz schlägt bei jedem seiner Schritte schneller. Hinter meinem Rücken bleibt er stehen. Ich halte den Atem an, als er seufzt und seine Stirn an meinen Nacken legt. Unwillkürlich erbebe ich.

Seine Nähe schmerzt. Ich will, dass er weggeht, aber ich will auch, dass er näher kommt, mich berührt und nie mehr damit aufhört.

»*Mi dispiace*«, haucht er.

Mist. Mit zitternden Händen schließe ich die Augen. Ich hätte nicht erwartet, dass er sich entschuldigt. Erst recht nicht auf Italienisch.

»Du hattest recht. Ich war dumm.«

Seine Aussprache des Italienischen ist sogar noch knuffiger als die des Englischen. Es verursacht mir ein seltsames Gefühl, sowohl im Herzen als auch zwischen meinen Schenkeln.

Seine Lippen berühren meinen Nacken mit einem Kuss. Wie könnte ich ihm danach nicht verzeihen? Ich drehe mich zu ihm um und schaue ihm tief in die Augen.

»Würdest du mir Modell stehen?«

Ich lächele schwach.

»Das trifft sich gut, ich habe einige Erfahrung auf diesem Gebiet ...«

»Super. Zieh deine Hose aus und behalte das Hemd an. Ich bin gleich bei dir.«

Er geht zurück ins Schlafzimmer, wahrscheinlich um eine Speicherkarte zu holen. Ich bin total aufgeregt. Gehorsam schlüpfe ich erst aus meiner Hose, dann aus meinem BH unter dem Hemd. Als er zurückkommt, sind seine Augen dunkel. Ich frage ihn, was ich tun soll.

»Weitermalen. Du bist schön, wenn du dich konzentrierst.«

Ich gehorche diskussionslos. Er beobachtet mich, ohne zunächst etwas anderes zu tun. Ich achte nicht auf ihn, sondern male, bis er schließlich sein Gesicht hinter dem Objektiv versteckt.

Plötzlich wird er unruhig. Ich frage ihn, was los ist.

»Ich habe keine Ahnung, was dabei herauskommt. Was ich im Sucher sehe, ist einfach nur ... monochrom. Ich habe das Gefühl, es ist reine Zeitverschwendung.«

»Erinnerst du dich an den Malkurs? Du hast nicht auf die Farben geachtet, sondern bist einfach deinem Instinkt gefolgt. Das hier ist das Gleiche.«

Er scheint nicht sehr überzeugt zu sein, und ich überlege, wie ich die Enttäuschung in seinem Gesicht mildern kann. Schließlich schlage ich ihm vor, die Kamera wegzulegen, und drücke ihm einen Pinsel in die Hand.

»Und jetzt mal!«

»Was soll ich malen?«

»Mich.«

Ich reiche ihm die Farben und knöpfe langsam mein Hemd auf. Er schluckt. Seine Augen folgen der Bewegung meiner Finger. Sein Gesichtsausdruck ist nicht zu deuten, aber seine Augen werden dunkel, als das Kleidungsstück auf meine Füße hinuntergleitet.

Er schaut mich an.

»Du machst mir die Aufgabe wirklich schwer ...«

Ich frage ihn, ob es ihm peinlich wäre. Irgendwann mal hat er mir gestanden, dass ihn die Nacktheit anderer Menschen stört. Sein Schamgefühl ist deutlich ausgeprägter als meines, und ich möchte keinen Fauxpas begehen.

Glücklicherweise schüttelt er den Kopf.

»Ich fürchte lediglich, von meinem Modell abgelenkt zu werden, das ist alles.«

»Skandalös«, spotte ich grinsend. »Jack, ich möchte, dass du mich so zeichnest wie die Mädchen in Frankreich, wenn ich das trage.‹«

Bei diesen Worten lacht Levi, kommt näher und verschlingt mich mit Blicken. Ich lasse ihn über seinen ersten Strich nachdenken. Er taucht den Pinsel in blaue Farbe und zieht eine Linie zwischen meinen Brüsten. Ich zucke zurück. Himmel, ist das kalt.

Sein Lächeln ist unendlich charmant. Schweigend setzt er sein Meisterwerk fort. Ich hoffe inständig, dass die anderen nicht unangekündigt auftauchen. *Wartet nicht auf uns*, hatte Lucky gesagt, als ob er etwas geahnt hätte. Ich denke, wir können uns Zeit lassen.

»Was stellt es dar?«, frage ich ihn, als er zurücktritt, um sein Werk zu bewundern.

»Eine Rose.«

Ich betrachte die mitternachtsblaue Rose, die jetzt meine Haut ziert. Sie ist wirklich schön.

»Mach weiter. Überall.«

Falls er anfangs noch Zweifel hatte, spüre ich bald nichts mehr davon. Levi streicht mit dem Pinsel über mein Schlüsselbein und dann über beide Brustwarzen, die bei der Berührung hart werden. Es ist heiß und die Luft ist wie elektrisch geladen. Ich tue so, als würde ich die Beule in seiner Hose nicht bemerken und schaue ihm in die Augen, während er fleißig malt.

Schon bald lässt er den Pinsel liegen und benutzt seine Finger. Mein Oberkörper ist mit bunter Farbe bedeckt. Auch seine Hände sind bunt, doch das scheint ihn nicht weiter zu stören, denn er greift in meinen Nacken und küsst mich heftig.

»Du machst mich total verrückt«, flüstert er zwischen den Küssen. »Ich hasse das.«

»Dabei ist das noch gar nichts.«

Ich fahre mit den Händen unter sein T-Shirt, berühre seine warmen, glatten Bauchmuskeln und ziehe ihm das Hemd über den Kopf. Sein Oberkörper ist ein Kunstwerk. Zuerst streichele ich ihn, dann lasse ich meine Zunge über eine seiner Brustwarzen gleiten. Er stößt einen schmerzlichen Seufzer aus; offenbar ist diese Stelle empfindlich. Das genügt, um mich noch mehr zu erregen.

Ich lecke ihn noch ein wenig, ehe ich seine Hose aufknöpfe. Er knirscht mit den Zähnen, als ich den Reißverschluss seiner Hose öffne und mich vor ihn hinknie.

»Das wollte ich schon so lange tun.«

Er flucht leise auf Russisch, während ich ihn in die Hand nehme und lecke. Meine Zunge streichelt ihn langsam, als wolle sie ihn necken.

Levi wirft den Kopf zurück und stößt einen genüsslichen Laut aus, als ich ihn in den Mund nehme und anfange zu saugen.

»Oh mein Gott«, stöhnt er, während er mein Gesicht in die Hände nimmt. »Du bringst mich um.«

»Das hoffe ich«, sage ich und lasse ihn für einen Moment los. »Wusstest du, dass der Orgasmus noch einen anderen Namen hat? Er wird auch ›kleiner Tod‹ genannt.«

Ich kann ihn nicht komplett in den Mund nehmen, aber ich spiele mit meiner Zunge an der gesamten Länge entlang, was ihn zu befriedigen scheint. Seine Hand ruht auf meiner Wange, sein Daumen streichelt die Beule, die sich dort bildet. Er berührt meine rosigen Lippen, die sich um ihn geschlossen haben, und fährt mit der anderen Hand in mein Haar.

»Ich fürchte, das halte ich nicht lange durch. Tut mir leid«, erklärt er beschämt. »Himmel, was machst du da?«

Meine Erregung wächst, und ich beschleunige das Tempo. Meine Hände umklammern seine festen Pobacken. Plötzlich nimmt er mein Haar in seine Hände und lenkt mich in einen immer schnelleren Rhythmus. Er vögelt meinen Mund und schaut mir direkt in die Augen, als könne er es selbst nicht glauben.

»Du bist so schön … Ich bin so weit.«

Ich spüre, wie er sich zusammenzieht, und sauge die Luft aus meinen Wangen, um ihn noch fester zu umschließen. Jetzt ist er verloren. Er flucht, bevor er mit einem Aufstöhnen kommt. Er packt mich an den Schultern, zieht mich ruckartig hoch, und sein Mund verschmilzt gierig mit meinem.

»Ich muss mich erst einmal beruhigen«, sagt er schwer atmend. »Sonst mache ich mich lächerlich und komme sofort, wenn ich in dir drin bin.«

Wow. Widerwillig trenne ich mich von ihm und bitte ihn, ein Kondom zu besorgen. Ich nutze seine Abwesenheit, um meine Fassung wiederzuerlangen, allerdings ohne Erfolg. Ich werde gleich Sex mit Levi haben. Mit Levi Iwanowitsch. Mit meinem schlimmsten Feind. Meinem besten Freund. Meinem Scheinverlobten.

Mit Sicherheit ist es ein Fehler, aber ich stürze mich kopfüber hinein.

Die Farbe auf meinem Körper ist schon fast getrocknet, als er nur mit schwarzen Boxershorts bekleidet zurückkommt.

»Darf ich dich auch bemalen?«

Er hebt eine Augenbraue, dann nickt er stumm.

»Ich möchte auch meine Spuren auf dir hinterlassen.«

Ich tauche meine Finger in Farbe und lege los. Er bekommt Gänsehaut auf den Armen. Ich male wild durcheinander und mische die Farben so lange, bis sie ein Chaos ergeben, das seltsamerweise Sinn ergibt.

Ein bisschen wie wir.

Er greift nach meinen Handgelenken und küsst mich, bevor ich fertig bin. Sein Körper presst sich an meinen. Die noch frische Farbe verteilt sich auf meinen Brüsten, ein Detail, das mich erbeben lässt.

Seine Hände, die er offenbar gewaschen hat, bevor er zurückkam, greifen nach meinen Oberschenkeln und heben mich mühelos hoch. Ich verschlinge seinen Mund, als würde uns die Zeit davonlaufen, während er mich auf die Couch legt und sich über mir aufrichtet. Er küsst meinen Körper auf die wenigen Stellen, die von seinem Abdruck noch unberührt sind, und zieht dann meinen Slip hinunter.

Seine Boxershorts folgen. Er wirft sie quer durch das Zimmer.

»Wie hast du es am liebsten?«, flüstert er in meinen Mund. »Langsam und sanft? Schnell und wild? Dass ich dich liebe wie ein Ehemann seine Frau? Oder dass ich dich ficke, bis du keine Luft mehr bekommst? Sag es mir, und ich werde es tun.«

Herr im Himmel. Am liebsten würde ich alle Fragen auf einmal beantworten. Aber die Art, wie ich ihn jetzt haben will, zeigt mir, dass ich nicht bereit bin, noch länger zu warten oder mich Sentimentalitäten hinzugeben.

»Das Letzte«, keuche ich, während er meine Schenkel spreizt und mit dem Finger meine Klitoris streichelt.

»Also schnell und wild. Perfekt.«

Er streichelt mich und küsst mich leidenschaftlich. Das brennende Gefühl in mir ist kaum zu ertragen. Ich ziehe mich schmerzhaft zusammen und stemme meine Hüften gegen seine Hand. Je mehr ich stöhne, desto schneller werden seine Finger.

Ich bin völlig außer mir, beiße ihm auf die Lippe und flehe ihn an, in mich einzudringen. Ich sehe zu, wie er das Kondom überzieht, greife ihn im Nacken und ziehe ihn an mich. Seine Nase berührt meine und er schaut mich intensiv an, als er in mich eindringt.

Er knurrt, ohne den Mund zu öffnen, seine Finger klammern sich an meine Hüften. Ich schlinge meine Beine um seine Taille und stoße mit den Füßen gegen seine Pobacken. Es ist …

»Unglaublich«, flüstert er und schmiegt sein Gesicht an

meinen Hals. »Davon werde ich wohl nie genug bekommen können.«

Und ich erst. Genau das macht mir Angst. Er bewegt sich in mir, stößt immer heftiger zu und seine Finger verschränken sich mit meinen neben meinem Kopf auf dem Sofa. Sein Körper ist der Wahnsinn. Ihn so tief in mir zu spüren, pustet mir fast das Hirn weg.

»Hoch mit dem Hintern, *Lyubimaya*.«

Ich gehorche mit Vergnügen. Er führt seine Hände unter mich und zieht mich im Rhythmus seiner Stöße an sich. Ich stöhne und lege den Arm über meine geschlossenen Augen. Mein Puls beschleunigt sich mit jeder Sekunde, so erregt bin ich von dem Geräusch seiner Haut, die auf meine trifft.

Plötzlich zieht er sich zurück. Ich keuche.

»Willst du mich verarschen?«, rufe ich. »Warum hörst du auf?«

Levi setzt sich mit gespreizten Beinen auf die Couch, greift nach meinem Kinn und küsst mich zärtlich.

»Setz dich auf mich.«

Bei dieser einfachen Bitte schlägt mein Herz einen Salto rückwärts. Ich erinnere mich, wie ich in Macau daran dachte, ihm im Auto auf den Schoß zu klettern. Alles war also nur eine Frage der Zeit. Ich zögere nicht lange und setze mich auf seine nackten Oberschenkel. Er lässt mich gewähren. Ich führe ihn in mich ein.

Das Gefühl ist absolut göttlich. So etwas habe ich noch nie erlebt. Er lehnt seinen Kopf an die Rückenlehne des Sofas, ein schmerzlicher Seufzer entweicht seinen Lippen. Spürt er, wie tief er in dieser Position in mir ist?

Ich glaube, ich sterbe.

Ich reite ihn, ohne meinen Blick abzuwenden. Er betrachtet mich mit einer Intensität, die mich beunruhigt. Als hätte er etwas zu sagen, würde sich aber nicht trauen. Ich lege meine Hände um seinen Hals, meine Finger streicheln seinen Haaransatz. Seine Hände tasten über die empfindliche Haut meiner Brüste und verteilen die Farbe.

Ich bewege mich schneller, er antwortet mit heftigen Stößen. Plötzlich legt er seine Hand auf meinen Unterleib.

»Spürst du mich in dir? Genau dort, unter deinem Bauchnabel?«

Ich nicke stöhnend und beschleunige das Tempo. Noch nie zuvor war jemand so tief in mir. Ich komme ins Schleudern. Ungeduldig dringt er noch heftiger in mich ein, bis wir beide gleichzeitig kommen. Für den Bruchteil einer Sekunde fällt seine Maske von ihm ab.

Erschöpft lehne ich meine Stirn an seine Schulter. Meine Haut ist, ebenso wie seine, mit Farbe und Schweiß bedeckt. Atemlos verharrt er noch einige Sekunden in mir und schlingt seine Arme um meinen nackten Rücken. Ich schließe die Augen und genieße die Berührung seiner Finger, die mein Haar streicheln.

»Bitte zeig mir dein Gesicht«, sagt er leise.

Ich lehne mich zurück und sehe ihn an. Was er sieht, scheint ihn zufriedenzustellen, denn er zieht sich zurück und bittet mich, mich nicht zu bewegen. Ich bleibe mit brennendem Gesicht und schmerzenden Muskeln auf dem Sofa sitzen, während er aufsteht und verschwindet. In der Küche höre ich Wasser laufen.

Als er zurückkommt, lege ich mir ein Kissen auf den Schoß. Ich sehe, dass er sich die Hände gewaschen hat. Er greift nach seiner Kamera und kommt näher.

»Nicht bewegen«, bittet er erneut. »Und nichts verändern.«

Ich schaue ins Objektiv. Meine Haut kribbelt bei dem Gedanken, dass er ein Foto von mir machen will, das mich nackt, voller Farbe und mit rosigen Wangen und verträumtem Blick nach unserem ersten Mal zeigt. Aber das war meine Bedingung. *Eine Erinnerung.*

Er betrachtet das Bild mit ausdruckslosem Gesicht.

Mit einem seltsam wehmütigen Lächeln seufzt er: »Atemberaubend.«

22

Levi

Wieder einmal reißt mich ein Albtraum mitten in der Nacht aus dem Schlaf. Und wieder einmal ist mein Gesicht tränenüberströmt. Mein Herz hämmert einen wilden Galopp, und ich habe das Gefühl zu ersticken.

Selbst der warme, beruhigende Körper von Rose, die sich zusammengerollt an mich schmiegt, reicht nicht aus, um mich zu entspannen. Ich löse mich aus ihren Armen und setze mich mit gesenktem Kopf auf den Bettrand.

Seit zehn Jahren erlebe ich in meinen Träumen immer wieder den Moment, in dem ich geschossen habe. Es ist immer die gleiche Szene, in der ich den Schock in den Augen meines Vaters erkenne. Die Szene, in der ich beinahe den Schimmer eines Bedauerns bei ihm zu erkennen glaubte; vielleicht war es aber auch nur Angst.

Aber in dieser Nacht ist etwas anders. Es war kein Albtraum. Es war eine glückliche Erinnerung.

Als ich fünf Jahre alt wurde, schenkten mir mein Vater und meine Mutter eine Überraschungsparty bei McDonald's. Mein Vater hatte sich als Micky Maus verkleidet. Ich sollte ihn eigentlich nicht erkennen, aber als er mich in die Arme nahm und mich fragte, welches Geschenk ich mir wünschte, erkannte ich seinen Geruch. Seltsam, nicht wahr?

Es war einer der besten Tage, die ich mit ihm verbracht habe. *Wie grausam. Da sind mir die Albträume fast lieber.*

Das aber … das … kann ich nicht ertragen. Es erinnert mich daran, was für ein widerlicher Mensch ich bin. Ich habe jemanden getötet. Ich habe meinen Vater getötet, den Mann, der mich aufgezogen hat, den Mann, dem ich das Leben verdanke. Er war kein guter Mensch, aber er hatte den Tod nicht verdient. Er hat mich geliebt. Und ich habe ihn geliebt.

Nach der schrecklichen Tat musste meine Mutter mich meinem traurigen Schicksal überlassen. Alles musste ich allein durchstehen und wurde so sehr von Schuldgefühlen geplagt, dass ich mir oft den Tod wünschte. Was aber nie geschah.

Ich kann meine Tränen nicht unterdrücken. Wie ein Idiot weine ich mit wundem Herzen in der Dunkelheit meines Zimmers. Ich möchte nicht mehr da sein. Ich hasse mich.

Plötzlich spüre ich eine warme Hand auf meinem Schulterblatt.

»Levi?«

Ich schäme mich, bei meiner Schwäche ertappt worden zu sein, und versuche, mit dem Weinen aufzuhören, aber Roses besorgter Tonfall zeigt, dass sie mich längst gehört hat.

»Ich bin da«, flüstert sie und schlingt ihre Arme um meine nackte Taille.

Und plötzlich ist alles ganz einfach: Ich kann loslassen. Ich verberge mein Gesicht, stütze meine Ellbogen auf die Knie und weine weiter.

»Es tut mir leid … es tut mir so unendlich leid …«

Sie weiß, dass meine Entschuldigung nicht ihr gilt. Und so bleibt sie stumm, schmiegt ihre Wange an meinen Rücken und streichelt meine Brust mit einer mütterlichen Geste.

»Ich wollte das nicht …«

»Ich weiß. Ich weiß«, wiederholt sie.

Rose zieht mich an sich und flüstert mir italienische Worte ins Ohr. Ich verstehe sie zwar nicht, aber ihre Stimme beruhigt mich sofort. Ich lege mich zu ihr unter das Laken und lehne meinen Kopf an ihre Brust. Sie streichelt mein Haar, während sie weiter auf mich einredet, ohne dass ich etwas verstehe.

Ich schlafe ein, ehe meine Tränen getrocknet sind.

Thomas, Lucky und Li Mei sitzen bereits an dem kleinen Tisch, als Rose und ich zum Frühstück dazukommen. Beim Aufwachen haben wir nicht über das gesprochen, was letzte Nacht geschehen ist, und dafür bin ich ihr dankbar.

»Nun?«, will Rose mit verschmitztem Lächeln wissen, »wer von euch ist zuerst schwach geworden?«

Li Mei zeigt unauffällig auf Thomas.

»Was glaubst du wohl?«

Ich weiß nicht, worüber sie reden, und habe keine Lust zu fragen. Ich habe schlechte Laune. Trotz einer Nacht in Roses tröstenden Armen habe ich sehr schlecht geschlafen.

Nicht einmal die Erinnerung an unseren heißen Abend kann mich beruhigen. Und doch war es das Paradies. Ich war fast so weit, sie zu bitten, dass sie mich ihrem Arschloch von Vater vorziehen soll.

Mich hat es erwischt. Und wie.

Ich, Levi Iwanowitsch, bin verrückt nach dem einzigen Mädchen, das ich nicht lieben darf.

»Und ihr ... Habt ihr euch wieder versöhnt?«, fragt Lucky.

Rose und ich tauschen einen komplizenhaften Blick. Statt einer Antwort lächele ich sie an. Verdammt, sie ist wunderschön. Ich muss heute Morgen beim Turnier antreten, dabei würde ich den Tag am liebsten einfach nur mit ihr im Bett verbringen. Das ist mir noch nie passiert.

»Haben wir«, sagt Rose und setzt sich neben Thomas auf das Sofa.

»Wir haben es alle gehört«, grummelt Thomas.

Offenbar ist Thomas früher als die beiden anderen von der Party zurückgekommen … Gut, dass wir nach dem ersten Mal ins Schlafzimmer umgezogen sind. Etwas verlegen will ich mich entschuldigen, aber Rose nutzt natürlich die Gelegenheit, um ihn zu ärgern.

»Sei froh, dass wir danach den Tisch abgewischt haben«, flunkert sie und steckt sich ein Stück Wassermelone in den Mund.

Thomas erstarrt und mustert sie mit kühlem Gesichtsausdruck.

»Habt ihr es etwa auf dem Tisch getrieben?«

»Sicher.«

»Wir *essen* an diesem Tisch!«, schimpft er, nimmt seinen Teller und stellt ihn sich auf den Schoß. »Keinesfalls esse ich da, wo Levi seinen Hintern gehabt hat. Auch nicht nach einer gründlichen Reinigung!«

»Ehrlich gesagt war es eher meiner … Aber wenn das so ist, willst du sicher auch nicht hier sitzen«, sagt Rose und deutet auf das Sofa.

Ich unterdrücke ein Lachen über den entsetzten Gesichtsausdruck meines Freundes. Li Mei und Lucky lachen laut auf, als er aufsteht, um sich auf ein Kissen zu setzen, während Rose nachsetzt: »Da vielleicht auch nicht.«

Thomas wirft mir einen bitterbösen Blick zu, schnaubt frustriert durch die Nase und setzt sich als letzten Ausweg auf den Boden. Die Stille lastet schwer. Er sieht uns an, damit wir ihm bestätigen, dass er dort sitzen kann, aber Rose zieht eine lustige Grimasse. Ihr Gesichtsausdruck sagt alles.

Alle brechen in Gelächter aus, nur Thomas springt auf und

schreit: »Scheiße, seid ihr Tiere oder was? Betten sind schließlich auch zu was gut! Muss ich ab sofort an den Wänden entlanggehen?«

Eigentlich will ich Rose bitten, mit der Neckerei aufzuhören, aber es ist so lustig, dass ich sie lasse. Sie macht ein nachdenkliches Gesicht und schenkt sich einen Orangensaft ein.

»Ganz schlechte Idee, die Wände.«

Thomas richtet sich auf und stürmt davon, während wir alle lachen. Rose ist offensichtlich stolz auf ihre Aktion.

»Genau genommen hat er recht«, meint Lucky schließlich. »Es ist, als würde man seine Eltern beim Sex hören. Würg.«

»Bin ich die Einzige, die das erregt hat?«, fragt Li Mei.

Lucky runzelt die Stirn und rät ihr, sich in ärztliche Behandlung zu begeben. Wir frühstücken und sprechen über das Turnier. Heute spielen nur Thomas, Lucky und ich. Li Mei bittet Rose, den Tag mit ihr außerhalb des Hotels zu verbringen. Rose fragt mich, ob ich sie brauche, aber ich sage ihr, sie könne gehen und sich eine schöne Zeit machen.

»Ziehst du mir das dann vom Gehalt ab?«, witzelt sie.

»Oh, forderst du etwa auch bezahlten Urlaub?«

»Logisch.«

Ich verdrehe die Augen und verschwinde unter die Dusche. Wenige Minuten später kommt Rose dazu, aber ich bin so spät dran, dass wir uns nur ein bisschen küssen.

»Rose?«

Sie wendet sich mir zu, nachdem sie ein schwarzes Trägertop und eine bis zu den Knöcheln hochgekrempelte Jeans angezogen hat. Mit einer Samtschachtel in der Hand gehe ich auf sie zu.

»Ich hatte übrigens auch ein Geschenk für dich. Nur blieb mir gestern keine Zeit, es dir zu geben …«

Mit misstrauischer Miene wartet sie ab. Ich weiß nicht so ganz genau, was ich da tue. Oder eigentlich doch. Ich schenke ihr mein Herz, ganz einfach. Denn ich kann es nicht länger leugnen. Nicht nach gestern Abend.

Ich bin dabei, mich in diese Frau zu verlieben.

Ist es noch zu früh? Existiert eine gewisse Verweigerungshaltung, ehe man sich verliebt? Ich weiß nur, dass ich ohne sie nicht mehr leben kann. Ich bin sogar bereit, ihr zu vertrauen, trotz der Geheimnisse, die sie vor mir verbirgt. Bestimmt hat sie ihre Meinung geändert, oder? Es ist unmöglich, dass sie, als ich in ihr war, die Gefühle auf ihrem Gesicht vorgetäuscht hat.

»Gib mir deine Hand.«

Sie gehorcht und versteht plötzlich, was ich vorhabe. Ich öffne die Schatulle und nehme das Schmuckstück vorsichtig heraus.

»Meine Großmutter hat mir leider keinen Ring vererbt«, sage ich und stecke ihr den Reif an den Ringfinger. »Ich habe ihn selbst ausgesucht. Wenn er dir nicht gefällt, können wir ihn jederzeit umtauschen … aber ich finde, er passt irgendwie zu dir.«

Er passt perfekt, worüber ich sehr froh bin. Rose starrt ihn an und findet keine Worte. Ich habe keine Ahnung, was sie von dem Schmuck hält. Der Ring ist überwältigend schön, dunkel, geheimnisvoll und kosmisch. Untypisch. Der Stein in der Mitte ist ein wunderschöner Salt-and-Pepper-Diamant, an den Seiten umgeben von zwei Halbmonden und sechs kleinen Brillanten. Die Ringschiene besteht aus vierundzwanzigkarätigem Roségold.

»Noch nie habe ich ein so schönes Geschenk bekommen. Aber … es ist doch nur zum Schein«, murmelt sie in einem beinahe fragenden Ton.

Mein Herz hüpft in meiner Brust. Ich möchte ihr sagen,

dass es längst nicht mehr so ist, aber ich möchte die Bombe nicht unmittelbar vor meinem Gang an den Spieltisch platzen lassen.

Also antworte ich: »Darüber sprechen wir heute Abend. In der Zwischenzeit darfst du vor den anderen ordentlich damit angeben.«

Rose hält ihre Hand vor sich und ihr Gesicht wird zur Verkörperung des Herzaugen-Emojis.

»Das werde ich tun.«

Mit diesen Worten läuft sie los, um Li Mei den Ring zu zeigen. Ich mache mich fertig, als ich etwas auf dem Bett vibrieren höre. Zuerst denke ich, es ist mein Handy, aber es ist ihres. Eine Nachricht von »Papa« ist gekommen.

Mir stockt das Blut in den Adern. Ich will sie nicht lesen, das schwöre ich. Aber ich kann den Blick nicht von der Nachricht abwenden, die mich auf gefährliche Weise verspottet.

Danke für den Tipp.
Ich wusste, dass ich auf dich zählen kann.

Ah.

Ich war auch vorher schon schlecht gelaunt, aber nach Titos Nachricht ist meine Stimmung im Keller. Mir ist klar, dass Rose sicher eine gute Ausrede hat; das muss sie auch. Von welchem Tipp er wohl spricht? Was könnte mir entgangen sein?

Hat sie vielleicht erraten, was wir mit der *New York Times* ausgeheckt haben? Wenn es so wäre ... könnte sich alles mit einem Schlag in Luft auflösen.

Ich nehme mir vor, heute Abend mit ihr darüber zu sprechen, und schlage mir Rose für die Dauer des Turniers aus dem Kopf. Je mehr Tage vergehen, desto weniger Spieler treten an.

Auch der Wettbewerb wird härter. Zum ersten Mal seit Beginn des Turniers sitze ich an Thomas' Tisch, und das genügt, um mich ein wenig zu besänftigen.

Wir spielen mehrere Stunden lang. Alles läuft bestens, als plötzlich jemand den Stuhl mir gegenüber rückt. Ich erkenne das übel zugerichtete Gesicht von Tito, der mich mit mörderischen Blicken mustert; vermutlich ein Spiegelbild meines eigenen Ausdrucks.

Thomas widersteht dem Drang, mir einen schnellen Blick zuzuwerfen, und konzentriert sich auf seine Hand. Zunächst spielen wir schweigend, aber als nur noch wir im Spiel sind, fängt Tito ein Gespräch an.

»Du siehst ein bisschen müde aus. Schlecht geschlafen?«

Ich würdige ihn keines Blickes, ignoriere ihn und tue so, als existiere er gar nicht.

Unglücklicherweise redet er weiter: »Du kannst aufhören, dir die ganze Mühe zu machen, weißt du. Dass du angeblich dauernd säufst, feierst und vögelst, nur um mich am Schlafen zu hindern, ist einfach nur erbärmlich.«

Ich werde stocksteif, ebenso wie Thomas an meiner Seite.

Mir wird klar, dass er sich auf gestern und die Geräusche bezieht, die er wahrscheinlich durch die Wand gehört hat. Er weiß also Bescheid. Als brave kleine Spionin wird Rose ihm gesagt haben, dass ich alles nur vortäusche. Wie weit sie mit ihren Vertraulichkeiten wohl gegangen ist? Weiß Tito, dass ich farbenblind bin? Oder, noch schlimmer, dass ich schuld am Tod meines Vaters bin?

Wartet er darauf, zum richtigen Zeitpunkt damit aufzutrumpfen?

Innerlich gerate ich in Panik. Ich sollte nicht antworten, aber heute ist nicht mein bester Tag. Also zeige ich mein Raubtierlächeln und fahre mit der Zunge über meine Lippen.

»Stell dir mal vor, alles, was du gestern gehört hast, war echt«, sage ich und spiele mit meinen Chips. »Sicher bist du sehr stolz auf sie, oder?«

Damit hat er offensichtlich nicht gerechnet. Sprachlos starrt er mich an. Thomas runzelt verständnislos die Stirn. Es interessiert mich nicht mehr, mein Gesicht zu wahren. Ich will nur noch, dass dieses beschissene Grinsen aus seinem Gesicht verschwindet.

»Du hast sie doch geschickt, um mich zu verführen, stimmt's? Deine eigene Tochter … Ich muss gestehen, ich habe es nicht kommen sehen.«

Thomas schaut mich mit weit aufgerissenen Augen an. Tito hat seine Maske fallen lassen. Er sieht enttäuscht, aber nicht überrascht aus. Ich lege meinen Einsatz auf den Tisch, richte meine Aufmerksamkeit wieder auf Tito und lehne mich nach vorn, damit die Dealerin mich nicht hören kann.

»Keine Sorge, Tito. Mission erfüllt. Ich habe sogar sehr, wirklich *sehr* davon profitiert.«

Ich zwinkere ihm zu, damit er begreift, worauf ich mich beziehe. Ich sehe, wie sich in seinem Gesicht Wut breitmacht und er die Fäuste auf dem Tisch ballt. Touché.

Wie vermutet unternimmt er nichts. Nie würde er es wagen, mich mitten in einem Turnier anzugreifen – damit wäre er nämlich disqualifiziert.

»Das wirst du bereuen, Iwanowitsch.«

Ich mache mir nicht die Mühe, ihm zu antworten. Die Dealerin warnt uns, dass wir über nichts anderes als das laufende Spiel sprechen dürfen und dass wir bestraft würden, wenn wir weitermachten.

Den Rest des Tages bin ich zerstreut. Nach zwei Stunden wechsele ich den Tisch, gegen Abend treffe ich Thomas am Ausgang des Hotels.

Er packt mich fest am Arm, führt mich nach draußen und flüstert mir ins Ohr: »Was ist denn das für eine kranke Geschichte? Sag bloß nicht, dass …«

»Rose die Tochter von Tito ist? Doch. Und außerdem eine Spionin.«

Er schaut mich an, als wäre ich durchgedreht, dann flucht er leise vor sich hin und kratzt sich den Bart.

»Wie lange weißt du das schon? Und warum hast du mir nichts gesagt?«

»Ich weiß es schon einige Zeit. Ich wollte ihr eine Chance geben, ihre Meinung zu ändern. Zu erkennen, dass ihr Vater ein Arschloch ist … Die Seiten zu wechseln.«

»Du hast doch nicht alle Tassen im Schrank, Alter«, schimpft er. »Du hättest sie sofort feuern müssen, als du es erfahren hast. Er ist ihr *Vater*, Levi. Und du hast ihm deine sämtlichen Schwachstellen auf einem Silbertablett serviert!«

»Ach was …«

»Ich habe dich gewarnt!«, fährt er wutschnaubend fort. »Ich habe dir gesagt, dass du vorsichtig sein sollst, dass mit ihr was nicht stimmt, dass du zu blöd bist! Mir war klar, dass sie dir den Kopf verdrehen würde. Scheiße!«

Ich fordere ihn auf, sich zu beruhigen. Er verstummt und fährt sich frustriert mit der Hand durch sein blondes Haar. Ich würde ihm gern sagen, dass Rose sich verändert hat, dass sie aufrichtig zu sein scheint, dass wir uns lieben.

Aber tatsächlich ist es ja so, dass ich keine Ahnung habe. Sie könnte mich ebenso gut manipuliert haben. Die Nachricht von heute Morgen fällt mir wieder ein, und ich seufze verärgert.

»Sag den anderen nichts davon. Ich verbiete es dir, hörst du?«, warne ich ihn mit fester Stimme. »Ich werde ihr heute Abend mitteilen, dass ich alles weiß. Mal sehen, was sie dazu sagt. Ich möchte ihr die Chance geben, mir alles zu erklären.«

Er schüttelt missbilligend den Kopf, akzeptiert jedoch meine Bedingung. Schon bald stellt sich Lucky zu uns und beschwert sich über die Hitze.

»Sollen wir vielleicht schwimmen gehen? Li Mei und Rose lassen sich gerade massieren. Wir könnten sie treffen.«

»Ich glaube, ich könnte eher einen Drink gebrauchen«, brummt Thomas und weicht meinem Blick aus.

Ich ahne, dass er immer noch sauer auf mich ist. Es ist selten, dass ich Geheimnisse vor ihm habe. Ich lege ihm meinen Arm um die Schultern.

»Ein Drink würde mir auch ganz guttun. Was ist mit dir, Lucky? Ein kleines Männerbesäufnis wie in den guten alten Zeiten?«

Er lächelt und wirft sich in die Brust.

»Auf jeden Fall! Ich könnte die Mädchen fragen, ob sie uns tref...«

»Wir haben gesagt unter Männern, Lucky. Was daran hast du nicht verstanden?«

Sein Lächeln schwindet, und sein Gesicht wird ganz traurig.

»Nicht einmal Li Mei?«

»Ist Li Mei ein Mann?«

»Nein.«

»Da hast du deine Antwort«, erklärt Thomas und geht voraus.

Ich ziehe Lucky hinterher und verspreche ihm, ihm ein paar Ratschläge zu geben, wie er seine Ex zurückgewinnen kann. Ich lüge ihn nicht an; es könnte kompliziert werden. Aber ich kenne Li Mei gut genug, um zu wissen, dass sie immer noch sehr verliebt in ihn ist.

Sie schämt sich nur, es zuzugeben.

Und so machen wir uns auf den Weg zur Bar am Ende der Straße, während Lucky von der Party am Vorabend erzählt. Ich höre ihnen kaum zu. Ehrlich gesagt bin ich mit den Gedanken ganz woanders, als ich die Straße überquere, um auf die andere Seite zu gehen.

»Pass auf!«

Im gleichen Augenblick höre ich das Quietschen der Reifen, aber da ist es schon zu spät.

23

Rose

Ich wünsche mir nur, dass dieser Tag endlich vorbei ist und ich Levi heute Abend treffen darf.

Ich weiß, es ist erbärmlich. Seit wann bin ich derart abhängig von einem Kerl? Aber nach gestern hat sich etwas verändert. Sein Blick auf mich ist nicht mehr derselbe. Die Zärtlichkeit in meinen Händen, wenn ich ihn berühre, auch nicht. Sie ist *echt*.

Zum wohl hundertsten Mal betrachte ich den Ring an meinem Finger, und mein Herz zieht sich zusammen. Bin ich dabei, mich in Levi zu verlieben? Das wäre wirklich die Ironie meines Lebens.

»Das ist ein wunderschöner Stein«, erklärt Li Mei. »Dein Mann hat einen guten Geschmack.«

»Er ist nicht mein Mann. Nicht wirklich.«

Ich hasse das Bedauern in meiner Stimme. Li Mei hat es auch gehört, denn sie lächelt spöttisch, als wir an dem Springbrunnen des Bellagio entlanggehen.

»Bist du dir da ganz sicher?«

Schweigend weiche ich ihrem Blick aus. In meinem Leben habe ich mein Herz bisher nur einem Mann geschenkt: meinem ersten Freund Marco. Aber nach dem Gymnasium haben wir uns aus den Augen verloren. Seitdem hatte ich nur noch Affären. Ich hatte andere Dinge im Kopf, Dinge, die zu viel Raum beanspruchten, als dass ich Liebe hätte finden können.

Und außerdem war das nie meine Priorität. Vermutlich stimmt es, wenn behauptet wird, dass man sie findet, wenn man am wenigsten damit rechnet. Ich dachte, Levi wäre mein Ticket in die Freiheit, ein Geldautomat oder ein Zeitvertreib.

Das Karma hat es mir reichlich heimgezahlt.

Hier bin ich nun, gefangen in meinem eigenen Spiel und unfähig, ihm die Wahrheit zu sagen, weil ich Angst habe, ihn zu verlieren.

»Das Problem mit Levi ist ... wir sind uns zu ähnlich«, sage ich und blinzele in die Sonne. »Wir sind beide zu egoistisch, zu manipulativ und emotional instabil. Wir würden uns gegenseitig zerstören.«

»Im Gegenteil. Ich kenne Levi nun schon seit einigen Jahren, und was ich jetzt sage, mag nach Klischee klingen, aber ... so habe ich ihn noch nie erlebt.«

Ich bin nicht besonders überzeugt. Und selbst wenn es so wäre, ist es nicht das Wichtigste. Ich habe ein anderes, viel größeres Problem, das mich davon abhält, mit Levi zusammen zu sein.

Meine Lügen.

Ich werde niemals mit Levi zusammen sein, denn sobald ich ihm sage, wer ich bin, wird er mich abservieren, ohne eine Sekunde zu zögern. Aber es wäre undenkbar, etwas mit ihm anzufangen, ohne ihm die Wahrheit zu sagen. Ich bin eine Betrügerin.

»Und was ist mit dir?«, frage ich, um das Thema zu wechseln. »Ich habe sehr wohl gesehen, wie du Lucky anschaust.«

»Quatsch. Blödsinn.«

Ich werfe ihr mit hochgezogener Augenbraue einen Blick zu und hake mich bei ihr ein.

»Oh, bitte! Weißt du, was ich denke? Dass du ihn liebst, aber nicht lieben willst. Weil er jung, hypersensibel, ein Feigling und all die anderen Dinge ist, die du hasst. Und doch … das Herz lässt sich nichts befehlen. Ich weiß, wovon ich spreche.«

Sie knurrt in meine Richtung und beweist damit, dass ich recht habe. Ich frage sie, was sie tun wird, aber sie zuckt nur mit den Schultern.

Ich beneide sie. Ihr Problem scheint im Vergleich zu meinem so einfach zu sein. Ich wünschte, ich könnte mit ihr darüber sprechen und sie um Rat fragen, aber Levi sollte es als Erster erfahren. Das bin ich ihm schuldig.

Wir kehren ins Hotel zurück, nachdem wir ein paar Einkäufe gemacht haben – ich habe sogar einen Schlüsselanhänger als Souvenir für meine Mutter gefunden.

»Mein Gott! Da sind Sie ja!«

Wir drehen uns zu Judith um, die mit entsetztem Blick auf mich zurennt. Ich zögere und würde sie am liebsten ignorieren, aber sie ist schon bei uns und legt ihre Hände auf meinen Arm.

»Wie geht es Ihrem Verlobten? Ich war gerade auf dem Rückweg, als ich den Krankenwagen gesehen habe. Leider war er schon unterwegs! Ein Einparker hat mir berichtet, es handele sich um Mr Iwanowitsch …«

Ich werde blass und höre sofort auf zu lächeln. Zunächst glaube ich, ich hätte sie falsch verstanden, aber als ich nachfrage, runzelt sie die Stirn.

»Lieber Himmel, wissen Sie gar nicht Bescheid? Ihr Verlobter ist im Krankenhaus!«

Mein Herz setzt aus.

»Wie bitte?«

»Was ist passiert?«, fragt Li Mei an meiner Stelle.

»Er wurde von einem Auto angefahren, als er die Straße überqueren wollte. Schrecklich …«

Ohne nachzudenken, renne ich los. Li Mei ruft mir etwas nach. Ich habe fürchterliche Angst. Meine Freundin läuft hinter mir her und greift nach meiner Hand.

»Komm, wir nehmen mein Auto!«

Ah. Ach ja, richtig. Sie hat ein Auto. Wie ein Roboter folge ich ihr zitternd und mit vernebeltem Verstand. Ich hätte Judith nach mehr Details fragen sollen, ehe ich losstürmte. Ist alles so weit in Ordnung? Hat das Auto ihn nur angefahren oder voll getroffen? In welchem Zustand war er, als er ins Krankenhaus gebracht wurde?

»Ich bin sicher, dass es ihm gut geht«, versucht Li Mei mich mit zittriger Stimme zu beruhigen. »Levi würde sich nie im Leben von einem Auto überraschen lassen. Er sieht alles.«

Ich sage nichts, weil ich mich vor dem fürchte, was aus meinem Mund kommen könnte, sobald ich ihn öffne. Ich versuche, Levi anzurufen, doch nur die Mailbox meldet sich. Auch bei Thomas und Lucky habe ich keinen Erfolg. Keiner der drei antwortet, was mich noch mehr verängstigt. Li Mei fährt so schnell, dass wir innerhalb von fünf Minuten im Krankenhaus sind. Es ist sehr voll. Am Empfang erkundige ich mich.

»Guten Tag, ich bin auf der Suche nach Levi Iwanowitsch. Soviel ich weiß, wurde er gerade wegen eines Autounfalls eingeliefert.«

Die Frau tippt auf ihrer Tastatur herum und fragt mich etwas, das ich nicht verstehe. Ich bin derart verwirrt, dass die englischen Vokabeln in meinem Kopf durcheinandergeraten. Zwar kenne ich alle Begriffe, die sie verwendet, aber ich weiß nicht mehr, was sie bedeuten. Ich bitte sie, es zu wiederholen, muss dann aber zugeben, dass ich sie nicht verstehe.

Glücklicherweise mischt sich Li Mei ein und erklärt: »Sie will wissen, ob du zur Familie gehörst.

Ich zögere keine Sekunde.

»Ich bin seine Verlobte.«

Thomas geht mit seinem Smartphone in der Hand vor dem Zimmer auf und ab. Ihn gesund und munter zu sehen erleichtert mich zugegebenermaßen ein wenig.

Als er uns kommen hört, blickt er auf und meint knapp: »Ich wollte euch gerade anrufen …«

»Wie geht es ihm?«, unterbreche ich ihn.

Mag sein, dass ich ein bisschen paranoid bin, aber ich habe das Gefühl, dass er mir einen bitterbösen Blick zuwirft.

Er steckt sein Handy in die Anzugtasche und antwortet offenbar wenig beeindruckt von unserer Sorge: »Ganz gut. Beide sind außer Gefahr.«

Li Mei zuckt zusammen.

»Was heißt hier ›beide‹?«

»Was ist passiert?«

Thomas erklärt, dass sie in einer Bar in der Nähe etwas hatten trinken gehen wollen. Beim Überqueren der Straße war Levi wohl mit den Gedanken ganz woanders und sah das Auto nicht, das direkt auf ihn zukam.

»Hat es ihn schlimm erwischt?«, hauche ich.

Trotz meiner Angst behalte ich die Fassung. Thomas schüttelt den Kopf, sieht dabei aber nur Li Mei an. Meinem Blick weicht er komplett aus, und zwar absichtlich. Was genau verbirgt er vor mir? Warum scheint er wütend auf mich zu sein?

»Nein. Lucky hat sich dazwischengeworfen. Er hat das meiste abbekommen.«

Li Mei schluckt schwer und hält sich die Hände vor den Mund.

»Es geht ihm einigermaßen. Er hat sich einen Arm und ein paar Rippen gebrochen. Außerdem hat er eine leichte Gehirnerschütterung, aber er hatte wirklich Glück. Levi hat nur ein paar Kratzer abbekommen.«

Mir bleibt keine Zeit, mich zu beruhigen. Thomas öffnet die Zimmertür und lässt uns eintreten. Lucky liegt in einem Krankenhausbett. Sein Arm ist eingegipst, und er trägt einen Krankenhauskittel. Mein Herz macht einen Sprung, als ich Levi mit verschränkten Armen vor ihm stehen sehe. Unverletzt.

Er wendet uns den Kopf zu und schaut mir in die Augen. Ein Schauder überläuft mich, und ich widerstehe dem Drang, mich in seine Arme zu werfen und mich zu vergewissern, dass er wirklich noch lebt. Sein Gesicht wirkt so unbeteiligt wie immer.

»Lucky!«, ruft Li Mei, drängt sich an mir vorbei und ergreift die Hand ihres Ex-Freundes. »Was ist bloß in dich gefahren, du leichtsinniger Idiot?«

Ich wende den Blick von meinem Scheinverlobten ab und vergewissere mich, dass es Lucky wirklich gut geht. Er sieht ein bisschen mitgenommen aus, ist aber trotz des Gipses offenbar gesund. Er lächelt uns zu, als ob alles in bester Ordnung wäre.

»Ich habe Levi gerettet«, meint er fröhlich.

Ich runzele die Stirn. Thomas erklärt uns, dass man ihm Adrenalin gespritzt hätte. Auf Li Meis Frage, was denn genau passiert sei, gibt Lucky seine Version der Ereignisse zum Besten.

»Levi hat die Straße überquert und das Auto zu spät gesehen.«

»Hast du nicht geschaut?«, will ich wissen und drehe mich zu Levi um.

Erst jetzt wird mir klar, dass es wie ein Vorwurf klingt. Aber Levi starrt mich einfach nur schweigend und ausdruckslos an. Vielleicht steht er immer noch unter Schock.

Lucky antwortet an seiner Stelle: »Zu Levis Verteidigung muss man sagen, dass das Auto wie aus dem Nichts kam. Als wir die Straße überquerten, war sie leer, und die Ampel stand auf Rot. Und dann war der Wagen plötzlich da! Ich habe sofort reagiert, rannte auf Levi zu und habe ihn umgestoßen.«

»Wurdet ihr beide getroffen?«

»Das schon, aber nicht besonders heftig, um ehrlich zu sein. Wir waren schon fast außerhalb der Fahrspur und haben nur den vorderen Scheinwerfer abbekommen. Glück gehabt!«

Thomas nickt mit zusammengebissenen Zähnen. Er steht neben Levi, der immer noch schweigt. Ich bemerke ein paar Kratzer in seinem Gesicht und ein Pflaster auf der linken Augenbraue.

»Levi ist gestürzt, weil Lucky ihn umgeschubst hat.«

Nicht zu fassen. Ohne Lucky wäre Levi wahrscheinlich in einem viel schlimmeren Zustand als sein Freund. Hätte ich gewusst, dass ich mich eines Tages bei Lucky dafür bedanken würde, meinen Verlobten gerettet zu haben ... ich hätte es sicher nicht geglaubt.

»Du warst ... sehr mutig«, lobt Li Mei und drückt Luckys Hände.

»Ich und mutig?«

»Und wie. Du bist losgerannt, ohne nachzudenken.«

»Das hätte doch jeder so gemacht«, wiegelt Lucky ab und zuckt mit den Schultern.

»Nein, nicht jeder.«

Li Mei lächelt und schüttelt den Kopf. Ihre Augen glänzen verräterisch. Lucky wirkt ein wenig verwirrt, als könne er die Tragweite seiner Tat nicht verstehen.

Zum ersten Mal, seit wir hier sind, meldet sich Levi zu Wort, schaut seinen Freund an und sagt: »Du hast was bei mir gut. Ich schulde dir einen großen Gefallen. Danke, Kumpel.«

Ich weiß, dass er es ernst meint. Er ist mehr als dankbar. Wer weiß, was sonst passiert wäre?

Ich trete einen Schritt vor und stelle die Frage, die mich seit ein paar Minuten beschäftigt: »Und das Auto? Ist es stehen geblieben?«

Thomas schüttelt mit ernstem Gesicht den Kopf.

»Fahrerflucht. Die Polizei weiß Bescheid, aber ich konnte nicht einmal das Kennzeichen sehen. Ich … hatte einfach nur Angst.«

Er sagt es so, als ob ihn das überrascht hätte. Für mich klingt die ganze Angelegenheit völlig verrückt.

Thomas flüstert Levi etwas ins Ohr, aber der nickt nur. Erneut sucht sein Blick meine Augen und lässt sie nicht mehr los. Mir ist unbehaglich zumute. Ich würde ihn gern berühren, um sicher zu sein, dass er wirklich da ist. Also gehe ich auf ihn zu und verschränke meine Finger mit seinen.

»Alles okay?«

Thomas zieht sich zurück und starrt vor sich hin. Levi schaut mich an und nickt leicht.

»Alles okay.«

Li Mei erkundigt sich, ob Lucky das Krankenhaus verlassen darf. Lucky sagt, der Arzt hätte zwar zugestimmt, aber Levi würde darauf bestehen, dass er eine Nacht lang zur Beobachtung bleiben solle. Li Mei beschließt, ihm Gesellschaft zu leisten.

»Gut, dann machen wir uns auf den Weg.«

Levi sagt seinem Retter, er solle sich gut ausruhen. Dann gehen wir. Zwischen uns lastet eine außergewöhnliche Stille. Im Aufzug unterhalten sich die beiden Männer, aber ich höre nicht zu. Ich fühle mich ein wenig groggy.

Immer noch wortlos nehmen wir ein Taxi. Levi ignoriert mich völlig. Als wir im Hotel ankommen, greift er überraschend nach meiner Hand. Verblüfft wende ich ihm den Blick zu, doch seine Augen sind auf Thomas gerichtet.

»Kannst du uns kurz allein lassen?«

Thomas scheint zwar nicht ganz einverstanden zu sein, aber er presst die Lippen zusammen, nickt und verschwindet. Levi geht voraus. Immer noch hält er meine Hand. Als er die Tür unserer Suite hinter uns schließt, habe ich ein ungutes Gefühl.

Trotzdem folge ich ihm mit zitternden Schritten und wild pochendem Herzen ins Wohnzimmer. Ich habe keine Ahnung, was los ist. Vielleicht liegt es daran, dass der schlimmste Stress von mir abfällt, aber plötzlich kann ich nicht mehr, ringe nach Luft, verberge mein Gesicht in den Händen und lasse mich auf den Boden sinken.

Levi lebt. Er ist gesund. Alles ist gut.

Es schnürt mir die Kehle zusammen. Einen Moment lang habe ich wirklich geglaubt ... Ich habe geglaubt ... Mir war, als bräche meine ganze Welt zusammen. Eine Nanosekunde lang habe ich gedacht: *Wenn ich Levi nicht mehr habe, was bleibt mir dann noch?*

»Ich hatte solche Angst«, flüstere ich in meine Hände. »Ich dachte, du ...«

Ich kann den Satz nicht beenden und auch nicht verhindern, dass mir die Tränen über die Wangen laufen. Das überrascht mich. Seit Jahren habe ich nicht mehr geweint, aber jetzt bin ich in Tränen aufgelöst und wie gelähmt vor Erleichterung.

In diesem Moment wird mir bewusst, was ich bis jetzt geleugnet habe.

Auch wenn ich es nicht wahrhaben wollte: Ich liebe Levi Iwanowitsch.

Tief in meinem Innern war mir das natürlich bewusst. Eigentlich ist mir schon viel früher klar geworden, dass ich ihn liebe, nämlich als ich plötzlich immer wieder sein Gesicht malte.

Ich höre, wie er näher kommt und neben mir in die Hocke geht. Ich fühle mich gezwungen, mein Gesicht zu zeigen. Er befindet sich unmittelbar vor mir, so schön und so perfekt wie immer.

Mit leichtem Lächeln hebt er mein Kinn mit seinen schlanken Fingern an. Seine Geste ist sehr sanft, als wolle er mich beruhigen, aber sein Blick ist ebenso kalt wie seine Worte.

»Du kannst die Komödie jetzt beenden, *Lyubimaya*.«

24

Juni. Las Vegas, USA.

Levi

Rose runzelt verständnislos die Stirn. Ihr Gesicht ist tränen-
verschmiert. Doch nicht einmal das reicht aus, um mich ver-
söhnlich zu stimmen. Der Zorn in meinem Herzen ist kalt und
intensiv. Ich streichele ihre Wangen mit einer zärtlichen und
liebevollen Geste und wische die Krokodilstränen weg, die ihr
über die Lippen rinnen.

Diese Lippen, die so viele abscheuliche Lügen erzählen.
Diese Lippen, die mich geküsst haben, um mich hinterher
umso kaltblütiger zu verraten.

»Was?«, stammelt sie, und ich glaube, ich habe sie noch nie
so verletzlich gesehen.

Ich lasse meine Finger zu ihren Wangenknochen gleiten
und schiebe eine Haarsträhne beiseite, die an ihrem Mund
klebt. Meine Bewegungen sind sanft, aber in meinem Inneren
brennt ein gewaltiges und verheerendes Feuer.

»Es waren Titos Leute, die das getan haben.«

Sie wird noch blasser. Man könnte fast glauben, sie habe
nichts davon gewusst. Was für eine Schauspielerin! Ich analysiere ihre Mimik. In der Kunst des Lügens ist sie eine Meis-
terin. Ich sehe zu, wie sie den Kopf schüttelt, erst nur leicht,
dann immer heftiger.

»Unmöglich.«

»Ach. Und wieso?«

»So etwas würde er nie tun«, erklärt sie selbstbewusst. »Er ist ein Arschloch, aber kein Mörder.«

»Du meinst so wie ich?«

Sie blinzelt verwirrt. Ich weiß nicht, warum ich so wütend bin. Schließlich wusste ich längst, wer sie war. Ich wusste auch, dass sie mich gewaltig verarscht hat. Aber nie hätte ich gedacht, dass sie so weit gehen würde … Ich war so dumm zu glauben, dass vielleicht wirklich etwas zwischen uns hätte entstehen können.

»Woher willst du wissen, wozu er fähig ist oder nicht? Du kennst ihn doch kaum«, fahre ich fort und lege den Kopf schief.

Darauf weiß sie nichts zu erwidern. Ich erzähle ihr, dass ich das Auto eines der Männer erkannt habe, die Tito überall hinfahren. Nicht nur das Modell, sondern das tatsächliche Fahrzeug. Offenbar war es gut, dass ich Tito die ganze Zeit ausspioniert habe.

Rose tut so, als wäre sie schockiert. Das macht mich ganz krank. Erst heute Morgen schien es noch Gründe zu geben, ihr zu vertrauen. Beinahe hätte ich ihr sogar gesagt, dass ich sie liebe, verdammt noch mal. Aber ich wurde vorgeführt wie ein Idiot, und so was kann ich auf den Tod nicht ausstehen.

Sie hat mit meinen Gefühlen ein verdammtes Pokerturnier gespielt. Und das nicht nur mit meinem Herzen, sondern mit meinem Leben und dem Leben meiner Freunde.

»Rose.«

Sie schaut mich mit glänzenden Augen an. Ich lege die Hand um ihr Kinn – den Daumen auf die eine Seite ihres Mundes, meine restlichen Finger auf die andere –, ziehe sie sanft zu mir und drücke ihr einen zärtlichen Kuss auf die Lippen.

Sie schließt die Augen und lässt mich gewähren, doch dann drücke ich so fest zu, dass sie schließlich vor Schmerz aufstöhnt.

Ohne sie loszulassen, ziehe ich mich ein Stück zurück und flüstere mit finsterem Blick: »Ich weiß alles, Liebste. Tito, dein Vater, deine falsche Identität ... Ich wusste alles von Anfang an.«

Rose erstarrt unter meinen Händen. Sie versucht, sich nichts anmerken zu lassen, aber dank ihrer Lektionen kann ich die Zeichen der Angst auf ihren Zügen erkennen.

»Hat es Spaß gemacht?«, frage ich mit einem falschen Lächeln. »Bezahlt er dir mehr als ich? Jede Wette, dass du jetzt reich bist. Deswegen hast du es ja auch gemacht, nicht wahr? Oder wolltest du einfach nur Papi glücklich machen? Damit er dich liebt?«

Ihren Augen sehe ich an, dass meine letzte Bemerkung sie verletzt hat. Aber ihre Traurigkeit schlägt schnell in Wut um. Sie versetzt mir einen Schlag auf die Hand, damit ich sie loslasse, und springt auf. Immer noch in der Hocke seufze ich dramatisch auf und lasse mir viel Zeit damit, mich aufzurichten.

»Die Wahrheit tut weh, nicht wahr?«

»Es ist nicht so, wie du denkst.«

Beinahe lache ich laut auf. Von all den lächerlichen Sätzen, die sie hätte sagen können, ist das der Schlimmste. Wenn jemand so etwas sagt, ist es meistens nicht wahr. Und da ich weiß, wie gut sie lügen kann, ist mir klar, woran ich bin.

Mein Verteidigungsmechanismus ist aktiviert, und ich stecke die Hände in die Hosentaschen. Rose kennt mich erst seit ein paar Wochen. Sie weiß weder, wer ich wirklich bin, noch, wie ich funktioniere.

Niemand kann mich betrügen. Offenbar war sie die Ausnahme von dieser Regel. Aber wenn ich wütend bin, schlage ich zurück. Und ich zeige keine Gnade. Wenn mir jemand wehtut, nutze ich seine größten Schwächen, um ihm doppelt so viele Schmerzen zuzufügen.

Auch wenn es bedeutet, dass ich lügen muss.

Auch wenn es bedeutet, dass ich selbst dabei leide.

Alles, um den Schein zu wahren.

»Oh, dann bist du also nicht Rose Alfieri Ferragni?«

Ich sehe, wie sie zögert und die Fäuste ballt.

»Doch«, gesteht sie mühsam.

Ich lächele, drehe mich um und gehe mit nachdenklichem Blick auf und ab.

»Lass mich raten. Er hat dich gebeten, mich auszuspionieren. Er wollte herausfinden, was ich vorhabe. Oder besser: Du solltest mich verführen und anschließend vernichten, ohne dass er einen Finger rühren muss. War es so?«

Ihr Schweigen ist Antwort genug. *Autsch.*

»Ganz schön faul.«

»Es ist noch viel komplizierter«, verteidigt sie sich. »Ich habe es vermasselt, das weiß ich. Ich wollte dir bald alles erzählen.«

»Ja klar. Wie praktisch.«

Rose wirft mir einen bösen Blick zu. Am liebsten würde sie mir wohl den Mund verbieten, aber sie weiß, dass sie im Unrecht ist. Ich nehme an, sie hofft immer noch, wenigstens ihren Einsatz zu retten. Hat ihr Vater sie in der Mittagspause nicht aufgeklärt?

»Wie lange weißt du schon Bescheid?«, fragt sie und wischt sich wütend die Tränen ab.

Ihr Gesicht ist kalt und verschlossen, ihr Kinn hoch erhoben. Ganz anders als die Rose, die mich in ihren Armen hielt, als ich über den Tod meines Vaters weinte.

Was war ich bloß für ein Idiot. Diesen Vorwurf muss ich mir machen. Thomas hatte mich gewarnt.

Ich setze mich elegant auf die Couch und überschlage die Beine.

»Seit du von meiner Achromatopsie weißt.«

Für eine Sekunde gerät ihr Pokerface ins Wanken. Sie scheint um Worte zu ringen.

»Aber … das ist schon ziemlich lang her.«

»Und?«

»Warum hast du nichts gesagt? Die ganze Zeit über wusstest du …«

Ich zucke lässig mit den Schultern, denn sie soll glauben, dass es mir egal ist und mich nicht weiter interessiert. Dass sie es nicht geschafft hat, zu mir durchzudringen. Das gebietet mir das letzte bisschen Würde, das mir geblieben ist.

»Ich habe nichts gesagt, weil es einfacher war. Du hast mich zum Lachen gebracht. Mein Vater meinte immer: ›Behalte deine Freunde in deiner Nähe, deine Feinde aber noch näher.‹ Das hat dir Tito sicher auch beigebracht, oder? Sonst hättest du nicht mit mir geschlafen, sobald du die Gelegenheit dazu hattest.«

Es ist, als hätte ich auf sie geschossen. Ich lächele sie boshaft an. Ob sie den Schmerz in meinen Augen sehen kann? Hoffentlich nicht. Dank ihr kann ich meine Gefühle inzwischen perfekt verbergen. Zumindest diesen Zweck hat sie erfüllt.

Ich erhebe mich wieder, baue mich vor ihr auf und weiche ihrem giftigen Blick nicht aus. Ich muss noch einen draufsetzen, weil sie mindestens so leiden soll wie ich. Ansonsten wäre es nicht fair.

»Es war witzig … dich deine Komödie spielen zu sehen, obwohl ich genau wusste, dass nichts davon ehrlich war. Natürlich habe ich es benutzt, um dich zu manipulieren. Ich war neugierig, wie weit du gehen würdest.«

»Du lügst.«

»Ach ja?«, spotte ich und grinse sie frech an. »Bist du dir da ganz sicher?«

Ihr forschender Blick sucht hinter meiner Betonfassade nach mir. Ich sehe, dass meine Worte sie treffen, aber ich kann nicht erkennen, ob sie wieder schauspielert oder ob nur ihr Ego zerbricht.

»Und du hast mir das alles nur so zum Spaß erzählt? Ohne dir Gedanken über die Konsequenzen zu machen? Das glaube ich dir nicht.«

»Warum nicht?«

»Was wäre, wenn ich zur Polizei ginge und aussagen würde, dass du deinen Vater getötet hast?«

Ich erstarre zum Eisklotz, verberge jedoch meine Besorgnis und tue so, als würde ich darüber nachdenken, ehe ich mit entspanntem Blick antworte: »Wer würde dir schon glauben? Es gibt keine Beweise, und meine Mutter hat ihre Strafe bereits abgesessen. Nie und nimmer würde sich die Polizei mit einem längst gelösten Fall von vor zehn Jahren befassen. Aber bitte, lass dich nicht aufhalten.«

»Ich habe nie gesagt, dass ich es wirklich tun würde«, begehrt sie auf und scheint sich zu ärgern, dass ich ihr so etwas zutraue. »Ich weiß, ich habe gelogen. Und ja, ich habe dein Angebot angenommen, um meinem Vater zu helfen. Aber ... das hat sich geändert. Ich meine es ernst, Levi. Ich habe schon vor langer Zeit die Seiten gewechselt.«

Merkwürdiger Zufall. Sie hält mich offenbar wirklich für blöd, wenn sie glaubt, dass ich noch einmal auf sie hereinfalle. Frauen wie sie sind gefährlich, besonders wenn sie von Tito Ferragni erzogen wurden.

»Wirklich?«, frage ich.

Sie blinzelt und nickt mühsam. Ich hasse den Anblick dieses verdammten Rings an ihrem Finger, diesem Zeichen meiner Dummheit.

»Wirklich.«

Schweigen. Ich nicke und seufze.

»Tut mir wirklich leid, aber das geht mir sonst wo vorbei.«
Die Lüge fällt mir schwer und schmerzt, aber ich mache trotzdem weiter. Die Qual in ihrem Gesicht befriedigt mich. »Für
mich war alles nur ein Spiel. Den Sex habe ich sehr genossen,
das kann ich nicht leugnen. Wenn ich so darüber nachdenke – weißt du, was ich lustig finde?« Ich lache auf. »Als ich dir
in Macau den Job angeboten habe, hast du Wert daraufgelegt,
keine Prostituierte zu sein. Ich gehe mal davon aus, dass auch
das eine Lüge war.«

Rose verpasst mir eine schallende Ohrfeige. Ich habe so etwas erwartet, bin also nicht sonderlich überrascht. Überrascht
bin ich hingegen von der Kraft, mit der sie zugeschlagen hat.
Das Brennen ihres Handabdrucks auf meiner Wange gefällt
mir.

Mein Lächeln ist verschwunden. Vor mir steht eine kampf-
bereite Rose.

»Was denn?«, flüstere ich giftig. »Ist das nicht, was dein Vater wollte? Aber du scheinst ihm trotzdem irgendwie am Herzen zu liegen. Du, die du ein Leben lang alles hingenommen
hast, in der Hoffnung, dass er dich eines Tages doch noch lieb
gewinnt …«

»Halt die Klappe, Levi. Ich warne dich.«

»Vermutlich hältst du mich für ziemlich mitleiderregend mit
meinem toten Vater und meiner Mutter im Gefängnis. Aber
weißt du was? Du tust mir am meisten leid, Rose«, flüstere ich
ihr sanft wie ein Liebhaber ins Ohr. »Im Gegensatz zu mir hast
du nämlich sonst niemanden.«

Mehr kann ich nicht sagen. Sie stößt mich mit aller Kraft
weg und brüllt mich unkontrolliert an: »Elender Mistkerl! Ich
verbiete dir, mich zu bemitleiden!«

Zunächst gehe ich davon aus, dass das alles war, aber sie

packt mich am Hemd und versucht erneut, mich zu schlagen. Ich greife nach ihren Handgelenken, um sie daran zu hindern, und stoße sie so heftig zurück, dass sie mit dem Rücken gegen die Wand kracht. Die wenigen Bücher im Regal fallen polternd zu Boden.

Rose schnappt sich eines und schlägt mir damit auf den Kopf. Ich stöhne vor Schmerz und weiche zurück. Ich will ihr nicht wehtun, obwohl mich ein Gefühl schrecklicher Ungerechtigkeit überkommt. Ich wünsche mir, dass sie ebenso sehr leidet wie ich. Am liebsten würde ich sie schütteln und sie fragen, warum sie das getan hat und warum sie nicht so empfindet wie ich.

Warum musste sie alles ruinieren, als ich dachte, ich hätte endlich einen Lebensinhalt ohne Schuldgefühle gefunden?

»Du ekelst mich an!«, ruft sie und fügt etwas hinzu, das wie eine Reihe von Beleidigungen auf Italienisch klingt.

»Ich habe dich von Anfang an gewarnt, Liebste. Ich bin kein netter Kerl. Du wolltest spielen, du hast verloren. Und jetzt hau ab.«

Sie pustet sich zornig eine ihrer Haarsträhnen aus dem Gesicht und sieht dabei unglaublich sexy aus, trotz der Wut, die sich auf ihren Zügen abzeichnet. Ich sehe ihr nach, als sie zu unserem Zimmer eilt, wahrscheinlich um ihre Sachen zu holen.

Ich nutze die Gelegenheit, um mein Pokerface fallen zu lassen und tief durchzuatmen. Meine Hände zittern. Frustriert und ungeduldig fahre ich mir mit den Fingern durch die Haare. Es fällt mir schwer, zu glauben, was hier gerade passiert …

Als sie nicht zurückkommt, beschließe ich, ihr zu folgen.

Ich finde sie mitten im Zimmer mit einer großen Schere in der Hand, umgeben von meinen Kleidern. Sie zerschneidet ein Stück nach dem anderen und wirft die Stofffetzen auf den Boden.

Entsetzt presche ich vor, um ihr die Schere zu entreißen.

»Scheiße, du bist ja total durchgeknallt!«

»Stimmt genau. Ich bin durchgeknallt! Du hättest dich besser informieren sollen, ehe du mich zu deiner zukünftigen Frau gemacht hast, *amore mio*.«

Sie greift nach allem, was ihr in die Hände fällt, und wirft es mir an den Kopf. Einigen Dingen kann ich ausweichen, anderen aber nicht. Schließlich schnappt sie sich meinen Laptop, wirft ihn auf den Boden und trampelt darauf herum. Sofort stoße ich sie weg, aber es ist zu spät.

Sie hat meinen Laptop zerstört, verdammt noch mal. Ich schaue ihr nach, wie sie zufrieden davongeht. Ich folge ihr kampfbereit. Ihre Hüften schwingen wunderbar erotisch. Ich schäme mich, dass ich dieses Detail bemerke, obwohl ich sie gerade abgrundtief hasse.

»Schönen Gruß an deinen Vater. Es zeugt von großer Unsicherheit, wenn er seine Tochter losschickt, sich zu prostituieren!«, rufe ich hinter ihr her.

Ohne sich umzudrehen, erwidert sie: »Grüß deinen Vater in der Hölle von mir!«

Etwas explodiert in meiner Brust. Ich sehe rot. Völlig außer mir packe ich sie an den Schultern und presse sie gegen die Wand.

»Was hast du da gerade gesagt?«, knurre ich drohend.

»Sieh mal einer an, die Wahrheit tut also weh?«

Ihr Grinsen ist eine einzige Sünde. Grausam, böse und so schön, dass es einen ins Verderben stürzt. Mein Blick fällt auf ihre Lippen, deren siegreiches Lächeln ich auslöschen möchte, weil es mich fast zum Kotzen bringt.

»Ich *hasse* dich«, hauche ich an ihrem Mund. Meine Hand liegt auf ihrer Schulter. »Ich hasse dich von ganzem Herzen, Rose … Du weißt gar nicht, wie sehr ich dich hasse.«

Ihr dunkler und vernichtender Blick fordert mich heraus. Er wandert zu meinen Lippen und sie flüstert: »Sag das noch einmal, vielleicht glaube ich dir dann.«

Ich fürchte, ich könnte es ohnehin nicht wiederholen, aber sie lässt mir auch keine Zeit dazu, sondern presst ihren Mund geradezu gewalttätig auf meinen. Meine Vernunft schreit mich an, sie wegzustoßen, aber mein brennendes Verlangen und mein gequältes Herz sind der Meinung, dass ich noch nicht genug gelitten habe.

Ich umfasse ihre Hüften, hebe sie hoch, verschlinge ihren Mund, und meine Erregung drückt schmerzhaft gegen meine Jeans. Nun kämpfen unsere Zungen gegeneinander.

So etwas habe ich noch nie gespürt. Es fühlt sich an, als wolle mein Herz explodieren. Mein Adrenalinpegel ist so hoch, dass ich nicht darüber nachdenke, was ich da gerade tue. Mir geht die Luft aus. Ich ersticke. Ich will sie, aber ich will auch, dass sie leidet.

»Du machst mich krank«, säuselt sie atemlos, lässt ihre Zähne an meinem Hals entlanggleiten und beißt zu.

»Geht mir nicht anders.«

Ich will keine Zeit verschwenden, sondern so schnell wie möglich in sie eindringen. Sie scheint dasselbe zu empfinden, denn sie kämpft mit meinem Gürtel, während ich ihr das Kleid vom Leib reiße und ihren Slip hinunterschiebe.

Nicht einmal ein Kondom habe ich, doch darüber denke ich nicht nach. Ich denke an nichts anderes als daran, sie zu besitzen. Nachdem der Gürtel offen ist, mache ich mir nicht die Mühe, meine Hose herunterzuziehen, sondern dringe direkt in sie ein. Wir stöhnen beide vor Lust.

Sie schlingt die Arme um meinen Nacken und reißt an meinen Haaren, während ich ihre Schenkel um mich presse. Was wir tun ist weder sanft noch romantisch. Es ist Gewalt und

Wildheit, Rache und verletztes Ego. Ich stoße roh und schnell zu, mein Puls beschleunigt sich mit meinen Stößen.

Wir fordern uns gegenseitig mit Blicken heraus. Als sich ihre Nägel in meine Schulterblätter krallen, atme ich schwerer, und sie wimmert laut, als ich ihre Pobacken packe und sie bei jedem Stoß gegen mich drücke.

Wir reden nicht mehr. Ich habe Angst vor dem, was dabei herauskommen könnte. Sie kommt als Erste zum Höhepunkt, bei mir ist es kurz darauf auch so weit. Mein Orgasmus ist so explosiv, dass ich Mühe habe, Roses zitternde Beine um mich herum zu halten.

Als sie wieder zu Atem gekommen ist, lasse ich sie los. Sie steht wieder auf den Beinen, zieht die Träger ihres Kleides hoch und wirft mir böse Blicke zu. Die Stille ist bedeutungsschwer. Ich bin gleichzeitig aufgeregt, müde, traurig und wütend, und ich schäme mich. In meinem Kopf herrscht ein namenloses Chaos.

Alles, was ich will ist, sie bei mir zu behalten.

Trotzdem breche ich das Schweigen und sage sehr ruhig: »Geh.«

Mir ist bewusst, dass ich mich wie ein Arschloch verhalte, das sie nur ausgenutzt hat, aber in Wahrheit ist es eher umgekehrt. Nur, dass ich ihr dieses Vergnügen einfach nicht gönne. Vor allem nicht, nachdem sie mir schon so viel genommen hat.

Sie betrachtet mich stumm und verletzt, streift sich den Ring vom Finger und wirft ihn mir gegen die Brust. Ich fange ihn nicht auf und so fällt er mit einem leichten Klirren zu Boden. Die Symbolik dieser Geste schmerzt mich mehr, als sie sollte.

»Behalt ihn oder verkauf ihn«, sage ich und schließe meine Hose mit so viel Würde wie möglich. »Ich will ihn nicht. Er bedeutet mir nichts.«

Ich warte nicht ab, um zu sehen, was sie macht, sondern wende mich ab und gehe mit den Händen in den Hosentaschen zurück in mein Zimmer. Eigentlich sollte ich mich erleichtert fühlen. Mein Ziel war schließlich, ihr all diese schrecklichen Dinge ins Gesicht zu sagen.

Und doch ging es mir noch nie so beschissen.

25

Rose

Die Nacht habe ich in einer Bar verbracht.

Ich bin völlig betrunken, weil ich dachte, der Alkohol könne den Schmerz in meinem Herzen lindern, wie es sonst immer der Fall war. Aber dieses Mal funktioniert es nicht.

Levi hat mich völlig fertiggemacht. Dieses Riesenarschloch. Dabei muss ich mir ganz allein die Schuld gegeben. Ich wurde mehrfach gewarnt. Von meinem Vater, durch die Gerüchte, sogar von Levi selbst. Wie blöd von mir, zu denken, dass hinter diesem leibhaftigen Teufel mehr stecken könnte.

Ich wanke zu einer Bank, setze mich und schließe die Augen. Es wird schon hell. Ich habe keine einzige Minute geschlafen. Ich hasse Levi, aber mich selbst hasse ich noch mehr. Alles ist meine Schuld.

Richtig ist, dass ich es zumindest versucht habe. Ich habe versucht, ihm alles zu erklären. Ich wollte ihm sagen, dass ich meinem Vater keine wichtigen Informationen über ihn gegeben habe. Und dass ich mich in ihn verliebt habe, sonst hätte ich nämlich nie und nimmer mit ihm geschlafen.

Ich bin keine Prostituierte. Oder?

Als er mir jedoch gestand, dass er mich nur benutzt hätte, fehlten mir einfach die Worte. Die ganze Zeit war er informiert und ließ mich einfach so weitermachen, um mich zu manipulieren, mich zu verführen und mich dazu zu bringen, die Seite zu wechseln. Gestörter Typ. Ich liebe jemanden, den es gar nicht gibt.

Ich muss daran denken, wie ich mich von ihm an die Wand gedrückt nehmen ließ und übergebe mich fast auf den Bürgersteig. Das Schlimmste daran ist, dass es sich gut anfühlte. Irgendwie bereue ich es nicht. Es war meine Art, mich von ihm zu verabschieden.

Aber alles andere war ein großer Fehler. Ich hätte meinen Vater nicht bitten dürfen, nach Las Vegas mitzukommen, ich hätte nicht zustimmen dürfen, Levi auszuspionieren, ich hätte ihm nicht hierher folgen sollen … Und wozu das alles? Für Geld und ein gebrochenes Herz?

Plötzlich klingelt mein Handy in der Tasche. Ich erstarre und erwarte fast, Levis Namen auf dem Bildschirm zu sehen, aber es ist nur meine Mutter. Ich atme tief durch, richte meine Frisur so gut es eben geht, und nehme das Gespräch an.

Ihr Gesicht erscheint auf dem Display. Hinter ihr erkenne ich die Weinreben und den Oleander im Garten des Hauses in Venedig. Sie schenkt mir ein strahlendes Lächeln und ruft: *»Hallo Süße. Ich störe doch hoffentlich nicht?«*

Ich schüttele den Kopf, weil ich mich nicht traue, den Mund zu öffnen. Aber sie ist meine Mutter, und meine Mutter weiß alles. Sofort schwindet ihr Lächeln, und sie fragt mich, ob alles in Ordnung ist.

Das ist genau die Frage zu viel. Ohne es zu wollen, breche ich in Tränen aus. Das ist mir seit Jahren nicht mehr passiert. Meine Mutter ist völlig verblüfft und zeigt eine leichte Panik. Wegen meiner Tränen sehe ich alles verschwommen und kann kaum verstehen, was sie sagt.

»Was ist los? Wo bist du überhaupt?«

»Ich habe Mist gebaut, Mama«, sage ich schniefend.

»Das wird schon wieder. Erzähl mir alles, mein Schatz.«

Ich nehme mir Zeit, mich zu beruhigen, ehe ich ihr das Schlimmste gestehe: dass ich mit Papa nach Las Vegas geflogen bin, einen Mann kennengelernt habe und ganz schön verarscht wurde. Als ihr klar wird, dass ich sie belogen habe, presst sie die Lippen zusammen.

»Es war unklug von deinem Vater, dich mitzunehmen. Vegas ist nicht gut für dich. Du hättest zu Hause bleiben sollen.«

»Ich weiß, und es tut mir leid.«

»Und wer ist dieser Mann?«, erkundigt sie sich misstrauisch.

Ich verziehe das Gesicht und schweige. Muss ich ihr wirklich alles erzählen? Und wenn sie mich dann auch hasst? Ich ertrage es nicht, sie zu enttäuschen, doch ihr Blick lässt mir keine andere Wahl.

Kläglich gestehe ich: »Levi Iwanowitsch.«

Überrascht öffnet sie den Mund. Natürlich kennt sie den Namen. Einen Moment lang sagt sie gar nichts, dann schüttelt sie den Kopf und seufzt. Mit gerunzelter Stirn und einer fahrigen Geste sagt sie: *»Das ist alles die Schuld deines Vaters! Ich gehe mal davon aus, dass er dich in seine Betrügereien verwickelt hat, nicht wahr? Was hat er dir dafür versprochen?«*

»Geld.«

»Du brauchst Geld? Davon haben wir doch wirklich genug zu Hause, um Himmels willen! Du brauchst nur einen Ton zu sagen!«

»Das ist es ja gerade. Ich wollte euch nicht darum bitten, Mama, denn genau darum geht es. Ich will nicht mehr von euch abhängig sein. Ich will mich selbst retten.«

Sie schweigt einen Augenblick und schaut mich resigniert an. Sie ahnt, wofür ich das Geld brauche, aber sie kennt mich auch gut genug, um jetzt nicht näher darauf einzugehen. Stattdessen stellt sie mir die Frage, die ich am meisten fürchte.

»Liebst du diesen Jungen?«

Mit Tränen in den Augen erstarre ich. Bilder von Levi tauchen vor mir auf: sein verschmitztes Lächeln, seine sanften Hände beim Verarzten meines Knies, der Geschmack seines Mundes auf meinem, das Gefühl seiner Beine, die er im Schlaf um meine schlingt, oder die Art, wie er mich »Liebste« nennt.

Ich senke den Kopf und nicke elend.

Ja. Ja, ich bin in Levi Iwanowitsch verliebt. Das wusste ich natürlich schon. Es ist nichts Neues. Aber es laut auszusprechen ist etwas anderes. Das macht es real.

»Behandelt er dich gut?«, fragt meine Mutter. *»Nur das ist mir wichtig.«*

»Vergiss es. Es beruht nicht auf Gegenseitigkeit.«

Es nützt nichts, darüber zu reden. Was geschehen ist, ist geschehen. Ich dachte, ich hätte eine zweite Chance verdient, aber ich habe mich geirrt. Wir sind nicht füreinander geschaffen. Ich bin eine Capulet, und er ist ein Montague. Sorry, Shakespeare. In meiner Welt ist Julia eine käufliche Nutte und Romeo ein manipulatives Arschloch.

Das tragische Ende ist mehr denn je gerechtfertigt.

»Komm nach Hause«, bittet mich meine Mutter. *»Wir kriegen das schon hin, okay? Du brauchst mich jetzt. Wir finden eine Lösung für deine Probleme. Ich hab dich lieb, mein Schatz.«*

Meinem Herzen scheint diese Idee nicht zu gefallen, einfach weil es nicht von Levi getrennt sein will. Und doch möchte ich so gern heimkehren. Mich zu Hause fühlen. Endlich wieder mein Bett, meinen Garten, mein Zimmer genießen. Menschen um mich haben, die so sprechen wie ich, die mich verstehen …

Und jetzt, in diesem Moment, würde ich alles für eine Umarmung meiner Mutter geben.

Ich trockne meine Tränen und nicke resigniert.

Hier gibt es ohnehin nichts mehr für mich zu tun. Es gibt nichts, was mich hält.

»Einverstanden. Ich komme heim.«

Für den Nachmittag buche ich einen Flug nach Italien. Ich bin entschlossen. Mir bleiben nur noch zwei Dinge zu tun: meine Sachen holen und mit meinem Vater reden.

Als ich völlig durcheinander vor dem Hotel ankomme, hat der Turniertag bereits begonnen. Ich weiß genau, dass Levi heute Morgen spielt, Tito aber nicht. Ich befürchte, Thomas in der Suite zu finden, aber das ist jetzt egal. Schließlich muss ich meinen Pass holen, bevor ich gehe.

»Rose!«

Ich erstarre, als hätte man mich auf frischer Tat ertappt. Li Mei läuft auf mich zu. Sie trägt dieselbe Kleidung wie gestern und sieht müde aus. Vermutlich kommt sie gerade aus dem Krankenhaus zurück. Weiß sie schon Bescheid?

»Nichts für ungut, aber du siehst aus, als hättest du die schlimmste Nacht deines Lebens gehabt«, sagt sie und rümpft die Nase.

Wohl wahr.

»Alles in Ordnung?«

»Bestens. Weißt du zufällig, ob Thomas in der Suite ist?«

»Nein, er spielt heute Morgen. Ich bin auch auf dem Weg zum Turnier.«

Perfekt. So habe ich Zeit, alles zu erledigen, ohne ihnen zu begegnen.

»Wie geht es Lucky?«, frage ich aufrichtig besorgt.

Sie beruhigt mich, er sei kerngesund. Ihrer Freundlichkeit nach zu urteilen bezweifele ich, dass sie die Wahrheit kennt. Noch nicht. Ich nutze die Gelegenheit, sie zu umarmen. Überrascht schaut sie mich an, und ich trete lächelnd einen Schritt zurück.

»Bis bald, okay?«

»Äh … wir wohnen zusammen.«

»Ich fliege nach Hause«, gestehe ich und schüttele ihr die Hand.

Erstaunt reißt Li Mei die Augen auf, fragt nach dem Grund und will wissen, ob Levi und ich uns wieder einmal gestritten hätten.

Ich möchte nicht, dass meine einzige Freundin mich hasst und antworte daher eher unbestimmt: »Ich habe Mist gebaut. Ich hatte gehofft, ich könnte die Sache in Ordnung bringen, aber ich habe mich geirrt. Hierzubleiben … würde mir zu schwerfallen. Außerdem bin ich schon viel zu lange von zu Hause weg. Ich möchte zurück zu meiner Familie.«

Ich merke, dass sie mich gern zurückhalten würde, aber sie findet keinen überzeugenden Grund, mich zum Bleiben zu bewegen. Ihr trauriges Gesicht schnürt mir das Herz ab. Sie scheint aufrichtig zu sein, und im Gegensatz zu Levi liegt ihr offenbar wirklich etwas an mir.

»Du hast recht«, antwortet sie. »Familie ist sehr wichtig. Ich habe das leider ein bisschen zu spät erkannt. Genieße es. Wir sehen uns doch wieder, oder? Versprichst du es mir?«

Das würde ich zwar wirklich gern tun, aber vielleicht wirst du mich hassen, wenn du die Wahrheit erfährst.

»Aber sicher. Grüß Lucky von mir. Und auch Thomas … Er ist zwar ein komischer Typ, aber irgendwie mag ich ihn.«

»Wird gemacht.«

Wir dürfen uns nicht zu lang aufhalten, sonst kommt sie zu spät zum Turnier. Ich fahre hinauf in unsere Suite und bin erleichtert, sie leer und still vorzufinden. Die Beweise für unseren heftigen Streit sind immer noch sichtbar: die Bücher auf dem

Boden des Wohnzimmers, der Ring, Levis zerschnittene Kleidung überall im Schlafzimmer ...

Das Bett sieht unberührt aus, als ob er nicht darin geschlafen hätte. Schnell packe ich meinen Koffer. Mein zerrissenes Kleid tausche ich gegen ein Paar Jeans und lasse es auf dem Boden liegen.

Titos Tür ist nur wenige Schritte entfernt. Ich habe noch nicht darüber nachgedacht, was ich ihm sagen will. Dazu bin ich einfach zu wütend, zu enttäuscht und zu schockiert. Er soll wissen, wie benutzt ich mich fühle. Und dass ich nicht mehr versuchen will, ihn um jeden Preis stolz zu machen.

Aber vor allem erwarte ich, dass er mir versichert, dass er nicht versucht hat, Levi zu verletzen. Ich weigere mich noch immer, das zu glauben.

Mit pochendem Herzen klopfe ich an die Tür. Als sie sich öffnet, setze ich mein Pokerface wieder auf. Tito steht vor mir. Er scheint von meinem Kommen kaum überrascht und tritt zurück, um mich einzulassen.

»Welch nette Überraschung.«

Wortlos trete ich ein und ziehe meinen Koffer hinter mir her. Noch im Flur bleibe ich stehen und verschränke die Arme. Mein Vater setzt sich aufs Sofa. Er frühstückt gerade.

»Wie komme ich zu diesem Vergnügen?«

»Levi weiß Bescheid«, erkläre ich ohne Umschweife.

Meine Enthüllung scheint ihn nicht weiter zu beunruhigen. Er beißt in eine Brioche und schlägt die Zeitung auf.

»Ich weiß.«

Verdutzt zucke ich zusammen. Hat Levi ihn etwa schon konfrontiert? Ich würde ihn gern danach fragen, aber das ist jetzt nicht das Wichtigste.

Mit Angst im Bauch schaue ich ihn an und frage kühl: »Hattest du etwas damit zu tun?«

Schweigen. Er ignoriert mich, kaut mit offenem Mund und fragt mich schließlich, wovon ich spreche.

»Du weißt sehr gut, worum es geht.«

»Es war nicht *mein* Auto.«

»Weich mir nicht aus.«

Er schluckt seinen Bissen und schaut mich endlich an. Über seine Lippen kommt kein Laut, aber sein Schweigen sagt alles. Mich schaudert und ich balle die Hände zu Fäusten. Am liebsten würde ich ihm den Alkohol von gestern Nacht vor die Füße kotzen.

Allmählich übersteigt die Situation meine Kräfte. Ich kann es nicht mit ihm aufnehmen, ich konnte es nie.

»Du bist doch krank«, keuche ich.

Daran scheint er sich nicht zu stören.

»Du bist selbst schuld, weißt du. Ich musste etwas unternehmen, weil du nichts getan hast.«

»Indem du ihn über den Haufen fährst?«, brülle ich ihn an. Ich bin außer mir. »Was zum Teufel hast du dir dabei gedacht?«

Er verdreht die Augen, als hielte er meine Reaktion für völlig übertrieben. Er macht mir Angst.

»Du übertreibst mal wieder. Ich hätte ihn doch niemals getötet, also mach nicht so einen Aufstand. Ich wollte ihn nur erschrecken. Er hat doch nichts abbekommen, oder?«

Ich traue meinen Ohren nicht und starre ihn bloß an. Mir war klar, dass mein Vater Fehler hat, aber ich hatte keine Ahnung, dass es so schlimm um ihn steht. Ich lag total daneben. Die ganze Zeit suchte ich die Anerkennung eines Menschen, der nicht in der Lage ist, jemand anderen als sich selbst zu lieben.

»Deinetwegen liegt Lucky im Krankenhaus«, knurre ich und kämpfe gegen Tränen der Wut an.

»Wer?«

Oh mein Gott! Er hat wer weiß wie oft mit ihm am Spieltisch gesessen und kennt nicht einmal seinen Namen. Weil es ihn überhaupt nicht interessiert.

Und plötzlich erkenne ich die schreckliche Wahrheit: Ich war die ganze Zeit auf der Seite der Bösen. Levi ist natürlich der Held, und ich bin die Anti-Heldin.

Mein Vater braucht Hilfe. Geld und Macht sind ihm zu Kopf gestiegen. Er ist tatsächlich bereit, einen Menschen zu überfahren, nur damit der nicht gegen ihn gewinnt.

Ich habe das Gefühl, langsam zu ersticken. Mir ist speiübel.

»Mach nicht so ein Gesicht«, spottet mein Vater. »Jetzt brauchst du dich wenigstens nicht mehr zu verstellen. Du kannst hier bei mir wohnen, bis das Turnier vorbei ist. Ich habe sowieso schon alles, was ich brauche.«

Alles, was er braucht? Was meint er damit? Ich sehe mich nicht in der Lage, darüber nachzudenken, und schüttele den Kopf.

»Ich kann nicht.«

»Was kannst du nicht?«

»Du musst aufgeben.«

Es kommt ganz von allein heraus. Tito erstarrt und dreht sich langsam zu mir um. Sein angsteinflößender Blick nagelt mich fest. Schon immer hat er mir Angst gemacht, schon als kleines Mädchen. Aber jetzt liegen die Dinge anders. Er hat komplett meinen Respekt verloren.

Ich kann nicht glauben, dass dieser Mann mein Vater ist.

»Wie bitte?«

»Du verstößt gegen die Regeln. Du schummelst, und zwar ständig!«

Er lacht auf, nicht amüsiert, sondern eisig. Ich weiß, dass das Schlimmste noch vor uns liegt.

»Und wenn nicht?«

»Dann gehe ich zur Polizei und erzähle, was du getan hast.«

Ich bin ebenso überrascht wie er. Ich wollte das nicht sagen, und doch meine ich es tief im Innern. Ich möchte nicht zur Komplizin eines solchen Vorgehens werden. Immerhin gebe ich ihm eine Chance, seine Seele zu retten und sich zurückzuziehen.

Wenn er sich jedoch weigert, werde ich nicht tatenlos zusehen.

Tito starrt mich kalt, verächtlich und fast angewidert an. Es ist ein Blick, bei dem mein Klein-Mädchen-Herz blutet.

»Das glaube ich eher nicht.«

Ich runzele die Stirn. Diese Antwort hatte ich nicht erwartet. Scharf fährt er fort: »Wenn du das nämlich tust, werde ich allen das Geheimnis deines lieben Verlobten verraten müssen. Ich denke, das wäre nicht gerade gut für ihn, oder?«

Ich werde blass. *Nein. Nein, nein, nein.* Ist es überhaupt möglich, dass er über Jacobs Tod Bescheid weiß? Wie hätte er davon erfahren sollen? Ich fühle mich wie in einer Falle und bleibe stumm. Zwar hasse ich Levi, aber ich habe versprochen, seine Geheimnisse bis ins Grab zu bewahren. Sollte mein Vater es tatsächlich geschafft haben, sie in die Finger zu bekommen, wäre das eine Katastrophe.

Vergeblich überlege ich, wie ich ihm widersprechen soll. Mir wäre es lieber, Levi verliert das Turnier, als dass er im Gefängnis verrottet. Also beiße ich mir beschämt auf die Lippen und bettele leise.

»Bitte … das darfst du nicht tun.«

Tito schnalzt mit der Zunge und gibt einen tadelnden Laut von sich.

»Du bist einfach zu schwach, Rose, und das ärgert mich. Ich habe versucht, dich zu einer gewissen Härte zu erziehen, aber das war wohl Zeitverschwendung. Erst die Sache mit dem

Pokern und jetzt das. Trotz deiner Entschlossenheit scheint es zu genügen, dass ein attraktiver Mann dir ein wenig Aufmerksamkeit schenkt, und schon machst du die Beine breit. Wirklich enttäuschend.«

Mir ist, als hätte er mich geohrfeigt. Und es klang so ähnlich wie das, was Levi mir gestern Abend vorgeworfen hat. Es ist, als würde ich mich wirklich jedem für Geld und ein paar nette Worte anbieten. Bin ich wirklich nicht mehr wert?

Ich widerstehe dem Drang, ihn ins Gesicht zu schlagen. Meine Wangen brennen vor Demütigung. Soll er doch denken, was er will. Sobald ich zurück in Venedig bin, schnappe ich mir meine Mutter, und wir verschwinden weit weg.

»Also ... wofür entscheidest du dich? Bleibst du und hilfst mir? Im Gegenzug behalte ich das kleine Geheimnis für mich.«

Ich schlucke und fühle mich so leer wie eine Muschelschale.

»Okay.«

26

Juni. Las Vegas, USA.

Levi

Als ich nach einem langen Turniertag in meine Suite zurückkehre, weiß ich sofort, dass Rose da war. Meine Vermutung wird bestätigt, als ich unser Zimmer betrete und ihre Schränke leer vorfinde. Sie hat meine Abwesenheit ausgenutzt, um ihre Sachen zu holen. Sogar der Ring, der vorher im Flur auf dem Boden lag, ist verschwunden.

Mit hängenden Armen stehe ich einige Minuten lang mitten im Raum. Ich fühle mich völlig leer. Die ganze Nacht war ich wach und habe im Wohnzimmer Karten gespielt. Ich habe mir nicht einmal die Zeit genommen, das Chaos aufzuräumen, das wir gestern Abend hinterlassen haben.

Ich habe keine Kraft mehr, überhaupt etwas zu tun.

Als ich im Laufe des Tages zufällig Tito an einem der Spieltische entdeckte, hätte ich mich beinahe übergeben müssen. Er sah entspannt, ja fast siegesgewiss aus. Das fand ich merkwürdig. Warum triumphierte er, wenn sein Plan doch gescheitert war?

Ist es möglich, dass Rose meine Geheimnisse tatsächlich verraten hat? Ich beschließe, mich mit einer kalten Dusche abzulenken, und frage mich, was sie wohl gerade macht. Schläft sie jetzt in der Suite nebenan? Ich nehme an, von nun an sind wir offiziell verfeindet.

Diese Vorstellung gefällt mir nicht. Es wäre mir lieber gewesen, sie nicht ständig vor mir herumstolzieren zu sehen.

Nachdem ich geduscht habe, will ich mir etwas zu essen machen. Mein Blick fällt auf die Paprikaschoten im Obstkorb. Ich will gerade eine herausnehmen, als ich die Post-it-Zettel mit Roses Handschrift entdecke – links: »grüne Paprika«, rechts: »rote Paprika« – und feststelle, dass sie dasselbe mit den Äpfeln gemacht hat.

Sofort entferne ich alle Post-its und werfe sie in den Mülleimer. Der Appetit ist mir vergangen. Auf dem Weg zurück in mein Zimmer komme ich am Wohnzimmer vorbei. Die drei anderen sitzen am Couchtisch. Als ich mich zu ihnen setze, verstummen die Gespräche, und alle schauen mich an.

»Was ist?«, frage ich mit tonloser Stimme.

Lucky mit seinem eingegipsten Arm sieht aus, als würde er gleich in Tränen ausbrechen, und wirft mir mitleidige Blicke zu. Li Mei beißt sich nachdenklich auf die Lippen. Ich ahne sofort, worum es geht.

»Hast du es ihnen gesagt?«

Thomas zuckt mit den Schultern.

»Einer musste es ja tun.«

Ich nicke schweigend. Lucky stimmt eine tränenreiche Tirade darüber an, dass er es hätte besser wissen müssen, dass er seine Pflicht nicht erfüllt hätte, dass er sogar noch Freundschaftsarmbänder für uns fünf bestellt hätte und so weiter.

Li Mei neben ihm schweigt zwar, aber ich kann an ihren zusammengepressten Lippen erkennen, dass sie etwas zu sagen hat. Sie schaut mich an und ich ziehe eine Augenbraue hoch, um sie zum Sprechen aufzufordern.

»Es ist ... enttäuschend«, gibt sie mit trauriger Stimme zu.

»Das ist es.«

»Glaubst du ... dass sie die ganze Zeit nur so getan hat?«

»Ich weiß, dass es so war.«

Sie scheint nicht unbedingt meiner Meinung zu sein. Das irritiert mich, denn ich möchte mir diese Frage nicht noch einmal stellen müssen. Ich weigere mich, weiterhin Zweifel zu haben und damit vergebliche Hoffnungen zu wecken.

»Hattest du Gefühle für Rose?«

Ihre Frage trifft mich aus heiterem Himmel. Alle drei sehen mich an und warten auf eine Antwort. Ich hasse es, meine Gefühle zu offenbaren, aber vor diesen drei habe ich nichts zu verbergen. Deshalb behalte ich meine Hände in den Taschen und nicke.

Das Schlimmste daran ist, dass ich immer noch welche habe. Sie sind leider nicht gleichzeitig mit ihr verschwunden. Das wäre auch zu einfach gewesen.

»Hat sie erklärt, warum sie es getan hat?«

»Tito ist ihr Vater. Ich denke, das ist Erklärung genug, oder?«

Zu meiner Überraschung ist es Thomas, der antwortet: »Nicht immer.«

Träume ich, oder verteidigt er sie? Ich werfe ihm einen fragenden Blick zu, aber er sagt nichts weiter. Ich erzähle ihnen, dass Rose nicht nur Geld brauchte, sondern sich außerdem nach der Aufmerksamkeit eines Vaters sehnte, der sich ihre Kinderzeichnungen nie anschaute. Das totale Klischee.

»Wahrscheinlich ist sie jetzt bei Tito.«

Li Mei schüttelt den Kopf.

»Ich bin ihr vorhin begegnet, als sie ihre Sachen geholt hat.«

Mein Herz überschlägt sich in meiner Brust. Ich zwinge mich, Li Mei nicht danach zu fragen, wie sie wirkte, was sie anhatte und wie es ihr ging. *Dieses Mädchen hat dich verarscht und dir das Herz gebrochen, du Depp!*

»Sie hat erzählt, dass sie nach Hause fliegen will.«

»Wie das?« Lucky ist überrascht. »Wohin nach Hause?«

»Eben nach Hause. Nach Italien.«

Ich verberge meine Überraschung – und die unangenehme Enttäuschung – so gut ich kann. Habe ich sie deshalb heute nicht mit Tito gesehen? Ich dachte, sie wolle sich nur unauffällig verhalten, aber nein. Sie fliegt nach Hause.

»Wann?«

»Heute Nachmittag. Sie sitzt wahrscheinlich schon im Flugzeug.«

Eigentlich sollte ich mich erleichtert fühlen. Ich muss sie nicht mehr sehen. Das war es doch, was ich wollte, oder? Genervt beiße ich die Zähne zusammen. Offenbar habe ich mir etwas vorgemacht ... allein der Gedanke, ihr Gesicht nie wieder zu sehen, genügt, um mich zu deprimieren.

Warum reist sie ab? Wollte sie ihrem Vater nicht helfen, den Jackpot zu gewinnen? Irgendwie ergibt das keinen Sinn. Das Finale rückt immer näher. Jetzt abzureisen wäre die reinste Verschwendung.

Scheiße noch mal, das kann sie nicht machen. Sie macht es sich zu einfach. Sie nimmt mein Herz und zerreißt es und läuft dann weg, bloß, weil ich sage, dass es mir reicht? Wie unfair. Sie sollte zumindest in meiner Nähe bleiben, damit ich mir die Zeit nehmen kann, sie zu hassen.

»Umso besser«, sage ich kurz angebunden, um meine Gedanken zum Schweigen zu bringen.

Nur Stille antwortet mir.

Danach reden wir nicht mehr über sie. Roses Name ist in unserer Suite tabu. Die Atmosphäre bleibt ein wenig seltsam, fast unvollständig, als ob etwas fehlt. Oder jemand. Unsere Gruppe scheint nicht mehr dieselbe zu sein, seit sie weg ist.

Jeden Abend schließe ich mich in meinem Zimmer ein, um allein zu üben. Ich weiß, dass die anderen hinter meinem

Rücken reden, aber ich lasse sie. Keiner hat etwas von Rose gehört. Tito ist immer allein; Li Mei hatte offenbar recht.

Rose ist wirklich nicht mehr da.

Lucky verliert kurz vor dem Halbfinale. Nur Thomas, Li Mei und ich setzen das Turnier fort. Ihm macht das nichts aus. Im Gegenteil, er nutzt die Gelegenheit, um sich von seiner Ex verwöhnen zu lassen, die seit dem Unfall viel sanfter und geduldiger mit ihm geworden ist.

Was mich angeht, so hasse ich Tito immer mehr. Angesichts seines süffisanten Lächelns könnte ich kotzen. Eines Tages komme ich nach mehreren Stunden Kartenspiel nach Hause und finde Li Mei und Lucky auf der Couch, wo sie sich etwas auf dem Laptop ansehen.

Ich will mich zu ihnen setzen, doch dann erkenne ich Rose und mich auf dem Bildschirm. Verwirrt bleibe ich stehen.

»Was macht ihr da?«

Sie zucken zusammen. Als Lucky mich sieht, versetzt er Li Mei einen Stoß mit dem Ellbogen. Diese klappt den Laptop hastig zu.

»Wir schauen uns ... einen Porno an«, erklärt sie leicht panisch.

Ich ziehe eine Augenbraue hoch und werfe ihr einen finsteren Blick zu. Natürlich habe ich unsere Klamotten und den schlichten weißen Hintergrund erkannt und vermute, dass unser Video für *Glamour* online steht. Das hatte ich völlig vergessen.

»Du kommst gerade richtig«, sagt Li Mei und greift nach ihrem Handy. »Ich habe eine absolut geniale Playlist für dich zusammengestellt. Ich schicke sie dir sofort.«

»Eine Playlist? Wozu?«

Sie wirft mir einen unschuldigen Blick zu, den ich ihr nicht abnehme.

»Nur so. Als Einschlafhilfe.«

Lucky nickt und holt eine Plastiktüte, die er mir in die Hand drückt.

»Hier sind ein paar meiner DVDs. Ich leihe sie dir.«

»Lucky, ich bin gerade nicht in der Stimmung, Pornos zu gucken.«

»Keine Pornos!«, entgegnet er entrüstet.

Hätte ich nur eine Sekunde nachgedacht, wäre es klar gewesen.

»Hätte ich eigentlich wissen müssen.«

Keine Ahnung, was ich dazu sagen soll. Ich danke ihnen und verbarrikadiere mich in meinem Zimmer, wie jeden Abend. In der Plastiktüte entdecke ich die *Bridget-Jones*-Trilogie, was mich nur halb überrascht, sowie den Director's Cut von *Romeo und Julia*, *Stolz und Vorurteil* und *Titanic*. Gleichgültig schiebe ich die DVDs beiseite.

Stattdessen setze ich mich mit der von Li Mei zusammengestellten Playlist auf mein Bett und bin gespannt. Normalerweise höre ich nicht viel Musik, aber ich denke, es könnte nicht schaden. Ich muss auf andere Gedanken kommen.

Ich schaue mir jeden der mir ziemlich unbekannten Titel an: *The Story of Us*, *White Horse*, *Back to December*, *We Are Never Ever Getting Back Together*, *Picture to Burn*, *I Knew You Were Trouble* … Alle von derselben Sängerin.

Ich achte nicht auf die Titel, die nichts Gutes verheißen, und höre mir einige der Stücke aus reiner Neugier an. Nach dem fünften Song höre ich auf. Wie bereits vermutet, geht es in allen um Trennung.

Vermutlich versuchen Lucky und Li Mei mir eine Nachricht zu übermitteln.

Als ich gerade ins Bett gehen will, vibriert mein Handy auf der Bettdecke. Li Mei will wissen, ob ich schon schlafe.

Ich weiß, es ist ein Tabuthema, aber ich denke, du solltest dir das Video ansehen.

Ich brauche ein paar Minuten, bis ich weiß, was ich antworten soll.

Ich war dabei, Li Mei. Ich weiß besser als jeder andere, was an diesem Tag passiert ist und was wir uns gesagt haben.

Bist du ganz sicher? Ich glaube, du hast nicht alles wahrgenommen. Schon gar nicht die Art, wie sie dich ansieht, wenn du in die Kamera sprichst.

Mein Herz pocht. Ich bewege mich nicht.

Es hat nichts zu bedeuten. Sie hat eine Rolle gespielt. Alles war falsch.

Hat sie dir das gesagt? Oder hast du es dir einfach selbst zurechtgelegt?

…

Levi. Solche Gefühle konnte sie keinesfalls vortäuschen. Vielleicht haben wir uns geirrt. Okay, sie hat Mist gebaut. Aber Rose ist auch nur ein Mensch. Was, wenn sie sich verliebt hat? Was, wenn sie sich für dich entschieden hatte, du ihr aber keine Zeit gelassen hast, es dir zu sagen?

Minutenlang lese ich Li Meis Nachricht mit zusammengebissenen Zähnen immer wieder. Ich habe solche Lust, ihr zu glauben. Doch genau darin liegt die Gefahr. Hoffnung macht sich in mir breit. Li Mei hat recht, ich habe Rose nicht wirklich zu Wort kommen lassen.

Dabei hat sie mir sogar gesagt, dass sie die Seiten gewechselt hat. Nur habe ich ihr das nicht geglaubt. Weil ich Angst hatte, weil ich wütend, verletzt und enttäuscht war. Ich wollte ihr nicht zuhören, ich wollte sie nur noch verletzen.

Was, wenn ich mich geirrt habe?

Ich finde das Video sehr schnell auf YouTube. Ich zögere einen Moment, dann drücke ich auf »Play«. Uns Seite an Seite zärtlich lächelnd auf dem Bildschirm zu sehen, tut mir weh. Trotzdem bringe ich es fertig, das ganze Video anzuschauen. Ich sehe, wie wir uns gegenseitig Komplimente machen, uns anlachen und uns schließlich liebevoll umarmen.

Liebevoll.

Denn ja, wir sehen wirklich wie ein Paar aus.

»Du hast ein unglaubliches Charisma, das einen dazu bringt, dir bis ans Ende der Welt zu folgen. Du überraschst mich immer wieder. Oh, und ich liebe dein Lächeln«, sagt die Rose auf dem Bildschirm mit schüchternem Blick.

Li Mei hatte recht. Mein Puls beschleunigt sich, und ich bekomme eine Gänsehaut auf den Armen, als ich Roses flüchtige Blicke sehe. Die Blicke, die sie vor mir versteckt hat. Sie ist sich dessen nicht bewusst, weil sie nicht weiß, dass die Kamera jede ihrer Bewegungen verfolgt.

Gott, ich vermisse sie. Mein Leben ist todlangweilig ohne sie, und dabei ist sie erst seit Kurzem fort. Zuvor ist mir das nie aufgefallen, aber ich nehme an, man merkt solche Dinge erst, wenn man sie verliert.

Könnte es sein, dass ... Rose das Gleiche empfindet?

Es ist total verrückt. Ich bin tatsächlich dabei, es mir noch einmal zu überlegen. Es ist, als ob ich mir freiwillig Schmerzen zufügen würde. Ich habe mich noch nicht ausgezogen und springe mit einem Satz auf. Ich muss zu Thomas. Ich muss ihn bitten, Rose zu suchen, meinetwegen auch in Italien, das ist mir egal.

Adrenalin strömt durch meine Adern. Hastig reiße ich die Schlafzimmertür auf und finde mich plötzlich Nase an Nase mit Thomas wieder. Wir erschrecken uns beide.

»Ich wollte gerade zu dir«, sage ich und versuche meinen Gesichtsausdruck zu beherrschen.

»Und ich zu dir.«

»Oh. Okay. Ich zuerst: Ich möchte, dass du Rose findest. Eine Telefonnummer in Italien, eine Adresse, was auch immer. Irgendetwas, das es mir ermöglicht, sie zu erreichen.«

Thomas wirkt keineswegs überrascht. Ich schon, als er sofort antwortet: »Schon geschehen.«

Überzeugt, dass ich etwas falsch verstanden habe, blicke ich ihn verständnislos an.

»Wie bitte?«

»Ich habe sie gefunden.«

»Das ging aber schnell.«

Er wirft mir einen mitleidlosen Blick zu und erklärt, dass er schon mehrere Tage nach ihr gesucht hat, ohne dass ich davon wusste. Auch er fand ihr Verhalten seltsam.

»Und weiter?«

»Sie ist da.«

»Da?«, wiederhole ich verblüfft.

»Unten. An den Pokertischen, um genau zu sein.«

Ich brauche ein paar Augenblicke, um die Information zu verdauen. Rose ist also nicht nach Hause zurückgekehrt. Thomas erklärt mir, dass sie die ganze Zeit da war, direkt vor meiner Nase. Ich habe sie bloß nie gesehen, weil sie ihre Tage an der Bar verbrachte.

Und natürlich hat sie wieder angefangen zu spielen.

Ist sie rückfällig geworden?

Ich bedanke mich bei Thomas und gehe hinunter ins Casino. Sie ist nicht schwer zu finden. Meine Kehle schnürt sich zu, als ich sie am Pokertisch sitzen sehe. Sie ist so schön wie immer, trägt ein helles, enges Kleid und schwarze High Heels mit hohen Absätzen.

Sie leert ihr Glas – ich nehme an, es enthält Wodka – und setzt eine hohe Summe. Ihre Gegner – junge Männer, die wahrscheinlich zu einem Junggesellenabschied gekommen sind – bringt sie damit zum Lachen.

»Entschuldigung«, spreche ich einen Kellner an, der an mir vorübergeht. »Wie lange ist sie schon hier?«

Ich zeige auf Rose. Er denkt nicht lange nach.

»Seit heute Morgen, würde ich sagen.«

Scheiße!

»Und wie viel hat sie getrunken?«

Über diese Frage muss er lachen.

»Also, ich habe nicht genügend Finger, um da mitzuzählen!«

Es ist schlimmer als befürchtet. Mir wäre es tatsächlich lieber gewesen, sie wäre zu ihrer Mutter heimgekehrt. Wo ist Tito? Sollte er seine Tochter nicht beschützen und sie von ihren schlimmsten Dämonen fernhalten?

Wie ein Geist erscheint er an meiner Seite. Ich erstarre und balle die Fäuste.

»Hast du dich verlaufen?«

»Du solltest sie von hier wegbringen«, sage ich scharf und lüge: »Bei ihrem Anblick wird mir schlecht. Bring sie hier raus.«

Tito sieht mich an und grinst. Vielleicht lüge ich nicht mehr so gut wie früher, denn er glaubt mir kein Wort. Er neigt sich zu mir und flüstert vertraulich: »Willst du sie noch immer? Dann sage ich dir was: Wenn du aufgibst, kannst du sie haben.«

Um Haaresbreite wäre meine Faust in seinem Gesicht gelandet. Er sieht es, und sein Lächeln wird noch breiter. Wie kann er so etwas sagen? Sie ist seine Tochter! Er hat sie dorthin geschleppt.

Am meisten schockiert mich jedoch, dass ich überrascht bin. Immerhin hat dieser Mann meinen Vater verraten und versucht, mich mit einem Auto zu überfahren. Er ist viel gefährlicher, als ich dachte. Er verdient es, sehr lange Zeit im Gefängnis zu schmoren.

Dafür sorge ich.

Frustriert werfe ich einen letzten schmerzhaften Blick auf Rose. Ich habe Mühe, die Tatsache zu verarbeiten, dass sie innerhalb eines Wimpernschlags zu einer Fremden in meinem Leben geworden ist, zu jemandem, den ich später nur noch als vage Erinnerung erwähne, oder als Verletzung aus der Vergangenheit, von der ich zu heilen versuche.

Ich wollte nur, dass sie bleibt. Dass sie mich zwingt, ihr zuzuhören. Dass sie um mich kämpft.

Sollte die Möglichkeit bestehen, dass ich mich irre, werde ich mein Bestes geben. Aber in der Zwischenzeit darf Tito nichts erfahren. Deshalb lüge ich nonchalant.

»Nein, danke. Taylor Swift hat es oft genug wiederholt: Wir kommen nie wieder zusammen.«

27

Juni. Las Vegas, USA.

Rose

Ich bin rückfällig geworden.

Ich weiß es ganz genau, auch wenn ich mich nicht traue, es auszusprechen. Meine Mutter ruft immer wieder an, um mich zu fragen, warum ich meine Heimkehr abgesagt habe, aber ich weiche ihr aus. Ich fühle mich wie in einer Falle. Tito behauptet, er brauche meine Hilfe, aber er bittet mich um nichts. Ich nehme an, er will mich einfach im Auge behalten.

Vielleicht zwingt er mich auch zum Bleiben, um mich zu quälen.

Das würde zu ihm passen.

Ich gebe mir Mühe, ihm nicht über den Weg zu laufen. Nur selten schlafe ich in meinem neuen Zimmer. Die Nächte verbringe ich im Hotelkasino oder an der Bar, je nach Stimmung. Natürlich habe ich bereits drei Viertel des Geldes verloren, das ich bei Levi verdient habe.

In der ersten Nacht beschloss ich, einige Partien zu spielen, um Stress abzubauen und die Ereignisse der letzten Tage zu vergessen. Aber aus »einigen Partien« wurde eine ganze Nacht. Damit konnte ich zumindest für ein paar Stunden den Tsunami negativer Gefühle überwinden, der mich überrollt hatte.

Aber am nächsten Tag ging es dann los.

Die ersten Entzugssymptome. Ich habe diese Mistkerle sofort erkannt. Fast war es, als hätte ich alte Freunde wiedergetroffen. Eine Angewohnheit, ein Ritual der Leere, das mir gefehlt hatte. Irgendwie war es ein gutes Gefühl, etwas wiederzuentdecken, das ich kannte. Aber nach zwei Tagen begannen sich dann die verhängnisvollen Auswirkungen zu zeigen.

Stress, Ängste, Frustration, Entzug.

Glücklicherweise bin ich bisher wenigstens weder Levi noch sonst jemandem aus der Gruppe begegnet. Wahrscheinlich hassen sie mich alle, und sie hätten recht. Irgendwo habe ich gehört, dass Lucky ausgeschieden ist, und das so kurz vor dem Halbfinale. Das tat mir leid.

»Du kommst früh nach Hause«, sagt mein Vater, als ich seine Suite betrete. Mein Verstand ist noch vom Alkohol benebelt.

Ich ziehe an meiner Zigarette. Er befiehlt mir, sie auszumachen. Ich ignoriere ihn und rauche weiter, ohne auf ihn zu achten. Falls Tito wegen meiner Sucht etwas dagegen gehabt hätte, dass ich mich einem Casino nähere, hat er in den letzten Tagen erstaunlich ruhig reagiert. Ich könnte mir denken, dass er mich inzwischen wirklich komplett aufgegeben hat.

Levi war der Tropfen, der das Fass zum Überlaufen brachte.

»Ich habe etwas für dich.«

Ich bleibe wie angewurzelt stehen und versuche, die drohende Migräne zu ignorieren. Mein Vater steht mit einem Päckchen in der Hand auf, reicht es mir und sagt, dass ich es öffnen soll.

»Ein Geschenk?«, spöttele ich. »Und ganz ohne Anlass.«

»Ich war ein bisschen hart zu dir«, gibt er mit sanfter Stimme zu. »Es tut mir leid. Du hast gute Arbeit geleistet. Ich bin stolz auf dich.«

Fassungslos blinzele ich. Ein seltsames Gefühl schwillt in meiner Brust. Ich kann es nicht benennen. Mein Vater hat noch nie so etwas zu mir gesagt. Erstens entschuldigt er sich nie. Und zweitens habe ich mein Leben lang auf den Satz »Ich bin stolz auf dich« gewartet, ohne ihn jemals zu hören.

Bis heute.

»Es stimmt, dass du getäuscht wurdest, aber das hätte jedem passieren können«, sagt er. »Vergessen wir es einfach.«

Er deutet auf das Päckchen und fordert mich auf, es zu öffnen. Ich drücke meine Zigarette im nächsten Aschenbecher aus und greife mit zitternden Händen nach der Samtschachtel. Offenbar Schmuck. Unwillkürlich muss ich an den Moment zurückdenken, als Levi mir den Ring an den Finger gesteckt hat. Mein Herz zieht sich zusammen.

Den Ring bewahre ich in einem Paar Socken ganz unten in meinem Koffer auf.

»Oh, wow …«

Es ist ein wundervolles Collier, das aus einer Goldkette und einem herzförmigen Aventurinanhänger besteht. Der Stein ist transparent und hat glitzernde Einschlüsse, die ihm eine einzigartige leuchtend grüne Farbe verleihen. Er ist von einer Vielzahl kleiner Diamanten umgeben. Wirklich schön.

Plötzlich bin ich in einem inneren Konflikt gefangen. Soll ich die Kette einfach annehmen, oder soll ich sie ablehnen, weil ich mir geschworen habe, nie wieder etwas von ihm zu akzeptieren? Er hat schreckliche Dinge getan, die ich nicht gutheiße, aber vielleicht kann er sich ändern? Jedenfalls bedanke ich mich höflich bei ihm.

»Sie ist wunderschön.«

»Prima. Das freut mich.«

Er hilft, sie mir um den Hals zu legen, und küsst mich auf die Stirn, ehe er in seinem Zimmer verschwindet. Ich stehe ein paar Minuten lang wie vom Donner gerührt da. Mit pochendem Herzen lege ich meine Hand auf den tröstlichen Stein. Es ist das erste echte Frauen-Geschenk, das er mir gemacht hat.

Angeregt spritze ich mir Wasser ins Gesicht und ziehe eine kamelfarbene Hose und ein elfenbeinfarbenes Top aus Satin an. Ich setze meine Sonnenbrille auf, um meine vom Alkohol geröteten Augen zu verbergen, und gehe wieder. Ich brauche etwas zu essen.

Weil ich nicht auf Levi treffen will, vergewissere ich mich, dass der Korridor leer ist und gehe zum Aufzug. Ungeduldig muss ich ein paar Minuten warten. Als er endlich kommt, steige ich ein, drücke den Knopf für das Erdgeschoss und lehne mich mit verschränkten Armen an die Wand.

Als sich die Türen gerade schließen, schiebt sich im letzten Moment eine Hand durch den Spalt. Die Aufzugtüren öffnen sich wieder und geben den Blick auf eine Gestalt frei, die ich nur allzu gut kenne. Ich erstarre.

Vor mir steht Levi, ganz in Schwarz wie ein Engel des Todes. Großartig. Er richtet den Blick auf mich, vielmehr auf meine Sonnenbrille. Ich rühre mich nicht, mein Herz rast. Ihn zu sehen schmerzt, schmerzt sogar sehr. Ich halte den Atem an.

Ich gehe davon aus, dass er sich sofort wieder wegdreht, doch das ist nicht der Fall. Mit den Händen in den Taschen kommt er herein, stellt sich vor mich, wendet mir aber den Rücken zu. Die Spannung ist greifbar.

»Schöne Halskette.«

Überrascht, dass er mich angesprochen hat, zucke ich zusammen. Himmel, wie habe ich seine Stimme vermisst. Ich muss mich zusammenreißen, ignoriere ihn und schweige. Leider ist es meine beste Waffe, so zu tun, als gäbe es ihn nicht.

»Für dich hätte ich allerdings Rutilquarz gewählt. Das da ist nicht deine Farbe.«

Ich verkneife mir ein Grinsen. Was weiß er denn schon davon? Er sieht die Farben doch sowieso nicht. Davon abgesehen hat er recht. Rutilquarz mit seinen Beige- und Brauntönen steht mir viel besser. Aber ich würde lieber sterben, als das zuzugeben.

Plötzlich betätigt er den Not-Stopp. Der Aufzug erbebt leicht. Damit habe ich nicht gerechnet. Ich will ihn fragen, was das soll, aber auf einmal dreht er sich um und seine intensiven Augen suchen geradezu verzweifelt nach meinen. Ich behalte meinen undurchdringlichen Ausdruck bei, weil ich Angst vor dem habe, was er sagen wird.

»Ich dachte, du wärst längst zurück in Italien«, beginnt er mit neutraler Stimme.

Ich gebe mich unerschütterlich und schenke ihm ein spöttisches Lächeln.

»Ich habe meine Meinung geändert. Tut mir leid, wenn dich das enttäuscht.«

Er schweigt einige Zeit und beobachtet mich aufmerksam. Zu meinem Ärger bekomme ich Gänsehaut auf den Armen. Ich muss unbedingt hier raus.

»Du spielst wieder?«

Keine Ahnung, worauf er hinauswill. Was hat er für ein Problem? Ich nehme die Sonnenbrille ab und biete ihm mit hochgezogenen Augenbrauen die Stirn.

»Was willst du von mir, Levi? Beeil dich, ich habe nicht den ganzen Tag Zeit.«

Sein Gesicht verrät nichts. Ich bin eine gute Lehrerin gewesen. Überrascht höre ich, wie er sagt: »Ich möchte mit dir reden.«

»Zwischen uns ist doch alles gesagt, oder?«

Er schüttelt den Kopf, und ich glaube, eine Spur von Bedauern und Scham auf seinen Zügen zu erkennen. Die folgenden Worte scheinen ihm schwerzufallen.

»Ich habe dich an dem Abend nicht zu Wort kommen lassen, weil ich so sauer war … Aber ich hätte dich anhören sollen.«

»Ich wüsste nicht, was das ändern sollte.«

»Eine ganze Menge«, seufzt er. »Ich muss es einfach ein für alle Mal wissen. Hast du es ernst gemeint, als du sagtest, du hättest die Seiten gewechselt?«

Ich starre ihn verständnislos an. Wie kommt er darauf, mich so etwas zu fragen – nach allem, was passiert ist? Ich will ihn anlügen, aber etwas in seinen Augen bringt mich dazu, vielleicht zum ersten Mal in meinem Leben ehrlich zu sein.

»Ja.«

So, nun ist es heraus. Meine Beine zittern. Levi schließt die Augen und schüttelt langsam den Kopf. Er seufzt tief, dann öffnet er die Augen wieder und scheint über etwas nachzudenken. Als er mich schließlich wieder anschaut, wirkt er entschlossen.

»Ich habe gelogen.«

Mein Gehirn leert sich mit einem Schlag. Ich habe Angst vor dem, was dieser Satz bedeuten könnte.

Mit gelassener Miene fährt Levi fort: »Als ich sagte, ich hätte dich benutzt. Das war gelogen. An dem Tag, als ich erfuhr, wer du bist, habe ich nichts gesagt, das stimmt. Ich wollte wissen, was du vorhast, weil ich dachte, ich könnte dich in Schach halten oder dich sogar dazu bewegen, deine Meinung zu ändern.«

Ich höre nur noch meinen Herzschlag, der wie wild in meinen Schläfen pocht.

»Die Sache ging schnell nach hinten los«, fügt er hinzu. »Ich fing an, mir Hoffnungen zu machen … Hoffnungen, dass du dich für mich entscheiden würdest.«

Innerlich schmelze ich völlig dahin. Ich schlucke und rühre mich nicht. Levi gibt also zu, dass ihm etwas an mir liegt. Das tut er doch, oder? Oder träume ich etwa?

Oder ist das wieder eines seiner Spielchen? Gut möglich. Ich kann ihm nicht trauen. Noch mehr Schmerzen kann ich mir nicht leisten.

»Rose«, flüstert er und kommt langsam näher, bis er nur noch wenige Zentimeter von meinem Gesicht entfernt ist. »Ich bin bereit, alles zu vergessen und alles zu verzeihen. Es gibt da nur eine Frage, die du mit Ja oder Nein beantworten musst. Okay?«

Mir ist zum Weinen zumute. Denn genau das ist es, was ich so gern hören wollte, und doch bin ich nicht sicher, ob ich es glauben kann. Immer noch schweigend halte ich seinen schmerzerfüllten Blick fest, und stelle verblüfft fest, dass seine Maske schon längst gefallen ist.

Er steht nackt vor mir.

»Rose Alfieri … Liebst du mich?«

Sein Atem ist wie eine sanfte Brise auf meinen Lippen, aber meine Beine drohen unter mir nachzugeben. Auch meine Brust droht unter der Last der Gefühle zu explodieren.

Er fragt, ob ich ihn liebe. Ich würde so gern Ja sagen, aber ich habe schreckliche Angst, dass er es gegen mich verwendet. Es ist deutlich einfacher, so zu tun, als sei ich eine kaltherzige Bitch. Und außerdem: Selbst wenn es wahr wäre, würde sich nichts ändern.

Tito und seine Erpressung halten mich gefangen.

»Nein.«

Ich dachte, er würde sich verschließen, mich beleidigen, mir vielleicht sogar sein wahres Gesicht zeigen und mir sagen, alles wäre nur ein neuer Trick.

Stattdessen huscht ein trauriges Lächeln über seine Lippen. Er hebt eine Hand und streicht zärtlich über meine Wange.

»Weißt du, was dein größter Fehler war?«

Ich schweige. Alles, was man hört, ist mein wildes Herzklopfen.

»Dass du mir beigebracht hast, wie man Lügner erkennt«, flüstert er, während er einen Finger meinen Hals entlanggleiten lässt. »Du atmest schwer ... als hätte sich dein Herzschlag verändert. Du stehst total unbeweglich da ... als würdest du dich innerlich auf eine mögliche Konfrontation vorbereiten.« Bei seiner Berührung beschleunigt sich mein Puls noch mehr. Ich hätte ihm das alles nicht beibringen sollen ... Ich schaue ihn an, ohne mit der Wimper zu zucken. Er neigt den Kopf und flüstert: »Ich glaube, dass du mich liebst, Rose. Sehr sogar.«

Das reicht. Ich halte es nicht aus. Ich schiebe ihn beiseite, um mich zu befreien, aber er hält mich am Handgelenk fest. Ich sehe ihn an.

Seine nächsten Worte werden mir zum Verhängnis.

»Frag mich, ob ich dich liebe ... und bilde dir selbst ein Urteil, ob ich lüge.«

Das kann ich nicht. Es übersteigt meine Kräfte. Ich fühle mich zu schwach, um diese Worte zu ertragen. Und diesen Blick. Einfach alles.

»Dazu habe ich keine Lust.«

»Ich habe dich gewarnt, erinnerst du dich?« Seine Stimme klingt vorwurfsvoll. »Ich habe dir gesagt, dass du dich nicht mit mir da hineinwagen willst. Aber du hörst ja auf niemanden. Nur, dass du jetzt Verantwortung übernehmen musst. Also was tust du jetzt? Weglaufen? Darin bist du echt gut.«

Ich bekomme keine Luft mehr. Ich bin nicht bereit für einen Streit, vor allem nicht, wenn er wieder den Finger genau da in die Wunde legt, wo es wehtut. Wie gern würde ich ihn küssen, ihn berühren, ihm sagen, dass es mir leidtut und dass er mir mehr am Herzen liegt als alles andere.

Aber ich bin einfach noch nicht so weit. Scheiße.

»Wenn das wieder eines deiner Spielchen ist, finde ich es nicht lustig«, warne ich ihn wütend und reiße mich los.

»Ich spiele nicht.«

»Das wage ich zu bezweifeln. Bei dir kann man nie wissen! Immer täuschst du alle und bist immer einen Schritt voraus. Wie soll ich mich jemandem anvertrauen, auf den ich nicht bedingungslos zählen kann?«

Dieses Mal bin ich zu weit gegangen. Wut verzerrt seine Züge, als er antwortet: »Das sagst ausgerechnet du? Dein Ernst? Ganz schön dreist, Rose.«

Ja, wirklich. Aber genau das ist es, worauf ich hinauswill. Wenn wir ständig Spielchen spielen und einander nicht vertrauen können, was hätte es für einen Sinn? Ich möchte nicht mit einem Mann zusammen sein, dessen Aufrichtigkeit ich ständig anzweifele. Und ich will auch nicht, dass er sein Leben lang meinen Gefühlen misstraut.

»Ich glaube, wir passen einfach nicht zueinander.«

Das Lächeln auf seinem schönen Mund ist eisig.

»Also doch wieder Flucht. Nicht, dass es mich überrascht, trotzdem bin ich enttäuscht. Rose fällt wieder in ihre alten Gewohnheiten zurück. Sie hat Angst im Dunkeln wie ein kleines Mädchen, das sich vor dem Monster unter seinem Bett fürchtet ...«

»Du kannst mich mal.«

»Fick dich«, faucht er zurück. »Du bist feige, Rose. Viel schlimmer als Lucky. Und wenn du dich weigerst, mir zu glauben, obwohl ich dir meine schlimmsten Geheimnisse verraten habe ... dann kann ich nichts mehr tun.«

Er lässt mir keine Zeit zu antworten, sondern drückt erneut den Not-Stopp. Der Aufzug setzt sich wieder in Bewegung. Ich fühle mich miserabel. Er hat recht, ich bin wirklich unbeschreiblich feige.

»Ich bin es leid«, fügt Levi sehr leise hinzu, als sich die Türen im Erdgeschoss endlich öffnen. »Ich werde dir nicht länger nachlaufen.«

Damit verschwindet er ohne ein weiteres Wort.

Mit wackligen Knien halte ich mich an der Wand fest, um nicht zusammenzubrechen. Das Problem ist nicht mehr, ob ich ihm glaube oder nicht. Das war nur eine Ausrede. Ich konnte das Glitzern der Aufrichtigkeit in seinen Augen sehen.

Levi Iwanowitsch hängt ebenso an mir wie ich an ihm.

Das eigentliche Problem ist Tito. Ich mag mir gar nicht ausmalen, was passiert, wenn ich mich entschließen würde, zu Levi zurückzukehren. Mein Vater würde wahrscheinlich aus Rache die Bombe hochgehen lassen. Und diese Option ist absolut nicht akzeptabel.

Tatsächlich ist es mir lieber, dass Levi mich hasst, als dass er ins Gefängnis muss. Wahrscheinlich verflucht er mich … aber immerhin ist er frei und bald wieder glücklich mit seiner Mutter vereint. So, wie er es immer wollte.

Meine Familie hat den beiden schon genug Schaden zugefügt.

Ich werde den Fluch nicht weiterführen.

Ich verzichte aufs Essen. Mir ist der Appetit vergangen.

Sofort gehe ich wieder nach oben und entledige mich der verdammten Halskette, die mir plötzlich viel zu schwer erscheint. Ich kann nicht glauben, dass ich mich von meinem Vater habe kaufen lassen. Die Kette war Bestechung, nichts weiter. Darin ist er echt gut.

Ich gehe unter die Dusche und falle kurz darauf in einen schweren, traumlosen Schlaf. Für drei Stunden. Am frühen Nachmittag werde ich durch ein Klopfen an der Eingangstür geweckt. Ich ignoriere es, weil ich denke, dass entweder Tito öffnet oder dass der unerwartete Besucher irgendwann aufgibt. Doch der Lärm hört nicht auf.

Also stehe ich auf und öffne verschlafen die Tür. Vor mir stehen drei Sicherheitsleute.

»Guten Tag. Sind Sie Rose Alfieri?«

»Äh ... ja.«

»Können Sie bestätigen, dass Sie die Person auf diesem Foto sind?«

Ich kneife die Augen zusammen und betrachte das Blatt Papier, das er mir hinhält. Es handelt sich um eine Schwarz-Weiß-Aufnahme, wahrscheinlich von einer Überwachungskamera. Ich sehe mich, wie ich heute Morgen auf den Aufzug warte.

»Ja, das bin ich. Was ist denn los?«

»Ich muss Sie bitten, mir zu folgen.«

Mein Herz rast. Ich frage, warum ich mitkommen soll.

Der Mann, der gesprochen hat, schaut mich an und sagt: »Sie werden des Diebstahls beschuldigt.«

28

Juni. Las Vegas, USA.

Levi

»Diebstahl?«, wiederhole ich verwirrt.

Thomas nickt. Ich kann es immer noch nicht glauben. Nach meinem Gespräch mit Rose nahm ich einige Stunden am Turnier teil. Kaum war ich wieder oben, kam mir mein Freund entgegen, um mir mitzuteilen, dass Rose vom Sicherheitsdienst des Hotels verhaftet worden sei. Sie wird beschuldigt, eine Halskette im Wert von sechstausend Dollar gestohlen zu haben. Man gönnt sich ja sonst nichts.

»Glaubst du, das stimmt?«, fragt Lucky.

Ich schüttele sofort den Kopf. Rose hat viele Fehler, aber sie ist keine Diebin. Aber ich habe den Schmuck um ihren Hals gesehen und bin ratlos.

»Sie hätte heimreisen sollen wie geplant …«

Ich sehe Li Mei an, die ihre Nägel betrachtet. Ich weiß, dass sie Rose vermisst und nur aus Loyalität bei mir bleibt. Frustriert bitte ich Thomas, mir alles noch einmal zu berichten.

»Ein weiblicher Gast gab an, einen Anhänger mit einem roten Achat und Diamanten verloren zu haben. Sie sagte, es handele sich um ein Unikat, weil es speziell für sie angefertigt worden sei. Rose wurde mit dem Schmuck von einer Überwachungskamera gefilmt, aber als man sie festnahm, war die Halskette nirgends zu finden …«

»Moment mal«, unterbreche ich ihn und hebe die Hand. »Sagtest du, ein roter Achat?«

»Genau.«

Sie war es nicht. Eine große Welle der Erleichterung macht sich in mir breit, doch das zeige ich den anderen nicht.

»Dann haben sie sich geirrt. Der Stein war nicht rot.«

Alle schauen mich schweigend an. Mit einiger Verspätung begreife ich, dass sie mir nicht wirklich glauben.

Li Mei verzieht das Gesicht und flüstert: »Nichts für ungut, aber wenn es um Farben geht, würde ich nicht unbedingt ausgerechnet dich als Ersten fragen.«

»Ich weiß. Aber ich kann dir versichern, dass es kein Achat war.«

»Okay, ich glaube dir«, meint Thomas. »Aber das bedeutet, dass du der einzige Zeuge bist, denn sie ist gleich danach wieder nach oben gefahren und niemandem sonst begegnet.«

Ah. Stille. Wenn Rose sofort nach der Begegnung mit mir wieder nach oben gefahren ist, bin ich der Einzige, der ihre Unschuld bezeugen kann.

Schnell wird mir klar, was ich tun werde; trotzdem frage ich die anderen nach ihrer Meinung. Sollen wir ihr helfen? Zunächst antwortet keiner von ihnen, dann zuckt Li Mei schuldbewusst mit den Schultern.

Lucky wagt sich vor. »Ich weiß nicht recht, Levi ... Ich habe sie wirklich gern, aber sie hat uns total verarscht.«

»Wir müssen ihr helfen.«

Alle außer mir drehen sich erstaunt zu Thomas um. Ich muss grinsen. Klar doch! Thomas spielt zwar den Unnahbaren, aber ich bin längst überzeugt, dass er ein bisschen in Rose verknallt ist. Wie wir alle.

»Sie ist eine Lügnerin«, wendet Lucky ein.

»Wir etwa nicht?«, kontert Li Mei. »Soweit ich weiß, waren

wir auch nicht gerade ehrlich zu ihr. Jedenfalls nicht von Anfang an. Sie war uns keine Rechenschaft schuldig. Logisch, sie hätte uns später die Wahrheit sagen können, aber stellt euch mal vor, wie schwer es für sie gewesen sein muss, dass wir ihren Vater hassen.«

Lucky scheint sich ein wenig zu schämen, denn er verzieht das Gesicht und senkt den Blick, ohne noch etwas hinzuzufügen. Schweigend schaue ich die anderen an, ehe ich nachhake.

»Also?«

»Rose ist ein Teil der Gruppe«, sagt Thomas. »Und wir lassen niemanden hängen.«

Angenehm überrascht muss ich lachen. Offenbar ist Rose eine von uns, ob sie will oder nicht.

»Super. Dann machen wir es!«

Man führt mich in einen Raum, wo ich zwei Sicherheitsleute, einen Mann im Anzug und zwei Polizisten vorfinde. Rose sitzt mürrisch schweigend an einem Tisch.

Ihr Gesicht verrät nichts. Sie blickt nicht zu mir auf, aber ihre Schultern werden starr – ein Beweis dafür, dass sie meine Anwesenheit bemerkt. Ich werde gebeten, mich ihr gegenüber zu setzen.

Der Mann im Anzug stellt sich als Hotelmanager vor.

»Sie sind Levi Iwanowitsch, Pokerspieler beim *Main Event*«, sagt er und verschränkt die Arme. »Ich kenne Sie.«

»Richtig.«

»Und Miss Alfieri ist … Ihre Frau, nicht wahr?«

»Meine Verlobte«, berichtige ich.

Rose schweigt mit zusammengebissenen Zähnen und finsterem Blick.

»Ich verstehe. Ihre Verlobte wurde mit einer sechstausend Dollar teuren Halskette um den Hals gesehen, einem Unikat, das einem unserer weiblichen Gäste gehört. Diese Dame behauptet, dass ihre Kette verschwunden ist. Als wir Ihre Verlobte jedoch befragt haben, wo sich das Schmuckstück befindet, konnte sie uns keine Antwort geben. Es ist nicht auffindbar.«

Ich widerstehe dem Drang, Rose erneut anzusehen. Die Tatsache, dass wir nur zum Schein verlobt sind, macht es für mich schwierig. Man denkt vielleicht, dass ich sie verteidige, weil wir ineinander verliebt sind.

»Sie sind auf den Aufnahmen ebenfalls zu sehen«, fährt der Mann fort. »Erst im Korridor, dann im Aufzug. Allerdings sind Sie nicht zusammen weggegangen.«

»Richtig, wir hatten eine … kleine Meinungsverschiedenheit. Ich mag meinen zukünftigen Schwiegervater nicht besonders«, füge ich in einem vertraulichen Ton hinzu, was ihn neugierig macht.

»Meinen Sie Tito Ferragni? Ist das der Grund, warum Miss Alfieri derzeit in seiner Suite wohnt?«

»Ja. Es war ein kleiner Streit zwischen Verliebten, nichts Ernstes. Tito und ich sind Rivalen, daher die Reiberei.«

Der Mann nickt verständnisvoll. Schließlich räuspert er sich und überlässt einem der Sicherheitsleute den Rest. Der glatzköpfige Mann kommt näher und erklärt mir, dass die Polizei zwar informiert wurde, dass das Management es aber vorziehen würde, wenn wir die Angelegenheit unter uns regeln könnten.

»Sie waren die einzige Person, die Ihre Verlobte mit der Halskette gesehen hat. Können Sie sie uns beschreiben?«

Das mache ich, und es scheint ihn zufriedenzustellen. Er zeigt mir das Schwarz-Weiß-Foto der Überwachungsbänder und fragt mich, ob ich von dieser Halskette spreche. Das bestätige ich.

»Sehr gut. Sie erwähnten einen Stein in der Mitte des Anhängers. Können Sie mir seine Farbe nennen?«

Rose dreht sich brüsk zu mir um. Mir war klar, dass er diese Frage stellen würde, allerdings nicht so früh im Gespräch. Noch habe ich keine Antwort parat. Ich weiß nur, dass der Stein nicht rot war.

»Ihre Verlobte behauptet, dass die Halskette nicht mit der als verloren gemeldeten übereinstimmt. Die Farbe des Steins sei unterschiedlich. Ihre Aussage würde uns sehr helfen.«

»Er war rot, nicht wahr?«, fragt der zweite Sicherheitsmann mit einem giftigen Blick auf Rose.

Ich sehe ihn an und antworte sehr ruhig: »Sie versuchen gerade, meine Antwort zu beeinflussen, Sir.«

»Sagen Sie uns einfach, was Sie gesehen haben«, knurrt der Mann verärgert. »Welche Farbe hatte der Stein?«

Schweigen. Ich denke lange nach und zucke schließlich mit den Schultern. Ich habe keine andere Wahl, als die Wahrheit zu gestehen. Ich kann nicht einfach aufs Geratewohl eine Farbe angeben und damit riskieren, Roses Version zu widersprechen.

»Ich weiß es nicht.«

»Es nützt Ihnen nichts zu lügen. Wenn man Sie als Komplize entlarvt …«

»Das wäre mir lieber gewesen. Leider lüge ich nicht.«

Rose mischt sich ein: »Halt die Klappe, Idiot.«

Ohne sie anzuschauen, lächele ich belustigt.

Ich verstehe ihre Sorge, aber sie ist unnötig. Ich weiß, was ich zu sagen habe. Ich weiß auch, dass es so am besten ist. Auch wenn ich tief im Inneren ein bisschen Angst habe.

Ich beruhige mein pochendes Herz und gestehe: »Ich kann Ihnen nicht antworten, weil ich schlicht keine Ahnung habe, wie die Farbe Rot aussieht. Oder irgendeine andere Farbe.«

Tiefe Stille senkt sich über den Raum. Die Männer wechseln einen Blick. Rose starrt mich an: Sie traut ihren Ohren nicht und behauptet hastig, ich würde natürlich nur scherzen. Der Hotelmanager seufzt, weil er denkt, dass ich ihn auf den Arm nehme.

»Nein, es ist kein Witz. Ich leide von Geburt an unter vollständiger Farbenblindheit«, versuche ich die Herren zu überzeugen. »Alle Farben, die ich sehe, sind grau.«

»Sie lügen.«

»Ich kann Ihnen gern die Nummer meines behandelnden Arztes geben, wenn Sie möchten. Er spricht allerdings nur Russisch. Und er ist nicht sehr umgänglich.«

Die Männer runzeln die Stirn und beruhigen sich. Jetzt habe ich ihre volle Aufmerksamkeit. Mein Herz klopft schneller, als der Blonde mich fragt: »Sie sehen keine Farben, sind aber trotzdem Pokerspieler? Wie wollen Sie das erklären?«

»Ich wüsste nicht, wie sich das ausschließt. Kennen Sie Jay Lonewolf Morales? Er leidet unter Achromatopsie und ist trotzdem Maler.«

Ich spüre Roses Blick auf mir, ignoriere ihn aber. Ich kann es mir nicht leisten, sie jetzt anzuschauen. Die Männer reden miteinander und wirken ein wenig verloren. Ich ahne, wie enttäuscht sie sind, keine Beweise zu haben.

Unglücklicherweise bedeutet das jedoch auch, dass ich Rose nicht entlasten kann. Sie werden eine Untersuchung durchführen müssen. Daran habe ich nicht gedacht. Nicht gerade sinnvoll.

»Nur weil ich Farben nicht auf dieselbe Weise sehe, heißt das noch lange nicht, dass ich sie überhaupt nicht sehe«, fahre ich fort.

Sie schauen mich neugierig an.

»Bitte?«

Es ist ein Risiko, aber ich bin bereit, es einzugehen.

Rose hat nicht umsonst Stunden ihrer Zeit damit verbracht, mir einen Farbfächer zu basteln.

Sie lässt mich nicht aus den Augen. Ich überschlage elegant die Beine und erkläre: »Mit der Zeit habe ich gelernt, Farben mit alltäglichen, mir bekannten Gegenständen zu verbinden. Ich habe eine ganze Palette von Grautönen kennengelernt. So ist zum Beispiel das Grau des Grases nicht dasselbe wie das Grau Ihrer Hose, und da ich weiß, dass Gras grün ist, schließe ich daraus, dass Ihre Hose nicht grün ist. Andererseits hat Ihre Hose eine große Ähnlichkeit mit der Farbe des Himmels im Sommer. Sehr früh schon habe ich wie alle anderen auch gelernt, dass der Himmel blau ist, woraus ich schließe, dass Ihre Hose blau ist. Wenn ich mich nicht irre, ist das auch die Farbe von Jeans. Durch Berührung hätte ich es ganz leicht herausfinden können, aber ich fasse keine Fremden an – nichts für ungut.«

Niemand spricht. Ich glaube, es ist mir gelungen, sie zu verblüffen.

»Gut … und jetzt? Welche Farbe hatte der Stein, den Sie gesehen haben?«

Lange sage ich nichts und verstärke die Spannung. Es ist immer noch Zeit für einen Rückzieher. Und wenn ich falsch liege? Ich muss an Thomas denken, der mir wer weiß wie oft wiederholt hat, dass mein Plan zu riskant wäre … und lege los.

Ich werfe Rose einen Blick zu, den ersten, seit ich diesen Raum betreten habe. Ihre Augen drücken Schreck und Sorge aus. Sie trägt dieselbe Bluse wie an dem Tag, als ich ihr sagte, dass sie schön sei und sie zum ersten Mal errötete.

Als sie ging, habe ich Thomas gefragt, welche Farbe ihre Kleider hatten.

»Diese hier«, erkläre ich gelassen und deute auf ihre Brust. »Dunkelgrün.«

Ich halte den Atem an, weil ich befürchte, dass ich etwas Dummes gesagt habe. Aber Rose schaut mich immer noch mit großen Augen an, während der blonde Sicherheitsmann seufzt.

»Tatsächlich behauptet Ihre Verlobte, der Stein in ihrer Halskette wäre ein Aventurin. Also grün.«

Volltreffer. Ich verberge meine Überraschung und nicke stolz. Rose hatte recht, als sie darauf bestand, dass ich den gesamten Farbfächer auswendig lerne. Es hilft wirklich.

»Aber wie sollen wir Ihnen glauben?«, stellt der zweite Sicherheitsmann verärgert fest. »Auf so etwas kann man sich nicht verlassen. Sie könnten uns aufs Glatteis führen, und wir würden es nie erfahren.«

»Selbst wenn ich Farben sähe, könnte ich Ihnen etwas vormachen. Ihre Argumentation ist nicht stichhaltig.«

Ich merke sofort, dass ihm mein Tonfall nicht gefällt. Sein Kollege bedeutet ihm, den Mund zu halten, dankt mir für meine Mitarbeit und begleitet mich hinaus. In der Lobby frage ich ihn, was mit Rose geschehen wird.

»Ich fürchte, wir müssen ...«

»Entschuldigen Sie.«

Wir wenden uns einer dunkelhaarigen, eleganten Frau zu. Der Sicherheitsmann scheint sie zu kennen, denn er begrüßt sie und fragt, ob alles in Ordnung wäre. Die Frau verzieht das Gesicht und kramt etwas aus ihrer Tasche. Erstaunt erkenne ich die Halskette, die angeblich verschwunden war.

»Ich fürchte, ich habe mich geirrt ... Ich habe meinen Schmuck wiedergefunden!«

Der Sicherheitsmann scheint seinen Augen nicht zu trauen. Er stellt ihr Fragen, aber ich höre nicht mehr zu. Natürlich könnte das alles ein Zufall sein, aber mein Vater hat mir beigebracht, grundsätzlich lieber misstrauisch zu sein.

Die Frau beschuldigt Rose, obwohl die beiden Ketten sehr unterschiedlich sind. Dann findet sie wie durch Zauberhand das verlorene Collier ... unmittelbar nach meiner Aussage?

Ich fühle mich extrem unwohl. Plötzlich fällt mein Blick auf den Grund meines Unbehagens: Tito steht in der Nähe des Brunnens und unterhält sich mit jemandem, dessen Blick auf mich gerichtet ist. Ich beobachte die beiden, ohne etwas Bestimmtes zu erwarten, aber dann ...

Mit einem Mal lächelt Tito und zwinkert mir wissend zu.

Oh, dieser Bastard.

»Ich muss los.«

Ich lasse den Sicherheitsmann und die Frau stehen und nehme den Aufzug nach oben zu unserer Suite, wo die anderen warten. Meine Hände zittern und mein Herz klopft. *Ich bin so dumm.* Natürlich steckt Tito dahinter. Ich wette, er war es, der Rose die verfluchte Halskette geschenkt hat.

Er war auch derjenige, der sie verschwinden ließ, ehe Rose abgeholt wurde. Er ließ seine eigene Tochter festnehmen. Aber warum? Was sollte das alles, wenn es nur darum ging, sie gleich wieder zu entlasten?

Als ich Thomas davon berichte, antwortet er das, was ich am meisten befürchte: »Um dich zu treffen«.

Ich lache ungläubig und fahre mir mit den Händen durch das Haar. Ich habe es nicht einmal kommen sehen. Ich bin Tito auf den Leim gegangen, weil es um Rose ging, und weil er genau das im Sinn hatte.

Er kannte mein Geheimnis. Er wusste, dass ich keine Farben sehen kann. Keine Ahnung, woher. Vielleicht von Rose. Er hat diesen kleinen machiavellistischen Plan ausgeheckt, weil er wusste, dass ich mich beeilen würde, Rose zu entlasten ... und dass mir dann keine andere Wahl bliebe, als mein Handicap zuzugeben.

»Jede Wette, dass morgen alle Bescheid wissen.«

Ganz sicher. Dieser Widerling hat seine Tochter als Köder benutzt, um mich zu treffen. Mich ärgert, dass ich mich habe einwickeln lassen. Eine Minute lang war ich schwach, aber das wird nicht mehr vorkommen.

»Macht nichts. Von mir aus können sie es gern wissen! Es wird sowieso Zeit, dass ich aufhöre, mich zu verstecken.«

Thomas nickt.

»Und Rose? Was machen wir jetzt?«

Ob sie mich nun liebt oder nicht, Rose ist auf unserer Seite.

Wir müssen sie nur noch überzeugen, uns dabei zu helfen, Tito ein für alle Mal zu vernichten.

29

Juni. Las Vegas, USA.

Rose

Die Medien spielen verrückt.

Nachdem mich die Sicherheitsleute von allen Anschuldigungen entlastet freigelassen haben, gibt es nur noch ein Thema, über das alle reden.

»Levi Iwanowitsch ist farbenblind.«

»Der Sohn des großen Jacob kann keine Farben sehen.«

»Jede Wette, dass er betrügt.«

Die einen wundern sich, die anderen bemitleiden ihn, und ein paar Spinner glauben, dass er lügt. Jetzt passiert genau das, was Levi vermeiden wollte, indem er seine Achromatopsie verschwieg. Und alles ist meine Schuld. Wenn sein Ruf so kurz vor dem Halbfinale Schaden nimmt, dann nur, weil ich so dumm war, in die Falle meines Vaters zu tappen.

Der Mistkerl hat mich getäuscht. Eine Entschuldigung? Ein Schmuckstück? *Ich bin stolz auf dich?* Ich hätte es wissen müssen. Als würde ich ihn nicht kennen. Das kann nicht wahr sein! Offenbar hat er sich auf meine Tochterliebe verlassen; er wusste ganz genau, was ich gern hören wollte, und hat es gegen mich verwendet.

Um Levi zu treffen.

Dabei nimmt er nicht die geringste Rücksicht auf mich. Wieder einmal interessierten ihn allein die Iwanowitschs. Ich bin nur das Mittel zum Zweck. Wie dumm von mir, zu glauben, dass es Tito bei seiner Erpressung um den Mord an Jacob gehen könnte. Davon konnte er nicht wissen.

Als ich begriff, dass er mich ausgetrickst hatte, musste ich innerlich lachen. Ich war mir ganz sicher, dass er sich verrechnet hatte, denn ich hielt es für unmöglich, dass Levi mich retten kommen würde. Nicht nach dem, was zwischen uns vorgefallen war, und schon gar nicht nach dem Gespräch im Fahrstuhl.

Aber offenbar habe ich ihn wieder einmal unterschätzt.

Levi gestand seine Farbenblindheit, obwohl er wusste, was diese Bombe auslösen würde – und das alles nur, um mich zu entlasten, ohne zu wissen, ob es wirklich funktionieren würde. Das hätte er nie getan, wenn ihm nicht wirklich etwas an mir läge.

Er meint es tatsächlich ernst. Ich gebe zu, dass ich es immer noch nicht ganz glauben kann. Aber es noch länger zu leugnen wäre wirklich dumm. Das Schwierigste dürfte jetzt sein, zu ihm zurückzukehren. Habe ich die Kraft dazu? Ist es nicht zu spät?

In der Hoffnung, ihn abzufangen, bevor er seinen Tag beginnt, warte ich vor den Türen des Turniersaals, doch der Sicherheitsdienst schließt die Türen, ohne dass ich ihm begegne. Das Halbfinale findet in einem separaten Raum mit blauen Wänden und mehreren Kameras statt.

Ich hoffe nur, dass Levi keine Dummheiten macht, wenn Tito ihn herausfordert.

»Was führt dich denn her?«

Ich drehe mich um und entdecke Thomas, der sein Haar zu einem tief sitzenden Dutt zusammengebunden hat. Überrascht öffne ich den Mund. Ich bin mir ziemlich sicher, dass er mich hasst – noch mehr als zuvor, meine ich.

»Die gleiche Frage könnte ich dir stellen. Solltest du nicht spielen?«

»Ich habe vor zwei Tagen verloren.«

Das wusste ich nicht. Ich bezweifle, dass es ihn sehr stört, aber weil ich nicht weiß, was ich sonst sagen soll, nicke ich.

»Oh. Tut mir leid.«

»Aber Li Mei ist noch im Rennen.«

Das überrascht mich nicht. Li Mei ist ein echtes Raubtier. Ich dachte, sie könne ihre Gefühle nicht verbergen, aber das war, bevor ich wusste, dass sie eine Rolle spielt. Sie ist wirklich erstaunlich.

»Ich werde Levi sagen, dass du ihn suchst«, fährt Thomas fort.

»Nicht nötig. Ich wollte sowieso gerade gehen.«

»Wohin?«

Was geht ihn das an? Ich zucke mit den Schultern. Ehrlich gesagt habe ich keine Ahnung. Erst einmal muss ich meine Klamotten holen, weil ich auf keinen Fall weiter in der gleichen Suite schlafen werde wie mein Vater.

Vielleicht sollte ich wirklich nach Venedig zurückkehren.

Nur habe ich überhaupt keine Lust dazu. Jedenfalls nicht, ehe ich Levi noch einmal wiedergesehen habe.

Wenigstens noch ein einziges Mal.

»Irgendwohin«.

Ich gehe. Er folgt mir nicht.

Bevor ich gehe, hinterlasse ich einen Zettel auf der Küchenzeile, wo Tito ihn hoffentlich findet. Nichts sonderlich Poetisches, sondern nur ein herzliches »Fick dich«.

Wie schon so oft ziehe ich mich in die Bar zurück und schaue mir das Halbfinale auf dem Smartphone an, denn es wird gefilmt und kostenlos übertragen. Beim Anblick von

Levi mit seiner Vintage-Sonnenbrille macht mein Herz einen Sprung. Er sieht besser aus als je zuvor.

Tito hat sein charmantes Lächeln aufgesetzt, bei dem ich am liebsten den Kopf gegen die Wand schlagen möchte. Siebenundzwanzig Spieler sind noch im Rennen, verteilt auf drei verschiedene Tische. Ich trinke einen Schluck und analysiere konzentriert Levis Spiel. Er war schon gut, als ich ihn im *Venetian* traf, aber während der letzten Wochen hat er sich auffallend verbessert.

Ich will nicht unbedingt behaupten, dass es an mir liegt, aber ... ein bisschen schon. Er kontrolliert nicht nur die eigene Gestik und Mimik sehr viel besser, sondern analysiert auch die unbewussten Äußerungen der anderen. Dann und wann erkenne ich, dass er versucht, seine Möglichkeiten zu errechnen.

Er und Tito sind zweifellos die besten Spieler, aber auch andere stechen hervor. Unter ihnen ist Li Mei, die ganz sicher das Finale erreichen wird.

Einige Stunden später hat sich meine Theorie bewahrheitet. Zehn Spieler haben es an den Finaltisch geschafft. Das Finale findet erst in einigen Tagen statt. Tito besitzt zwar den umfangreichsten Stack, hat den anderen aber nicht allzu viel voraus. Levi dürfte klarkommen. Er hat genug, um zwei, vielleicht sogar drei Fehlschläge zu verkraften. Aber nicht mehr.

Als die letzte Partie endet, bin ich bereits betrunken. In meinem Kopf dreht sich alles, doch ich zeige es nicht. Ich habe übergroße Lust, zu spielen, kontrolliere mich aber so gut es geht. Ich habe ohnehin fast kein Geld mehr. Wenn ich setze und alles verliere, reicht mein Geld nicht einmal mehr für mein Flugticket nach Hause.

Andererseits ... es wäre eine wunderbare Gelegenheit, alles zurückzugewinnen, was ich in den letzten Tagen verloren habe, oder? Ich kann einfach nicht mit eingezogenem Schwanz nach Venedig zurückkehren. Ich habe es meiner Mutter versprochen.

Nur noch heute Abend. Sobald ich meine Verluste zurückgewonnen habe, höre ich auf. Versprochen.

Und so lande ich um ein Uhr nachts mit einem leeren Glas in der Hand am Blackjack-Tisch. Es ist mir nicht gelungen, früher aufzuhören. Aber warum sollte ich bei einer solchen Glückssträhne überhaupt aufhören? Ich bin dabei, alles abzuräumen! Es ist so einfach. So befriedigend. So begeisternd.

Ich möchte *nie* mehr aufhören.

Schnell wechsle ich zu den Pokertischen. Auch hier gewinne ich die meisten Partien. Ein paarmal lasse ich meine Chips fallen und muss darüber sehr lachen. Beim Kellner habe ich ein weiteres Getränk bestellt, aber das ist schon einige Minuten her und er ist noch immer nicht zurückgekommen.

Oh, da ist er ja!

»Bitte sehr, Miss«, sagt er und reicht mir einen Martini.

Als ich mich bei ihm bedanken will, höre ich eine vertraute Stimme.

»Für mich bitte das Gleiche.«

Mein ganzer Körper erbebt. Levi setzt sich mir gegenüber an den Tisch und zieht sein Jackett mit einer ebenso lässigen wie eleganten Geste aus. Ich beobachte ihn und ignoriere die Schmetterlinge in meinem Bauch.

Der Kellner stellt mein Glas auf den Tisch und geht wieder. Levi wendet den Blick nicht von mir ab. Ich weiß nicht, was ich sagen soll. Das Erste, was mir eingefallen ist, war: *Verdammt, ich habe dich vermisst.* Dabei war er gar nicht so weit weg. Gestern haben wir uns sogar zweimal gesehen.

Er zieht eine Augenbraue hoch, seine Finger spielen mit den Chips, und er sagt: »Eine Partie?«

Wie ein Déjà-vu.

Ich antworte nicht, sondern mache dem Dealer ein Zeichen. Er teilt Karten aus. Ich bekomme ein Ass und eine Karo-Drei. Ich setze, ohne wirklich nachzudenken. Mein Blut kocht. An diesem Abend fühle ich mich glücklich und unbesiegbar.

Ohne eine Sekunde zu zögern, geht Levi mit. Seine intensiven Augen verlassen mich nicht. Der Flop wird aufgedeckt: eine Herz-Acht, dann eine Kreuz-Sieben und eine Kreuz-Acht. Ich verberge meine Unzufriedenheit. Zum jetzigen Zeitpunkt habe ich nur sehr geringe Gewinnchancen. Natürlich kenne ich Levis Hand nicht, aber für mich sieht es gerade nicht besonders gut aus.

Levi wirkt nicht allzu besorgt, aber er verbirgt seine Gefühle gut. Als eine Herz-Drei fällt, zögere ich.

Ich werfe ihm einen schelmischen Blick zu und frage: »Was sagst du dazu?«

Nachdenklich befeuchtet er seine Lippen. »Ich glaube, ich gewinne.«

Ich lache arrogant auf. »Das sagst du immer.«

»Und ich behalte oft recht.«

Das ist wahr, aber nicht gegen mich.

»Ich gebe mir eine achtundachtzigprozentige Gewinnchance. Du solltest aussteigen.«

»Du kennst mich. Dafür glaube ich zu sehr an Wunder«, sage ich mit einem kühlen Lächeln.

Er erwidert mein Lächeln, und das genügt, um mein armes Herz zu entflammen. Ich hasse ihn. Ich hasse ihn so sehr. Ich hasse, dass er hier ist und Zeuge meiner Schwäche wird. Ich hasse es, dass er mich retten kam und mir sozusagen seine Gefühle für mich gestanden hat, ich hasse, dass mein Herz seinetwegen schneller schlägt, und ich hasse das, was er mich, ohne es zu wollen, empfinden lässt.

Deshalb gehe ich All-in. Mit hoch erhobenem Kopf. Er kriegt mich nicht. Auch wenn ich mir heimlich die Daumen drücke, dass er jetzt aussteigt. Er denkt lange nach, blickt immer wieder auf seine Karten und dann auf mich.

»Wie wäre es mit einer Wette, um die Sache spannender zu machen?«, schlägt er mit verführerischer Stimme vor.

Das hört sich nicht gut an.

»Und zwar?«

»Sag du es mir. Was wünschst du dir, wenn du gewinnst?«

Dich.

Ich erröte heftig und bin froh, dass er es nicht erkennen kann. Eigentlich will ich nur, dass er mir verzeiht. Aber das kann ich ihm natürlich nicht sagen.

»Eine neue Carlotta.«

Er grinst und stimmt zu.

»Und wenn du gewinnst?«, frage ich neugierig.

Zuerst denke ich, er würde etwas eher Unanständiges verlangen, nur um mich zu ärgern, und stelle mir dann kurz vor, dass er mich nach geheimen Informationen über Tito fragen könnte.

Schließlich ist das alles, was ihn je interessiert hat, oder?

Aber die Antwort, die er mir mit ernstem Gesicht gibt, trifft mich völlig unvorbereitet.

»Wenn ich gewinne, musst du mir versprechen, dass du nie wieder spielst. Weder im Casino noch online.«

Ich sitze da wie versteinert.

»Nie wieder«, betont er noch einmal.

So etwas habe ich nicht erwartet. Jetzt verstehe ich. Er ist also nicht hier, um Spaß zu haben, sondern um mich zu bemuttern. Weil er Mitleid mit mir hat. Aus irgendeinem Grund macht mich dieser Gedanke ebenso wütend, wie er mich zu Tränen rührt.

Ich hatte ihm versprochen, dass es mir gut ginge und dass er sich keine Sorgen zu machen braucht. Aber ich habe ihn angelogen. Genau wie meine Mutter. Und wieder einmal versucht er, mich zu retten.

»Du könntest dir etwas viel Interessanteres wünschen, weißt du?«

»Es ist das Einzige, was ich will. Hast du damit ein Problem?«

Oh ja, sogar ein sehr großes. Ich weiß nämlich nicht, ob ich ein solches Versprechen halten kann, und ich würde mich hassen, wenn ich es brechen und ihn enttäuschen würde.

»Ganz und gar nicht. Abgemacht.«

Manchmal bin ich echt blöd.

Mein Puls wird schneller, als der Dealer die letzte Karte in der Mitte des Tisches aufdeckt: eine Pik-Zehn. Es ist wie eine kalte Dusche.

Soeben habe ich alles verloren. Einfach so, mit einem Fingerschnippen. Neugierig auf meine Reaktion schaut Levi mich an, ohne einen Blick auf die Ergebnisse zu werfen. Er macht keine Anstalten, die Jetons an sich zu nehmen, die jetzt ihm gehören.

Meine Augen brennen. Ich habe Stunden damit verbracht, dieses Geld zu gewinnen, und mir geschworen, reich nach Hause zurückzukehren. Mehrmals hätte ich beinahe aufgehört, weil mein Gewissen mich ermahnte, es wäre genug, aber ich wollte unbedingt weitermachen. Und noch mehr gewinnen.

Wie üblich.

Natürlich kann man seine Partie nicht immer gewinnen. Immer wieder trifft man auf jemanden, der besser ist als man selbst. Heute Abend ist es Levi.

»Rose.«

Sein Ton ist zärtlich. Ich beiße die Zähne zusammen, aus

Angst, etwas zu sagen, das ich später bereue. Als ich ihn wieder ansehe, hat er den Kopf zur Seite geneigt.

»Ein Deal ist ein Deal«, murmelt er.

Das hätte ich beinahe vergessen. Nicht nur, dass er mein ganzes Geld gewonnen hat, sondern ich musste ihm auch versprechen, mit dem Glücksspiel aufzuhören – für *immer*. Innerlich gerate ich in Panik. Ich habe tatsächlich nicht über die Folgen nachgedacht. Eigentlich bin ich überhaupt nicht in der Lage, so etwas zu versprechen.

Mit erstickter Stimme sage ich: »Ich kann nicht.«

»Du bist Rose Alfieri. Es gibt nichts, was du nicht kannst.«

Meine Hände beginnen zu zittern. Ich fühle mich wie benebelt, und mir wird klar, dass ich völlig blank bin. Dabei war ich hergekommen, um Geld zu verdienen, damit ich endlich meine Schulden begleichen könnte. Jetzt komme ich mit leeren Händen zurück. Ich hasse mich. Ich bin nicht geheilt. Dabei war ich auf dem Weg der Besserung, hatte aber einen Rückfall. Denn ich bin *schwach, schwach, schwach.*

»Rose«, wiederholt Levi.

Atemlos stehe ich auf und schüttele den Kopf. Ich will ihn gerade anflehen, mir meine Chips zurückzugeben und mich nicht zum Aufhören zu zwingen, aber plötzlich legt sich eine beruhigende Hand auf meinen Arm.

Li Mei ist neben mir aufgetaucht, dicht gefolgt von Lucky, der mich schüchtern anlächelt. Thomas steht zu meiner Linken und nickt mir herzlich zu. Ich will sie fragen, was sie hier machen, aber Li Mei kommt mir zuvor.

»Du hast doch nicht etwa geglaubt, du könntest uns einfach so loswerden, oder?«

»So bescheuerte Typen wie uns wirst du nirgendwo anders mehr finden, weißt du«, bekräftigt Lucky und wischt mir die Tränen von den Wangen.

Ich war mir meiner Tränen nicht einmal bewusst, aber jetzt, wo ich es weiß, kann ich nicht mehr aufhören zu weinen. Meine Freundin legt mir einen Arm um die Schultern, und so schockierend es sich anhören mag, sogar Thomas lässt Nähe zu.

Alles tut mir weh. Aber trotz der Schmerzen habe ich das seltsame Gefühl, dass von nun an alles gut wird. Denn anders als befürchtet bin ich nicht allein. Ich habe Freunde. Es gibt eine Gruppe von Freaks, die mich so akzeptieren, wie ich bin, und die mich trotz meiner Fehler davor bewahren wollen, mich selbst zu zerstören.

Ich verberge mein Gesicht in den Händen und weine noch mehr. Li Mei nimmt mich in die Arme und drückt mich fest an sich.

»Gruppenkuscheln?«, schlägt Lucky vor und umarmt uns beide.

Links von mir höre ich jemanden seufzen, wahrscheinlich Thomas, gefolgt von einem Lachen, das ich unter Tausenden erkennen würde. Und dann drücken sich plötzlich zwei weitere Körper an uns. Alle stehen um mich herum, bis ich kaum noch Luft bekomme.

Ich fühle mich umsorgt, geliebt und unterstützt.

»Okay, wer hat hier seit Tagen nicht mehr geduscht?«, fragt Li Mei plötzlich und schnuppert angewidert. »Und wer von euch hat seinen Kopf zwischen meinen Brüsten?«

»Ich leider nicht«, antwortet Lucky.

»Ich glaube, das bin ich«, lache ich leise. »Entschuldigt bitte.«

»Na gut, in Ordnung.«

Als ich wieder auftauche, treffen meine Augen die von Levi über mir.

»Danke«, flüstere ich unter Tränen.

Es ist nicht viel, aber ich weiß, dass er versteht.

Danke für gestern, danke für heute Abend. Danke, dass du hinter mir herläufst, auch wenn ich es dir nicht leicht mache.

Er nickt mit einem leichten Lächeln auf den Lippen, sagt aber nichts.

»Und jetzt?«, will Lucky wissen.

Thomas verzieht das Gesicht und versucht sich loszumachen.

»Jetzt müssen wir erst einmal etwas Abstand zwischen uns bringen. Li Mei hat recht, wir müffeln alle furchtbar.«

»Und sonst?«

Wir alle mustern Levi. Er betrachtet einen nach dem anderen mit nachdenklicher Miene, ehe er bei mir verharrt und mir mit entschlossenem Blick die Hand hinhält.

»Verbündete?«, fragt er leise. »Aber dieses Mal wirklich.«

Alle schauen mich an.

Ich denke an Tito, an seine Machenschaften und an die Demütigung, die ich empfand, als ich wie eine Verbrecherin abgeholt wurde ... und lächelnd schüttle ich Levi die Hand.

»Verbündete.«

30

Levi

Rose ist wieder in meine Suite eingezogen. Obwohl sie in ihr altes Zimmer zurückgekehrt ist und nicht mehr bei mir schläft, habe ich das Gefühl, endlich durchatmen zu können. Erst jetzt, seit sie wieder da ist, merke ich, wie sehr ich sie vermisst habe.

Li Mei und Lucky waren so »großzügig«, sich ein Bett zu teilen – ich persönlich glaube ja, dass sie nur darauf gewartet haben. Alles ist wieder wie vorher, zumindest beinahe. Ich habe sie miteinander reden und die verlorenen Tage nachholen lassen, während ich selbst so tat, als müsste ich schlafen. Aber durch die Wände meines Zimmers konnte ich sie hören. Rose hat sich entschuldigt. Meine Freunde erklärten ihr, dass das alles Vergangenheit wäre und sie jetzt zum Team gehöre.

Noch wichtiger ist, dass sie versprochen hat, alles zu tun, um mit dem Spielen aufzuhören. Deshalb habe ich beschlossen, ihr zu kündigen. Auf keinen Fall darf sie mich beim Pokern coachen, wenn sie dann später gegen ihre Dämonen ankämpfen muss. Mit Li Mei und Thomas bereite ich mich in meinem Zimmer vor, während Lucky Rose dadurch ablenkt, dass er den ganzen Tag mit ihr romantische Komödien anschaut.

»Wir müssen dir etwas sagen«, beginnt Lucky, als wir uns alle zum Abendessen im Wohnzimmer versammelt haben.

Rose runzelt die Stirn.

»Das klingt irgendwie nach Trennung.«

»Nein, versprochen. Jetzt ist es für immer und ewig, Baby.«

Lucky ahmt mit seinen Fingern Pistolen nach und zwinkert ihr verführerisch zu. Li Mei verdreht die Augen. Schließlich wenden sich alle mir zu.

Ich schaue Rose in die Augen und erkläre sehr sanft: »Wir haben vor, Tito zu Fall zu bringen.«

Ich wusste nicht, wie ich es ihr sagen sollte. Natürlich hat sie so etwas bereits vermutet. Aber die Sache geht noch viel weiter. Ich will nicht nur, dass er das Turnier verliert, sondern ich möchte, dass er für seine Verbrechen ins Gefängnis geht.

Rose erkennt es in meinen Augen. Mir ist es lieber, mit ihr darüber zu reden, als es heimlich hinter ihrem Rücken zu tun. Auch, wenn sie ihn hasst, ist er immer noch ihr Vater.

»Du brauchst uns nicht dabei zu helfen. Wenn es dir nicht gefällt, werden wir nicht vor dir darüber sprechen. Aber ich wollte, dass du es weißt.«

Sie soll auch nicht denken, dass ich ihr nicht vertraue. Ich weiß, dass sie Tito nichts verraten wird. Rose denkt einen Augenblick nach und nickt dann.

»Was hast du vor?«

Die anderen scheinen überrascht. Im Gegensatz zu mir. Tito hat einen großen Fehler gemacht, als er seine Tochter dem Sicherheitsdienst auslieferte: Anstatt sich Roses grenzenlose Liebe und Loyalität zu bewahren, die ihm immer gehörten, hat er sie in den Dreck gezogen. Aber solche Gefühle halten nicht für immer und sind auch nicht bedingungslos. Wenn man sie nicht hegt und pflegt, überleben sie nicht.

Und Rose hasst es, wenn man auf ihr herumtrampelt – ganz gleich ob innerhalb der Familie oder nicht.

»Er hat wieder vor, zu betrügen.«

»Am Finaltisch? Vor den Augen aller Leute? Vor den Kameras?«, ruft sie entrüstet. »Das ist doch völlig hirnrissig!«

»Er ist nicht dumm«, mischt Thomas sich ein. »Er plant eine richtig ausgeklügelte Schummelei mit Infrarotkameras und unsichtbarer Tinte auf den Karten.«

Rose hört mit offenem Mund zu. Sie widerspricht, so etwas wäre unmöglich, weil wir uns nicht in einem Actionfilm befänden und derartige Tricks im wahren Leben nicht vorkäme. Alle lachen.

»Für eine Partie Poker? Ernsthaft?«

»Nicht für eine Partie Poker. Für zwölf Millionen Dollar.«

Das reicht, um sie zu überzeugen. Tito wäre nicht der Erste, der bei einem Pokerturnier dieser Größenordnung betrügt, und sicher auch nicht der Letzte. Er ist ein guter Spieler, reich, klug, und er kennt viele Leute. Wenn er sich nicht sicher ist, hat er gute Gründe, zu betrügen.

»Woher wisst ihr davon?«

»Wir beobachten ihn schon seit einigen Wochen. Einer der Leute, die er eingeschleust hat, ist Dealer und war empfänglich für eine gewisse Vereinbarung.«

»Wie viel hast du ihm gegeben?«, spöttelt Rose und zieht eine Augenbraue hoch.

»Viel zu viel«, antwortet Thomas seufzend.

Wir erklären Rose alles. Sie hört sehr aufmerksam zu, und gemeinsam planen wir, wie wir uns gegen die Schummelei wehren können. Rose schlägt vor, das Casino zu informieren, aber das lehne ich kategorisch ab. Wir wollen Tito auf keinen Fall denunzieren.

»Dann würde das Turnier nämlich unterbrochen, und wir könnten nicht gewinnen.«

»Und wenn wir es nach unserem Sieg tun?«, erkundigt sich Lucky.

379

»Das käme auf das Gleiche heraus«, erklärt Rose, die inzwischen begriffen hat. »Dabei würde nicht einmal Levis Sieg infrage gestellt, sondern das gesamte Turnier. Wir wissen nicht, wie lange Tito bereits betrügt. Vermutlich von Anfang an. Das bedeutet, dass möglicherweise Spieler ausgeschieden sind, obwohl sie es nicht verdient hätten.«

So ist es. Unser Ziel muss daher sein, Tito am Schummeln zu hindern, anstatt ihn zu verraten.

»Simon, der bestochene Dealer, weiß Bescheid. Jetzt müssen wir nur noch einen Weg finden, die Sache durchzuführen.«

Wir bestellen Essen, setzen uns damit an den Couchtisch und machen uns an die Planung. Es ist so, als wäre nie etwas vorgefallen. Rose lächelt und scherzt mit allen. Mit allen außer mir.

Wir begegnen uns freundschaftlich, aber die Atmosphäre bleibt angespannt. So, als wage keiner von uns den ersten Schritt. Aber es wäre so wichtig, sich auszusprechen.

Sie weiß, was ich für sie empfinde, und ich weiß, dass sie trotz ihrer Lüge im Fahrstuhl dasselbe empfindet. Die Situation ist ziemlich verworren, fast wie in einem Theaterstück von Shakespeare, trotzdem werde ich es versuchen. Viel zu lange habe ich die guten Dinge verdrängt, die mir im Leben passiert sind, weil ich immer Angst hatte, sie nicht zu verdienen.

Jetzt bin ich es leid. Ich will Rose. Mag sein, dass ich sie nicht verdiene, aber ich habe beschlossen, endlich einmal egoistisch zu sein. Wenn ich ohnehin in die Hölle komme, warum sollte ich mich zurückhalten?

Nur finde ich nie den richtigen Zeitpunkt. Jedes Mal, wenn ich es schaffe, mit ihr allein zu sein, traue ich mich entweder nicht, oder jemand unterbricht uns. Also begnüge ich mich mit ein paar winzigen Kontakten, wenn sich zum Beispiel unsere Hände berühren, weil wir gleichzeitig nach etwas greifen, oder wenn wir uns über den Tisch hinweg anlächeln.

Jeder Tag ist eine Tortur. Ich erkenne mich selbst nicht wieder.

»Worauf wartest du noch?«, beschwert sich Li Mei eines Abends, während ich in meinem Zimmer auf dem Boden sitze und Karten spiele.

Ich knurre, um ihr begreiflich zu machen, dass sie mich in Ruhe lassen soll, aber da erscheint auch Lucky und schließt die Tür hinter sich.

»Sie hat recht. Was soll das?«

»Ich muss demnächst ein wichtiges Finale bestreiten, schon vergessen?«

»Du drückst dich vor einer Aussprache. Dabei passt das überhaupt nicht zu dir. Normalerweise preschst du vor, ohne an die Folgen zu denken.«

Ich beiße die Zähne zusammen.

»Mein Problem ist, dass diese Sache ganz anders ist. Mir ist wichtig, dass ich es ausnahmsweise einmal nicht versaue.«

Lucky hört mir zu und betrachtet mich mit weichem Blick. Li Mei mischt sich ein und rät mir, nicht zu lang zu warten, wenn ich nicht riskieren will, dass Rose ihre Meinung ändert.

»Und was dann?«, erwidere ich unwillkürlich. »Wie soll es weitergehen, wenn das Turnier vorbei ist? Sie lebt in Venedig und ich in Sankt Petersburg.«

»Ja und? Liebe kennt keine Grenzen.«

»Demnächst wird meine Mutter aus dem Gefängnis entlassen. Ich will die verlorene Zeit mit ihr aufholen. Außerdem muss ich mich um das *Rasputin* kümmern. Ich habe keine Zeit für …«

»Bla, bla, bla, alles vorgeschobene Entschuldigungen«, murmelt Li Mei. »Schon mal was von Fernbeziehung gehört? Schau dir Lucky und mich an.«

»Ja genau, lass uns darüber sprechen«, sage ich mit einem boshaften Lächeln. »Was habt ihr vor? Lucky studiert in Los Angeles, du managst das *Rasputin* in China. Wie soll das mit euch funktionieren?«

Sie blicken sich an und zucken mit den Schultern. Soweit ich sehen kann, wirken sie viel weniger besorgt als ich.

»Schon mal von Telefonsex gehört? Außerdem haben wir Skype und Snapchat. Und wenn alles nach Plan läuft, sind wir danach so reich, dass wir jeden Monat fliegen können, wenn uns danach ist.«

Zwar verziehe ich das Gesicht, aber tief in mir finde ich die beiden ganz süß. Zumindest suchen sie nach Lösungen. Li Mei hat recht, meine Einwände sind nur Ausreden. Ich kann und darf Rose nicht entkommen lassen. Sie soll auf keinen Fall nach Italien zurückkehren, ohne dass ich es versucht habe.

»Ich weiß nicht, wie ich es ihr sagen soll«, gestehe ich kläglich. »Ich habe es schon einmal versucht, aber … ich glaube, ich war nicht sehr erfolgreich.«

Li Mei schüttelt verzweifelt den Kopf.

»Man könnte meinen, du hättest so was noch nie gemacht.«

»Ich habe das tatsächlich noch nie gemacht. Die einzige Freundin, die ich je hatte, war während meiner Schulzeit.«

Beide schauen mich mit großen Augen verblüfft an.

»Levi … du bist siebenundzwanzig!«

»Ja, ich weiß, wie alt ich bin, vielen Dank. Was ist so schlimm daran? Mit Sex kenne ich mich aus. Was allerdings Beziehungen angeht … In den letzten zehn Jahren hatte ich nicht wirklich Zeit, über so etwas nachzudenken.«

»Mein Gott.«

Ich starre sie giftig an. So schlimm ist es nun auch wieder nicht. Die beiden machen viel Lärm um Nichts. Aber tatsächlich habe ich keine Ahnung von Roses romantischer Vergangenheit. Ob sie viel Erfahrung hat? Welche Art Männer gefallen ihr?

»Du musst also noch eine Menge lernen«, erklärt Lucky und stemmt die Hände in die Hüften. »Du musst dir unbedingt …«

»Sag jetzt bloß nicht *Bridget Jones*.«

»… *Bridget Jones* ansehen.«

Ich lächle sarkastisch, Li Mei lacht vor sich hin. Lucky beginnt Selbstgespräche zu führen, sagt mir dann, ich solle auf ihn warten und verschwindet. Ich bin mir ziemlich sicher, dass er seinen Laptop holt, um mich den Rest des Abends zu quälen.

»Ich dachte, er wäre dir zu jung und zu romantisch?«, stichele ich. Li Mei seufzt mit schwachem Lächeln.

»Das ist auch so. Aber … ich liebe ihn trotzdem. Ich komme nicht dagegen an. Also habe ich beschlossen, es zu akzeptieren und mich damit abzufinden. Wer weiß? Vielleicht ist es genau das, was ich brauche.«

Ich nicke nachdenklich. Sie hat recht. Das Herz macht, was es will. Meines will Rose, trotz aller Hindernisse, und wer bin ich, ihm das zu verwehren? Wenn ich es nicht zumindest versuche, riskiere ich, dass ich es den Rest meines Lebens bereue.

Wir verbringen die nächsten zwei Tage damit, alles vorzubereiten.

Tito hat keine Ahnung, was auf ihn zukommt. Er tut mir leid – na ja, okay, eigentlich stimmt das nicht. Ich kann es kaum erwarten, sein Gesicht zu sehen, wenn ihm klar wird, was wir uns überlegt haben. Nur Rose beunruhigt mich. Sie hilft bei den Vorbereitungen und tut so, als würde es ihr nichts ausmachen, aber ich kenne sie besser als die anderen.

Es berührt sie, ob sie will oder nicht.

Natürlich fühle ich mich schuldig. Ich möchte nicht derjenige sein, der ihre Familie zerstört. Das würde mich zu einem ziemlich miesen Freund machen, oder? Allerdings ... Rose und ich hatten nie eine wirklich normale Beziehung.

»Bereit für morgen?«

Rose zuckt überrascht zusammen. Sie ist allein in der Küche und sucht in den Schränken nach etwas Essbarem. Nach meiner Frage hört sie damit auf und lehnt sich mit verschränkten Armen an den Tresen.

»Eigentlich sollte ich dich das fragen. Ich werde morgen nicht dabei sein.«

Ich stecke die Hände in die Hosentaschen und rühre mich nicht vom Fleck. Rose, Thomas und Lucky wollen das Finale auf dem Fernseher im Wohnzimmer verfolgen. Schade, dass ich nicht auch einen Bildschirm vor der Nase haben kann, aber ich denke, es ist besser so. Wenigstens lenkt mich dann nichts ab.

»Was auch immer Tito sagt ... geh bloß nicht auf seine Provokationen ein«, warnt sie mich leise. »Er macht so etwas absichtlich, um dir wehzutun.«

Das weiß ich zwar bereits, aber ich nicke brav, ohne den Blick von ihr abzuwenden. Sie ist absolut umwerfend. Ich frage mich, wie sie wohl aussehen würde, wenn sie nichts als eines meiner T-Shirts trüge, und das reicht bereits, um meinen ganzen Körper zum Beben zu bringen.

Der Moment ist gekommen.

»Rose.«

Neugierig hebt sie eine Augenbraue. Ich lese in ihrem Gesicht, dass sie ebenfalls weiß, dass wir reden müssen. Mir ist immer noch nicht klar, wie ich anfangen soll, also improvisiere ich.

»Was ist zwischen uns?«

Sie öffnet den Mund, ohne etwas zu sagen, und sieht ein wenig verloren aus. Ich will nur hören, wie sie es sagt. Ich möchte die drei Worte aus ihrem Mund hören, denn dann, und nur dann, kann ich alle möglichen Lösungen finden, um unser Glück zu versuchen.

»Was wird in zwei Tagen zwischen uns sein?«, hake ich nach und ignoriere, dass sie sich auf die Lippen beißt. »Ich gewinne das Turnier, und was dann? Du gehst nach Hause ... ich gehe nach Hause ... und das war es?«

»Willst du das?«

»Nein. Und du?«

Eine Pause. Ein fast unhörbarer Atemzug.

»Nein.«

Mein Puls wird schneller, und meine Anspannung steigt. Ich trete einen Schritt vor, ohne den Blick von ihr abzuwenden. Trotz meiner Unsicherheit spreche ich weiter: »Alles, was ich neulich im Aufzug zu dir gesagt habe, war ehrlich. Ich weiß, wir haben uns schreckliche Dinge an den Kopf geworfen, Dinge, die ich nicht wirklich meinte und die ich nur gesagt habe, um dich zu verletzen. Ich bin ein Idiot. Ich kann nicht gut mit Schmerz umgehen. Ich wehre mich, weil ich Angst habe, wieder einmal nur ausgenutzt zu werden. Aber du ... du warst anders. Ich wünschte mir so sehr, dass es wahr würde, und das hat mir noch mehr wehgetan.«

Sie schluckt und schweigt. Ich bete im Stillen, dass mich niemand in meiner Tirade unterbricht, denn jetzt bin ich richtig in Fahrt.

»Aber es wurde nur schlimmer. Denn am meisten hat es geschmerzt, als du gegangen bist. Das möchte ich nicht noch einmal durchmachen. Mir ist klar, dass es vielleicht ein bisschen schnell geht, und ich weiß, dass wir uns nicht wirklich gut kennen. Ich weiß auch, dass es gewisse Umstände gibt, die uns daran hindern könnten, zusammen zu sein, aber das ist mir egal. In meinem ganzen Leben habe ich mir noch nie etwas so sehr gewünscht. Ich muss also wissen, ob du das Gleiche empfindest ... oder ob das alles nur in meinem Kopf war.«

Ich trete noch einen Schritt auf sie zu. Ich sehe, wie sich ihr Atem unwillkürlich beschleunigt, was mir nicht gerade hilft, mich zu beherrschen. Ich möchte einfach nur mit ihr verschmelzen und meinen Mund auf ihren legen. Ich möchte nicht mehr allein schlafen. Ich möchte ihre Arme um meine Taille spüren, wenn ich Albträume habe, ihre Finger in meinem Haar, wenn ich aufwache und ihre Zunge an meinem Körper.

Am schlimmsten ist die Angst, dass sie mir nicht glaubt. Neulich sagte sie, sie könne mir nicht vertrauen, und ich verstehe ihre Sorge. Aber sie muss doch sehen, dass meine Maske längst gefallen ist, oder?

»Ich weiß, dass du es ernst meinst«, flüstert sie zögernd, als hätte sie meine Gedanken gelesen. »Aber, Levi, ich bin ein Wrack. Mein Alltag ist ganz anders als der Glitzer und Glamour von Las Vegas. Ich bin krank. Ich habe Schulden, einen größenwahnsinnigen Vater, und ich bin arbeitslos. Und was noch wichtiger ist: Ich bin die Tochter des Mannes, der dir alles genommen hat«, fügt sie hinzu. »Was, wenn du trotz aller guten Vorsätze eines Tages doch anfängst, mich zu hassen? Was, wenn du immer meinen Vater siehst, wenn du mich anschaust? Ich könnte es dir nicht verübeln, aber ich könnte es auch nicht ertragen.«

Wie kann sie nur so etwas denken? Ich komme noch näher und wage es, meine Hände auf ihre Hüften zu legen. Ich spüre ihr Herz wie wild gegen meine Brust pochen.

»Ich habe dich nie gehasst, weil du Titos Tochter bist«, flüstere ich und streife ihre Lippen. »Niemals. Rose ... Ich will nur eines wissen: Willst du mich, ja oder nein? Alles andere ist mir egal.«

Sie erwidert meinen Blick für lange Sekunden, so lange, dass ich schon beinahe das Vertrauen verliere. Gerade als ich endgültig die Flucht ergreifen will, spüre ich, wie sie die Arme um meine Taille schlingt und mich an sich zieht.

»Es ist echt«, flüstert sie. »Du, ich, wir. Es war immer echt.«

Einen Augenblick später treffen sich unsere Lippen.

31

Juli. Las Vegas, USA.

Rose

Levi trägt mich ins Schlafzimmer. Seine Hände halten meine Pobacken, und meine Beine sind fest um seine Taille geschlungen. Nach dem Geständnis, das ich gerade abgelegt habe, zittere ich noch immer, und mein Herz droht zu zerspringen.

»Du hast mir so gefehlt«, flüstert er und schließt die Tür hinter uns.

Nach der Wildheit unserer beiden ersten Male gehen wir jetzt sehr sanft miteinander um. Den Unterschied spüre ich sofort. Wir sind nicht länger Konkurrenten oder Rivalen, sondern haben ein gemeinsames Ziel. Die Leidenschaft jedoch ist nach wie vor ungebrochen.

Seine Lippen sind weich, und seine Zunge fühlt sich warm an. Ich küsse seinen Hals, lecke über seinen Adamsapfel und knöpfe vorsichtig sein Hemd auf.

Es fällt auf den Boden, genau wie mein Kleid und seine Hose. Mein ganzer Körper steht in Flammen, wenn ich nur daran denke, was als Nächstes geschehen wird. Levi bewundert mich schwer atmend in meinen Dessous.

»Wenn du wüsstest, was mir durch den Kopf geht ...«

Ich lächle nur und strebe rückwärts auf das Bett zu. Er folgt mir nicht. Er bleibt stehen, und sein Blick liebkost meinen fast nackten Körper. Ich lasse mich in der Mitte der Matratze nieder und frage etwas eingeschüchtert, warum er nicht mitkommt.

»Ich präge mir die Szene für später ein. Als Souvenir.«

Am liebsten würde ich ihm sagen, dass wir keine Erinnerungen brauchen, denn ich habe nicht vor, ihn je wieder zu verlassen.

»Wie wäre es mit einem Foto?«

Er zögert nur wenige Sekunden. Im nächsten Moment taucht er mit seiner Kamera auf und kniet sich auf die Decke. Ich lege mich hin, während er mein auf dem Kissen ausgebreitetes Haar kunstvoll zurechtrückt. Ich habe so etwas noch nie gemacht, aber es ist mir egal. Es ist nur Levi.

Ich posiere in meiner Unterwäsche. Er macht Fotos von mir im Liegen, im Sitzen, in teils gewagten, teils zurückhaltenden Stellungen. Ich frage ihn, ob ich schön bin, und er sagt »die Schönste«. Darauf schiebe ich die Kamera beiseite und küsse ihn zur Belohnung.

Nach und nach ziehe ich mich aus. Zunächst lasse ich einen Träger fallen, dann den zweiten. Levi berührt mich und verursacht mir eine Gänsehaut auf der Brust. Ich hake meinen BH auf, der langsam an meinem Bauch hinuntergleitet.

Schwer atmend nehme ich Levis Hand und lege sie auf meine Brust. Sein Blick oberhalb des Objektivs hält meine Augen fest. Als er mit seinen liebevollen Fingern meine Brustwarzen berührt, heizt sich mein Körper auf.

»Mehr«, flehe ich. »Ich brauche mehr.«

Er lässt sich nicht lang bitten. Er legt die Kamera weg, beugt sich vor und küsst ehrfürchtig eine meiner Brustwarzen. Seine Zunge leckt sie und wickelt sie ein, bis ich stöhne. Das Gefühl ist göttlich. Es wird noch intensiver, als er anfängt, daran zu saugen, und meine Schenkel zusammenpresst.

Als er mit meiner Brust fertig ist, ist sie feucht. Er leckt sie noch ein letztes Mal und bläst dann sanft darüber. *Verdammt.*

»Ich möchte deinen Gesichtsausdruck festhalten«, sagt er und nimmt die Kamera wieder in die Hand.

Er fotografiert mich mit den Armen über meinem Gesicht, während ich mich bemühe, wieder zu Atem zu kommen. Meine Brüste sind feucht und heiß und schmerzen fast ein wenig. Sein Mund glänzt.

»Dreh dich um.«

Ich gehorche. Er greift nach den Rändern meines Slips und schiebt ihn an meinen Beinen hinunter. Ich höre, wie er seine Boxershorts auszieht, dann legt er seine Hand auf meinen nackten Rücken. Seine Finger zeichnen eine Linie entlang meiner Wirbelsäule bis zu meinen Pobacken. Ich zittere vor Erregung.

Zu gern würde ich ihn berühren und will es gerade tun, als Levi nach meiner Hand greift und mit der Zunge schnalzt.

»Lass mich das machen.«

»Schnell«, stöhne ich.

»Auf die Knie«, befiehlt er.

Ich ziehe die Beine an und höre, wie er die Verpackung eines Kondoms aufreißt. Schon das Geräusch lässt mich vor Ungeduld erbeben. Ich denke, dass er gleich in mich eindringen wird, aber er lässt die Spannung andauern. Ich schließe die Augen und genieße die tausendfachen Empfindungen, während seine Hand erst über meinen Rücken und dann über mein Hinterteil streicht.

Plötzlich kitzelt ein Finger meine Klitoris. Ich stöhne überrascht auf und zucke zusammen, aber seine andere Hand hält mich an Ort und Stelle.

»Nicht bewegen.«

Levis kreisende Bewegungen machen mich völlig verrückt.

Dann führt er zwei Finger in mich ein. Langsam werde ich von Lust überwältigt. Ich halte so still, wie ich eben kann, aber ich muss meine Hüften sanft auf seine Hand zubewegen.

»Schneller, bitte«, flehe ich ihn an.

Er steigert das Tempo und beugt sich dann hinunter, um den Genuss seines Mundes hinzuzufügen. Mir entfährt ein unwillkürliches: »*Oh, Dio mio.*«

Er lässt seine Zunge spielen, und ich stöhne lauter. Mein Herz ist kurz vor dem Aussetzen. Seine Finger massieren die empfindliche Stelle, die jedes Mal für einen Orgasmus sorgt. Im nächsten Moment komme ich mit der Wucht eines Tsunamis.

Noch nie habe ich etwas so Köstliches erlebt. Meine Wangen sind rot vor Aufregung und Hitze. Ich senke den Kopf. Mein Haar fällt mir ins Gesicht. Erschöpft seufze ich, als Levi mein Hinterteil küsst.

»Tut mir leid, aber wir sind noch lang nicht fertig …«

Er zieht mich an sich, und im nächsten Moment spüre ich, wie er in mich eindringt. Zwar habe ich gerade erst einen Orgasmus gehabt, doch ich spüre sofort, wie sich wieder Erregung in meinem Körper ausbreitet. Meine Arme zittern kraftlos, aber ich halte durch.

Als er ganz in mir ist, stößt Levi einen kehligen Laut aus. Seine Hände krallen sich in meine Hüften.

»Stütz dich auf deine Ellbogen, dann tut es weniger weh.«

Ich füge mich. Seine Finger greifen in mein kurzes Haar und ziehen vorsichtig. Ich begrüße jeden seiner Stöße mit einem Stöhnen. Meine Augen sind fest geschlossen.

Er drückt mir tausend Küsse auf den Rücken, beugt sich vor und schmiegt seinen Oberkörper an mich. Einen Arm legt er um meine Taille, um mich zu stützen, dann streichelt er mich wieder zwischen den Beinen.

Ich kann mich kaum noch auf den Knien halten und fürchte, dass ich zusammenbreche, ehe ich komme.

»Sag mir, was du willst«, flüstert er und knabbert an meinem Nacken.

»Ich möchte dich sehen.«

Er richtet mich auf und dreht mich so, dass ich ihm zugewandt bin. Ich öffne die Augen und setze mich auf ihn. Unsere Körper sind liebevoll ineinander verschlungen.

Sein Blick ist wie ein elektrischer Schlag. Ich erbebe zwischen seinen zärtlichen Händen. Die Innigkeit unserer Stellung bewegt mich zutiefst. Mein Herz ist auf einem Hoch und flattert in meiner Brust. Levis Wangen sind gerötet und heiß, und er sieht noch schöner aus als sonst.

Ich bewege mich gegen ihn und schlinge meine Arme fest um seinen Hals. Er hält mich auf die gleiche Weise fest, sodass ich ihn wie ein Koalababy umklammere.

»Levi?«

Ehe ich noch etwas sagen kann, küsst er mich. So bleiben wir viele lange, träge Minuten, bis er es nicht mehr aushält, mich plötzlich auf den Rücken dreht und heftig in mich eindringt.

Wir kommen gleichzeitig zum Orgasmus.

Levi sinkt über mir zusammen. Seine Wange liegt an meiner und er küsst mein Ohr.

»Was wolltest du mir sagen?«, flüstert er.

Noch immer ringe ich um Atem. Meine Haut ist klebrig. Mit einer Hand fahre ich durch sein dunkles Haar. Ich fühle mich völlig entspannt.

»Ich habe beschlossen, mich unsterblich in dich zu verlieben. Wenn du noch weglaufen willst, wäre jetzt der richtige Zeitpunkt. Danach ist es zu spät.«

Lange Sekunden bleibt er unbeweglich und schweigt, aber

ich spüre, wie sich sein Herzschlag beschleunigt. Schließlich wendet er mir sein Gesicht zu und streichelt meine Wange.

Sein Gesichtsausdruck ist so glücklich und unbekümmert wie mein eigener.

»Mir geht es sehr gut da, wo ich gerade bin.«

»Ich bin mir nicht sicher, ob ich je wieder darauf verzichten kann«, seufze ich und lege meine Wange auf meine angewinkelten Knie.

Levi liegt ausgestreckt hinter mir in der Badewanne und wäscht mir mit langsamen, sanften Bewegungen den Rücken. Ich sitze zwischen seinen langen Beinen und blase in den Schaum, damit er wie Schneeflocken fliegt.

»Worauf? Auf den Sex?«

Ich schließe entspannt die Augen. Ich spüre, wie er unsichtbare Buchstaben auf meine Schulterblätter malt. Es kitzelt ein bisschen.

»Auf alles. Auf den Sex, aber auch auf Momente wie diesen. Es ist irgendwie traurig … aber ich habe das Gefühl, dass wir noch nichts zusammen erlebt haben. Trotzdem müssen wir uns schon bald trennen.«

Ich kann es nicht erklären. Wir haben uns vor nicht allzu langer Zeit kennengelernt, und obwohl wir uns schon sehr bald näherkamen, kennen wir uns noch nicht wirklich gut. Ich weiß, dass er seinen Vater aus Versehen getötet hat und dass seine Mutter die Schuld auf sich genommen hat, aber ich habe keine Ahnung, was sein Lieblingsessen ist, oder welchen Film er sich gern anschaut, wenn er krank im Bett liegt.

Er sagt so lange nichts, dass ich schon bezweifele, ob er mir jemals antworten wird. Schließlich legt er seine Hände um meinen Bauch und zieht mich sacht zu sich. Der Schaum schwappt in Wellen um uns herum. Ich muss lächeln.

Ich lehne mich an ihn und lege meinen Kopf auf seine Schulter, während er seine Hände auf meinem nackten Bauch verschränkt.

»Mir geht es genauso«, antwortet er in meine Haare. »Ich weiß, es kommt ein bisschen schnell, aber ... wir müssen uns doch nicht trennen. Du könntest mit nach Russland kommen.«

Mein Herz hüpft in meiner Brust. Mir ist klar, dass er mir nicht anbieten kann, mit mir nach Venedig zu gehen, weil das unmöglich wäre. Seine Mutter kommt demnächst aus dem Gefängnis; er muss sich um sie kümmern, versuchen, die verlorene Zeit wieder aufzuholen, und ihr das Leben bieten, das sie sich wünscht.

Ich würde unendlich gern mitkommen. Ich will mich nicht verabschieden, noch nicht. Allerdings ...

»Ich vermisse meine Mutter«, gebe ich kleinlaut zu. »Ich war viel zu lang unterwegs und bin es leid, ständig wegzulaufen. Ich möchte wieder nach Hause, in mein Bett, zwischen meine Laken ...«

Er nickt verständnisvoll. Ich weiß, dass er mir deswegen nicht böse ist – im Gegenteil. Er spielt mit meinen Fingern und will mehr über meine Mutter wissen.

»Sie ist unglaublich«, beschreibe ich sie mit einem glücklichen Lächeln. »Sie ist sehr sanft und sehr gutherzig, aber auch sehr stark. Da sie von Geburt an gehörlos ist, war es anfangs nicht immer einfach, sich zu verständigen. Aber jetzt könnten wir einander nicht näher stehen.«

»Ich frage mich, wie sie sich in jemanden wie Tito verlieben konnte. Als junger Mann war er vielleicht anders.«

»Nicht wirklich ... er war immer ein Bad Boy. Sie hat ihm nachgegeben, weil sie zu nett war. Als sie schließlich schwanger wurde, saß sie in der Falle. Es war keine Liebesheirat.«

Er hält mich fester und zieht unsere Hände zwischen meinen Brüsten nach oben.

»Das tut mir leid.«

Ich zucke mit den Schultern. Ehrlich gesagt betrifft es mich kaum. Ich frage ihn, ob er glaubt, dass seine Mutter mich mögen würde. Das bringt ihn zum Lachen. Ich drehe den Kopf und werfe ihm einen verärgerten Blick zu.

»Was soll das heißen?«

»Sie würde dich vergöttern, da bin ich ganz sicher«, wiegelt er ab. »Aber ich glaube, sie wäre ... ziemlich überrascht.«

»Wieso?«

»Ich glaube kaum, dass sie erwartet hätte, dass ihr Sohn ein Mädchen wie dich heiratet. Nein, das ist nicht schlimm«, beeilt er sich hinzuzufügen, als er meinen finsteren Blick sieht. »Aber du bist sehr frei, sehr ungehemmt, sehr unabhängig und sehr ... leidenschaftlich.«

Ich schweige einen Moment, während mir innerlich ganz warm wird. Ich denke an den in meinem Koffer versteckten Ring und spotte leise: »Niemand hat etwas von Heirat gesagt.«

Schweigend küsst er mich auf die Wange. Meine Füße spielen mit seinen am Ende der Wanne. Ich frage ihn, was er vorhat, wenn seine Mutter wieder da ist. Er erzählt mir, dass er das *Rasputin* verkaufen und in ein Land auswandern möchte, in dem immer die Sonne scheint.

»Irgendwohin, wo meine Mutter sich ausruhen kann, und wo ich mich ... vielleicht ... wieder der Fotografie widmen kann.«

Ich versuche, mein überraschtes und glückliches Lächeln zu verbergen, aber ich weiß, dass er es gesehen hat, denn er lacht leise.

»Für wie lange?«

»Für immer.«

Oh.

»Weißt du … es ist schön in Italien … Ich meine ja nur. Und Spanien und Frankreich sind gar nicht so weit weg. Paris würde dir gefallen. Dort gibt es zwar keine Casinos, aber schöne Kabaretts.«

»Ich weiß«, sagt Levi lächelnd. »Ein guter Freund von mir arbeitet im *Moulin Rouge*. Ich nehme dich mal mit.«

»Angeber.«

Er legt mir einen Finger unters Kinn und hebt mein Gesicht an, um mich zu küssen. Seufzend umschlinge ich seine Zunge mit meiner.

»Hör auf, dir Sorgen zu machen«, flüstert er. »Wir sind bald wieder zusammen, versprochen. Und in der Zwischenzeit können wir angeblich Sex über Skype haben! Das haben mir Li Mei und Lucky erzählt.«

Meine Güte! Ich pruste los. Das ist doch wirklich absurd. Ich möchte gar nicht wissen, wie das Gespräch darauf kam.

»Außerdem sind wir doch noch hier, oder? Lass uns also das Beste daraus machen.«

Er hat recht. Bald kehren wir beide für eine Weile nach Hause zurück, aber das heißt schließlich nicht für immer. Ich habe nur Angst, dass unsere noch junge Beziehung unter der Entfernung leiden könnte. Was, wenn er merkt, dass sein Interesse an mir nur ein Nebeneffekt der surrealen Atmosphäre von Las Vegas war?

Oder wenn ihm zu Hause plötzlich klar wird, dass es für mich keinen Platz in seinem Leben gibt?

»Schluss jetzt! Hör auf zu grübeln und küss mich«, schimpft er.

Der Aufforderung komme ich gern nach.

32

Levi

Der große Tag ist da.

Am Finaltisch des WSOP sitzen nicht weniger als zehn Spielerinnen und Spieler, die noch im Rennen sind – unter ihnen Tito, Li Mei und ich. Wir rechnen mit etwa sechs Stunden Spielzeit, jedenfalls nicht viel mehr. Trotzdem ist es eine Menge Zeit, vor allem nach anderthalb Monaten intensiven Pokerns.

Ich fühle mich nicht gestresst. Als ich mich in schwarzer Hose und beigem Hemd in der Hotellobby zu den anderen stelle, empfinde ich lediglich eine gewisse Erregung.

»Alles bereit?«, frage ich meine Teamkollegen.

Thomas nickt angespannt. Alle sind ein bisschen zappelig, sogar Rose neben mir. Nur ich nicht. Und doch ist das der Moment, von dem ich seit zehn Jahren träume. Der Moment, in dem ich Tito ein für alle Mal zu Fall bringen werde.

»Wie fühlst du dich?«

Ich schaue Rose an, die diskret meine Hand nimmt. Ich will ihr gerade antworten, als ich etwas Glänzendes an ihrem Ringfinger entdecke. Es ist der Ring mit dem Salt-and-Pep-per-Diamanten, den ich ihr geschenkt habe …

Sie hat ihn also behalten und trägt ihn wieder. Bei dem Gedanken wird mir ganz warm ums Herz, und ich lächele, um sie zu beruhigen.

»Sehr zuversichtlich.«

Unser Plan ist riskant. Eine Kleinigkeit könnte ihn zum Scheitern verdammen, aber ich bin zuversichtlich.

»Da kommt er.«

Wir wenden uns Tito zu, der mit selbstsicherem Gang die Lobby betritt. Er lächelt den anderen Teilnehmern zu, erst dann scheint er uns zu bemerken. Sein Blick durchdringt mich geradezu, ehe er zu seiner Tochter und unseren miteinander verschränkten Händen gleitet.

Rose erstarrt an meiner Seite. Zunächst gehe ich davon aus, dass er einfach wortlos an uns vorübergehen wird, aber wie es aussieht, ist er dreist genug, vor uns stehen zu bleiben.

»Heute ist es also so weit«, sagt er und streckt mir seine Hand entgegen. »Lass uns würdevoll spielen, ja?«

Li Mei wirft ihm einen angeekelten Blick zu. Keiner sagt etwas. Ich erwidere Titos Blick, ohne seine Hand zu nehmen.

»Du solltest die Definition des Wortes ›würdevoll‹ vielleicht mal im Wörterbuch nachschlagen, denn ich glaube nicht, dass wir es im gleichen Sinn verwenden.«

Daraufhin grinst er und zieht seine Hand zurück. Noch einmal schaut er Rose an und setzt eine betont enttäuschte Miene auf.

»Sobald du gemerkt hast, dass er dich nur benutzt, um mir eins auszuwischen, reden wir noch einmal, okay?«

»Das ist deine Spezialität, nicht seine«, erwidert Rose kalt.

Unsere Gruppe will sich gerade zurückziehen, als Tito uns noch einmal anspricht: »Wirklich schade, dass Simon seltsamerweise gestern Abend krank geworden ist. Eine Lebensmittelvergiftung, wie ich gehört habe.«

Ich bleibe abrupt stehen, die anderen ebenfalls. Li Mei reißt die Augen auf und starrt mich erschrocken an. Auch Lucky und Rose sehen besorgt aus.

Mit ungerührtem Gesichtsausdruck wende ich mich an Tito. Ich will ihn fragen, was er getan hat, aber als ich sein siegesgewisses Lächeln sehe, weiß ich die Antwort bereits. Er hat unseren Plan vorhergesehen und dafür gesorgt, dass Simon heute nicht zum Einsatz kommt.

Der Dealer macht für ihn kaum einen Unterschied, da die Karten bereits mit Tinte markiert sind. Ich hingegen habe mich darauf verlassen, dass er Titos Blick von meinem Spiel ablenkt.

»*Buona fortuna!*«

Mit diesen sarkastisch betonten Worten geht er. Wir schauen uns schweigend und angespannt an. Schließlich bricht Thomas das Eis.

»Macht euch keine Sorgen. Es wird schon klappen.«

In diesem Moment unterbricht uns ein Mitarbeiter, um uns mitzuteilen, dass es Zeit ist, unsere Plätze aufzusuchen. Rose packt meine Krawatte und zieht mich mit drohendem Blick zu sich.

»Levi, hör mir gut zu. Sollte unser Plan scheitern, zum Teufel mit der Ehre. Du schmeißt ihn raus, ist das klar? Er darf auf keinen Fall gewinnen.«

Ich lächle und verspreche, mein Bestes zu tun, dann küsse ich sie zärtlich auf den Mund. Ich mache Thomas ein Zeichen, dass er bei ihr bleiben soll, und folge Li Mei in den Spielsaal. Der Raum hat nichts mit den überfüllten Sälen zu tun, in denen wir bisher angetreten sind.

Es handelt sich um einen privaten, ganz in Blau gehaltenen Raum mit einem großen Tisch. Überall stehen Kameras. An den Seiten gibt es weitere Sitzgelegenheiten im Schatten. Überall laufen Techniker herum. Als wir uns setzen, laufen die Kameras bereits.

Es ist, als würde plötzlich jemand »Action!« rufen. Es ist elf Uhr morgens und das Finale des *Main Event* beginnt mit einem großen Theater. Ich sitze neben Li Mei und gegenüber von Tito. Der Dealer trifft kurz nach uns ein, und mein Puls beschleunigt sich, als ich erkenne, dass Tito nicht gelogen hat.

Es ist nicht Simon. Es gab eine Änderung in letzter Minute. Li Mei verbirgt ihren Stress ganz wunderbar und spielt ihre übliche Rolle. Jeder Spieler wird, wie immer in Las Vegas, auf sehr amerikanische Art wie in einer Show vorgestellt.

Als der Dealer die Karten mischt und das erste Spiel austeilt, hängt mein Blick an Tito. Als er die Täuschung bemerkt, unterdrücke ich einen triumphierenden Seufzer. Ich genieße das köstliche Gefühl, während er verblüfft die Augen aufreißt.

Mit einem Mal schaut er mich an und begreift.

»*Buona fortuna!*«, flüstere ich ironisch.

Seltsamerweise ist die einzige Person, an die ich in diesem Moment denken kann, mein Vater. Zum ersten Mal seit langer Zeit ist mein Herz nicht von Zorn erfüllt. Im Gegenteil, es fühlt sich besänftigt an.

Sieh mich an, Papa. Sieh zu, wie ich besser werde als du.

Rose

Noch nie in meinem Leben hatte ich so viel Angst. Thomas, Lucky und ich sitzen auf der Couch in unserer Suite und sehen uns die Live-Übertragung auf ESPN an.

Offiziell sollte Simon Levis Spiel schützen. Aber nachdem Tito dafür gesorgt hat, dass er nicht da ist, sind die Karten meines Scheinverlobten jetzt für Tito sichtbar; zumindest glaubt er das.

Man kann genau den Moment erkennen, als er merkt, dass er irregeführt wurde. Tatsächlich ist es so, dass Levi sehr wohl wusste, dass Tito Simon ersetzen lassen würde. Er hat sich sogar darauf verlassen. Der Dealer war nur eine Ablenkung, eine Tarnung. Unser Plan, der eigentliche Plan, war es, das Deck zu wechseln.

Tito hatte seinen Sieg auf seine Betrügereien gestützt. Jetzt sind zwar noch seine Infrarotkameras da ... aber die Karten sind nicht markiert. Er wird also spielen müssen wie alle anderen.

»Er hat Schiss«, meint Lucky. »Geschieht ihm recht ... Andererseits verstehe ich immer noch nicht, wie Levi dadurch gewinnen soll.«

»Darum ging es nicht«, sage ich und schüttele den Kopf. »Levi weigert sich, zu betrügen. Er will auf ehrliche Weise gewinnen. Es ging darum, ein faires Spiel zu bekommen. Und das ist jetzt der Fall.«

Die erste Partie beginnt gemächlich. Li Mei gewinnt. Tito wirkt etwas aufgewühlt. Es fällt ihm offenbar schwer, sich an die neuen Spielbedingungen zu gewöhnen; wahrscheinlich ist es lange her, dass er ohne Schummelei gespielt hat. Levi macht das nichts aus. Er spielt wie immer: unerbittlich und konzentriert.

Die Stunden vergehen wie in Zeitlupe. Meine Nerven liegen blank. Die Spieler schlagen sich gut, aber je mehr von ihnen ausscheiden, desto größere Sorgen mache ich mir. Bald sitzen nur noch fünf Spielerinnen und Spieler am Tisch. Li Mei musste mehrere Rückschläge einstecken und hat eine Menge Geld verloren.

Ich kann mir nicht vorstellen, dass sie noch lange durchhält, und wie erwartet verliert sie auf dem vierten Platz.

»Sie hat sich gut geschlagen«, kommentiert Lucky.

Thomas und ich nicken. Unter den drei Finalisten erkenne ich den Mann mit dem *Jurassic-Park*-T-Shirt von vor ein paar

Wochen. Er spielt stark, aber gegenüber Levi und Tito ist er noch nicht erfahren genug.

Eine neue Partie beginnt. Allmählich nähern wir uns dem Ende. Levi bekommt ein Kreuz-Ass und eine Karo-Zehn. Der Deutsche – er heißt Wittelsbach – hat einen Kreuz-König und eine Herz-Dame auf der Hand. Sein Stack ist erheblich niedriger als der von Levi; damit ist er im Nachteil. Trotzdem bleibt er sehr zuversichtlich und kündigt es auch sofort an.

»*Snap Call**«, murmelt Lucky.

Tatsächlich denkt er nicht einmal darüber nach und geht vor dem Flop All-in – man nennt es auch »in the dark«, da der Spieler All-in geht, ohne die Gemeinschaftskarten zu kennen. Tito steigt mit einem Karo-Ass und einer Kreuz-Drei als Erster aus. Levi geht mit einer fünfzigprozentigen Gewinnchance mit.

»Er ist verrückt.«

»Er hat einen Vorteil.«

»Aber keinen großen«, wende ich ein.

Mein Herz schlägt zum Zerspringen. Zwar verstehe ich, dass er Wittelsbach so schnell wie möglich loswerden will, aber trotzdem. Im Spielsaal herrscht höchste Spannung. Selbst die Moderatoren sind extrem neugierig.

Dann wird der Flop aufgedeckt … und offenbart eine Herz-Acht, eine Kreuz-Sieben und einen Karo-König.

»Oh Scheiße!«

Wittelsbach lächelt siegesgewiss. Jetzt hat er eine siebenundachtzigprozentige Gewinnchance. Levi reagiert nicht. Er stützt sein Kinn auf seine Hand. Ich traue meinen Augen nicht. Er ist dabei, zu verlieren, und das nicht einmal gegen Tito!

---

* Einen schnellen Call ohne weitere Überlegung machen. Zu callen heißt, den Einsatz des Gegners mitzugehen, indem man genau den Betrag bezahlt, den der Gegner gesetzt hat.

Unmöglich. Was ist in ihn gefahren?

Die Anspannung steht ihnen ins Gesicht geschrieben, als die vierte Karte aufgedeckt wird, ein Karo-Bube. Damit steigen Levis Chancen nur um ein paar Prozent. Das ist nicht genug. Pessimistisch beiße ich mir auf die Lippen.

Ich höre fast, wie Levi mir ins Ohr flüstert: *Und ich dachte, du glaubst an Wunder?* Man mag es glauben oder nicht, die letzte Karte fällt und hat die Wirkung einer Bombe: Es ist eine Pik-Neun.

Levi gewinnt zu hundert Prozent mit einer Straße. Er schließt die Augen. Seine Erleichterung ist unübersehbar. Er war sich selbst nicht sicher, ob er unbeschadet aus der Sache herauskommen würde. Jetzt übernimmt er den Stack von Wittelsbach, der ihm die Hand schüttelt und würdevoll den Tisch verlässt.

»Tito schlägt sich trotz unseres Plans ganz gut.« Lucky verzieht das Gesicht und wischt sich die Hände an seiner Jeans ab. »Es wird eng.«

Thomas versichert ihm, dass es, selbst wenn Tito gewinnen würde, längst zu spät wäre. Levis Rache sei bereits in vollem Gange. Da ich die Andeutung nicht verstehe, frage ich, was er damit meint.

»Levi hat immer mindestens drei verschiedene Pläne, um sicherzugehen, dass er sich den Rücken freihalten kann. Egal was passiert, Tito hat keine Ahnung, was ihm gleich blüht.«

Immer noch verwirrt wende ich meine Aufmerksamkeit wieder dem Fernseher zu. Tito setzt sich wieder auf seinen Platz, und starrt Levi an.

Nur noch wenige Minuten … Im Rennen sind noch zwei Spieler.

Levi

Dank Wittelsbach habe ich jetzt fast zwölf Millionen Dollar in der Tasche und in Sachen Jetons die Führung übernommen. Tito weiß das, scheint aber nicht allzu beunruhigt zu sein. Noch nicht. Beinahe lache ich auf.

Er hält sich bereits für den Sieger, weil er mehr Erfahrung hat als ich. Alles nur, weil er den von mir bestochenen Dealer hat auswechseln lassen. Er geht davon aus, dass ich in der Falle sitze.

Er kennt mich eben nicht.

Ich nehme an, er unterschätzt meinen Siegeswillen. Es stimmt, dass ich mich weigere, beim Pokern zu betrügen, weil ein Sieg dann nämlich kein echter Genuss wäre. In jeder anderen Hinsicht jedoch sind alle schmutzigen Tricks erlaubt. Ich warte nur noch darauf, dass das Turnier zu Ende geht, damit der Mann endlich mit den Konsequenzen seines Handelns konfrontiert wird.

Je länger wir spielen, desto mehr gewinne ich, und desto mehr schwindet sein Lächeln. Auch sein Spiel wird immer ungeschickter. Weil er gestresst ist, handelt er vorschnell und begeht Anfängerfehler. Durch sein ständiges Schummeln ist ihm die Erfahrung abhandengekommen.

Er vermeidet es jetzt, mich anzuschauen, als hätte er Angst, ich könne ihn ablenken. Je mehr Zeit vergeht, desto belebter fühle ich mich.

Beim Anblick meines nächsten Blattes muss ich ein Lächeln unterdrücken: eine Pik-Fünf und eine Karo-Fünf. Eine gute Hand. Das Glück scheint auf meiner Seite zu sein.

Als wolle er mir widersprechen, schaut Tito mir in die Augen und sagt: »*All-in.*«

Rose

Vor der zweiten Wettrunde geht Tito All-in.

Er hat ein Ass und eine Pik-Zwei auf der Hand, was für ihn keinen Vorteil bedeutet. Levis Hand ist im Moment die bessere. Ich hoffe nur, dass dies auch nach dem Flop so bleibt ...

»Jetzt oder nie.«

Tatsächlich, es ist der letzte Zug. Die letzte Partie. Die letzte Chance für Levi, Tito zu vernichten. Im Saal macht sich leichte Panik breit – Levi verlässt seinen Platz und setzt sich zu Li Mei in den Schatten. Ein kleines, schüchternes Lächeln wandert über seine Lippen. Ich ahne, dass er unter Stress steht, aber er ist sicher auch erregt.

Meine Hände sind feucht, und ich grinse dämlich vor mich hin.

»Verdammt, ich schwitze wie ein Schwein«, beschwert sich Lucky. »Ich habe Angst.«

Ich auch, aber ich sage es nicht. Schweigend balle ich die Fäuste. Auf dem Bildschirm trinkt Tito einen Schluck aus seinem Wasserglas und blickt ein wenig misstrauisch.

Beide Spieler werden auf ihre Plätze zurückgerufen, damit der *Flop* aufgedeckt werden kann. Mit einer schnellen Handbewegung deckt die Dealerin die ersten drei Karten auf: einen Herz-König, einen Kreuz-Buben und eine Kreuz-Zehn. Völlig verschwitzt stoße ich einen Seufzer der Erleichterung aus. Der Vorteil liegt weiterhin bei Levi.

»Noch ist nichts gewonnen«, erinnert uns Thomas.

»Vorsicht bei Dubletten, der *River* richtet es vielleicht nicht«, murmele ich vor mich hin.

Mit einer Zehner-Dublette wäre es in der Tat richtig spannend geworden, aber es erscheint eine Herz-Drei. Lucky gibt ein freudiges Quieken von sich, das mich nervös auflachen lässt. Jetzt hat Levi eine vierundachtzigprozentige Gewinnchance.

Es ist fast in trockenen Tüchern. Tito hat das begriffen, denn sein Blick ist finster und gefährlich.

»Er wird es schaffen«, flüstert Thomas. »Er wird gewinnen, da bin ich mir sicher.«

Ich will ihm sagen, dass er nicht so vorschnell sein soll, weil das nur Unglück bringt, aber dafür bleibt keine Zeit. Die Dealerin zieht die nächste Karte …

Und zeigt eine Pik-Zehn.

33

Levi

Ich sitze wie angewurzelt da, starre auf die letzte Karte und empfinde absolut gar nichts. Die Leute um uns herum brechen in Jubel aus, aber ich bleibe wie gelähmt auf meinem Platz.

Soeben habe ich zwölf Millionen Dollar gewonnen. Ich bin Millionär ... und Pokerweltmeister.

»Du hast es geschafft!«, ruft Li Mei und fällt mir um den Hals. »Levi, du hast gewonnen!«

Ich kann es immer noch nicht glauben. So würdevoll wie möglich stehe ich auf und nehme sie mit leicht zittrigen Händen in den Arm. Wie oft habe ich mir diesen Moment vorgestellt. Jedes Mal dachte ich, ich würde eine Welle der Erleichterung ... des Stolzes ... oder zumindest der Zufriedenheit bei dem Gedanken verspüren, dass ich das Versprechen, das ich mir vor zehn Jahren gegeben habe, tatsächlich halten konnte.

Aber ich empfinde nichts dergleichen.

Ich bin einfach nur ... traurig. Leer. Ich denke an meinen Vater und würde am liebsten weinen. War dieser so einfache Moment des Sieges alles andere wert? Letztendlich bin ich mir nicht sicher.

Ich strecke Tito die Hand entgegen, obwohl ich genau weiß, dass er sie nicht schütteln wird. Vor laufender Kamera schaut er mich nur finster an und macht sich damit selbst lächerlich.

»Du hast es gewusst«, knurrt er.

Ich weiß sofort, worauf er anspielt. Ja, ich wusste, dass er den Dealer austauschen lassen würde. Und ich wusste auch, dass er betrügen wollte. Und trotzdem habe ich es geschafft, gegen ihn zu gewinnen. Ich hoffe, dass er sich hier und jetzt richtig beschissen fühlt.

»Von Rose kannst du dich verabschieden«, faucht er giftig. »Du wirst sie nie wiedersehen.«

Jetzt muss ich lachen. Sogar Li Mei zieht eine Augenbraue hoch und lächelt. Glaubt er wirklich immer noch, er hätte so was wie Kontrolle über sie? Zum Totlachen, wirklich.

»Nichts für ungut, Schwiegerpapa, aber ich wüsste nicht, wie du mich davon abhalten könntest, Kontakt zu deiner Tochter zu haben.«

Er kapiert kein Wort von dem, was ich sage, aber darüber mache ich mir keine Sorgen. Er wird es früh genug begreifen. Rose wartet mit Thomas und Lucky vor dem Saal auf mich. Ich schenke ihnen ein stolzes und entspanntes Lächeln, als hätte ich von Anfang an gewusst, dass ich gewinnen würde.

Rose rennt auf mich zu und springt mir jubelnd in die Arme. Überrascht fange ich sie auf, während sie ihre Beine um meine Taille schlingt.

»Wie war ich?«, frage ich vor den Augen sämtlicher Kameras.

»Supersexy«, haucht sie und küsst mich.

Ich genieße den Kuss wie eine Belohnung.

»Dein Verlobter hat jetzt eine Menge Kohle.«

Sie zieht eine Augenbraue hoch und scherzt: »Ja natürlich. Ich weiß eben, wie man eine gute Wahl trifft.«

Rose beachtet ihren Vater nicht, obwohl er ganz in der Nähe steht. Ich stelle sie wieder auf den Boden, nehme ihre Hand und lasse mich vom Rest der Gruppe beglückwünschen. Erst jetzt trifft mich die Realität wie ein Schlag.

Ich habe gewonnen. Ich habe wirklich gewonnen. Ich, ein Behinderter gepaart mit einem Dummkopf, wie mein Vater so nett zu sagen pflegte.

Mit dem Geld kann ich meiner Mutter ein entspanntes und glückliches Leben ermöglichen. Tito hingegen wird bald für seine Sünden bezahlen müssen.

Genau getaktet wie ein Uhrwerk lädt sich nun auch die Rache zu unserem Fest ein und beglückwünscht mich früher als erwartet. Ein Mann stürmt mit besorgtem und dringlichem Gesicht auf Tito zu. Er spricht Italienisch mit ihm, aber ich brauche die Sprache nicht zu verstehen, um zu wissen, was er sagt.

Ich schaue zu Thomas hinüber, der mir stumm zunickt. Rose, die unseren Austausch mitbekommen hat, runzelt die Stirn in Richtung Tito. Natürlich versteht sie, was die Männer bereden, denn sie wird immer blasser.

Auch Titos Gesicht verfinstert sich. Mit weit aufgerissenen Augen dreht er sich abrupt zu mir um.

»Was hast du getan, du kleiner Drecksack?«

Ich halte lässig eine Hand in der Hosentasche und spiele die Unschuld in Person.

»Wer, ich?«

Ich habe keine Zeit, noch mehr zu sagen. Er explodiert, springt auf mich zu und greift nach meinem Hemdkragen. Die Wucht seiner Bewegung schleudert mich gegen die Wand. Ich reagiere nicht, weil ich mir der Kameras bewusst bin, die alles aufzeichnen.

»Lächele, du wirst gefilmt«, flüstere ich so leise, dass nur er mich hören kann.

»Du hast gerade mein komplettes Leben zerstört«, brüllt er und eine Ader an seiner Schläfe schwillt gefährlich an. »Meine Karriere! Mein Erbe! Du verkommenes Stück Scheiße!«

Ich bleibe ruhig. Ist das wirklich er, der da spricht? Schließlich hat er mein Leben zuerst ruiniert! Ich habe nichts getan, außer seine Verbrechen anzuzeigen. Er hätte sich intelligenter verhalten müssen, weiter nichts.

Jemand kommt auf uns zu, um uns zu trennen, aber ich schaffe es noch, zwischen zusammengebissenen Zähnen hervorzupressen: »Wenn das so ist, sind wir ja jetzt quitt. Verrotte im Gefängnis, du Arschloch.«

Ich zwinkere ihm zu und gönne ihm ein Raubtierlächeln. Rose steht wortlos dabei und hat die Arme über der Brust verschränkt. Ihr Vater flucht leise vor sich hin, fährt sich frustriert mit der Hand durch die Haare und packt sie am Handgelenk.

Er sagt etwas auf Italienisch zu ihr, aber sie reißt sich aus seinem Griff los und ignoriert ihn völlig. Kaum steht er allein da, kommen eilig die Journalisten herbeigelaufen. Seit sechs Stunden warten sie nun schon, dass wir endlich aus diesem Raum kommen. Sechs Stunden, seit ein Artikel in der *New York Times* erschienen ist, der den »Ferragni-Skandal« enthüllt.

Ich nehme an, dass sie viele Fragen an ihn haben.

»Ehrlich gesagt verstehe ich nicht alles, was hier gerade vorgeht«, sagt Lucky.

»Wirf einfach einen Blick in die Seiten der *New York Times* auf den sozialen Netzwerken«, rät Thomas.

Die Journalisten bemühen sich um einige Worte von Tito, aber er streitet alles ab, was gegen ihn vorgebracht wird, und schreit, er wäre verleumdet worden. Schließlich wirft er mir einen bösen Blick zu und verschwindet.

Rose neben mir sagt noch immer kein Wort. Sie weiß bereits, was passiert ist. Lucky hat sein Smartphone gezückt, und Li Mei liest über Luckys Schulter gebeugt mit.

»›Tito Ferragni, Gründer der italienischen digitalen Vertriebsplattform *Speakup*, soll wegen Manipulation von Beweisen, Zeugenbeeinflussung und Geldwäsche verklagt werden.‹ Oh, verdammt. Stimmt das?«

Sie dreht sich schockiert zu mir um. Ich nicke, ohne etwas hinzuzufügen, und lasse sie weiterlesen, denn ich weiß ohnehin schon, was in dem Artikel steht. Bestechung und Geldwäsche hatten schon viele vermutet. Fälschung von Beweismaterial hingegen …

Vor sieben Jahren kam ein Angestellter von Tito namens Muzio an seinem Arbeitsplatz ums Leben: Er wollte gerade aus einem Aufzug aussteigen, als sich die Kabine löste. Der Absturz wurde angeblich durch Luft in den Zylindern verursacht. *Speakup* war natürlich haftbar, da Tito keine Wartungsarbeiten hatte durchführen lassen.

Bis heute war dies der Öffentlichkeit nicht bekannt. Tito hatte offensichtlich alles getan, um die Sache zu vertuschen, hatte Beweise gefälscht und Zeugen bestochen. Es war ein Glücksfall, dass ich auf dieses Geheimnis gestoßen bin, nachdem ich jahrelang immer tiefer gegraben hatte.

Dieser einfache Artikel wird den Italienern ausreichen, um eine Untersuchung durchzuführen. Tito wird nie im Leben genügend Zeit haben, alles unter den Teppich zu kehren, ehe er nach Hause kommt. Er steckt jetzt in großen Schwierigkeiten und seine Firma ebenso.

So, wie die Dinge liegen, wird er wohl eine mehrjährige Haftstrafe antreten müssen, je nachdem, wer ihn vor dem italienischen Gericht verteidigt. Was den Kerl angeht, der versucht hat, Lucky und mich zu überfahren, so beschäftigt sich die Polizei bereits mit ihm.

»Wow, das bereitet mir eine Gänsehaut«, murmelt Lucky.

Ich werfe einen besorgten Blick auf Rose, die sich immer noch nicht bewegt hat. Ich habe Angst, dass sie mir die Sache übel nimmt Tito ist schließlich ihr Vater und ein solcher

Skandal wirkt sich immer auch auf die Familie aus. Ich habe sogar kurz gezögert, es zu tun, mich dann jedoch beruhigt: Tito war nicht nur klug genug, seine Frau und seine Tochter immer aus den Medien herauszuhalten, sodass niemand sie wirklich kennt, sondern vor allem bin ich jetzt reich genug, um für sie beide zu sorgen, falls es nötig werden sollte.

Nur Tito sollte unter dieser Situation leiden, nicht seine Angehörigen. Vor allem, weil sie ihn all die Jahre geliebt und unterstützt haben, ohne eine Gegenleistung dafür zu erhalten.

»Hey …«

Ich will meine Hand auf Roses Arm legen, aber sie macht sich sofort los.

»Ich muss an die frische Luft.«

Ich lasse sie gehen.

Rose bleibt den Rest des Tages verschwunden.

Nach einigen Interviews und Fotoshootings ziehe ich mich an den Pool zurück, um die Ruhe und die Sonne zu genießen. Insgeheim hoffe ich, Rose dort zu finden; leider vergeblich.

Li Mei bietet mir an, sich auf die Suche zu machen, aber ich bitte sie, Rose lieber in Ruhe zu lassen. Sie braucht Zeit, und das verstehe ich gut.

»Jetzt ist es also wirklich vorbei?«, fragt Lucky, als wir uns in der Suite zum Abendessen treffen.

Thomas hat eine Flasche Champagner geöffnet, die wir uns zur Feier des Tages teilen. Nach vielen Jahren der Planung und Vorbereitung sind wir alle nun frei und reich. Sowohl meine drei Freunde als auch ich.

»Es ist wirklich vorbei«, bestätige ich mit einem kleinen Lächeln.

Noch fällt es mir schwer, es zu glauben, aber ich nehme an, das ist normal. Sicher werde ich eine gewisse Zeit brauchen, um mich daran zu gewöhnen. Nur habe ich jetzt kein Ziel mehr. Was soll ich mit meinem Leben anfangen?

»Heilige Scheiße … dann sind wir jetzt also alle Millionäre? Ernsthaft?«

»Mich überrascht es eigentlich nicht«, antwortet Li Mei. »Mein Name bedeutet ›Geld‹. Es war also von Anfang an in meiner DNA.«

»Was wollt ihr damit anfangen?«, fragt Thomas.

Ich hatte ihnen versprochen, die zwölf Millionen durch vier zu teilen und werde mein Versprechen natürlich halten. Auch Rose hatte ich bereits in Macao einen Anteil versprochen, falls ich gewinnen sollte, und hoffe, dass sie ihn annimmt. Ohne ihre wertvolle Hilfe wäre ich vielleicht nie so weit gekommen.

»Ich bezahle zunächst einmal meine Ausbildung und die meiner kleinen Schwester Jasmine«, erklärt Lucky voller Überzeugung. »Und dann kaufe ich meinen Eltern ein riesiges Haus.«

»Haltet ihr mich für oberflächlich, wenn ich ›Schuhe‹ sage?«, grinst Li Mei.

»Nicht mehr als sonst.«

»Cool. Und du, Thomas?«

Mein Freund zuckt nachdenklich mit den Schultern. Keiner von uns weiß etwas über seine Familie oder seine Vergangenheit, nicht einmal ich.

»Ich denke noch darüber nach.«

Mich fragt niemand, was ich mit dem Geld mache. Sie wissen es bereits.

Wir essen und trinken, bis wir nicht mehr können. Lucky wird schon morgen wieder nach Los Angeles fliegen; er hat schon zu viele Tage an der Uni verpasst. Li Mei will ihren Liebsten den ganzen Abend lang genießen, weshalb die beiden als Erste in ihr Zimmer verschwinden.

»Dann muss ich wohl mit Ohrstöpseln schlafen, wenn ich das richtig verstanden habe«, seufzt Thomas. »Hört ihr in diesem Haus denn nie damit auf?«

»Bist du etwa eifersüchtig?«, spotte ich und grinse ihn lasziv an.

»Nein«, flunkert er.

Ich will ihn gerade fragen, was ihn davon abhält, jemanden zu finden, aber im selben Moment höre ich, wie sich die Eingangstür mit vernehmlichem Piepen öffnet. Thomas leert seine Bierflasche, wünscht mir eine gute Nacht und verschwindet. Mit gespreizten Beinen und brennenden Wangen sitze ich auf der Couch und warte.

Rose erscheint mit einer Plastiktüte in der Hand. Sie sieht ziemlich angeschlagen aus, trotzdem lächelt sie. Allerdings eher traurig.

»Ich habe chinesisches Takeaway mitgebracht, aber ich sehe, dass ihr schon gegessen habt … Hätte ich mir eigentlich denken können.«

Ich sehe ihrem Gesicht an, dass sie getrunken hat. Ich strecke die Arme nach ihr aus und winke sie heran. Sie lässt die Tüte fallen und setzt sich auf meinen Schoß.

»Bist du sauer auf mich?«

Sofort schüttelt sie den Kopf.

»Nein. Du hattest recht, er hat es verdient. Es ist nur … es tut halt weh. Ich habe ein paar Schuldgefühle und hoffe, dass meine Mutter nicht unter der Geschichte leiden muss.«

»Das wird sie sicher nicht. Ich werde alles tun, damit euch beiden nichts passiert, Rose. Das verspreche ich dir.«

Sie nickt und spielt mit meinen Fingern. Einen führt sie an ihren Mund und küsst ihn zärtlich, dann macht sie dasselbe mit allen anderen. Ich erbebe innerlich.

Etwas anderes lastet auf uns, und selbst wenn wir nicht

darüber sprechen, wissen wir es. Lucky reist morgen ab, Li Mei wird bald folgen, ebenso wie Thomas. Was mich betrifft … ich muss zu meiner Mutter. Und Rose zu ihrer.

Wir können nicht ewig hierbleiben. Früher oder später müssen wir Abschied nehmen.

»Du hast heute ganz großartig gespielt und mich tief beeindruckt«, sagt sie.

»Wow. Das rührt mich, vielen Dank.«

»Wie fühlst du dich jetzt, wo du dich gerächt hast? Erleichtert? Besänftigt?«

»Nicht wirklich. Blöd, oder? Ich glaube … du hattest recht. Es bringt nicht viel. Natürlich bin ich erleichtert, dass Tito für seine Verbrechen bezahlen muss, aber der Schmerz, den ich beim Gedanken an meine Vergangenheit empfinde, der ist immer noch da. Und irgendwie bereue ich es fast, dass ich ihm zehn Jahre meines Lebens gewidmet habe.«

Sie lehnt ihren Kopf an meine Schulter, und ich weiß, dass sie genau versteht, was ich sagen will.

»Das ist wahr. Aber du solltest dir vor Augen halten, dass zehn Jahre fast ein Nichts sind. Jetzt kannst du den Rest deines Lebens mit deiner Mutter genießen, ohne dir Sorgen zu machen. Und an dem Rest – dem Trauma und den Schuldgefühlen – musst du eben arbeiten. Da trifft es sich gut, dass deine hinreißende und schlaue Freundin Psychologie studiert hat.«

»Model, Malerin und Psychologin? Ich habe wohl das große Los gezogen.«

»Weißt du, jeder hat eben seine Talente. Ich bin ein Allroundgenie, du bist Millionär. Wir haben uns gesucht und gefunden.«

Ich muss lachen und knabbere an ihrem Hals. Sie küsst mich, erst zärtlich, dann leidenschaftlicher. Ich hebe sie über meine Schulter und trage sie in unser Schlafzimmer, wo wir uns lieben, bis sie auf mir zusammenbricht und wie ein Engel einschläft.

34

Juli. Las Vegas, Vereinigte Staaten.

Rose

Tito ist noch in der Nacht ohne Vorwarnung abgereist. Ich nehme an, dass er schnell nach Hause will, um zumindest zu versuchen, seine Spuren zu verwischen. Natürlich habe ich meine Mutter benachrichtigt, mit der ich in letzter Zeit nicht sehr oft Kontakt hatte.

Ich bin ihr ebenso ausgewichen, wie ich vor meinen Problemen davongelaufen bin, aber jetzt habe ich beschlossen, mich ihnen zu stellen.

Es tut mir leid wegen neulich … Ich hatte Angst.

Ich weiß. Ich bin dir nicht böse. Aber wir werden darüber reden müssen, Rose.

Ich verspreche ihr, dass ich ihr dieses Mal zuhören werde. Als ich sie frage, was sie wegen Papa vorhat, meint sie, ich solle mir keine Sorgen machen. Da sie ohnehin die Scheidung eingereicht hat, wird das, was mit ihm passiert, keine allzu großen Auswirkungen auf uns haben.

Und der Junge?

… er geht wieder nach Russland ☹

Ist es etwas Ernstes?

Vielleicht.

Dann sollte ich ihn wohl kennenlernen.

Lächelnd erkläre ich ihr, dass das keine Eile hat. Levi und ich kennen uns erst seit knapp zwei Monaten – also immer mit der Ruhe. Und doch ist mir der Gedanke gar nicht so unangenehm. Ich stelle mir vor, wie Levi mit seiner Brille auf der Nase an unserem Gartentisch in der Sonne sitzt, und mein Herz schmilzt.

Gut, ich bin bald daheim.

Ich stehe auf und gehe zu den anderen vor die Eingangstür, wo Lucky mit einem riesigen schwarzen Koffer wartet. Er wollte nicht, dass wir ihn zum Flughafen begleiten, weil ihm tränenreiche und dramatische Abschiede »nur in Filmen« gefallen.

Die Männer wollen sich mit Handschlag verabschieden, aber Lucky zwingt sie zu einer Umarmung, was mich zum Lächeln bringt. Träume ich oder … weint er?

»Jedes Jahr ist es das Gleiche mit dir, Lucky«, seufzt Li Mei. »Wir werden uns ganz bestimmt wiedersehen.«

»Und wir haben jetzt sogar eine WhatsApp-Gruppe. Du kannst also jeden Tag mit uns sprechen, wenn du willst.«

Thomas wirft mir einen grimmigen Blick zu und flüstert: »Bring ihn bloß nicht auf dumme Gedanken.«

Lucky wirkt jedoch etwas getröstet. Er bedankt sich bei Levi, der verspricht, ihm das Geld so schnell wie möglich zu überweisen, und küsst Li Mei auf den Mund.

»Bis in … höchstens einem Jahr! Wir könnten doch zusammen in den Urlaub fahren, wenn ihr Lust habt. Santorini scheint im Sommer echt toll zu sein. Wir machen eine *Mamma Mia – Here We Go Again*-Pilgerreise!«

Li Mei unterbricht seine verrückten Überlegungen und macht ihm klar, dass er jetzt gehen müsse, wenn er seinen Flug nicht verpassen will. Und schon schließen wir die Tür hinter ihm. Es wird still in unserer Suite. Li Mei behauptet, sie hätte noch etwas zu erledigen, aber ich vermute, dass sie allein sein möchte.

Levi verbringt den Tag damit, mir die Zubereitung traditioneller russischer Gerichte beizubringen. Er lässt mich auch einige andere Wörter als »Lyubimaya« wiederholen. Dabei stelle ich fest, dass er den Satz »Ja ljublju tibja« besonders betont.

Diesen Satz flüstere ich ihm später in der Nacht zu, während er sich zwischen meinen Schenkeln bewegt. Die Folge ist, dass er sofort kommt.

»*Ti amo anch'io*«, flüstert er und fügt auf Italienisch hinzu: »Nein, besser: Ich bin verrückt nach dir.«

Ich lache überrascht.

»Hat hier jemand einen Italienischkurs gemacht oder träume ich?«

»Vielleicht habe ich ein paar Apps heruntergeladen … Mehrere Sprachen zu sprechen ist sehr wichtig. Ich werde demnächst viersprachig.«

Neugierig frage ich ihn, welche Sprachen er spricht.

»Natürlich Russisch. Außerdem Englisch. Und bald auch Italienisch.«

»Und was ist die vierte Sprache, du Genie?«, witzele ich.

Seine Augen funkeln unanständig. Er hebt die Bettlaken und entblößt meinen Körper.

»Das zeige ich dir jetzt.«

Li Mei verlässt uns zwei Tage später.

Sie muss zurück ins *Rasputin*, das seit über einem Monat ohne sie auskommen muss. Außerdem gesteht sie mir, dass sie wieder Kontakt zu ihren Eltern aufnehmen möchte. Ich will wissen, ob sie glaubt, dass das klappt, aber sie zuckt nur mit den Schultern.

»Keine Ahnung. Ich glaube ... sicher wird es kein Zuckerschlecken. Sie sind sehr stolz und sehr stur. Aber wenn sie mich lieben, werden sie sich die Zeit nehmen, die sie brauchen, um mir zu verzeihen.«

»Wirst du ihnen Geld geben?«

»Logisch. Sie verdienen es viel mehr als ich«, sagt sie traurig lächelnd. »Kommst du mich mal besuchen?«

Ich schwöre es bei Jimmy Choo, was genügt, um sie zu überzeugen. Wir begleiten sie zum Flughafen. Levi hält sie länger in seinen Armen als wir und flüstert ihr Dinge ins Ohr, die ich nicht hören kann.

Ich ahne, dass er sich Sorgen um sie macht. In gewisser Weise ist Levi der Vater all dieser gestrauchelten Menschen, wie Peter Pan und die verlorenen Kinder. Bisher trafen sie sich jedes Jahr beim Turnier, aber ab jetzt ... ist jeder auf sich allein gestellt.

Auch wenn ich genau weiß, dass die Freundschaft dieser Clique stärker ist als die Entfernung. Am gleichen Abend schlage ich Levi vor, ein jährliches Treffen der Gruppe zu organisieren. Auf diese Weise sehen wir uns zumindest einmal im Jahr. Er findet die Idee so toll, dass wir in unserer WhatsApp-Gruppe sofort darüber abstimmen. Sie wird einstimmig angenommen.

Irgendwie chatten wir so oft miteinander, dass es sich anfühlt, als wären sie immer noch da. Manchmal habe ich das Gefühl, sie schon ewig zu kennen, und dieses Gefühl begeistert mich ebenso sehr, wie es mir Angst macht.

»Tito wurde festgenommen«, berichtet Thomas eines Morgens mit dem Handy in der Hand.

Fassungslos starre ich ihn an. Das ging schneller, als ich dachte. Die Beweise müssen erdrückend gewesen sein. Die italienische Polizei war fleißig, so viel steht fest. Meine Mutter hat mir nichts davon gesagt, aber ich nehme an, dass sie mich nicht beunruhigen wollte.

»Weiß man schon, wie lange er ins Gefängnis muss?«, frage ich leise.

»Wenn alle Anklagen zusammengenommen werden ... ungefähr acht Jahre, schätze ich. Aber wir wissen vermutlich alle, dass er weniger bekommt. Das ist immer so.«

Scheiße. Acht Jahre Gefängnis. Das ist ungeheuer viel. Aber immerhin hat Levis Mutter zehn Jahre in einer russischen Strafanstalt ausgehalten.

»Delikte, bei denen es um Geld geht, kommen den Angeklagten oft teuer zu stehen.«

Ich weiß nicht genau, was ich dabei empfinde. Ich habe versucht, die Gedanken daran beiseitezuschieben, aber jetzt ist es konkret. Mein Vater wird vor Gericht erscheinen müssen und wahrscheinlich auch seine Firma verlieren. Wer wird die Leitung übernehmen? Einer der Hauptinvestoren? Meine Mutter? Ich jedenfalls ganz bestimmt nicht!

»Dein Vater hat ausgezeichnete Anwälte«, beruhigt mich Levi, »und sehr viel Einfluss. Seine Strafe wird nicht so hoch ausfallen.«

Ich weiß nicht recht, ob ich das gut oder schlecht finden soll.

Das Turnier ist seit einer Woche vorbei. An diesem Morgen wache ich wie jeden Tag in Levis Armen auf und weiß es. Ich spüre es. Heute ist der Tag X. Denn alle guten Dinge müssen einmal enden.

Ich frühstücke am Hotelpool, als Levi nur mit einer Badehose bekleidet zu mir kommt. Alles ist wie immer. Aber als das Schweigen zwischen uns anhält, wird mir klar, dass ich recht habe. Er weiß nur noch nicht, wie er es mir sagen soll.

Also spiele ich das Spiel mit. Ich genieße den Tag so gut es eben geht. Wir gehen shoppen, und er lädt mich zum Mittagessen in ein schönes Restaurant ein, wo es Meeresfrüchte gibt. Auf dem Rückweg finden wir uns vor der *Little Vegas Chapel* wieder, wo schon viele Stars wie Johnny Depp, Frank Sinatra und Marilyn Monroe geheiratet haben.

»Willst du sie dir mal anschauen?«, fragt Levi grinsend.

»Wir sind bereits verheiratet, *amore mio*«, scherze ich, folge ihm aber trotzdem.

Neugierig gehen wir durch den herzförmigen Eingang. Drinnen lässt sich ein ausgeflipptes Paar von einer kleinen, breit lächelnden Blondine, vermutlich der Brautjungfer, fotografieren.

Ich muss lachen, als ich die Braut sehe, ein Mädchen mit verwaschenem rosa Haar, das in der einen Hand eine Flasche Champagner hält und die andere um den Hals ihres Verlobten geschlungen hat.

»Zoe Camara, wollen Sie den hier anwesenden Jason Delaunay zum Mann nehmen?«, fragt ein Typ, der wie eine Kopie von Elvis aussieht.

»Ja, ich will ihn!«, ruft sie in einigermaßen verständlichem Englisch. Sie ist sichtlich beschwipst. »Ich akzeptiere dich, deine Nerd-Katzen und dein blödes Arsch-Tattoo ...«

Levi neben mir kichert und flüstert mir ins Ohr: »Glaubst du, die beiden dort bereuen es, wenn sie wieder nüchtern sind?«

Ich schaue sie an und bin unwillkürlich gerührt. Der angesprochene Jason stimmt ebenfalls zu, empört sich aber über die Beleidigung seiner Katzen. Dann küsst er die junge Frau, bis ihr die Luft wegbleibt. Die Brautjungfer weint sich die Augen aus, wird aber schnell von einem jungen Mann getröstet, der ihr Freund zu sein scheint. Sie sprechen kein Englisch, aber ich glaube zu verstehen, dass ihre Hormone ihr einen Streich spielen. Erst jetzt stelle ich fest, dass die junge Frau schwanger ist.

»Nein«, antworte ich leise. »Im Gegenteil, ich glaube, sie wissen ganz genau, was sie tun.«

Und tief in meinem Inneren beneide ich sie. Ich ignoriere meine Eifersucht und nehme auf dem Weg nach draußen Levis Hand. Während des restlichen Spaziergangs bleibe ich stumm. Kaum sind wir in unserer Suite, verschwinde ich unter der Dusche.

Ich bleibe bestimmt eine halbe Stunde unter dem heißen Wasserstrahl, tue nichts, sondern versuche nur, Zeit zu schinden. Dampfschwaden beschlagen die Wände. Kaum überrascht registriere ich, wie sich Levis Arme um meine Brüste schlingen. Zärtlich küsst er meinen Hals, und ich ahne, dass er mich um Verzeihung bitten will für das, was er gleich sagen wird.

Mit abgewandtem Blick genieße ich seine Berührung.

»Ich weiß, was du den ganzen Tag über getan hast«, haucht er. »Aber wir müssen darüber reden …«

Schweigend lasse ich ihn meinen Hals und meinen Nacken küssen. Als er mich umdreht und mir in die Augen schaut, ist plötzlich jegliche Entschlossenheit verschwunden. Sein Blick ist sanft und flehend zugleich.

Mit Bedauern in der Stimme flüstert er: »Rose … ich muss nach Hause.«

Zwar habe ich erwartet, dass es wehtun würde, aber nicht so sehr. Und nicht so unvermittelt. Ich nicke mit zusammengepressten Lippen. Seine Hände streicheln unter dem Wasserstrahl beruhigend über mein nasses Haar.

»Und du auch«, fährt er leise fort. »Deine Mutter wartet auf dich.«

»Ich weiß.«

Ich weiß auch, dass er mich genauso wenig verlassen will wie ich ihn, aber mich ärgert, dass er es besser verbergen kann als ich. So vorsichtig, als hebe er ein Küken hoch, greift er mit beiden Händen nach meinem Gesicht und küsst mich.

Ich erwidere seinen Kuss und lege meine Hände auf seinen nackten Rücken. Sein ganzer Körper presst sich hart und nass an mich.

»Das mit uns ist nicht zu Ende, Rose Alfieri«, lächelt er an meinem Mund. »Es war nur der Prolog. Das verspreche ich dir.«

Thomas beschließt, noch eine Weile zu bleiben. Meine Mutter hat mir einen Flug gebucht, und Levi fliegt fast zur gleichen Zeit. Es fällt mir immer noch schwer, mich daran zu gewöhnen. Es ist wie das Ende eines Sommercamps, wenn jeder wieder seiner Wege geht. Das schlimmste Gefühl der Welt.

Ich kehre mit zwei vollgepackten Koffern und vielen Erinnerungen im Kopf nach Hause zurück. Es fällt mir sehr schwer, die Suite zu verlassen, in der ich so viele schöne Momente erlebt habe – und auch einige weniger schöne. Ich schweige, während Thomas uns zum Flughafen fährt. Levi lässt meine Hand nicht los.

Als wir ankommen, bricht Thomas als Erster das Schweigen.

»Bitte keine Umarmungen. Davon habe ich diese Woche genug gehabt, und ich glaube, bei der nächsten muss ich kotzen.«

»Verlass dich nicht darauf«, erwidere ich mit einem gespielt angewiderten Gesichtsausdruck.

Levi schüttelt den Kopf und verdreht die Augen.

»Bis demnächst, Chris Hemsworth!«, rufe ich über meine Schulter, nur um Thomas zu ärgern.

Keine Sekunde später höre ich Schritte hinter mir. Ich drehe mich um und sehe Thomas mit entschlossenem Blick auf mich zukommen. Zuerst denke ich, dass er Streit sucht, doch völlig unvermittelt zieht er mich an sich.

Ich bin schockiert und bleibe wie versteinert stehen. Träume ich etwa? Nein, Thomas umarmt mich. Und im Gegensatz zu dem, was er sagt, scheint er die Berührung zu genießen. Dankbar lege ich ihm meine Hände auf den Rücken. Trotz unseres schwierigen Starts mögen Thomas und ich uns mehr, als wir zugeben möchten.

Er ist ein netter Kerl, auf den man sich verlassen kann.

»Du bist eine Nervensäge«, beklagt er sich, als er sich wieder zurückzieht.

Nach diesen netten Worten dreht er sich um und verschwindet in die entgegengesetzte Richtung. Mein Lachen verstummt, als mir bewusst wird, was sein Weggang bedeutet. Jetzt sind nur noch Levi und ich übrig. Schweigend checken wir ein und gehen durch die Sicherheitskontrollen. Als es an der Zeit ist, unser Gate aufzusuchen, drückt Levi meine Hände.

Ein wenig unbehaglich stehen wir einander gegenüber.

»Du rufst an, sobald du angekommen bist.«

»Du auch.«

Schweigen.

»Vergiss dein Versprechen nicht«, erinnert er mich. »Kein Casino. Keine Onlinespiele. Trink nicht so viel und halte dich mit dem Rauchen zurück. Es tut deiner Gesundheit nicht gut.«

Ich verdrehe die Augen und schmolle. »Ja, Mami. Ist das alles?«

Er zieht mich mit einem Ruck an sich. Seine Nase streift meine, er legt mir eine Hand in den Nacken und küsst mich heftig. Ich schlinge meine Arme um seinen Hals und liebkose seine Zunge mit meiner.

Unser Kuss schmeckt nach Bedauern, Angst und der Melancholie eines noch kaum geteilten Moments, der noch nicht vorüber ist. Levi ist noch nicht fort, aber ich vermisse ihn jetzt schon.

»Und das da hältst du bitte in Ehren«, sagt er und tippt auf den Verlobungsring, den ich immer trage.

»Und du, kümmere dich um deine Mutter. Genieße die Zeit mit ihr, ja?«

Er nickt und schmiegt sein Gesicht an meinen Hals, wo es von meinen kurzen Haaren verdeckt wird. Unsere Umarmung erinnert mich an die bei den Dreharbeiten für *Glamour*. Ich will ihn nicht loslassen. Es ist, als wäre ich ... zu Hause. In Sicherheit. Ich will hier nie mehr weg.

Nach ein paar Minuten will ich mich aus der Umarmung lösen, doch er drückt mich noch fester an sich und flüstert: »Noch nicht. Nur noch ein bisschen.«

Mit einer mütterlichen Geste streiche ich ihm übers Haar. Als die Zeit für meinen Flug näher rückt, zwinge ich ihn, mich loszulassen. Sein Gesicht ist gleichgültig, als hätte er sein Pokerface wieder aufgesetzt.

Mir ist bewusst, dass er nicht möchte, dass ich Zeugin seiner wahren Gefühle werde.

»Ich muss jetzt gehen.«

Ich küsse ihn noch einmal und winke ihm im Weggehen zu. Mit zusammengepressten Lippen winkt er zurück. Sein Gesichtsausdruck bricht mir fast das Herz. Brüsk wende ich mich ab und hoffe, dass er die Tränen in meinen Augen nicht gesehen hat.

Wieder einmal fühle ich mich ganz allein auf der Welt.

35

August. Sankt Petersburg, Russland.

Levi

Ich habe Lampenfieber.

Verrückt, nicht wahr? Schließlich gehe ich weder zu einem Vorstellungsgespräch noch zu einem Date. Ich hole lediglich meine Mutter vom Gefängnis ab. Nichts wirklich Großartiges. Doch im Taxi bekomme ich feuchte Hände. Auf dem leeren Sitz neben mir liegt ein Blumenstrauß. Pfingstrosen, ihre Lieblingsblumen.

Der Moment, auf den ich seit zehn Jahren warte, ist endlich da, und tatsächlich habe ich Angst. Meine Mutter kennt mich nur als Teenager. Sie weiß nichts über den Erwachsenen, der ich jetzt bin, außer dem, was ich sie bei meinen monatlichen Besuchen habe sehen lassen.

Was, wenn die Realität sie enttäuscht? Wenn sie den Mann, zu dem ich geworden bin, nicht mag? Ich fürchte mich schon jetzt davor, wie sie reagieren wird, wenn sie erfährt, dass ich Poker spiele. Dass ich Weltmeister bin. Und dass ich mich unsterblich in die Tochter des Mannes verliebt habe, der ihr den Mann und mir den Vater genommen hat.

Verdammt, jetzt gerate ich schon wieder in Panik.

Ich bin nicht der Einzige, der vor der Justizvollzugsanstalt eintrifft. Vermutlich werden heute mehrere Insassinnen entlassen. Ich bitte den Taxifahrer, zu parken und auf mich zu warten, dann steige ich mit meinen Pfingstrosen in der Hand aus.

Noch einmal kontrolliere ich mein Outfit: weiße Hose und weißes T-Shirt, ganz klassisch und vor allem nichts, was nach einem Kriminellen aussieht.

Mein Handy vibriert und zeigt mir eine Nachricht von Rose an, die mich sofort zum Lächeln bringt.

DU SCHAFFST DAS HEUTE SCHON!

Sie hat dran gedacht.

Es ist jetzt einen Monat her, dass wir uns getrennt haben. Ich will nicht lügen: Die ersten beiden Tage verliefen ganz gut, weil ich es noch nicht so richtig realisiert hatte. Irgendwie war da immer das Gefühl, dass wir uns gleich wiedersehen würden. Als ich dann merkte, dass das nicht der Fall war … rutschte ich in eine totale Depression ab. Rose fehlt mir so sehr.

Das ist mir noch nie passiert. Im Ernst, ich schäme mich fast dafür. Aber ich bereue es auch nicht, denn ich weiß, dass sie nach Hause, in ihre Heimat, zu ihrer Mutter und in eine gesunde und warme Umgebung zurückkehren musste.

Was mich betrifft, so war ich sehr mit dem *Rasputin* beschäftigt. Ich habe angefangen, mich um den Verkauf zu kümmern, und mein Geld mit dem Ziel einer späteren Auswanderung anzulegen. Allmählich merke ich, dass ich Fortschritte mache. Es fällt mir immer noch schwer, mir vorzustellen, dass die Rivalität zwischen Tito und mir vorüber ist. Manchmal rechne ich fast damit, dass er an meine Tür klopft und mich zu einem Duell herausfordert.

Trotzdem hören die Albträume nicht auf, und leider ist Rose nicht da, um mich zu beruhigen. Häufig rufe ich sie mitten in der Nacht an. Sie geht immer ans Handy. Wenn sie mir von ihrem Tag erzählt, entspanne ich mich sofort. Die nächsten Stunden verbringen wir dann meist damit, uns verrückte Pläne für die Zukunft auszudenken.

Hast du dir eigentlich schon überlegt, was du ihr sagen willst, wenn sie in der Zeitung liest, dass ihr Sohn sich mit einer schwangeren Ex-Stripperin verlobt hat?

Zunächst einmal hat glücklicherweise niemand deine kleine Tirade an diesem Abend gehört. Ansonsten … nein, ich habe noch nicht darüber nachgedacht.

Es wäre vielleicht besser, sofort damit anzufangen.

Zu spät, denn die Gefängnistüren öffnen sich und mein Herz springt wie verrückt in meiner Brust. Ich stecke mein Handy in die Hosentasche und umklammere meinen Blumenstrauß. In der Hoffnung, meinen Herzschlag beruhigen zu können, atme ich sehr bewusst, aber es will mir nicht gelingen. Ich fühle mich wie ein Kind, das eine Bühne betritt.

Ich habe fast Angst, sie nicht wiederzuerkennen. Das ist natürlich völlig idiotisch, weil es gerade mal vier Monate her ist, dass ich sie zum letzten Mal gesehen habe. Sie ist sicher immer noch dieselbe. Als ich sie endlich entdecke, atme ich heftig aus.

Meine Mutter bleibt vor dem Tor stehen, schaut in den Himmel hinauf und lässt die Arme hängen. Sie trägt Jeans, einen Pullover sowie einen Stoffbeutel, in dem sich wahrscheinlich ihre persönliche Habe befindet und sieht ein wenig verloren aus. Noch zögere ich, mich ihr zu nähern.

Stattdessen warte ich lieber ab, bis sie zu mir kommt. Ich möchte ihr ein wenig Zeit lassen, in der sie ganz für sich ihre

Freiheit, die frische Luft und die Umgebung genießen kann. Nach einer Zeit, die mir wie eine Ewigkeit vorkommt, suchen ihre Augen endlich nach mir.

Als sie mich entdeckt, erstarre ich wie ein Kind, das auf frischer Tat ertappt wurde. Lächelnd kommt sie auf mich zu und öffnet die Arme weit. Meine Antwort lässt nicht auf sich warten: Ich breche in Tränen aus. Stumm weinend gehe ich auf sie zu und umarme sie so fest ich kann.

Seit zehn Jahren habe ich meine Mutter nicht mehr in den Armen gehalten. Seit jenem schicksalhaften Tag, als ich mich weigerte, sie loszulassen, und sie mich lächelnd tröstete, dass alles wieder gut werden würde. In meinem Herzen wirbelt ein Strudel aus guten und schlechten Gefühlen. Es ist, als würde ich plötzlich wieder zum Teenager und wäre nicht ein erwachsener Mann mit grotesken Rachegelüsten.

»Mama«, flüstere ich. »Es tut mir leid … es tut mir so unendlich leid …«

Sie drückt mich trotz unseres erheblichen Größenunterschieds fest an sich und streicht mir mit einer mütterlichen Geste über die Haare. Genau wie Rose. Gerührt verstecke ich mein Gesicht in ihrem Haar.

»Wie groß du bist … und so schön!«

Natürlich ist das das Erste, was ihr einfällt. Trotz meiner Tränen muss ich lächeln. Als ich mich von ihr löse, wischt sie meine Tränen weg, ohne sich um ihre eigenen zu kümmern, und nimmt meinen Blumenstrauß entgegen.

»Herrlich. Wie wunderbar sie riechen.«

Ich beobachte sie diskret und widerstehe dem Drang, sie auf ihre Blässe, ihre eingefallenen Wangen und ihre dünnen Arme anzusprechen. Was auch immer sie da drinnen erlebt hat, es ist vorbei. Für immer. Ich werde wohl den Rest meines Lebens damit verbringen, mich dafür zu entschuldigen, dass ich sie in diese Situation gebracht habe, ganz gleich wie oft sie betont, dass es ihre Schuld war und nicht meine.

Ich frage sie, ob es ihr gut gehe, und wir tauschen ein paar Banalitäten aus. Die Szene kommt mir fast surreal vor. Ich glaube, ich begreife es noch nicht ganz. Mir ist, als würde ich sie nach einer langen Reise vom Bahnhof abholen und habe fast ein bisschen Angst, dass man sie mir wieder wegnimmt und mir erklärt, hier läge ein Irrtum vor.

Deshalb dränge ich sie, sofort loszufahren. Wir setzen uns auf die Rückbank des Taxis, und ich gebe dem Fahrer die Adresse eines Restaurants in der Nähe meines Hauses.

»Was möchtest du essen?«, frage ich meine Mutter schüchtern. »Gibt es etwas, nach dem du dich schon seit Jahren sehnst? Etwas, das du schon lange nicht mehr bekommen hast?«

Sie denkt nicht lange nach, was mir beweist, dass sie es sich schon häufiger vorgestellt hat.

»Einen Hamburger. Mit Pommes.«

Überrascht lache ich auf. Ihr Wunsch ist so … alltäglich.

»Perfekt. Auf geht's.«

Wir haben uns überlegt, eine Weile zusammenzuleben, so lange, wie sie mag oder zumindest bis sie genug von mir hat. Wir wissen, dass sie noch einige Zeit unter Sicherungsüberwachung steht, weil befürchtet wird, dass sie rückfällig werden könnte. Wir dürfen also das Land nicht verlassen.

Aber aufgeschoben ist nicht aufgehoben. Wir haben uns viel zu erzählen, viel nachzuholen und viel voneinander zu erfahren.

»Darf ich … Ich würde gern ein Selfie von uns machen«, bitte ich sie später im Restaurant etwas zögernd. »Ich möchte es meinen Freunden schicken.«

Mist, ich fühle mich, als wäre ich wieder siebzehn, und finde es schrecklich.

»Ein was?«, wiederholt meine Mutter mit amüsiertem Blick.

Ich erkläre ihr, was ein Selfie ist, und sie ist einverstanden, nachdem sie sich kurz gekämmt hat. Meine Mutter ist immer sehr gepflegt. Ich wette, sie hat auch im Gefängnis nicht damit aufgehört.

Wir machen ein Foto am Tisch vor unseren Burgern, und ich schicke es an unsere WhatsApp-Gruppe »Ocean's Eleven« – der Gruppenname stammt natürlich von Rose.

»Wie sind deine Freunde denn so?«

Meine Mutter nimmt ihren Burger mit beiden Händen, beißt mit geschlossenen Augen herzhaft hinein und genießt. Noch nie habe ich so viel Freude auf den Zügen eines Menschen gesehen.

Es macht mich zugleich traurig und glücklich.

»Ein bisschen seltsam, aber unglaublich. Tommy arbeitet in Schweden und den USA als Bodyguard. Li Mei ist Geschäftsführerin der chinesischen Zweigstelle des *Rasputin*. Lucky studiert Architektur an der Universität von Los Angeles. Und Rose … Rose hat Psychologie studiert. Sie posiert auch für Kunststudierende und malt selbst. Sie ist bewundernswert. Und sehr intelligent. Auch wenn ich es vermeide, ihr das zu sagen, denn sie neigt dazu, ein bisschen anzugeben …«

Ich halte inne, als ich merke, dass sie mich wortlos mit einem sanften Lächeln auf den Lippen anschaut. Ich frage sie, ob ich etwas Lustiges gesagt habe, aber sie schüttelt den Kopf.

»Mein Sohn ist zum Mann geworden, das ist alles. Irgendwie seltsam.«

»Okay …«

»Und wohnt diese Rose hier in der Gegend?«

Ich nehme eine Pommes, um die Enttäuschung in meiner Antwort zu verbergen.

»Nicht wirklich, nein.«

»Verstehe ... Wie habt ihr euch kennengelernt?«

Das ist der Moment. Sie gibt mir die perfekte Gelegenheit, um ihr alles zu beichten. Das Pokerspiel, Tito, Rose, meinen Sieg. Sie wird es ohnehin früher oder später erfahren, und mir ist es lieber, wenn sie es von mir hört.

»Mama ... ich muss dir etwas gestehen. Aber bitte, reg dich nicht auf.«

»Falls du verheiratet bist und zwei Kinder hast, dann warne ich dich – vielleicht bekomme ich dann einen Schlaganfall.«

Nein, nur zum Schein verlobt.

»Nichts von alledem. Ich habe es dir immer verschwiegen, aber ... ich bin professioneller Pokerspieler.«

Während ich auf ihre Reaktion warte, setzt mein Herz fast aus. Überrascht hebt sie kurz die Augenbrauen und presst stumm die Lippen zusammen. Das ist kein gutes Zeichen. Ehe sie etwas sagen kann, erkläre ich ihr, warum ich unbedingt in Konkurrenz zu Tito treten wollte.

Mit vor Zorn geröteten Wangen will sie mich unterbrechen, aber ich komme ihr zuvor und rede einfach weiter. Die schmutzigsten Details verschweige ich ihr; ich sage ihr nicht, dass Rose eine Spionin war oder dass ich für die Klage gegen Tito verantwortlich bin. Stumm hört sie mir zu und weigert sich, mir in die Augen zu sehen.

»Aber jetzt ist es vorbei«, beende ich meinen Monolog. »Das alles habe ich nur getan, um mir zu beweisen, dass ich es kann. Sozusagen als Rache am Leben. Und natürlich auch wegen des Geldes, das stimmt schon.«

»Deshalb also dein Mafia-Tattoo«, murmelt sie. »Es gefällt mir nicht.«

Ich lächele und erröte verlegen.

»Unter anderem. Bitte, du musst mir glauben: Die Sache mit dem Pokern liegt hinter mir. Hinter *uns.*«

»Ich will nicht, dass du so endest wie dein Vater«, fleht sie. »Mir ist klar, dass du nicht so bist wie er und dass es nicht fair von mir ist, aber …«

»Ich weiß. Ich weiß«, besänftige ich sie und lege meine Hand auf ihre. »Mir geht es doch genauso.«

Meine Mutter nickt einigermaßen beruhigt und wischt sich die Augen. Sie sagt, dass sie es kaum erwarten kann, alles über mein Leben zu erfahren, und ist sich sicher, dass ich noch viel mehr vor ihr verberge. Auf die Mitteilung, dass Rose Titos Tochter ist, hat sie kaum reagiert. Als sie mich fragt, ob ich vorhabe, sie wiederzusehen, nicke ich.

»Ja, das ist geplant.«

»Dann musst du aber alles richtig machen«, predigt sie. »Und natürlich muss ich sie erst einmal kennenlernen. Spricht sie Russisch oder Spanisch?«

Ich verziehe das Gesicht. Die wenigen Wörter, die ich ihr auf Russisch beigebracht habe, dürften ihr in einem Gespräch mit meiner Mutter nicht viel nützen.

»Ungefähr so gut, wie ich Italienisch spreche, würde ich sagen.«

Sie stellt mir weitere Fragen über meine Scheinverlobte, und wir verbringen die nächsten zwei Stunden damit, über Gott und die Welt zu reden: Es geht um meinen Alltag, meine Arbeit, mein Liebesleben. Und natürlich um die Zukunftspläne meiner Mutter.

Vor ihrer Haftstrafe hat meine Mutter als Tagesmutter gearbeitet. Als ich sie frage, ob sie in diesen Beruf zurückkehren möchte, wird ihr Blick plötzlich traurig.

»Eltern würden ihr Kind nie und nimmer einer ehemaligen Strafgefangenen anvertrauen. Und das verstehe ich durchaus.«

Dazu kann ich nichts sagen. Sie hat recht. Ich weiß zwar, dass meine Mutter keiner Fliege etwas zuleide tun könnte, aber das weiß sonst niemand. Ich würde mein Baby auch nicht irgendjemand Unbekanntem anvertrauen.

Ich will wissen, was sie ansonsten gern tun würde.

»Verrate mir deine Träume, auch die allerverrücktesten. Ich erfülle sie dir.«

Sie lacht und glaubt mir kein Wort. Ich beteuere, dass ich es ernst meine.

»Mama, ich habe das viele Geld nur aus einem Grund angehäuft: für dich. Ich weiß, es ist schwierig für dich, wieder in den Alltag zurückzufinden, aber uns wird schon etwas einfallen. Du kochst doch gern! Warum eröffnest du nicht ein kleines Restaurant? Oder vielleicht möchtest du lieber reisen? Du musst schließlich nicht arbeiten. Das kann uns völlig egal sein. Du könntest mit einem Cocktail in der Hand an einem Strand auf den Malediven faulenzen. Du könntest dir dabei sogar eine Massage gönnen«, füge ich augenzwinkernd hinzu. »Du würdest dich dort sicher wohlfühlen.«

»Immer mit der Ruhe«, stoppt sie mich, ein wenig aufgerüttelt. »Das sind gerade viel zu viele Informationen auf einmal. Ich habe keine Ahnung, was ich tun will, außer in einem schönen, weichen Bett zu schlafen.«

»Entschuldige bitte ... Ich bin einfach ein bisschen aufgeregt.«

»Ich weiß. Ich auch.«

Ich lächele ihr zu und versuche, meine Ungeduld zu zügeln. Minutenlang schweigen wir, und ich begnüge mich damit, meinen Teller leer zu essen. Ich weiß, dass sie mich beobachtet, und ich lasse es zu, ohne etwas zu sagen.

Plötzlich fragt sie: »Schläfst du immer noch so schlecht? Du hast dunkle Augenringe.«

Ich bejahe mit gesenktem Kopf. Sie fragt mich, ob ich immer noch zu der Psychologin gehe, die mir von ihrem Bruder empfohlen wurde. Ich antworte, dass ich vor einigen Monaten damit aufgehört habe. Die Stille zwischen uns kehrt zurück und bleibt dieses Mal bestehen. Mein Blick fällt auf ihren leeren Teller; sie hat ihren Hamburger im Nullkommanichts verschlungen.

Plötzlich ist mir wieder nach Weinen zumute. Ich glaube, man sieht es mir an, denn meine Mutter beugt sich zu mir, nimmt mein Gesicht in ihre Hände und zwingt mich, sie anzusehen.

»Levi. Mein Engel. Du musst damit aufhören«, flüstert sie. »Du musst aufhören, dir Vorwürfe zu machen. Sowohl wegen deines Vaters als auch meinetwegen. Es war ein Unfall, hörst du? Du hast dich verteidigt. Du hast mich verteidigt. Das macht dich nicht zu einem schlechten Menschen.« Ich will mich aus ihrem Griff losreißen, aber sie fügt hinzu: »Was mich betrifft ... so war es die beste Entscheidung meines Lebens.«

»Ich hätte zu meinem Fehler stehen müssen. Ich war verantwortlich ...«

Sie lässt mich nicht ausreden. »Du warst noch ein halbes Kind!«, erwidert sie leise. »Dass du für den Rest deines Lebens damit zurechtkommen musst, ist meiner Meinung schon Strafe genug. An dem Tag, an dem du selbst ein Kind bekommst, wirst du verstehen, dass keine Mutter ihr Baby tatenlos ins Gefängnis sperren lässt. Aber das ist jetzt vorbei. Wir sind wieder zusammen, und ich will nicht mehr darüber reden. Einverstanden?«

Ich nicke. Sie streichelt meine Wange und lächelt.

Wenige stumme Sekunden später fährt sie fort: »Ehrlich gesagt, ein bisschen zu reisen klingt eigentlich ziemlich gut.«

Das genügt, um meine Laune sofort wieder zu bessern. Ich schlage vor, dass wir in einigen Monaten zusammen wegfahren, egal wohin, Hauptsache, die Gegend ist schön und warm.

Sie schlägt Lateinamerika und Australien vor. Ich sehe uns schon dort. Da gibt es nur noch ein letztes Detail ...

»Würde es dir etwas ausmachen, wenn noch jemand mitkäme?«

Mir ist klar, dass sie schon längst etwas ahnt, aber sie ist so lieb, die Unschuldige zu spielen.

»Ganz und gar nicht.«

»Wunderbar. Dann machen wir einen kleinen Umweg über Venedig, okay?«

Verwirrt zieht sie eine Augenbraue hoch.

»Venedig? Warum?«

Ich schenke ihr ein geheimnisvolles Lächeln und kann mein Glück kaum verbergen.

»Ich habe dort etwas *sehr* Wichtiges zurückgelassen.«

Epilog

Dezember. Venedig, Italien.

Rose

Levi Iwanowitsch ist ein Idiot und ein Lügner.

Von wegen »Wir sehen uns sehr bald wieder«. Es ist jetzt genau sechs Monate her, seit wir uns auf dem Flughafen von Las Vegas verabschiedet haben. Inzwischen hatte ich Zeit:

- meine Haare wachsen zu lassen (sie reichen mir jetzt bis zu den Schultern, aber meine Mutter hat versprochen, sie mir diese Woche abzuschneiden)
- wieder Kontakt zu meiner Therapeutin aufzunehmen (auch sie hält Levi für einen Idioten und einen Lügner … Na ja, zumindest in meinem Kopf stimmt sie mit mir überein)
- einen Job in einem kleinen Töpferladen zu finden
- zu beschließen, mein Studium wieder aufzunehmen (diesmal jedoch an einer Kunsthochschule!)

In sechs Monaten kann viel passieren. Kaum war ich wieder zu Hause, hatten meine Mutter und ich die längste und anstrengendste Diskussion meines Lebens. Seitdem habe ich keine Geheimnisse mehr vor ihr.

Gemeinsam haben wir für mich ein neues, gesünderes und glücklicheres Umfeld geschaffen, um mich von meiner Sucht zu heilen – dieses Mal für immer! Voller Stolz kann ich behaupten, dass ich heute genau seit sechs Monaten weder Poker noch irgendein anderes Glücksspiel gespielt habe. Ich habe also das Versprechen gehalten, das ich Levi und den anderen gegeben habe. Zu meiner Erleichterung konnte ich auch alle meine Schulden begleichen, und das trotz der Zinsen.

Außerdem habe ich angefangen, weniger zu trinken, auch wenn das schwieriger ist, als ich dachte. Meine Mutter sagt mir immer: *»Du musst lernen, geduldig zu sein.«* Es fällt mir immer noch schwer. Was das Rauchen angeht … Ich fürchte, damit aufzuhören übersteigt meine Kräfte. Levi wird eben damit klarkommen müssen.

Aber er hat ohnehin nichts zu sagen! Dieser Verräter hat mich komplett im Stich gelassen. Zwar ruft er mich alle paar Tage an, kein Problem. Aber mal ein Wochenende nach Venedig zu kommen … von wegen. Dabei ist der Typ Millionär.

»Er braucht die Zeit mit seiner Mutter«, beschwichtigt mich Li Mei immer, wenn ich sie anrufe, um mich zu beschweren.

Natürlich weiß ich das und verstehe es vollkommen. Ich bin undankbar und so dumm, darauf eifersüchtig zu reagieren. Levi hat seine Mutter zehn Jahre nicht gesehen, da ist es normal, dass er bei ihr bleiben will. Aber ich komme nicht dagegen an … Er fehlt mir schrecklich. Die Zeit vergeht so langsam. Ich möchte ihn sehen, ihn berühren, ihn küssen.

Meine Gefühle haben mit der Zeit und der Entfernung nicht etwa nachgelassen, ganz im Gegenteil. Ich brenne immer mehr darauf, ihn wiederzusehen. Als ich mit meiner Mutter einmal darüber sprach, lächelte sie und meinte: *»Halte dieses Gefühl bloß fest. Es ist selten.«*

Ich weiß, was sie in diesem Moment dachte. Sie konnte nie so etwas fühlen, weil man ihr eine Ehe aufgezwungen hatte, in der es keine Liebe gab. Inzwischen ist sie frei, geschieden und

Single, und ich hoffe, dass sie eine zweite Jugend erleben darf. Sie denkt immer noch an meinen Vater, mehr aus Loyalität und Gewohnheit als aus anderen Gründen, was ich durchaus verstehe. Mir passiert das auch manchmal.

Ich habe ihn nur ein einziges Mal wiedergesehen, kurz nach seiner Verhaftung. Ihn so hilflos zu erleben hat bei mir Schuldgefühle verursacht. Doch dann fiel mir ein, dass es seine eigenen Fehler waren, die ihn in diese Situation gebracht haben.

»Falls ich dazu in der Lage bin, werde ich versuchen, dir zu verzeihen«, habe ich sehr ruhig zu ihm gesagt. »Aber ich glaube, es wird eine Weile dauern.«

Er erwiderte nichts darauf. Ich glaube, in seinen Augen lag eine Art Bedauern, aber ich bin mir nicht sicher. Jedenfalls ist es höchste Zeit, dass ich den imaginären Vater betraue, der nur in meiner Fantasie existierte. Mein echter Vater wird nie so sein, das muss ich akzeptieren und damit weiterleben.

Wie auch immer. Tatsächlich ist es so, dass Levi im Gegensatz zu mir sein Versprechen *nicht* gehalten hat. Deshalb ignoriere ich seinen ersten Anruf und dann auch den zweiten, während ich durch Venedig schlendere. In letzter Zeit sind nicht mehr so viele Menschen auf den Straßen. Touristen kommen um diese Jahreszeit kaum, weil es meistens regnet und windig ist.

Heute jedoch ist die Luft außergewöhnlich mild. Ich trage nur eine Hose und eine Jacke zu einem langärmeligen Top. Auf den Stufen der Ponte del Parucheta lasse ich mich nieder und hole mein Skizzenbuch hervor.

Seit ich mir in den Kopf gesetzt habe, mich an der NABA (Nuova Accademia di Belle Arti) in Mailand zu bewerben, male ich fast ständig. Heute Morgen allerdings skizziere ich die leeren Gondeln auf meinem Blatt Papier mit Bleistift.

Nach und nach gelingt es mir, etwas anderes als Selbstporträts zu zeichnen. Als wäre ein Schalter umgelegt worden.

Ich fühle mich entspannt, bis mein Handy erneut klingelt. Genervt beschließe ich, dranzugehen.

»Was willst du?«

»Dir auch einen guten Morgen, *amore mio*.«

Dieser Mistkerl. Er benutzt diese italienischen Worte immer dann, wenn ich schlecht gelaunt bin. Ich bin überzeugt, dass er ganz genau weiß, was sie in mir auslösen. Wenn er selbst schlecht gelaunt ist, nennt er mich *Bambina* – weil er weiß, dass ich das hasse.

»Ich würde liebend gern die nächste Stunde damit verbringen, herauszufinden, warum du schmollst, aber so viel Zeit habe ich nicht«, spottet er. »Was machst du gerade Schönes?«

»Ich spiele Dart mit einem Foto von dir als Zielscheibe.«

»Das stimmt nicht, du hast nämlich gar kein Foto von mir. Ich hingegen ... ich habe welche von dir. Und zwar sehr schöne.«

Grimmig starre ich ins Leere. Ich erinnere mich plötzlich an die zärtlichen und wilden Nächte in unserem Zimmer im *Caesar's Palace*. Es kommt mir vor, als wäre es eine Ewigkeit her.

Seitdem haben wir uns über Skype geliebt, wie Li Mei und Lucky uns so dringend geraten hatten – und es war toll ... wirklich toll –, aber natürlich nicht vergleichbar mit dem, was einmal war. Ehrlich gesagt habe ich jeden Tag Angst, dass er mich vergisst und genug von mir hat.

»Man muss nur deinen Namen googeln, weißt du.«

»Verstehe. Du hast also Spaß. Super.«

»Warum rufst du an, Levi?«

Er antwortet nicht sofort. Schließlich seufzt er mit vorwurfsvoller Stimme: »Du hast mich angelogen.«

Ich erstarre und bin auf der Hut.

»Ich? Was habe ich getan?«

»Du hast behauptet, das Wetter in Italien wäre schön. Aber das stimmt nicht.«

Ganz schön dreist. Kommt er mich deshalb nie besuchen? Wirklich?

Mit glühenden Wangen antworte ich leidenschaftlich: »Dann komm eben nicht, wenn das Wetter dir nicht passt!«

Ich höre ihn am anderen Ende der Leitung kichern. Dann erklingt seine Stimme auf einmal verdoppelt, als er sagt: »Zu spät.«

Jemand setzt sich plötzlich neben mich auf die Treppe. Mit weit aufgerissenen Augen entdecke ich Levi, der sein Handy ans Ohr gedrückt hält und mich anlächelt. Oh, verdammt. Ich bin so überrascht, dass mir mein Smartphone fast aus der Hand fällt. Wie ist das möglich? Woher wusste er, dass ich hier bin?

»Was machst du hier?«, hauche ich fassungslos.

Sein Blick wandert zu meinem Mund, und er beugt sich vor, um mich zärtlich zu küssen. Ich habe kaum Zeit, den Geschmack seiner Lippen zu genießen, als er sie mir sofort wieder entzieht.

»Du hast mir gefehlt.«

Ich traue meinen Augen nicht. Ich hebe eine Hand und berühre seine Wange, um mich zu vergewissern, dass er wirklich existiert. Das bringt ihn zum Lächeln. Er versucht, mir in den Finger zu beißen, aber ich ziehe ihn rechtzeitig zurück.

»Du bist wirklich da.«

»Ich habe gehört, dass meine Freundin ungeduldig wird«, erklärt er und stützt die Ellbogen auf seine Knie. »Also wollte ich mich höchstpersönlich entschuldigen. Kannst du mir noch einmal verzeihen?«

Natürlich ist alles sofort vergeben. Endlich ist er hier, leibhaftig! Ich zwinge mich, ihm nicht um den Hals zu fallen, und hebe mit gespielter Lässigkeit das Kinn.

»Du hast dir Zeit gelassen … Es sind sechs Monate vergangen.«

»Ich weiß. Tut mir leid. Ich war beschäftigt.«

Mein Egoismus tut mir sofort leid, und ich frage ihn, wie es seiner Mutter geht. Sein Lächeln kehrt zurück.

»Gut. Sie genießt ihre Freiheit. Wir werden bald für Gott weiß wie lange verreisen. Als Erstes nach Bali.«

Ich wusste bereits, dass sie das vorhatten, aber noch nicht so bald. Ich frage ihn, wo sie danach hinwollen, und er listet mir eine Menge Länder auf – einige kenne ich, andere würde ich gern einmal bereisen.

»Aber zuvor wollte ich unbedingt hier einen Zwischenstopp einlegen«, fügt er mit einem intensiven Blick hinzu, bei dem mir sofort warm wird. »Weil du mir gesagt hast, das Wetter wäre schön hier … aber du siehst ja, was hier los ist. Das ist nicht das, was du mir erzählt hast, Rose.«

»Im Sommer, du Idiot! Doch nicht mitten im Dezember.«

Er lacht, und ich kann nicht länger widerstehen. Ich nehme sein Gesicht in meine Hände und drücke meine Lippen auf seinen Mund. Er erwidert meinen Kuss sofort, als hätte er ebenfalls verzweifelt darauf gewartet. Mit einem lustvollen Seufzer umschließt er meine Zunge mit seiner. Seine Hände wandern besitzergreifend über meinen Rücken, und er drückt mich an sich.

Wir küssen uns minutenlang. Schließlich entfernt er sich ein Stück, holt tief Luft und flüstert: »Nicht, dass du jetzt ausrastest … deine Mutter hat mir gesagt, wo du bist.«

Ich blinzele verwirrt.

»Warte, wie war das? Wie hast du es fertiggebracht, mit meiner Mutter zu reden?«

»Sie hat es mir auf einen Notizblock geschrieben. Ich habe allerdings eigens für diesen Anlass ein paar Handzeichen gelernt, aber offensichtlich nicht genug …«

Er ist so süß. Trotzdem gerate ich in Panik, denn das bedeutet, dass ich sie einander vorstellen muss; langsam wird es wohl ernst. Levi scheint den Stress in meinen Augen zu sehen, denn er nimmt meine Hand und zieht mich sanft hoch.

»Immer mit der Ruhe. Nichts Hochoffizielles, okay?«

»Okay … und wie lange bleibst du?«

»Ein paar Tage, wenn du mich erträgst.«

Statt einer Antwort lächele ich glücklich. Hand in Hand gehen wir nach Hause und holen die verlorene Zeit nach. Obwohl wir uns jede Woche anrufen, haben wir uns immer noch viel zu erzählen.

Als wir das Haus betreten, höre ich Stimmen und werde neugierig. Wer könnte das sein? Wir haben nur sehr selten Gäste. Auf dem Weg ins Wohnzimmer legt Levi seine Hand auf meinen Rücken. Ein tröstliches Gefühl.

»Ich schwöre!«, höre ich jemanden lachen. »Wie alt ich war? Vielleicht zwanzig. Ein ganz schlimmes Date. Der Typ hatte sich mit mir in einem Hotelzimmer verabredet. Ich komme rein und was sehe ich? Zwei andere Personen, die mit Kameras auf dem Bett sitzen.«

Moment mal? Die Stimme kenne ich doch!

»War das ein Date oder ein Vorstellungsgespräch für einen Porno?«, lacht jemand, den ich unter Tausenden wiedererkennen würde.

Ich beschleunige meine Schritte. Als ich das Wohnzimmer betrete, bleibe ich abrupt stehen. Thomas, Li Mei und Lucky sitzen an unserem Esstisch und lachen. Sie sehen mich nicht sofort, aber Levi küsst meine Schläfe und flüstert mir ins Ohr: »Überraschung.«

Thomas hebt den Kopf und entdeckt mich als Erster. Er stößt Li Mei mit dem Ellbogen an. Sie schreit auf und rennt auf mich zu, um mich in die Arme zu nehmen. Ich halte sie mit geschlossenen Augen ganz fest.

Das habe ich nun wirklich nicht erwartet. Alle meine Freunde sitzen hier mitten in Venedig in meinem Wohnzimmer! Ich lache ungläubig. Lucky umarmt mich ebenfalls und Thomas schenkt mir eines seiner seltenen Lächeln.

Die Umarmung vom letzten Mal war wohl ein zeitlich begrenztes Angebot. Ich beschwere mich nicht darüber.

»Was ist denn hier los?«

»Hast du es ihr noch nicht gesagt?«, wundert sich Li Mei an Levi gewandt.

»Noch nicht.«

Ich drehe mich misstrauisch zu ihm um, aber er legt nur einen Arm um meine Schultern. Ich will es wissen, und er erklärt seufzend: »Sagen wir mal so: Wir nisten uns für gut eine Woche hier ein. Und dann, wenn du Lust hast ... kannst du mit mir und meiner Mutter nach Bali kommen.«

Moment mal ... was? Ich schaue ihn an und verberge meine Verblüffung. Zwar habe ich ein bisschen Angst, aber außer meiner Mutter gibt es nichts, was mich hier hält. Mein Studium nehme ich ohnehin erst nächstes Jahr wieder auf. Bis dahin bin ich frei wie ein Vogel ...

»Warum nicht?«, sage ich und lächele geheimnisvoll. »Schließlich weißt du, wie gern ich reise.«

Lucky seufzt und stellt fest, wie romantisch das ist. Li Mei rät ihm, es irgendwo für sein Projekt eines historischen Erotikromans zu notieren. Nur Thomas schaut Levi schräg an und grummelt: »Du hast dich verändert, Mann. Was ist passiert?«

Levi nimmt ihm das jedoch nicht übel, ganz im Gegenteil. Er beugt sich vor und küsst mich, bevor er an meinen Lippen flüstert: »In einem russischen Sprichwort heißt es: ›Wenn man inmitten von Rosen lebt, nimmt man ganz von selbst deren Duft an.‹«

Ich lächele und denke, dass er recht hat. Indem wir uns trotz unserer unvollkommenen Persönlichkeiten zusammentaten, haben wir das Unmögliche geschafft: unsere Wunden zu lindern und unsere schlechten Neigungen zu mildern.

Ich bin immer noch nicht überzeugt, dass es so etwas wie gute oder schlechte Menschen gibt. Ich weiß auch nicht, worauf sich der Mensch in der Hoffnung auf ein anständiges Leben stützen soll. Ich glaube … das Leben ist wie die Welt, die Levi jeden Tag sieht.

Schwarz und weiß.

Manchmal ist der Mensch gut, manchmal ist der Mensch schlecht. Manchmal treffen sich zwei gebrochene Menschen und lernen, sich zu lieben. Levi sah das Gute in mir, als ich dachte, ich könne es nicht mehr erkennen. Und ich konnte das geplagte Kind trösten, dessen Schuldgefühle es bis in seine Träume und Gedanken verfolgten.

Irgendwo haben wir uns im Spiegel unserer Augen erkannt. Uns ineinander zu verlieben war ein bisschen wie ein Überlebensinstinkt. Heute ist viel mehr daraus geworden.

Eine Art zu atmen.

Denn Levi kennt das Schlimmste von mir. Und ich habe das Schlimmste von ihm gesehen.

Alles, was uns jetzt noch bleibt, ist, das Beste zu teilen.

Zusammen.

Danksagung

Wenn ich dieses unglaubliche Abenteuer, das ich erlebe und das heute zu meinem Alltag geworden ist, zusammenfassen müsste, dann ginge es so:

- Fünf Jahre, die seit meinem ersten Roman *Never Too Close* vergangen sind.
- Sechs Bücher, die weltweit veröffentlicht wurden.
- Zwölf Figuren, die mein Leben – und vielleicht auch eures – für immer geprägt haben.
- Und schließlich Tausende von Leser:innen, die meine Geschichten vom ersten Tag an genießen.

Vor zehn Jahren habe ich von einem solchen Leben geträumt, ohne zu wagen, mir vorzustellen, dass es möglich ist. Noch immer fällt es mir schwer, zu begreifen, wie viel Glück ich habe, von meiner Leidenschaft leben zu können. Das alles sind nur Zahlen, und ich weiß, dass man Glück nicht messen kann. Und doch ist es das, was mich am glücklichsten macht. Gestresst, krank und überfordert habe ich das Jahr 2020–2021 verbracht und nicht nur einen, sondern gleich drei Romane nacheinander geschrieben. Trotz allem war es das schönste Geschenk, das man mir machen konnte.

Um nichts in der Welt würde ich das ändern.

Dieses Abenteuer, zu dem mein Leben geworden ist, verdanke ich in erster Linie Hugo Roman. Mein Dank geht immer noch an Hugues, der mir 2016 meine Chance gegeben hat, und außerdem an Arthur, der mir über die Jahre hinweg ebenso viel Vertrauen entgegengebracht hat. Danke an meine Lektorin Sylvie, die mir wie immer blind bei jeder meiner Ideen gefolgt ist. Und natürlich danke an den Rest des Hugo-Teams, das sich immer so gut um mich kümmert.

Ich möchte auch Johan, Marie (#Spidey in meinem Handy) und Marie (Alhinho) dafür danken, denn sie waren die Allerersten, die *Bet On You* gelesen haben (war ich dieses Mal auch nicht zu nervig?). Eure Rückmeldungen haben mir enorm geholfen. Ihr seid toll – wie immer. Besondere Erwähnung verdient die schöne Dana Delon, weil sie alle meine Fragen zu Russland beantwortet hat (tausend Küsse aus Paris!).

Natürlich danke ich meinen Eltern – Hulk und Sandrillon – und meinen Brüdern – Nénette (der mich für immer dafür hassen wird, dass ich ihn in einem Buch so genannt habe) und Rorodu6 (nein, ich verrate deinen Snapchat nicht) – für ihre tagtägliche Unterstützung sowie Moh für die Beantwortung meiner endlosen Fragen über Poker (ich schulde dir eine Partie!). Ich liebe euch.

Auf jeden Fall muss ich auch Levi Stewart (aus *Fangirl*) und Levi Ackerman (aus *Attack on Titan*) danken, die mich zu meinem Levi Iwanowitsch inspiriert haben, diesem trotz seiner Unvollkommenheiten unglaublichen Mann.

Und natürlich danke ich euch, die ihr dieses Buch lest. Euer Engagement, eure Unterstützung und eure Nachrichten motivieren mich jeden Tag aufs Neue und wärmen mir das Herz. Man kann Geschichten für sich selbst schreiben, aber das Schönste für mich ist, sie mit euch teilen zu können. Ohne diesen einzigartigen Austausch wäre das alles nicht möglich. Ich hoffe, auch weiterhin Geschichten zu schreiben und Personen zu erschaffen, die euch berühren.

Triggerwarnung

Dieses Buch enthält neben expliziten Szenen
und derber Wortwahl auch Elemente,
die potenziell triggern können.

Diese sind:
*Häusliche Gewalt, Spielsucht, Alkoholismus,
Ableismus, Tötung (Notwehr), Panikattacken,
Depression und Suizidgedanken*